撒野

巫哲 著

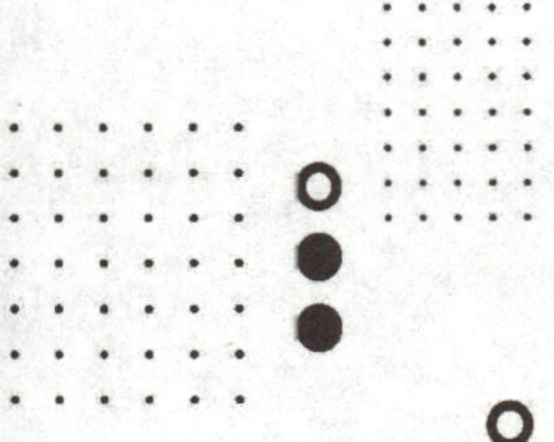

江苏凤凰文艺出版社
JIANGSU PHOENIX LITERATURE AND ART PUBLISHING, LTD

跟着光！

Run Freely

巫　哲　作　品

目录

Contents

我想，
抬头暖阳春草，
你给我简单拥抱

我想，
踩碎了迷茫走过时光，
睁开眼你就会听到

我想，
左肩有你，
右肩微笑

我想，
在你眼里，
撒野奔跑

我想，
一个眼神，
就到老

撒野

P001－P078 一 回！头！啊！

1

三模之后的烤肉大餐，吃得非常爽、非常愉快，顾飞拦都拦不住他一盘盘地往回端肉，不让端就瞪眼要急，仿佛之前五年他吃的都是白水煮青菜。

还好没拉肚子，就是接下来好几天他都有些食欲不振，不是吃顶着了，而是吃什么都不如烤肉有劲。

鉴于吃烤肉这种可怕的副作用，一直到高考前，顾飞都没有再带他出去吃大餐了，在家自己做，爱吃不吃都是这些。

不过蒋丞的适应能力挺强，大概是复习太投入的原因，无论吃得欢不欢实，给什么都能吃完。

这种状态一直持续到六月，高考倒计时天数变成了个位数。

“今天我要去理个发。”蒋丞看着讲台上这几天已经不说复习和考试的老师。

现在老师都开始让大家放松，卷子基本已经不做了，只是让大家放松，把已经背了记了这么久的知识点过一遍。

“还让发型总监果子狸帮你弄吗？”顾飞问。

“嗯，”蒋丞揪了揪前额的头发，“上回他理得还行……还有今天下午我想跟二淼玩会儿滑板。”

“好，我让她过来等我们，”顾飞拿了手机出来，“她要高兴坏了。”

“好久没陪她玩了，我都担心她不想理我了，”蒋丞抓抓头发，“都会算七乘九了，我还没表扬她呢。”

“不用表扬，”顾飞笑了笑，笑容里有些无奈，“她就是自己胡乱拿了个口诀表玩，一一得几她也算不出来。”

“是吗？”蒋丞看了看他，“没事儿，起码会问这些了，就得表扬。”

“那你表扬她吧，给她买点儿吃的？”顾飞偏过头。

“是不是说上次买的果冻她很喜欢吃？”蒋丞问。

“……上次？”顾飞愣了愣。

“就是……”蒋丞想了想又笑了，“啊，是过年的时候了，居然这么久了？”

“啊，”顾飞伸了伸腿，“好几个月了，你这一头扎进复习的洪流里，洪流一日，人间仨月啊。”

还真是没什么感觉，这个学期就这么过完了。

高中的最后一个学期，就在天昏地暗的复习里过去了，甚至没有来得及细细品味，就已经消失了。

日子一旦冲起来，还真是……追不上也拉不住。

觉得总也过不去的那些时光，偶尔回过头的时候才发现都已经在身后了。

痛苦的、迷茫的、挣扎的、惊喜的、开心的、不舍的，所有在当下都觉得不会过去的情绪都已经在身后了，有些过去了，有些是一次次地循环。

每一天的快乐都会过去，每一分每一秒，都会再有新的快乐出现。

在他这里，痛苦和迷茫是一段直线，走一步少一步，而快乐是个圈。

下午放学前老徐又到教室里来安抚大家，考前这几天要放松、早睡，不要再大强度地复习。

看着老徐脸上跟大家一样有些疲惫又有些透着紧张和兴奋的表情，再看着他头顶上的个位天数倒计时，蒋丞打了个哈欠。

放松吧，他已经拼了这么久，且不说他从来不扭头去后悔，就算要后悔，这大半年来也没什么可后悔的了。

可以放松一下，缓一缓神经了。

比如跟顾森玩玩滑板什么的。

一出校门，就看到应该是在门口等了挺长时间已经百无聊赖了的顾森。

顾森依旧是一脸冷漠地坐在人行道的栏杆上，顶着李炎给剪的那个酷炸天的发型，靠着她身旁的滑板。

他们出来的时候，顾森把板子一踢，跳上去就冲到了他们面前。

“二淼！”蒋丞弯腰笑了笑，这一弯腰他才猛地发现，顾森似乎长高了，他弯腰的幅度比以前要小了，他转过头看着顾飞，“她是不是长个儿了？”

“嗯，”顾飞点点头，“就这半年长了快十公分，去年夏天的衣服穿不了了。”

“我这阵儿复习太忙了，”蒋丞又看着顾森，“都没时间跟你一块儿玩，你长这么高了我都不知道呢……这条九分裤很帅啊。”

“这是短了的长裤。”顾飞在旁边说。

“……还是很帅。”蒋丞打了个响指，竖起拇指。

顾森心情不错地给他也回了一个，然后往旁边一蹬滑板，冲他招了招手。

“拿着。”蒋丞把书包扔给了顾飞，跟着顾森跑了出去。

最近天气不错，有初夏里温暖却不炎热的感受，踩在滑板上往前飞驰的时候，蒋丞有种透体舒畅的感觉，细细的风束贴着皮肤滑过，闭上眼能想象出它们的形状。

跟顾森轮流踩着滑板一直冲到了街口，蒋丞脑门儿上都一片汗了，顾森脸上也都是汗水和她胡乱抹脸留下的黑道子。

“擦擦脸。”蒋丞跳下滑板，拿了张纸巾递给她，然后回头看了看。

顾飞骑着车，一只手还拖着他的自行车，慢慢蹬了过来。

“玩得挺投入啊，”顾飞腿着地，“我这后勤部长是不是挺合格的？”

“我忘了，”蒋丞笑着接过自己的车跨了上去，“二森，我拖你过去怎么样？”

顾森偏了偏头，一脚踩着滑板看着他。

“走！”蒋丞一蹬车，蹿了出去。

身后顾森很快跟了上来，冲到了他前面，回头还冲他吹了声口哨。

“小样儿！”蒋丞啧了一声，猛蹬了几下超过了她。

不过就在他超过去的瞬间，顾森一把抓住了他后座的架子，借着惯性用手一压，齐着他车头滑了一段。

“厉害！”蒋丞喊，“我们去买果冻好不好！”

顾森转头的时候眼睛一亮，很快减速拉住后座架子，不再往前冲。

两人带着顾森去超市转了一圈，买了一堆零食回到店里的时候，李炎正坐在收银台后边儿仰着头睡觉。

听到他们进来，李炎睁开了眼睛：“大爷们！求人办事儿能不能有点儿态度啊！”

“不好意思，”蒋丞把一堆零食放到收银台上，拿了一个果冻递给他，

"给二森买吃的去了。"

"我上门服务还巴巴儿带了一堆菜过来，"李炎接过果冻，"结果还要负责看店。"

"我妈呢？"顾飞问，"下午不是还在呢吗？"

"我一来她跟她男朋友就出去了，"李炎剥好果冻给了顾森，"哎，这人是不是挺长时间了？一直没换？"

"嗯，"顾飞应了一声，"你在这儿吃饭吗？"

"不了，我给蒋大爷理完发还有约会。"李炎说。

"哟。"顾飞看着他。

"怎么？"李炎斜眼儿瞅着他，"我有个约会很哟吗？"

"理发。"顾飞说完带了顾森去后院洗手、洗脸。

李炎理发还是很有一手的，技术比不少看上去很高大上的店里的Tony、Jim、Kevin、Peter们都强。

"你随便去个什么店，都能混个总监吧。"蒋丞闭着眼说。

"去个屁，"李炎正在给他修刘海，"没玩够呢。"

"哦。"蒋丞觉得这个理由非常充分。

"蒋丞你皮肤挺好的，"李炎说，"怎么压力这么大你都不长痘呢？"

"说明我压力不大。"蒋丞说。

"吹牛吧你就，"李炎说，"这一天天背书背得眼神儿都不聚焦了，上星期我在路上碰见你了，你看到我没？"

"没有，你没叫我一声吗？"蒋丞笑笑。

"瞅你那样我就没心情叫了，迷迷瞪瞪的，"李炎说，"今天看着还行，是不是要准备考了，就能放松点儿了？"

"嗯。"蒋丞应了一声。

"好好考，考个超级高分，"李炎说，"我长这么大还没听说过这片儿有人考出过什么好成绩的，上个二本都算祖坟冒烟了。"

"好。"蒋丞点点头。

"别动，一会儿给你剪豁口了，"李炎想想又叹了口气，"其实要说起来，你也不算钢厂的人，真考好了，算钢厂和四中捡了个便宜。"

"我不算这儿的，我能算是哪儿的呢？"蒋丞笑了笑。

李炎没说话，继续一点点用刀给他削着头发。

过了好一会儿，才又说了一句："顾飞人真挺好的。"

“嗯。”蒋丞应了一声。

“从小到大不容易，现在也不容易，”李炎说得很快，估计是想抢在顾飞进来之前说完，“反正我就想说你要去了学校把他这个朋友抛下了我们不会放过你。”

“嗯？”蒋丞眼睛睁开一条缝。

“组团削你。”李炎说。

“……知道了，”蒋丞愣了愣笑了，“我知道了。”

考前这几天过起来反倒比之前连轴转的复习阶段要慢，也许是因为大家都拼到现在，是好是坏就盼着七号快点儿到来。

越是盼，时间就过得越慢。

但突然到了去看考场的时候，气氛又猛地再次被紧张情绪淹没了。

“我是无所谓了，快考吧，早死早超生吧。”王旭一脸坚毅地说。

他之前一直希望能跟蒋丞或者顾飞在一个考场，说是看到他俩心里能踏实点儿，但没能如愿，于是每天这句话起码得说五遍，见了蒋丞和顾飞就说一次。

蒋丞虽然一直没说出来，但也跟王旭的想法差不多，不同的是他的希望里没有“王九日”队长。

但是虽然城市不大，高中也没几所，这样的概率还是太低，所以最后知道他跟顾飞在同一个考点同一层的两个考场时，他的心情还是非常愉快的。

看考场就像是给每个人的心里刷上新的一层紧张，身边沉默的人、脸色严肃的老师、在考场守着的巡视的老师、陌生的环境，大概是因为这么长时间来大家都过着一成不变的生活，猛地看到完全不熟悉的战场时，一切都让人心里有些慌乱。

“今天晚上你要看着我复习，”看完考场回去的路上，蒋丞骑到一半突然捏了捏闸，“我有点儿害怕。”

“嗯。”顾飞点点头。

“你害怕吗？慌吗？”蒋丞看着他。

“废话，当然怕啊，”顾飞笑了，“所以我也想在你旁边，踏实点儿。”

“我之前说过，无论在哪里，我都能证明自己，”蒋丞说，“眼前我能证明我自己的方法就是考好，我一定得考好。”

“你都不需要超常发挥，你只要正常发挥就可以了，”顾飞说，“这么长时间了，还不了解自己吗？”

“不了解，”蒋丞皱皱眉，“你了解吗？”

“还行吧。”顾飞笑了。

“那就行，你了解的话，我就不管别的了，”蒋丞继续往前骑，“你了解就行了。”

“今天晚上不复习了吧？”顾飞跟上他。

“嗯，不看书了，”蒋丞说，“冥想。”

“想什么？”顾飞问。

“就把脑子里所有的东西整理一遍，”蒋丞说，“盘腿往那儿一坐，唰唰唰，放电影似的都过一遍，以便明天考试的时候查找。”

“那我也冥想吧，”顾飞说，“盘腿往那儿一坐，唰唰唰，把你这段时间背东西的样子都过一遍，以便明天考试的时候瞎猜。”

“你明天，超常发挥一把吧。”蒋丞笑了笑。

“好。”顾飞点头。

这天晚上跟平时没有太大的不同，顾飞先回家跟顾淼会面，陪她玩了一会儿就过来了。

蒋丞已经把冰箱里的菜拿了出来，很勤快地都洗好切好了。

“怎么样？”蒋丞一手叉腰，另一只手往菜上一挥，“是不是很完美？”

“是，非常完美，”顾飞点头，“我就问问啊，芹菜、白菜、洋葱、青椒，你打算怎么配啊？”

“芹菜炒肉、白菜炒肉、洋葱炒肉、青椒炒肉，”蒋丞想都没想，“再来个白菜肉末汤，四菜一汤有荤有素。”

“行吧，按您的来，今天吃清淡一点儿也行。”顾飞走到案台前开始忙活。

蒋丞退到后面，靠着墙，看着顾飞的背影。

明天的考试他这两天其实想得并不多，倒是脑子里总会闪过这个暑假之后的事。

新的学校、新的环境、新的生活，以及新的不安。

他不是一个容易不安的人，但这一年多发生的事实在太多，如果没有顾飞，他不知道现在的自己会是什么样，而“顾飞在身边”这样的状态，他已经习惯了。

一旦这样的稳定被打破，他不知道自己要用多长时间来适应。

而眼下这样的温馨，他一秒钟也不想错过。

顾飞做菜不怎么好吃，练了这么久也没什么长进，从他做菜的动作都能看得出来此人水平不行，啧啧，自己是怎么做到这么长的时间就吃他做的菜还吃得这么美滋滋的？

也不知道是什么力量，能让人味觉失灵。

吃完饭之后他俩也没干别的，进了卧室，把窗帘拉开了，坐在床上，面对着外面黑色的夜空开始冥想。

一本正经地，闭着眼，盘着腿儿，一开始顾飞还弄了个双手合十，往蒋丞那边看了一眼之后就乐了："哦，冥想不是拜佛啊？"

"……你想拜也行啊，"蒋丞乐了，"我也就是这么一说，其实就是闭眼静心琢磨琢磨这段时间复习的内容。"

"行吧。"顾飞把手放到腿上，闭上了眼睛。

蒋丞继续在脑子里按不同的科目把一个个知识点再回忆一次。

脑子是个可以转得很快的小玩意儿，不过要把一个科目撸完一遍，花费的时间也不少。

蒋丞刚把历史开了个头，就听到旁边咚的一声，床垫都跟着震了好几下。

转过头的时候他发现顾飞倒在旁边睡着了，一条腿还保持着盘腿的姿势。

蒋丞对着顾飞一通乐，边乐边拿出手机来拍了好几张照片。

笑成这样了，顾飞最后也没醒，睡得很沉。

蒋丞放好手机，轻轻叹了口气，过去把枕头塞到了顾飞脑袋下边，又扯了毛巾被给他盖上了。

"辛苦了同桌。"他轻声叹了口气。

这一段时间以来，顾飞虽然没在复习上花太多精力，但在伺候他复习上花费的精力着实不少，明天终于要考试了，顾飞最后一根绷着的神经估计也就松掉了。

他倒头就睡的样子，蒋丞还是第一次看到，盯着看了很长时间。

这一夜蒋丞也睡得很沉，有一种磨刀千日终于要手刃仇人了的安心感觉。

而且由于过度安心，早上手机定的闹钟响了他都没听到，一直到顾飞把他推了个翻身，他才一个激灵地突然清醒，从床上直接一蹦，站到了地上。

"……少侠好身手啊！"顾飞被他这动静吓了一跳，坐在床沿儿上都愣了。

"迟到了？"蒋丞瞪着他。

"没有呢，"顾飞站起来把他拽着搓了好一会儿后背，"现在洗漱完了吃完早点我们走路到考场都来得及。"

"哦，"蒋丞松了口气，顺势往他身上一靠，"吓我这一跳。"

早点顾飞已经买回来了，包子、油条、豆腐脑，为了保证不出意外，都是他们平时吃惯了的那些东西。

吃完东西正要出门，蒋丞的手机响了，老徐打来的：“不要急，我已经在考场门口等你们了，身份证别忘了拿，早点别吃太饱，别吃凉东西……”

“嗯，知道了，”蒋丞说，“徐总，你这是一个一个打电话通知吗？”

“是啊，”老徐说，“鲁老师在那边考场也一个一个打电话呢，年年都有丢三落四的。”

丢三落四不会，蒋丞昨天就把他和顾飞的东西都准备好了，虽然就是张身份证，还有一小瓶撕了包装的水，他也反复看了至少三遍。

“还带本书路上看吗？”出门前顾飞问他。

“不带了，”蒋丞拉开门蹦了出去，“这会儿也看不进去了，越看越迷糊。”

“好，”顾飞关好门，“走，打个车过去。”

两人溜达着走到路口，蒋丞刚想看看远处有没有车过来，就听到身后有人叫了他一声：“蒋丞？”

他愣了愣，这声音感觉陌生却又似乎听过，转过头的时候有些吃惊地看到站在他身后几米远的李倩。

“你……怎么在这儿？”蒋丞说。

“我一直在这儿转呢，你电话换了我也没有你号码，”李倩笑了笑，“前两天我就在这儿转了，都碰不上你，又不好去问大飞。”

“有事？”蒋丞问。

“没有什么事，”李倩手里拿了个袋子，犹豫了一下递了过来，“你今天要考试了吧，我过来给你加加油。”

蒋丞有些意外，一时都没说出话来。

“谢谢。”顾飞替他接过了袋子。

“谢谢。”蒋丞这才回过神。

“那你们快去考场吧，”李倩说，“小丞啊，你加油，好好考。”

“嗯。”蒋丞应了一声。

上了出租车之后，他才把李倩的那个袋子打开，里面是一盒洋参含片。

“含一片吧，提提神。”顾飞说。

蒋丞笑笑，拿了一片放进嘴里，又给了顾飞一片：“我真没想到李倩会过来找我。”

“李倩高中都没上过，李保国就管李辉一个，”顾飞说，“她那会儿还想上个中专什么的可以离开这儿，但李保国没同意……看着你考出去，她大概会觉得安慰吧。”

“嗯。”蒋丞没再说话。

2

“高考的学生吧？”司机一边开车一边问。

“是的。”蒋丞回答。

“四中的？”司机又问。

“嗯。”顾飞应着。

“加油！放轻松，不就一个高考吗，没什么好紧张的，放松了才能考得好，”司机说，“我就是四中毕业的，我当初就是太紧张了，没考好。”

“啊。”蒋丞笑了笑。

“真的，相信我，”司机从后视镜里看了他俩一眼，“你俩平时成绩不怎么样吧，那就更不用紧张了，放松点儿还能超常发挥。”

“哦。”顾飞笑了起来。

“啊，那我放松点儿，看看能不能超常发挥。”蒋丞笑着说。

到了考场，司机没收他俩的钱：“我们这是爱心送考车队，考生我们都免费送呢！快去吧！”

现在离进考场还早，但考场外面已经人头攒动了，送考的车和人都很多，还有好几辆警车和救护车，旁边还停着免费送考的大巴。

这架式，不紧张的人看了都得紧张。

“这里！这里！”老徐老远看到他俩就开始挥手了，声音已经有些沙哑。

他俩过去，拿了准考证，老徐身边聚集了不少学生和家长，一个个都脸色凝重，尤其家长的脸色，比孩子要凝重得多。

“休息得怎么样？”老徐问。

“挺好的。”蒋丞说。

“放松考，你肯定没问题的，考试的时候少喝水，”老徐说着指了指旁边，“一会儿先去上个厕所。”

“嗯，”顾飞笑了笑，“少说两句吧，现在就哑了接下去怎么喊？”

“我有含片。”老徐哑着嗓子说，从兜里掏了含片出来放进嘴里。

还没到时间进考场，他俩找了个人少的地方等着。

顾飞叼了根烟蹲在路边，蒋丞站在他边儿上，看着他的头顶出神。

不知道为什么，现在他有些紧张，不是因为考试，而是有一种找不到根源的焦虑。

有点儿出息啊丞哥。

你已经夸了海口，无论怎么样都能证明自己呢蒋丞选手。

“哎，”蒋丞看了看时间，还有十多分钟，他踢了踢顾飞，“去趟厕所吧。”

“是想上厕所呢，”顾飞站起来笑着看他，“还是紧张了？”

“以防万一，”蒋丞转身往厕所那边走，走了几步又回过头，“其实就是紧张了，紧张得想来回蹦，这是怎么了啊？”

“原来你们学霸也会紧张，”顾飞笑着追上来跟他并排走着，“不过毕竟是高考啊，不紧张的没几个吧。”

“你紧张吗？”蒋丞问。

“紧张啊，”顾飞说，“我再瞎考也不能落榜吧，所以也是紧张的。”

厕所里神奇地没有人，蒋丞退后一步看了看外面，跟着过来的人和他还有一点儿距离，他速度进了厕所，冲到已经站在小便池前准备尿尿的顾飞身后，连胳膊带身体一把用力地搂住了他。

“哎！”顾飞吓了一跳，侧过身压着声音，“我掏东西呢，差点儿一把掐了！”

蒋丞没说话，搂着他一通乐，一直到门口传来了说话的声音，他才松开了手，站到了旁边。

从厕所出来的时候顾飞伸手在他背上搓了搓：“丞哥。”

“嗯？”蒋丞看他。

“你棒棒哒。”顾飞说。

蒋丞一下乐了：“么么哒哟。”

进考场的时间很快就到了，大家开始往里走的时候，身边的人全都沉默了，一个个把“紧张”两个字写在了脸上。

蒋丞倒是突然平静了下来，很多时候他就是这样，一旦事情到了跟前儿了，他也就没什么所谓放松下来了。

这段时间各种考没少考，按理说，大多考试难度都不小，也都这么一路考过来，没见哪次的分低得特别离谱。

发挥失常这种事，蒋丞从小到大还没碰到过，考试砸锅的次数不多，真砸锅那几次还真就是没复习好。而且所谓的砸锅，无非就是没达到家里的要求而已，按潘智的标准都得是超常发挥。

经过安检之后他坐在自己的位置上，按要求把东西都放在了桌角，往四周看了看，前后左右都没看到眼熟的人。

他向后往椅子上一靠，闭上眼睛深深吸了一口气，慢慢拉长了吐出来。

好了，开始吧。

从监考老师开始宣读考场纪律的那一秒开始，蒋丞跟四周就像是被隔绝开了一般。

老师的声音很快从他耳边消失，教室里细细的纸张摩擦声、大家拿起笔时跟桌面细微的碰撞声、有人轻轻拖动椅子的声音、低声咳嗽的声音……各种声音全都消失了。

卷子在蒋丞的桌面上铺开，他拿起笔转了转，开始飞快地看题。

前桌的人穿了件黄色的衣服，余光里看起来仿佛是他每晚坐在书桌前复习时的灯泡，那种熟悉的、重复了大半年的状态瞬间回到了他身上。

右手边有很多书，左手边放的是各种卷子和笔记，再往左，在桌角，一般会靠着他的同桌，有时候一手托着脑袋一手玩手机，有时候趴在桌角看着他。

他说“抽背”的时候，同桌会马上抽过一本书翻开。

蒋丞把作文题看完之后翻回第一页，低头开始答题。

作文题并不难写，这样的材料没有写过，但他迅速抽出一个主题之后从记忆里找到了写过的类似的内容，差不多可以用上。

作文能在他给自己规定的时间里完成的话，前面的题他就可以答得很从容了。

眼前是一条条的题，耳边是自己的笔尖在答题卡上轻轻划过的沙沙声，还有自己安静平和的呼吸声。

一切都很宁静。

卷子做得多的好处是对时间的掌握很精准，蒋丞不用抬头去看时间，只凭自己做题的速度就能差不多判断出用了多长时间。

每次顾飞给他看时间做卷子的时候，几次模拟考的时候，他都能在误差五分钟之内开始写作文。

今天也一样，做完题，粗略检查了一遍，开始写作文的时候，他抬头看了一眼时间，果然还是这样精准。

蒋丞选手对时间的掌握体现了一个高手在对战当中强大的心理素质。

现在蒋丞选手的状态非常完美，从他检查之前的题的速度上就可以看得出来，对答案没有把握的题很少，看来蒋丞选手前期的备战工作做得非常充分。

好，现在我们来看他对作文这一部分的分析判断。

BLABLABLABLA……

现在让我们继续关注蒋丞选手的战况吧。

蒋丞在草稿纸上迅速拉了个大致的提纲，又标出了几个部分要用的内容，看了一遍确定没什么问题之后开始写。

蒋丞选手的字比较难看，虽然近期他有针对性地练习过，但这种大面积的字凑在一起，要想让裁判第一眼对整体有一个比较好的印象，对于他来说还是一个挑战……

字要写得工整，速度就会受影响，这也是蒋丞选手给自己这部分比赛留了比正常所需更长时间的原因。

看来蒋丞选手是个很有计划的人啊。

作文写下最后一个句号的时候，蒋丞扫了一眼时间，还有时间，对于再检查一遍前面的题来说已经够了。

他轻轻转了几圈笔，从第一题开始迅速又过了一遍，心里不是太有把握的题他差不多都有印象，检查的时候重点都放在这上面。

但哪怕检查时的答案跟之前的答案有出入，他也不会轻易修改，第一判断是在脑子还没有被翻乱时做出的，往往是最准确的。

检查第二遍的时候他才修改一个答案，别的都没有动。

监考老师报出最后五分钟的时候，蒋丞才慢慢从屏蔽的世界里重新回来。

四周的东西慢慢有了颜色，慢慢有了动静，声音也一点点回到了他耳朵里，老师从身边轻轻走过时带起的很细微的风，前后左右翻动卷子的声音，还有人急切地修改，橡皮在卷子上擦着，带得桌子轻轻晃动……

而考试结束时的铃声也显得格外清晰。

蒋丞随着铃声长长舒出一口气，在脑子里迅速把相关的内容封闭起来，无论是什么结果，都已经过去了。

走出考场的时候，他一眼就看到了顾飞。

顾飞老远就冲他笑着一扬眉毛，眼睛里的笑意让他整个人顿时清醒过来了，两个多小时没有任何表情的他，回给顾飞笑容时，有种全身都舒展开来的愉快感觉。

“怎么样？”顾飞问。

“自我感觉非常完美，”蒋丞伸开胳膊用力伸了个懒腰，“没有什么特别没把握的题，感觉这卷子难度跟二模差不多……你呢？”

“还行吧，”顾飞说，“我反正做什么卷子都差不多，会的写，不会的蒙。”

“蒙的多吗？”蒋丞问。

“不算太多，多少都有点儿印象，毕竟天天跟着学霸复习呢。”顾飞勾勾嘴角。

老徐在考场外面等着他们，一个一个地安慰鼓励着：“好样的，都是好样的，考完的就不用再去想了，放松一下，好好休息，下午加油，下午我还在早上那里等你们……蒋丞！怎么样？”

“不说考过了就不要想了吗？”蒋丞说。

“……对对，”老徐的表情有一瞬间的失望，但又很快地回到了充满活力的语气里，“一会儿别吃太油腻，不要吃太饱，好好休息……”

“考得挺好的。”蒋丞笑了笑，打断了他的话。

“你小子！”老徐愣了愣，笑容立马绽放得脸上都快放不下了，“这种时候逗我！就说你肯定没问题！”

“嗯。”蒋丞笑着点了点头。

“顾飞呢？”老徐看着顾飞，“你小子反正考成什么样都这样子，也看不出来个好坏。”

“还行，”顾飞说，“反正题都写满了，作文也写完整了。”

“那就行！那就没问题！”老徐一拍他肩膀，“下午还保持这个状态！”

中午他俩不打算回家，蒋丞中午不能睡觉，他一睡着了就会睡得跟猪似的，特别是这种天气，睡半小时起来，得用一小时才能回到清醒状态，为了保持脑子的运转，他不能睡。

“吃饺子吧？”蒋丞说，“简单好吃，再配两盘卤牛肉……”

“卤牛肉凉拌的吧？”顾飞说。

“废话！当然凉拌的，凉拌的好吃。”蒋丞咽了咽口水，一上午的紧张过后，他现在饿得不行。

“凉拌的不能吃，万一不干净呢。”顾飞想也没想就拒绝了。

“吃几瓣蒜呗。”蒋丞说。

“一嘴大蒜味儿去考试？”顾飞看了他一眼，“就吃饺子，别的不吃。”

“……惨无人道。”蒋丞瞪着他。

“不服憋着。”顾飞转开头。

“别学我说话。”蒋丞扒拉了他一下。

“就学了，你有什么意见？”顾飞转头一脸恶狠狠地又说了一遍，“不服，憋着。”

蒋丞没说话，跟他脸对脸瞪着，过了一会儿没绷住乐了：“有病。”

“来来来，”顾飞张开胳膊，“快来，哦……”

“你闭嘴，”蒋丞看了看四周，一个个的不是一脸凝重，就是皱着眉，就他俩跟考完了似的在乐，“要点儿脸行吗？”

“不要了，脸有什么可要的。”顾飞说。

“哎哟，”蒋丞叹了口气，“好吧就吃饺子。”

饺子店里人挺多的，不少考生，他俩刚坐下，老板娘就过来了：“是刚考完试吧？”

“是。”顾飞点点头。

“想吃什么就点，”老板娘把菜单放到他们桌上，“这两天所有的考生阿姨都给你们打对折。”

“谢谢。”蒋丞笑笑。

不过顾飞还是坚持不要凉菜，但估计是看蒋丞馋肉了，最后还是给他要了一份爆炒牛肉。

吃到一半的时候蒋丞手机响了，潘智打了电话过来：“爷爷！怎么样？是不是直接就能上天了？”

“是啊，你赶紧给我拽着点儿腿，”蒋丞说，“你怎么样？起飞没？”

“飞屁啊，我不得在地上给你拽腿吗？”潘智心情似乎还不错，不过这人最强的一点就是考个17分的时候都能做到不影响心情，“我就那样呗，奇迹不出现我就飞不起来。”

“吃饭了没，你妈给你备大餐了吧？”蒋丞笑着问。

“一会儿就吃了，我其实就是问问你情况，好给老袁汇报，”潘智说，“他估计想问，又怕影响你心情不敢问。”

“你跟他说吧，挺好的，发挥正常，情绪平静。”蒋丞说。

“好，”潘智应了一声，“下午继续飞。”

“嗯。”蒋丞笑着塞了个饺子。

考点附近的店都很体贴，他俩吃完东西顺着街溜达了一会儿，就看到一家咖啡店给考生和考生家长免费提供休息场地。

进去找了个卡座一靠，服务员还给送了一壶现榨果汁过来，顾飞问能不能换成热饮，服务员也很爽快地给换了热果茶。

“老妈子。”蒋丞说。

“憋着，少废话，”顾飞给他倒了一杯，“喝两口好好休息着。”

蒋丞笑着喝了一口，靠在椅背上伸长腿，看着窗外慢慢冷清下来的街道。

行人和车都少了，考生和家长都走了，吃饭的、睡觉的，本来到处是人的街上一下安静了下来。

阳光略微变得有些燥，就像是此刻考完一科有些放松却又因为接下去还有别的考试而隐隐焦虑不安的心情。

只有回头看着闭眼抱着胳膊养神的顾飞时，他的心里才会猛地一松。

中午休息得不错，蒋丞觉得自己精力充沛，也因为早上已经考过一科，对于高考陌生而紧张的气氛已经熟悉，再次坐在考场里的时候，他非常放松。

特别是数学相对语文来说，他把握更大，也不用专门分出精力来盯着自己的字写好。

做数学题时蒋丞更容易进入天地无我的状态，甚至连自己的笔在纸上划过时的声音都听不见了。

唯一能听到的声音，是心里解题时的碎碎念。

蒋丞选手BLABLABLABLABLA……

蒋丞选手真是一个完美的解题高手，虽然选择了文科，但做题时还是能看出他优秀的理科能力BLABLABLABLA。

做题的时候蒋丞还是老习惯，第一遍迅速把一看就能做出来的题先都解决，然后再回头把感觉有些犹豫的题做出来，第三遍就是一边检查一边把不确定的题再做一遍。

最后的时间里脑子转得能带起风来，老师报时的时间都被扫得很远，仿佛是睡梦里听到有人叫自己。

考试结束他走出考场的时候还有点儿迷迷瞪瞪，一直走到校门口了，他才跟顾飞说了一句：“数学我考得应该也不错。”

“太好了，”顾飞小声说，语气里全是松了口气的感觉，“你可算开口了，我都快吓死了。”

“啊，”蒋丞转过头笑了起来，“我是一下没回过神。”

“你那状态就跟后边儿大题都没做一样，”顾飞长长舒出一口气，“我都不敢说话了。”

“我错了，”蒋丞笑着把胳膊搭到他肩上，“一会儿咱俩得好好拥抱一下。”

老徐依旧在外面等着他们，但蒋丞发现他的神情明显没有上午的时候愉快了，说的话也不太一样。

“放松，不要给自己压力，”老徐看着他，“就像平时考试一样，回去好好吃饭，早点儿休息，放松，放松！”

“嗯。”蒋丞不知道为什么老徐要一直强调放松，不过他现在的确还挺放松的，明天文综有点儿难度，记背的内容太多，但他这段时间背书也已经背得惊天地泣鬼神了，而且下午英语是他强项，基本没什么问题。

考点附近停了很多免费接送考生的出租车和大巴，他俩找了个空着的出租车上去了。

司机大哥一路话多得车里都装不下了，各种鼓励加油和感叹自己当年没努力。一直到顾飞的手机响了才打断了他的话。

“大飞！”那边是王旭带着哭腔的声音。

“怎么了？”顾飞愣住了，顿时有点儿着急，“你没事儿吧？怎么了？”

“易静完了！她这回高考完了！”王旭直接哭出了声。

“你什么意思？别瞎说，”顾飞说，“怎么就完了，你都没完呢，她有什么可完的？”

“她考数学的时候又晕倒了，”王旭哭着说，“考到一半被送去医院了！”

这句话王旭是喊着说出来的，蒋丞在旁边听得很清楚，他很震惊地转过头看着顾飞：“易静？”

顾飞点了点头，又问了几句之后挂断了电话。

“怎么不安慰一下王旭？”蒋丞说，“哭成那样了都。”

“……我不知道怎么安慰。”顾飞叹了口气。

这话倒是实话，顾飞别说安慰人，连对人不冷脸都不容易，蒋丞皱了皱眉：“易静这是怎么了啊？难怪刚才老徐脸色那么难看。”

“他最大的希望就是你和易静，”顾飞把手机放回兜里，转头看了看他，

“不过这事儿你不要管，不要想……”

“放心，”蒋丞勾勾嘴角，“我不会受影响的，我就是觉得易静太可惜了。”

“压力太大了吧，”顾飞说，“毕竟她一直想考个好学校……”

“然后离开这里对吧，”蒋丞笑了笑，“所以她全力以赴，所有精力都拼上去，所有压力都加上了。”

“嗯。”顾飞点点头。

“你别担心我会这样，”蒋丞想了想，转头看着他，声音很低地说，“毕竟我吧，必须站稳，每一步都不能有意外。”

3

晚上蒋丞照例“冥想”，把明天的科目这段时间复习过的背过的内容梳理一遍，这几天桌上的书和笔记还有各种资料，他都没有再碰过，一直就只管梳理脑子里已经记下的内容。

顾飞就没跟着冥想了，也没什么可想的，今天考试已经挺意外，应该是他高中三年来成绩最好的一次，他就保持这个感觉就行了。

他把卧室门关上，在客厅里给王旭打了个电话，问了问易静的情况。

易静的数学没有考完就被送去了医院，醒过来以后就哭得天昏地暗，多一秒也不肯在医院待着，要回家复习明天的科目。

“还发着高烧呢，”王旭说，“我感觉她现在情绪简直一团糟，这样明天去考了……也不好说能考成什么样啊。”

“你现在在她家？”顾飞问。

“我有什么本事能这种时候在她家待着啊，老徐和老鲁刚上去了，”王旭叹了口气，“我一直在楼下站着呢。”

“你先回去吧，”顾飞说，“你明天总不能也跟着考砸吧。”

“我砸不砸都那样，走个过场，你知道的，就是吧，”王旭说，“大飞我给你说个事儿，如果易静考砸了要复读，我就陪她复读。”

王旭的话说得很有决心，跟他平时吹牛装狠的时候语气非常不一样，庄重而神圣的感觉，顾飞觉得这次这话他是说真的。

青涩的爱情的力量啊。

他挂了电话，点了根烟叼着，站在窗边看着外面那比平时都要安静的景象。

相比易静，蒋丞的状态相当稳定，这一点也是他一直五体投地地服气的，蒋丞那种倔强的自信，是有根源的。

哪怕他是个非典型学霸，他也有本事做到。

如果不是蒋丞，这次的高考，顾飞估计自己也就是跟王旭一样，走个过场就完事了，他并不知道自己高考的意义何在。

分高、分低，对于自己来说有什么区别？

但这一路陪着蒋丞走过来，看上去他一直在变着各种花样地让蒋丞复习能一切安稳称心，但更多的，还是蒋丞给他的。

也许蒋丞经历的不如他多，也许那些沟沟坎坎阻挡着他的时间不够长，但蒋丞面对无论什么样的挫折都能正面迎上的强大气场，却是他从来不曾拥有的。

这样的蒋丞他看得越多，就越会觉得怅然。

他沉在河底的状态已经太久，跟着身边卷着泥沙的水漫无目的地晃动着的状态已经太久，他越是想要向蒋丞靠近，就越能看到差距。

他第一次用端正的态度面对一次考试，第一次在考试时落笔之前认真地从记忆里寻找答案。

但之后呢，他还能做什么？他突然有些迷茫。

蒋丞很早就睡了，没到十点，梳理完脑子里的知识点，他就洗了个澡上床躺着了："给唱个摇篮曲吧。"

"……我都没给二淼唱过，"顾飞坐到床边，想了想，开始低声唱，"小兔子乖乖，把门开开……"

蒋丞闭着眼笑了起来，但顾飞一遍还没唱完，蒋丞就已经睡着了。

顾飞没什么睡意，顺手拿了蒋丞的笔记本翻开，靠在床头慢慢看着，自己也挺牛了，笔记里的不少东西他居然都还记得，记不清的也大致能有个印象。

这些也不知道是蒋丞悄悄塞给他的，还是他自己强行啃进去的。

他转过头，盯着半张脸都埋在枕头里的蒋丞。

盯了一会儿，他伸手揪起蒋丞前额的一绺头发搓了搓，还没等搓第二下，蒋丞皱着眉一巴掌拍了过来，半巴掌拍在他手上，还有半巴掌拍在了自己脸上。

然后嘟嘟囔囔地翻了个身继续睡了。

多牛的同桌啊，顾飞笑了笑，牛气起来自己都打。

其实蒋丞睡得并不是太踏实，一晚上都在翻身，好在顾飞已经习惯了晚上睡不实，也没太大感觉。

早上起来的时候看着蒋丞居然精神很好的样子，他还觉得挺神奇。

“今天再拼一把就解放了，”蒋丞坐在出租车上，摸出两颗含片，给了他一颗，“李倩这个西洋参含片还可以，挺提神的。”

“嗯。”顾飞点点头。

“文综的大题你尽量写满，哪怕只记得一句话，你也发散一下扯出几行字来，”蒋丞看着他，“知道吗？你字好看，写得多点儿老师印象好，一高兴说不定能多给个一分两分的，零点儿五分也是分呢。”

“好，”顾飞笑了，“你还有工夫管我呢？”

“管别人是没工夫了，”蒋丞说，“管你还是有富余的。”

进考场之后顾飞坐在自己位置上，最后一天了。

他从没报以任何希望的学业，今天就算是告一段落了。

他从来没有想过自己有一天会对这样的一个日子有这么多感触。

卷子发下来，铺开在自己面前，他提笔，落下。

碰到眼熟的题时，他首先会想起来的就是蒋丞背这道题时的样子，有些题目他不一定记得具体内容，但却能清晰地记得某一次，甚至是每一次，他给蒋丞抽背时的场景。

想想也挺奇妙的，他会用这样的方式或清晰或模糊地记下这么多自己完全没有兴趣的内容。

早上的文综，他按蒋丞的要求做，大题尽量都答满，检查的时候甚至又加了些内容上去。

下午的英语就没这么好写了，特别是作文，不过他也尽量用小学生式的表达，用一个个短句把作文给凑好了。

最后考试结束的铃声响起的时候，他猛地松了一口气，心里突然一空，脑子里也瞬间一片空白了。

结束了啊。

蒋丞那边不知道怎么样了。

大家一块儿挤着往外走的时候，就开始了各种议论，对答案的，答案对了高兴的，答案错了懊恼的，接着就听到有人哭了起来。

这种哭声，带有很强的传染性，有兴奋、有不甘、有失落，也有茫然不知道为了什么。

蒋丞没有这么多情绪，他只觉得轻松，脚下带着弹簧，身上拴着氢气球，每一步都想跳跃。

考得挺好的，按他对自己精准的判断，这是他从一模以来所有的考试里考得不是最好的也是第二好的一次了，他对具体分数没有多想，也不打算去琢磨，答案他也不准备去对，拼了，考完了，就过了。

等一个结局而已，结局到来之前他不会再分心去想那么多。

顾飞每次都在通往大门的路边第三棵树下面等他，他也不知道为什么每次出来，顾飞都走得比他快。

今天果然也一样，往前一扫，他就看到了站在树下迎着人群看的顾飞。

跟前几次不同的是，今天顾飞没靠着树，而是站得笔直。

"怎么样？"蒋丞挤开身边的人，跑到顾飞跟前儿一巴掌拍到他胳膊上。

"还可以吧，作文我也写了哗啦啦一大片，"顾飞笑着搓了搓胳膊，"英语你强项，满分走一个？"

"走不了，"蒋丞笑着说，"有俩题我交卷的时候都还有点儿恍惚不知道到底对不对，不过也可以了。"

"那不管这个了，"顾飞伸了个懒腰，"走吧，老徐肯定在外头等你呢，眼睛都快看瞎了。"

"不知道……易静怎么样，她今天是不是还是去考了？"蒋丞说。

"嗯，'九日'说她还是要考，"顾飞叹了口气，"她挺犟的，而且也不甘心吧，毕竟她跟你不一样，她一直都是认真学习的那种好学生。"

"我也没有一直玩啊，"蒋丞啧了一声，想想又笑了笑，"哎，不过的确没她那么用功，我除了成绩，也没什么东西能被归在好学生这档里了。"

"这话谁说的？"顾飞看着他。

"我……"蒋丞没再说下去。

"你每样都很好，"顾飞说，"每一样，都很好，成绩是最后的那一样。我觉得老徐要亲你了。"

"蒋丞！蒋丞！"老徐拿着把折扇在门口拼命晃着。

"哎！来了！"蒋丞应了一声，有点儿好笑地加快步子走了过去。

"怎么样？英语你肯定没问题，你强项啊，鲁老师说你绝对高分啊！"老徐眼睛发亮地盯着他。

"挺好的，"蒋丞笑笑，"真的还不错，我自己感觉挺有把握。"

"那就好！那就好！哎那就好啊！"老徐一连串地说着，抓着扇子的手都有点儿发抖。

蒋丞张开胳膊："徐总，要不要拥抱一下？"

"你不是不让人碰你吗？"老徐一直记着这点，每次拍肩膀拍胳膊的时候都记得跳开他，"王旭说了，碰了要打人。"

蒋丞没说话，笑着过去抱了抱老徐："谢谢，徐总。"

"哎！不谢不谢！应该的应该的！你们考好了，我就最高兴了，什么都满足了，"老徐有些激动地在他背上拍着，"好孩子！"

蒋丞刚要松开他的时候，老徐突然捧着他的脑袋在他脸上吧唧亲了一口："好孩子！"

"我去！"蒋丞猛地往后弹出去至少能有一米，直接把站他后头的顾飞撞了一个踉跄，"你疯了吧徐总！"

"高兴，太高兴了。"老徐笑呵呵地说。

"我……你离我远点儿！"蒋丞用手在脸上蹭着，"你简直够了！"

"你们去那个车，"老徐笑着指了指路边停着的一辆大巴车，"一会儿直接回学校，领了报考指南再回家。"

车上已经坐了不少四中的学生，闹哄哄的。

对高考没报什么希望的这会儿都在聊天儿了，这一关过完，后面是死是活先不管，快活了再说，也有不少闷不作声看着窗外发呆的，还有几个红着眼圈的，最多的是在对答案的，一道题对出仨答案来，一个个都有些惊恐。

"所以说这时候就不能对答案，对来对去也不能回考场再改了，"蒋丞在最后一排坐下，"谁知道是你真错了还是记错了，说不定是别人记错了，自己吓自己。"

"嗯，丞哥说得对。"顾飞点点头。

"就这么对一通，出分之前连玩都玩不痛快了，"蒋丞小声说，"我反正自我感觉非常美好，就着这感觉先玩够了再说。"

"嗯对，丞哥说得对。"顾飞继续点头。

"找抽呢吧？"蒋丞看着他。

"丞哥想抽就抽，丞哥有理，丞哥万岁。"顾飞看着他笑了笑。

"你就是欠。"蒋丞笑了。

顾飞脸上有些疲惫，虽说这大半年他也没怎么把心思用在复习上，但都用在伺候别人复习上了，这会儿估计也是绷着的神经猛地一松，就能看出累来了。

回到学校，回到教室里，那种明明很熟悉却又因为几天没有身处其中而变得有些陌生的感觉，让每一个人都有些感慨。

教室里很热闹，所有人都在说话，蒋丞坐在自己的位置上，看着眼前这些同班了一年多的同学，其中居然还有好些他记不清名字的。

以前从来没注意过他们，今天才感觉这些脸全都一下出现在自己面前，都有些看不过来了。

易静没在，听说是考完英语就被父母接回家去了，也不知道情况怎么样，蒋丞转过头看了看王旭那边。

王旭也在跟人聊着天儿，但明显有些心不在焉，情绪也不怎么高。

旁边有人提起了易静，本来热火朝天的气氛顿时就冷了下去，这种时候每个人的情绪都变得敏感，一点细小的波动都会被放大，何况是一直在班上挺有威信的班长，几个女生顿时趴到桌上哭了起来。

蒋丞没什么表情，靠在椅背上不知道自己现在是什么滋味儿，品不出来。

这么长时间以来，这还是他第一次坐在这旦没有看书、没有做题、没有写笔记，只是这么静静地坐着。

老徐进了教室不知道说了些什么，蒋丞都没听清，就听到一句说明天晚上聚餐，希望大家到时都来参加，举办高中时代最后一次全班活动。

“哎，吃散伙饭了啊。”有人说了一句。

蒋丞的手轻轻抖了抖，这句话让他心里突然一紧。

是啊，结束了啊。

高中时代就这么结束了啊，甚至都没来得及细品，就这么过去了，再回头的时候，就都只是回忆了啊。

而最后这一年，甚至已经开始有些模糊。

顾飞大概是感觉到了，他转过头，顾飞看着他笑了笑：“真好啊。”

“嗯？”蒋丞有些茫然地看着他。

“能在高中的时候碰到你。”顾飞说。

蒋丞回过神，笑了笑：“是啊，幸亏碰到你。”

老徐给每人发了一本指南，大概就是报考的各种学校和专业之类的内容，蒋丞随手翻了翻就合上了。

现在看到这些密密麻麻码在一块儿的字，他居然有些发晕，多一眼都不想看，也看不进去。

不过无所谓了，他脑子里一直也就那几个学校，分出来了再做最后决定就行。

“走吧，”顾飞说，“回去了。”

“嗯，”蒋丞站了起来，出教室的时候听到几个人在商量要去看易静，他碰了碰顾飞，“我们是不是应该去看看易静？”

“我去就行了，”顾飞说，“你……先不要去了，过段时间再说吧。”

“哦。”蒋丞应了一声。

“一会儿先回去洗个澡收拾一下，今天晚上我带你去吃大餐，”顾飞说，“解放了，你想吃什么就吃什么，想吃多少就吃多少，反正拉肚子生病什么的都不怕了。”

“什么鬼？”蒋丞笑了起来，“本来这阵儿我有好多想吃的东西，你这么一说，我突然就不知道想吃什么了。”

“不急，去中心广场那边吧，吃的那么多，我们慢慢转，看到什么想吃的，就进去吃，”顾飞笑笑，“我今天也放开吃，我吃我自己做的东西已经吃得反胃了都。”

“得带二淼吧，”蒋丞说，“她也好久没跟着吃大餐了。”

“下次再带她，今天就咱俩。”顾飞打了个响指。

“行吧。”蒋丞边乐边点头。

这么长时间以来，这是蒋丞第一次从学校往回走的时候觉得全身轻快，脑子里没有任何知识点、没有公式、没有年代、没有地形地貌、没有单词语法……

上楼的时候他实在没忍住，在顾飞背上掐了一把。

“就这儿，”顾飞回头看着他，又指了指旁边过道窗户，“把你扔出去都不用俩胳膊你信吗？”

“信，”蒋丞蹦着从他身边跑上去，顺手又在他腰上捏了一把，“但是你不敢，吼吼。”

“神经病。”顾飞小声说了一句，跟在他身后跑上了楼。

一进门蒋丞就转身一扬胳膊，准备跟顾飞过招。

顾飞冲上来跟他扛了几下之后，蒋丞突然停下了。

“怎么了？”顾飞戳戳他下巴。

“你怎么这么烫？”蒋丞摸了摸他身上，是滚烫的。

“兴奋啊，”顾飞说，“一兴奋就……”

“你发烧了，”蒋丞把手贴到了他脑门儿上，然后猛地又抬起头，“我就说你手怎么一直这么烫呢！体温计呢？”

顾飞一把拉住准备转身的蒋丞："丞哥，丞哥，别跑题。"

"跑你大爷，"蒋丞推开他的手站了起来，在茶几抽屉里翻出了之前顾飞为了监控他复习期间身体状况买的电子体温计，对着顾飞脑门儿测了一下，接着就愣了，"38摄氏度！"

"嗯，38摄氏度……"顾飞笑了，"这个电子的吧，它不准。"

"滚蛋，"蒋丞皱着眉，他不知道为什么顾飞会突然发烧，"你是着凉了？还是……"

他对着顾飞又连续测了好几次，都是38摄氏度多点。

"我没事儿，"顾飞坐了起来，"真的，我都没什么感觉。"

"放你的罗圈儿屁！"蒋丞瞪着他，"我就说你从考完就一直没怎么太兴奋呢！你早就不舒服了你就是不跟我说是吧！"

"唉……"顾飞笑着叹了口气。

"去医院，"蒋丞抓着他，"赶紧的。"

"歇歇就好了，真的，"顾飞没动，最后才轻声说了一句，"我现在没什么劲，不想动。"

也许是刚经历完高考这种大事儿，蒋丞就算是个牛哄哄的学霸，这会儿情绪也挺波动的……

他一把搂住顾飞，碰到顾飞滚烫的身体时，手都抖了。

眼泪就这么一点儿不受控制地涌了出来。

4

眼泪不是流出来的，是奔涌，没有间隙没有停顿，完全不受自己控制，就那么疯狂地滑落，他自己甚至能清晰地感觉到温热的泪水在脸上一道两道地划出轨迹，再很快地连成一片。

这么久以来，蒋丞感觉自己排除了一切杂念，除了复习，他没有再想过别的东西，复习的时候习惯性地需要在眼角扫过的地方看到顾飞才踏实。

除此之外，他脑子里再没有多余的任何内容，今天听同学聊天儿的时候才知道这段时间隔壁班有人病倒，还有人打架，从三楼打到一楼，动静相当大，他以前居然完全不知道。

这么久以来，他的脑子塞满了，他的神经绷紧了，一直到现在。

所有的重负都卸下了，所有的压力都扔开了，所有的情绪都回到身体里，像是身处的闷罐突然打开了盖子，眼睛看到的、耳朵听到的、体会到的、感受到的，都一下清晰了起来，甚至比以往更清晰。

而这样的状态下，猛地看到顾飞疲惫的神态，听到他略显无力的声音，蒋丞仿佛才突然想起了这几个月来顾飞所承担着的，复杂的各种压力。

这一瞬间的恼懊，是他无法忍受的。

顾飞就这么一天天地，顾着家里、店里，还要顾着他，要抽空陪顾淼，抽空照顾店里，要进货，还要每天查菜谱给他做营养餐，要陪他复习……

他一直觉得自己挺累的，复习得很辛苦，却从来没有注意过，这样每天连轴转着的顾飞，每天陪他熬到半夜每次都在他睡着之后才睡，而他醒来的时候肯定已经起床了的顾飞有多累。

相比自己这种单纯的单一的“累”，顾飞的疲惫才是更难扛的。

“对不起，”蒋丞抱着顾飞，感觉顾飞整个人都像一个滚烫的小火炉，烫得他一阵阵心慌，“顾飞，对不起。”

“我就怕你说这个，”顾飞也许是放松下来了，或者是这会儿真的烧起来了，说话的声音开始有些沙哑，“对不起之类的，我就怕你说这个。”

“我真的……”蒋丞低头在他肩上蹭了蹭眼泪，但刚蹭完，眼泪几乎是没有停顿地就再次涌了出来，“我真的这段时间都没想过你会不会很累。”

“我自己都没觉得累啊，”顾飞在他背上轻轻搓了搓，“再说了，考完试生病的人很多……”

“你别怪我，”蒋丞努力地控制了一下眼泪，哭成这样他话都没办法好好说了，一开口就想抽泣，“你别怪我。”

“没怪你啊，”顾飞笑了，“我怎么可能怪你？我都没把这事儿跟你联系起来啊。”

“你别说话了。”蒋丞抱紧他。

“嗯。”顾飞应了一声，没再说话。

蒋丞闭着眼睛，一直到自己腰有些发酸了，才松了手。

但顾飞没动，他偏过头才发现顾飞枕在他肩上睡着了。

蒋丞一只手撑着沙发靠背让自己保持好平衡，一手托着顾飞，慢慢把他放倒在沙发上，然后跑进屋里拿了个小枕头塞到他脑袋下边儿，又拿了床被子盖到他身上，把他整个人都包好了。

做完这些之后，蒋丞站在客厅中间，不知道还应该做些什么了。

愣了一会儿又去拧了条毛巾，小心地搭在了顾飞脑门儿上。

他本来想用冰毛巾，但顾飞这会儿睡得很熟，他不想把顾飞给弄醒了。

在屋里转了几圈之后他拿了个小凳子，坐在沙发跟前，盯着顾飞的脸。

顾飞脸有些泛着红晕，也不知道是被子捂的，还是发烧烧的，可能两者都有，他回手又拿过体温计，对着顾飞测了一下。

体温是38.3摄氏度，没有什么变化，当然，就这几分钟也不会有什么大的变化。

过了一会儿他伸手拿掉毛巾，就刚那一会儿，毛巾拿下来的时候都透着温热了，他进浴室又重新用凉水拧了，拿出来重新放到顾飞脑门儿上。

顾飞身体一直挺好的，蒋丞记忆里都没怎么见过他生病，感冒都没有过，这种不常生病的人，一旦病起来，情势就总是会有点儿来势汹汹。

蒋丞又给顾飞测了两次体温，一次38.3摄氏度，一次38.4摄氏度。

怎么还在升！

他有些坐不住，想起来顾飞说的那句“电子的不准”，于是又飞快地冲出了门，骑了车往社区医院那边一通猛蹬。

买个物理的体温计，顺便再去社区医院问问能不能拿点儿什么药。

刚冲到医院门口，就看李炎从顾飞家店里走了出来，拿着手机一边拨号一边蹲到了门口的台阶上。

“李炎！”蒋丞叫了他一声。

“哎？”李炎转过头，“你怎么一个人过来了？我正给顾飞打电话呢，他……”

“别打别打！”蒋丞跳下车，“他发烧了在睡觉呢！”

“发烧？”李炎挂掉了电话，有些吃惊，“他发烧？他身体好得跟牛魔王一样还会发烧？”

“谁知道牛魔王是不是从来不发烧啊。”蒋丞说，“你也不是铁扇公主……”

“万一我就是呢，”李炎啧了一声，“多少摄氏度啊？”

“38摄氏度多，我怕电子的测不准，想来买个水银那种的。”蒋丞拧着眉。

李炎跟他一块儿进了社区医院，医生给了蒋丞一支水银的体温计和两颗退烧药：“刚考完试，病倒的挺多的，应该没什么问题，药晚点儿再吃，让他多喝水防止脱水，晚上要是还没退或者温度升高了，就过来检查一下看有没有别的问题。”

蒋丞拿了体温计和药，从社区医院出来才想起来问李炎一句：“你怎么过来了？”

“不是想着你们考完了过来吃一顿嘛，”李炎说，“谁知道他还病了。”

“那……”蒋丞看着他。

“别管我了，你赶紧回去伺候着吧，”李炎看了看时间，“我在这儿盯一会儿，晚点儿把门关了就行了。”

“他妈呢？”蒋丞问。

“我一来她就带二森出去买衣服了，跟那个小老公一块儿。”李炎说。

“哦，”蒋丞点了点头，跨上了自行车之后又问了一句，“蒸鸡蛋羹的话是……”

“鸡什么蛋的羹啊，发烧的时候别吃高蛋白了吧，”李炎打断了他的话，想了想，“要吃东西的话就白粥啊，素面条什么的。”

“那多难吃啊，”蒋丞叹了口气，“吃得下去吗？”

“放心吧，他特别能忍，”李炎说，“屎不臭都能吃下去。”

“唉！”蒋丞看着他，很用力地叹了口气。

“实话，”李炎笑了，“赶紧回吧。”

李炎这话说得挺恶心的，但似乎的确是事实，顾飞就是很能忍，无论什么事儿都能忍，各种不动声色。

他都能想象顾飞虽然对白粥素面非常不爽，但还是平静地吃掉一碗时的样子。

“他家店里有面条吗？”蒋丞问，“就特别高级特别好吃的？”

“……等着我给你拿，”李炎转身回了店里，很快拿了个袋子装了个筒装的面条和几瓶调料出来递给了他，“这个，上回我煮过，特别顺滑，口感好，还有这些调料，这个鲜那个美的你看着搁吧。”

“好。”蒋丞把袋子往车把上一挂，蹬着车一路飞奔着回了出租房。

顾飞还在睡，看样子没有醒过。

他把东西拿进厨房放好，出来拿了毛巾又重新过了水，放到了顾飞脑门儿上。

电子体温计测出来的是38.2摄氏度，没有太大变化，他很小心地把被子掀开，想把水银体温计给顾飞夹好，手刚碰到顾飞的胳膊，顾飞轻轻哼了一声：“嗯？”

“你睡，睡吧，”蒋丞赶紧小声说，“我就是给你量量体温。”

“丞哥。”顾飞含糊不清地叫了他一声。

“嗯？”蒋丞一边把体温计给他夹好，一边应了一声。

“我难受。”顾飞闭着眼哼哼着说了一句。

声音还是沙哑，语气里带着一丝委屈，蒋丞鼻子一阵阵发酸。

“我知道我知道，”蒋丞把被子重新掖好，“再坚持一会儿，我拿了药了，一会儿吃点儿东西再把药吃了就好了。”

“吃什么？”顾飞问。

“刚碰到李炎了，”蒋丞说，“他说发烧要吃清淡点儿，白粥或者素面。”

“这个王八蛋，”顾飞小声说，“肯定故意的。”

“那你想吃什么？我给你做？”蒋丞问。

顾飞哼哼了两声，不知道说了什么，然后就又睡着了。

蒋丞估计他是在吐槽自己做饭的水平，不过白粥和面条……他还是没什么问题的，毕竟以前自己也总煮面。

只是顾飞重新睡着之前也没说想吃什么，于是他起身进了厨房，先把粥煮上了，白粥嘛，放上水和米，电饭锅调到“粥”那挡就行了，还是很简单的。

刚把按钮按下去，裤兜里的手机响了，他一阵手忙脚乱地看都没看，手机一拿出来就按了接听键，就怕多响一声会把顾飞吵醒了。

“谁？”他问。

“丞儿？”那边传来的是潘智的声音，“你把我号码删了？”

“我删你号码干吗？”蒋丞把厨房的门关上了。

“那你问我我是谁？你没来电显示吗？”潘智说。

“我没看，”蒋丞说，“什么事儿？”

“……你这话说的，”潘智声音里一阵悲愤，“现在我没事儿不能给你打电话了？”

“顺嘴一问。”蒋丞说。

“不过我还真不是没事儿，我有事儿，”潘智说，“怎么样？考完之后感觉有没有非常美好？”

“还行吧。”蒋丞笑了笑。

“对答案了没？考个B大什么的没问题吧？”潘智问。

“没对，出了分就知道了，”蒋丞说，“就感觉还可以，别的懒得费神了。”

“这学霸的气场，”潘智感叹着，“我算了一下，我大概能混个三本，反正到时跟我妈拼命也要跟你在一个地儿上学。”

“你最近没有女朋友吧，”蒋丞说，“居然要跟我在一块儿。”

“有女朋友也得先考虑你啊，”潘智笑了起来，“再说我现在哪有当真的恋爱可谈，谁知道有没有更好的姑娘在大学里等我。”

“就你这德行，”蒋丞小声说，“好姑娘轮不上你。”

“万一就碰上瞎眼了的呢？”潘智满不在乎地乐着，“哎，顾飞怎么样？

我刚还给他发了消息慰问呢，也没理我，是不是考砸了正痛苦呢？”

“他怎么可能因为这种事儿痛苦，”蒋丞说，“他发烧了睡觉呢……正好，你帮我问问你妈，就白粥和素面条怎么做能好吃点儿啊？”

“发烧了？”潘智愣了愣，“我一直以为考完了要倒一个也得是你啊，怎么他倒了？你等会儿，我问了我妈给你发消息。”

是啊，考完了要倒一个也得是自己啊，谁都没想到会是顾飞倒了。

只有他自己知道顾飞为什么会倒。

一想这个，他顿时又一阵难受，自己居然也是在顾飞倒了之后才想到他为什么会病倒。

他回到客厅，坐到小凳子上，看着顾飞。

他真是没见过病成这样的顾飞，看上去特别让人心疼。

体温计差不多可以拿出来了，他犹豫了半天也没舍得去掀被子。

一直到顾飞自己动了一下，他才就着这个机会飞快地掀了一下被子，把体温计揪了出来。

“嗯？”顾飞迷迷糊糊又哼了一声。

“吵醒你了？”蒋丞赶紧把被子捂好，“我拿一下体温计。”

“多少摄氏度？”顾飞还是迷迷糊糊的。

“我看看啊……”蒋丞拿着体温计低头看着。

这玩意儿吧，最烦人的就是不知道该往哪儿看，蒋丞拿手里转了能有七千二百六十四圈，也没找到那根水银柱在哪儿，粗条的那种还好，偏偏医生给的这根是细条的。

“也太细了吧！”他有点儿着急地又把体温计举起来对着灯，看了半天还是没找着，越急就还越不知道该怎么看了，有点儿烦躁地压着声音，“这东西设计出来就没打算让人看吧！”

“给我。”顾飞说。

蒋丞无奈地把体温计递给了他：“我是不是瞎了？”

顾飞笑了笑没说话，看得出来还是挺虚弱的，他拿着体温计随便转了半圈：“38.1摄氏度。”

“那这个电子的基本还是准的，”蒋丞叹了口气，把体温计拿过来放到一边，又给他把被子盖好，“你再睡会儿吧，我给你煮了粥，你要不想喝粥，一会儿想吃东西的时候我再给你煮面条。”

“热死了。”顾飞说。

“发汗嘛，肯定热，”蒋丞半跪着趴在沙发上，“发了汗就好了，喝点儿水？医生说你要多喝水，防止脱水。”

“嗯。”顾飞闭上眼睛应了一声。

蒋丞兑了杯温水，想想又拿了根吸管，这些吸管都是之前喝酸奶的时候拆下来的，他喜欢用勺舀着吃，顾飞就把吸管都拆下来攒着了，说不定什么时候就能用上。

这会儿就用上了。

“来，叼着。”蒋丞趴回顾飞身边。

“叫小狗呢。”顾飞笑了笑。

“喝水，”蒋丞也笑了，“多喝点儿。”

顾飞咬着吸管喝掉了大半杯水，然后轻轻舒出一口气：“我一会儿喝白粥就行。”

“煮面也不麻烦的，”蒋丞说，“你别这会儿了还就着我啊。”

“我就觉得，”顾飞闭着眼睛，勾了勾嘴角，“你煮的面，比白粥难吃。”

“你就贫吧，”蒋丞乐了，“那行吧，你再躺会儿，粥好了我叫你。”

“嗯。”顾飞应了一声，很快又睡了过去。

潘智的消息发了过来。

——我妈说面条不好消化，就粥比较好，煮好了放点碎菜叶，拌点蚝油和芝麻油就行，或者弄点酱豆腐配着。

——替我谢谢你妈。

——已经提前谢过了。

蒋丞笑了笑，把手机放到了一边，给顾飞重新换了毛巾之后，坐到了小凳子上。

平时看惯了淡定的顾飞、对人冷淡的顾飞、对自己笑着的顾飞，现在看到这么脆弱的，有一点点说不上来是什么的委屈的顾飞，他有种说不上来的感觉。

一直到厨房里的电饭锅叮地响了一声，蒋丞才站了起来，准备进去按潘智妈妈说的把白粥加工一下。

大概是坐这儿的时间有些长，起身又有点儿猛，他一转身的时候差点儿摔了，撑了一下旁边的桌子才站稳，又定了定等眼前的金麻点儿都消失了才轻手轻脚地跑进了厨房。

他洗了几片菜叶子，切碎了之后撒进了煮好的粥里搅了搅，又搁了一丁点儿蚝油和芝麻油，毕竟要清淡，有点味儿就行了。

蒋丞把粥放到茶几上的时候，顾飞睁开了眼睛说："香。"

"醒了？"蒋丞凑过去探了探他的额头，还是挺烫的。

"嗯，"顾飞动了动，"我尝尝。"

蒋丞把他扶了起来，让他坐在沙发上，又用被子重新把他裹好。

顾飞没说话，笑了起来，不过因为虚弱，看得出他笑得有些吃力。

"笑什么？"蒋丞舀了一勺粥，先自己尝了一口，味道居然还挺不错的，也不知道是不是因为自己饿了，"还可以，你尝尝。"

"就是觉得挺好笑的，"顾飞接过勺子尝了一口，"嗯，不错，搁蚝油了？"

"搁了一丁点儿，"蒋丞说，"没敢多放，怕你吃不惯。"

"其实，"顾飞边吃边说，"就发个烧，也没多大事儿。"

"你都睡晕过去了，嗓子也哑了，"蒋丞皱着眉，"在您那儿什么事儿才叫有事儿啊？"

"我是困了想睡觉。"顾飞说。

"顾飞你知道吗，"蒋丞看着他，"我就不乐意看你这样，就死撑着这个鸟样。"

顾飞看着他没出声。

"怎么了，不是吗？"蒋丞说，"你跟我撑着干吗啊？这一身滚烫的，抱着都能做热疗了……"

"丞哥，我需要一个拥抱。"顾飞说。

"吃完这碗就抱。"蒋丞说。

"嗯。"顾飞点点头。

顾飞这会儿绝对还是很不舒服的，平时他吃饭也不算多，但今天就吃了半碗粥就说饱了。

蒋丞把他剩的半碗吃了，又到厨房盛了一碗吃了，才觉得不那么饿了。

回到客厅的时候顾飞还裹着被子坐在沙发上，不过眼睛闭上了。

蒋丞又给他测了一次体温，这次38摄氏度了，虽然降的幅度很小，但起码没再往上走，其实就像顾飞说的，发个烧真的也不是什么特别了不起的事儿，但现在顾飞这状态不仅仅是发个烧，而且是这么长时间累积下来的疲惫爆发了，要不他这会儿也不会这么虚弱，一直昏睡着。

“蚕宝宝，”蒋丞摸摸他脑门儿，“躺着吧？还是去床上睡？”

顾飞没说话，睁开眼睛看着他。

“嗯？”蒋丞也看着他，“怎么了？”

顾飞还是没说话。

蒋丞跟他对着瞪了半天才猛地回过神来：“啊啊啊啊啊，来了来了，我来了。”

他坐到顾飞身边，一把把他连人带被子搂紧了：“丞哥抱。”

5

除了不太会安慰人，蒋丞一直觉得自己也不是很会关心人。

也许是从小养父母的关心比较另类，他的感受里，来自他们的关心更多的像是要求，一些温和理智的希望。

不知道是因为这样，还是他骨子里李保国的那些遗传，总之他对于“关心人”这样的技能掌握得不是很好，跟他关系那么铁，被他视为唯一铁子的潘智，以前生个病受个伤之类的，他也没有表现得有多么关心，慰问的时候都会显得很生硬，潘智几次都说，他不如不问呢，这尴尬劲儿不知道的还以为他俩有什么不堪回首的过往。

可是碰到顾飞之后，很多事都不一样了。

他会关心一个人到这样的程度，发自内心，表达真挚，没有尴尬，没有生硬……

蒋丞低头看了看睡着的顾飞。

生病的顾飞没有了平时钢厂顾霸天的气势，乖乖闭着眼的样子，看上去像只受了委屈的猫。

还是有点儿湿乎乎的猫。

哦哟。

蒋丞小声啧了一声。

也许是啧得还不够小声，顾飞脑袋动了动，哼了一声。

“怎么了？”蒋丞问。

“我是不是应该吃药？”顾飞嘟囔了一句。

“啊是！”蒋丞这才想起来没给他吃药，于是赶紧伸手去拿药。

但是药放在茶几上，他够不着，想拿就得放开顾飞，顾飞现在是靠在他身上，自己要走开了，顾飞一个病猫就得自己撑着。

犹豫了大概一秒钟，蒋丞伸出了自己的脚，把茶几上包着两颗退烧药的小纸包用脚趾给夹了过来。

“哎，”顾飞偏开头有气无力地说，“我不吃了。”

“穷讲究，”蒋丞从脚上拿过纸包，“这药都包着呢，我脚又没踩狗屎……”

“啊……”顾飞叹了口气，“那杯子你也用脚拿吗？”

“啊？”蒋丞看着距离比药更远的杯子，愣了半天之后，再次伸出了脚。

“丞哥你醒醒。”顾飞说。

蒋丞没说话，用脚尖钩住了茶几沿儿，收腿往自己这边狠狠一拉，把挺沉一个茶几拉到了手边，再伸手一拽，茶几贴在了沙发旁边。

“来，吃药。”他拿过了杯子，把一颗药放进了顾飞嘴里。

“懒人大智慧啊。”顾飞叼着吸管喝了几口水，把药咽了。

“我不是懒，”蒋丞说，“我就是不想撒手。”

坚持着不撒手的原则，蒋丞用脚拿了体温计、一颗糖、电视机遥控器。

一直到最后顾飞想喝水但杯子里没水了，他才叹了口气，水壶在电视旁边的桌子上，他除非卸了左腿接右腿上才能够得着。

“你自己坐好，”蒋丞把茶几蹬开，“我给你倒水。”

“我一会儿洗个澡去床上躺着吧。”顾飞说。

“洗澡？”蒋丞看着他，“你发着烧呢还洗什么澡，烧退了再洗吧。”

“不洗活不下去了，”顾飞说，“一身汗。”

蒋丞没有什么伺候病人的经验，顾飞这个发烧也不是感冒之类的引起的，到底该注意点儿什么他实在弄不明白，在捂汗这个他唯一知道的民间偏方和顾飞声称不洗澡活不下去之间有些迷茫。

“生活方面我是学霸，”顾飞说，“你这个渣渣。”

蒋丞觉得顾飞的话很有道理，于是没再阻拦，让顾飞去洗了个澡。

“也别再捂我了，我现在也不发冷。”顾飞洗完澡躺到床上，很舒展地躺着，闭着眼睛。

“嗯。”蒋丞拿了床毛巾被给他，然后冲刺似的跑到浴室洗了个澡，再冲刺似的回到卧室，给顾飞又测了个体温。

“38摄氏度，”蒋丞关掉灯，“应该是在退烧了吧？”

“嗯，”顾飞应了一声，“要是还烧我会觉得冷的。”

“唉，”蒋丞叹了口气，“我刚才还在想，我要是去上学了，你病了也没我伺候着怎么办……其实我伺候你也就是添乱，是吧？”

“怎么会是添乱，”顾飞笑了笑，“要是没你在，我今天这么发烧，也就是倒杯水搁旁边，倒头一直睡到退烧就完事了。”

“不对，”蒋丞想了想，“你不会再生病了，这次发烧也是因为我。”

“我最后说一次，”顾飞叹了口气，“你再说这种话，我……”

“你什么？”蒋丞问。

“我……先想想吧，没想好，”顾飞笑笑，“我就是不喜欢你这么说。”

“嗯，以后不说了。”蒋丞闭上眼睛。

两个人都没有再说话，但蒋丞知道顾飞没有睡着，听呼吸就知道顾飞还醒着。

这份沉默跟平时他俩那种舒心的沉默不同，蒋丞没有问也知道，是因为刚才他那句“我要是去上学了”。

他俩之间从来没有谈论过这个问题，唯一一次大概就是之前他跟顾飞提及“以后”的时候。

他们马上就要分开了，这个事实两个人都在回避，没有过任何谈论，他们甚至没有聊过蒋丞想去哪个学校。

蒋丞一直觉得，就算分开也没什么大不了的，他们还有电话、有视频……但真的分开的日子一天天近了，而“复习的时候要心无杂念”这样的理由已经不能再用的时候，他才发现自己有多么害怕这一天。

顾飞睡着了，呼吸慢慢放缓了，蒋丞拿过手机，调了个振动的闹钟。

他估计自己猛地放松下来，明天可能早起不了，但他必须早一些起来，给顾飞把早点准备好。

这么久以来，他每天都是睁眼就有吃的，就算顾飞没生病，他也想让顾飞体会一下这种猪一样的生活。

“晚安。”他轻声说了一句。

这是混乱的一夜。

挺久没做过梦的蒋丞这一夜的梦要是都能记得，至少得有四十集，虽然被手机振醒的时候他只记得片花部分。

片花基本全是考试，一会儿是笔没带，一会儿是橡皮变成木头了用不了，一会是答题卡撕了……

一直都没太紧张，结果把紧张全攒这儿了。

他看了一眼旁边的顾飞，还没醒。

太好了，他小心地坐起来，顾飞趴在枕头上，睡得挺沉，发烧这事儿实在是消耗太大，他伸手想摸摸顾飞的脑门儿，犹豫了一下又收了手。

下床之后拿了体温计测了一下，37摄氏度。

好多了，虽然没恢复正常，但总算是降了不少，没那么吓人了。

早点，早点。

蒋丞小步蹦着跑进厕所，洗漱完了又蹦着出了门。

为什么要蹦着走他也不知道，从小他就觉得这么蹦着走仿佛练轻功，走路会比平时脚步声要轻。

买了早点回来，顾飞还趴在枕头上没动过。

蒋丞看了看时间，还早，现在也没什么事儿需要叫醒顾飞，想睡的话，睡一天也没问题。

他拿过椅子反着跨过去坐下，趴在椅背上看着顾飞。

睁开眼不用再满脑子想着复习，这种空闲得简直令人发指的生活，简直是太美好了。

他可以就这么趴在这儿，发一天的呆。

顾飞的脸挺耐看的，哪怕是埋了一半在枕头里，也还是很迷人，特别是像今天这样，闭着眼，放松的状态里带着些许疲惫……

“又睡着了？”顾飞突然开口。

蒋丞吓了一跳，在椅子上弹了一下差点儿翻到地上。

顾飞还闭着眼睛，姿势都没变过。

蒋丞感觉自己是不是出现了幻听，盯着顾飞看了几眼，他小声叫一声：“顾飞？”

“我问你是不是又睡着了？”顾飞睁开了一只眼睛，勾了勾嘴角，“坐这儿盯了有二十分钟了吧？”

“你咋知道的？”蒋丞站了起来，“你一直醒着？”

“你手机马力那么足，”顾飞撑起胳膊抱着枕头揉了揉眼睛，“第一下就把我振醒了。”

蒋丞盯着他一下没说出话来，他走到床边看了看顾飞，为了不让自己显得太迷糊，他强行清理了一下脑子，问了一句：“醒了干吗还装睡？”

“没装，就是有点儿累不想动，趴着迷糊一会儿。”顾飞偏过头看着他。

一个“累”字瞬间把蒋丞打回了现实旦，顾飞的烧还没有全退，因为发烧一夜，现在他很累。

“那你再……眯一会儿吧，”蒋丞说，“我……”

“你也再睡会儿？”顾飞问。

“你有哪儿不舒服吗？”蒋丞摸了摸他脑门儿，这会儿自己身上也挺热的，居然一下都没试出来顾飞这脑门儿是什么温度。

“没有。”顾飞笑笑。

“这一身汗会感冒吗？”蒋丞皱着眉又在顾飞身上摸了摸，“赶紧去洗个热水澡。”

“操心你自己吧，”顾飞说，“也没比我强壮。”

“走，”蒋丞笑了笑，直起身，“去洗澡。”

“嗯，”顾飞跟着也下了床，一边往外走一边说，“帮我拿衣服吧。”

“水温调高点儿。”蒋丞交代了一声，拉开衣柜门，顾飞的状态看上去还可以，没有太大病人的样子。

洗完澡吃完早点顾飞又躺回了床上，大概是因为之前出了汗，这会儿体温降到了36.8摄氏度，蒋丞安心了不少，跟他一块儿往床上一躺。

“再补个瞌睡吧，”蒋丞说，“反正也没什么事儿。”

“嗯。”顾飞翻身看着他。

虽然没觉得多困，但蒋丞闭上眼没多大一会儿就睡着了。

一直到电话把他俩振醒。

“谁的电话？”顾飞问，声音里全是迷糊。

“不知道，”蒋丞也迷迷瞪瞪的，在枕头下摸了半天，手机不振了都没摸着，“已经挂了。”

“是不是叫你去吃散伙饭呢？”顾飞说。

“散伙饭是晚上，”蒋丞终于摸到了手机，往窗外看了一眼，窗外这会儿还是黑的，跟早上醒过来的时候差不多，“是不是要下雨……这么晚了？”

他往手机上看时间的时候整个人都愣了：“六点了？”

顾飞有些吃惊地支起脑袋：“什么？”

电话是老徐打来的，散伙饭集合已经完毕，大家已经到了饭店，除了易静，就差他俩了。

“我睡过头了，”蒋丞有些不好意思，“不好意思啊徐总，我马上过去。”

“你能找到顾飞吗？”老徐问，“我打他电话是关机的……我知道他一向不愿意参加集体活动，但也就这一次了，最后一次吃个饭，我还是希望他来参加。”

“我……”蒋丞看了一眼旁边的顾飞，“我联系他，一块儿过去。”

挂了电话之后他摸了摸顾飞的脑门儿，温度还可以：“老徐怕你不去吃饭。”

“去，”顾飞搓了搓脸，“毕竟最后一次了。”

老徐和老鲁包了饭店二层的会议室，摆了好几桌，蒋丞和顾飞到的时候，一屋子的人正热火朝天地边喊边乐着。

“来了来了！”有人看到他俩喊了一声。

“就知道他俩得一块儿来。”有女生笑着说。

“这儿！”王旭在靠里的那桌，站起来冲他俩挥手，“给你俩留位置了！过来！”

“易静呢？”顾飞过去坐下低声问了一句。

“不来，都给她打电话了，”王旭叹了口气，“老徐和老鲁都打电话了，不肯来，现在手机都关了。”

“算了，这事儿搁谁身上都不好受。”顾飞说。

“嗯，”王旭给他俩倒了茶，又倒了两杯啤酒，“不来不来吧，以后想复读还是想怎么样，都有我呢。”

蒋丞看了他一眼，笑了笑。

“蒋丞你别不信，”王旭瞪着他，“我认准了的人，我就会陪着。”

“我信。”蒋丞点点头。

“在这一点上，你可以跟我学。”王旭用非常坚毅的眼神看着他，“你能不能对我有点儿信心？”

“不能。”顾飞回答。

王旭有些郁闷地拿起杯子喝了一大口茶。

“同学们！同学们！”对面坐着的老徐站了起来，举着一杯啤酒，“我有些话想说。”

大家的声音低了不少，还有些嗡嗡声。

“你们这些人里，有些听我说了三年，有些听我说了两年，大多都不乐意听，今天这是最后一次了，”老徐用筷子敲了敲杯子，“今天你们好好听我说。”

大家都安静下来了，一块儿看着他。

“高考结束了，你们的高中生活也结束了，”老徐说，“无论这三年你们是怎么过的，以后回忆起来，这都是属于你们自己的青春……”

老徐顿了顿，喝了一口啤酒：“这个暑假过后，有的同学会离开这里，去别的城市求学，有的同学会留下，在本地上学或者是工作，以后要想再聚得这么齐，恐怕就很难了，所以今天……”

蒋丞看着老徐眼里闪着的泪光，有些感慨。

“所以今天，”老徐把杯子举过了头顶，“我们想哭、想笑、想喝点儿小酒，都可以尽兴，无论你们将来的路是什么样的，我都为你们骄傲，因为你们带给我很多惊喜，当然，也有很多烦恼，这些都是珍贵的记忆，过多久都不要忘记……”

老徐说完这句一仰头把杯子里的酒喝了，然后吼了一声：“8班8班！黑马当关！”

“8班8班！黑马当关！”所有的人都举起杯子，跟着吼成了一片。

6

这顿散伙饭吃得蒋丞有些怅然。

从老徐那番话说完之后，一屋子的人就一直情绪波动，吃到一半的时候，就不少人哭成了一团，先是女生，然后是男生。

喝一口酒，抱头痛哭，吵过架的，打过架的，这一刻全都冰释前嫌，也许吃完这顿饭出了门矛盾还会继续，但这一刻我们都是8班人。

菜没有吃掉多少，酒倒是加了两次，别科老师有想拦一下的，老鲁都用一句话顶回去了。

“就这一回了，让他们放开了喝吧，”老鲁说，“反正喝进去都哭掉了。”

蒋丞就喝了两杯啤酒，除了怅然，他并没有别的同学那么强烈的情绪。

毕竟跟这些人一起待的时间不算长，很多人他都还叫不出名字来，而让他怅然的一部分原因，是他面对8班没有那么强烈的情绪，而回头想想对原来附中的那些同学，除了潘智，似乎也一样。

这种两头不靠的情绪让人迷茫。

唯一能让他有强烈情绪的，他转过头，看着旁边正低头面无表情玩着手机的顾飞。

大概只有顾飞了。

哭得都挺尽兴了之后，就是交换联系方式和合影。

顾飞倒是加了很多同学，为了玩弱智爱消除，蒋丞基本除了一起打球那几个，别的都没加。

这会儿人一个个地都过来了。

“蒋丞，加一下好友吧？”一个男生挤到了他身边。

“好。”蒋丞点点头，拿出了手机。

其实他有点儿吃惊，这个男生他倒是眼熟，但一直到上一秒，他都还以为这人是7班的。

加了几个男生的好友之后，就开始有女生过来了。

要联系方式，合影。

连老徐和老鲁都兴奋地到处凑热闹。

蒋丞扯着嘴角跟好几个女生合影之后，余光里发现顾飞没在旁边了，小兔子乖乖真没白叫，跑得非常快。

最后被王旭强行搂着脖子拍完照片之后，蒋丞也走出了包厢，看到了靠在走廊墙边的顾飞。

“你跑挺快啊！”蒋丞瞪着他。

“我碰上这种事都跑，”顾飞勾勾嘴角，“不像某些人，以前还交女朋友，这种时候很享受。”

“放你的八百罗圈儿屁！”蒋丞说。

“我也要合照。”顾飞说。

“咱俩合照少吗？”蒋丞乐了。

“没有这样的，”顾飞掏出手机，走到门边看着他，“来。”

蒋丞不知道他想怎么拍，不过还是过去站到了他身边。

顾飞拉着他背对着门，一手举起手机，一手搂住他的肩：“准备好，要哈哈大笑。”

“嗯，”蒋丞咧开嘴先活动了一下脸部肌肉，“好了，你要怎么拍？这儿太暗了吧？”

“背光也美，”顾飞抬起腿，往后一脚把包厢门给踢开了，“笑！”

蒋丞立马配合着摆了一个夸张的笑容，不过一看到手机里的画面他就瞬间变成了真心实意的大笑。

屋里的人要不就是还在抹眼泪，要不就是搂一块儿喝着，这会儿顾飞一踹门，所有的人都愣了，保持着上一秒的动作，一块儿往门这边看。

老徐和老鲁正被大伙儿起哄要喝个交杯酒，手都举起杯子了，一脸错愕地看着这边。

顾飞按下了快门：“OK。”

“我说你哪儿去了呢！”王旭喊了一声，从几张椅子后面扑了过来，一把抓住了顾飞，搂着胳膊就往里拽，“来！要拍照的快来！”

“哎，你慢点儿。”顾飞挣扎了两下没挣开，一帮喝了酒正兴奋着的人跟着就扑了上来把顾飞拖了进去，按椅子上就开始了车轮大合照。

蒋丞笑着靠在门边看着。

这些人大概过了今晚就没谁会有胆子这么按着顾飞拍照了，毕竟是个永远一脸冷漠全校闻名的刺儿头。

他也拿出手机，对着屋子里混乱的场面拍了几张。

算是留念吧，无论跟这些人是熟，还是不熟，这都是他高中生活的一部分，在十八岁这一年路过的少年们。

吃完饭大家还要去唱歌，蒋丞按老习惯和顾飞一块儿跟在了人群的最后，看着一大帮兴奋得走路都有些晃了的人在前面拐了弯之后，他俩往另一边拐上了回去的路。

“你不再去闹会儿了吗？”顾飞问。

“不去了，已经闹得脑袋都发涨了，”蒋丞看了看他，“而且你这样子，还是回去休息吧。”

“我什么样子？”顾飞摸了摸脸，“一直不都挺帅的吗？”

“发了一天烧，还……”蒋丞清了清嗓子，“体力消耗太大了，回去好好休息两天吧。”

“我明天一早要回家，”顾飞说，“二淼找我呢。”

“她的极限是两天吗？”蒋丞问。

“不一定，三天也有过，我以前出去玩的时候都是两三天吧，”顾飞说，“她急了就会发脾气砸东西。”

蒋丞轻轻叹了口气：“你妈的话她是完全不听的对吧，只听你的？”

“差不多吧，”顾飞摸了根烟出来点了叼着，“我也说不清，她不像那些天生自闭或者类似问题的小孩儿，她小时候就是不爱说话，应该也没别的问题。”

“是……脑子受伤以后？”蒋丞又问。

“嗯，但是检查脑子也没查出问题，”顾飞在他背上拍了拍，“别操心这些了，想想你报志愿的事儿吧，估计过两天老徐该家访了。”

“又家访？”蒋丞叹气，“我志愿没什么需要聊的，早就想好了，分数线出来够的话直接就报了。”

“嗯。”顾飞点了点头。

接下去又是沉默，学校的事顾飞没有再问，蒋丞也不太想说，哪个学校，什么专业，他实在不想跟顾飞去讨论。

本来应该是很开心又有些忐忑，会忍不住想跟人说的事，却因为分别日这个一天天逼过来避无可避的日子而变得哪怕多说一句都会难受。

沉默着走了一条街之后顾飞说了一句：“到时我送你去学校。”

“嗯？”蒋丞愣了愣，赶紧摆手，“我问顾淼……不是因为这个。”

“我知道，”顾飞笑笑，“我就是想起来这个事儿，就说一嘴，我送你去学校。”

蒋丞往他身边靠了靠：“好。”

顾飞休息了几天又开始忙碌了。

休息的时候基本就是睡，在家睡，或者是在蒋丞这里睡，蒋丞也跟着睡，他们仿佛是两个从来没有睡过觉的人，除了吃饭就是睡。

蒋丞觉得总是睡觉挺亏的，毕竟睡着了都没有意识，醒过来的时候几个小时就那么过去了。

可有时候又觉得能听到耳边平衡的呼吸声时，是最踏实和宁静的。

这是一种美妙的享受。

暑假里蒋丞没有安排任何活动，一是没心情，二是没时间。

顾飞的暑假就是工作日，有家里店里拍照的活儿，为了抓紧时间泡在一起，也为了赚钱，蒋丞也跟着每天拍照。

他现在已经完全适应了拍照，跟摄影师顾飞的配合已经不需要再说话，顾飞想要什么样的画面，他差不多都能知道。

虽然每次拍照都很累，化妆卸妆，一套套不停地换衣服，有时候碰上丁竹心那种概念型的衣服，换个衣服都得费半天劲，但蒋丞还是会觉得心情不错，毕竟一抬眼就能看到顾飞。

今天这样的活儿还是第一次，拍内裤，丁竹心介绍的。

“你确定拍吗？”顾飞问他。

“有什么不能拍的。”蒋丞说。

“怕你不好意思。”顾飞笑笑。

“你拍的话我没问题，”蒋丞想了想，“不过要提前跟人说一下，我有文身，行不行？”

“我问了，没问题，”顾飞说，“我后期把文身遮掉也可以的。”

虽然知道模特腿上有文身，但是蒋丞换好内裤的时候，内裤家的工作人员的一个姐姐还是有些吃惊：“牙印啊？”

“不行的话我后期P掉。”顾飞说。

“不不不不，”姐姐摆摆手，“不用，很有性格啊，很性感。”

说完她又弯腰凑过去：“还有两颗小心心啊？”

蒋丞有些尴尬地清了清嗓子：“是。”

“啊不好意思不好意思，”姐姐笑了起来，“开始吧。”

除了拍广告，顾飞依旧会去拍各种摄影作品，有人的，没有人的，偶尔镜头里会有一个很帅的少年大步走过。

蒋丞很喜欢这样的出镜，朝霞里、夕阳里、细雨里、晴天艳阳里，他的身影停留在顾飞的取景器里，定格在他的那些照片里。

有时顾飞还会把三脚架立好，他俩一块儿从镜头前经过。

“你从对面过来，”顾飞站在三脚架后头，一边看着取景器一边说，“我从这边过去，然后在中间相互看一眼，再继续往前，找那种芸芸众生的感觉。”

“嗯。”蒋丞应了一声。

看着顾飞开始往这边走的时候，蒋丞也迎着他走了过去。

阳光里有风。

干燥的，温热的风。

蒋丞看着顾飞一步步走近，视线范围如同1.2的大光圈，除了顾飞，一切都是模糊的。

走的这一小段不到二十米的路仿佛走过了这一年多的路程，最后两个人在中点相遇。

按顾导演的剧本，他们应该相视，擦肩继续。

蒋丞知道顾飞想拍的就是风景里的路人，但这一瞬间他却不愿意配合了。

“我不背对着你走。”蒋丞说。

“嗯？”顾飞愣了愣，很快反应过来，“好。”

往前走两步之后蒋丞回过了头，顾飞已经转过身站在了他身后。

蒋丞笑了笑，顾飞也笑了笑，按了快门遥控：“很棒。”

“这几张我要留着，”蒋丞一边往相机那边走一边说，“不，我全部都要，给我打个包吧？”

“做完图就给你打包。”顾飞说。

暑假大家都挺忙的，那边潘智被家里人强行拉着去了海边旅行，能看得出他很不情愿，朋友圈里除了早中晚三顿饭，一张风景照都没有。这边的同学也忙，王旭每天在他家店里帮忙，要不就去易静家蹲点。有的旅行，有的打工，还有些复读的已经开始联系补习班。

蒋丞觉得比起这些人，他和顾飞在等着查分的十几天里，过得是相当逍遥了。

一直到出分的前一天，他才开始隐隐有些不安。

顾飞也像是回过了神似的，一晚上躺在床上翻过来翻过去的半天都没睡着。

“你再翻一次我就把你抽一顿。”蒋丞在他屁股上拍了一巴掌。

“你直接抽一顿我就让着你抽，扒光了就不好说了，”顾飞笑着说，“毕竟我现在没发烧。”

蒋丞啧了一声：“嚣张得很啊小霸王。”

“哎，”顾飞又翻了个身，“明天能查分了是吧？”

“是啊是啊，老徐不是专门打过电话来提醒了吗？”蒋丞说，“说是过了中午差不多就能查了。”

“怎么有点儿紧张。”顾飞说。

“你肯定比你平时考得好，再怎么说这几个月也强行塞进去不少内容了，”蒋丞拍拍他的手，“别紧张。”

“我不是紧张我，我是紧张你的分。”顾飞说。

“紧张个屁，”蒋丞说，“别跟老徐似的像个老太太。”

夜深了，窗外已经没有了人声，只有偶尔经过的车子车轮和地面摩擦出的沙沙声。

蒋丞躺在床上，从窗帘缝隙里扫进来的夜风滑过身体的时候很舒服，他闭着眼不想动。

顾飞已经把床上都收拾好，去洗了澡回来了，他还躺着没动。

“不知道的以为我把你打晕了呢，”顾飞站在床边看着他，“要不要我扛你过去洗澡啊？”

“好。”蒋丞闭着眼点了点头。

顾飞拽着他胳膊把他拉了起来，没等蒋丞睁开眼睛，他就感觉顾飞肩往他肚子那儿一顶，身体顿时就腾空而起了。

“我……的……”蒋丞咬牙憋着气，“肚子……”

顾飞一路笑着把他扛进了浴室，放到了地上。

“服了，”蒋丞靠着墙捂着肚子，“这昏迷的人也就是不能说话，要不被这么扛一路早骂人了。”

“快洗，”顾飞说，“明天精神饱满地起来查分。”

“……神经病。”蒋丞啧了一声。

本来已经把查分的那点不安忘掉了，顾飞这一句话，蒋丞顿时又开始循环不安。

“你就说你是不是欠的，”他洗完澡趴在顾飞身边叹着气，“非得再说一句查分。”

“睡不着了啊？”顾飞笑了，“没事儿，睡不着就睡不着吧，反正也没什么事儿，睁眼挺到查分，查完了再接着睡。”

“我看行。”蒋丞叹了口气。

不过话是这么说，蒋丞本来也觉得自己大概是睡不着得睁眼看到天光了，结果世事难料。

什么时候睡着的他不记得了，但醒过来的时候是被老徐的电话吵醒的。

确切地说是被拿着他手机的顾飞推醒的。

“老徐电话，”顾飞也是一脸睡意，看上去比他稍微清醒一点，“吃饭睡过头，查分也睡过头……”

“几点了？”蒋丞顿时清醒了过来。

“1点了，应该是可以查分了。”顾飞说。

“嗯，”蒋丞莫名有些忐忑地接起了电话，“徐总？”

“你查分了没有？”老徐半喊着劈头就是一句，让人有一种他被老鲁附身了的错觉，“蒋丞你查了你的分了吗？”

“还没，”蒋丞坐了起来，“我刚起……”

“这么重要的时刻你居然睡过头了！”老徐喊着喊着就笑了起来，“快去查分！快！”

“……你是不是已经查了我的分了？”蒋丞问。

“是啊！我已经查了！”老徐的笑声又一连串地传了过来，“不过我不会告诉你的，你自己去查！快去查！查了给我打电话！哈哈哈哈……”

蒋丞挂掉电话，转头看着顾飞。

“看来分不低，”顾飞跳下了床，打开了他的笔记本，“老徐都快笑成范进了。”

“你帮我查，”蒋丞说，从老徐的反应能看得出来他的分应该还可以，但他却突然有些不敢去看了，“我给你考号。”

“不用，”顾飞看着电脑屏幕，“我记得你考号。”

蒋丞愣了愣：“我自己都不记得。”

“你电话、你身份证、你考号学号什么的我都记得，”顾飞一边敲着键盘一边说，“我们学渣记这些没用的东西特别厉害。”

蒋丞凑了过去，又迅速退开坐回了床上：“打开了吗？”

“登录不上去，”顾飞说，“别急……刷新一下……这会儿查分的估计太多了。”

“我去倒杯水。”蒋丞站了起来。

刚要往外走的时候，顾飞拍了一下桌子：“进去了！”

蒋丞站在了原地，都没往那边看：“多少？”

“丞哥，”顾飞盯着屏幕看了一会儿，转过头，“你不自己来看吗？”

“你报个数是不是就累死了？”蒋丞说。

“662。”顾飞很快地把分数报了出来。

蒋丞用了好几秒才从顾飞这一点预兆都没有的报分里回过神来，转身走到电脑跟前儿又看了一眼，然后慢慢坐回了床边，闭上眼睛，长长地舒出了一口气。

7

662分。

顾飞念出这个数字的时候他因为猛地放松，脑子里有些放空。

坐在床沿上愣了能有十多秒，才慢慢恢复了思考能力。

可以了，比蒋丞自己估计的分要高，毕竟他之前的日子里旷课打架没少混，每次考前突击靠的也就是那点小聪明，非典型学霸毕竟还是不能跟典型学霸们比，这样的分数，已经算是圆满。

而且以他们本省这几年的成绩考量，没有意外的话，他想去的学校，他想学的专业，想去没有问题了。

他之前跟沈一清说的那些话，“无论在哪里，我都能证明自己”，这句话最终落了地，他没有白吹这个牛。

虽然沈一清不会知道了，但他也并没想让沈一清知道，他只需要自己知道就可以，这么久以来，他想要的也就是这样。

“丞哥。”顾飞叫了他一声，把他的思绪拉了回来。

“嗯。”蒋丞应了一声。

“恭喜了，”顾飞说，“辛苦没白费。”

“你没白累这么久，”蒋丞抬眼看着他，“谢谢。”

“别逼我说不客气。”顾飞说。

“辛苦了同桌。”蒋丞笑笑。

“为同桌服务。”顾飞抓着他的手捏了捏。

“查你的分，”蒋丞看着电脑屏幕，“快，看看你是多少分。”

“我估计也就三百多分吧，查不查都那样，”顾飞转过去开始在屏幕上输自己的考号，“我之前就想着应该是你的分对半就是我的了。”

“还有这么估分的啊？”蒋丞笑了。

“是不是很有创意？”顾飞输完考号，拿着鼠标点了一下。

在页面跳转的瞬间，蒋丞突然觉得自己有些呼吸不畅，猛的一下居然比等自己分的时候还要紧张，通过撑在膝盖上的胳膊肘都能感觉得到自己的腿在微微发抖。

顾飞的分不会有多高，用上课时间玩了两年多弱智爱消除，就算最后这几个月陪着自己，也并不是在系统地复习，按正常的判断，三百多分基本也就是他的正常水平……

但还是紧张，页面跳转，笔记本有点儿迟钝，显示有点儿慢，蒋丞等了大概零点儿几秒就觉得自己不行了。

没法再看下去。

几秒钟之后，顾飞的肩轻轻抖了两下。

“多少分？”蒋丞没动，用脑门儿顶着他的肩。

顾飞没说话，继续笑着。

“你大爷啊顾飞！”蒋丞喊了一嗓子。

“上四百了，”顾飞说，“就是这个分有点儿逗。”

上四百了？蒋丞挑了一下眉毛，按去年的情况，这分好歹三本随便上了，他迅速转过头，看了一眼屏幕上的总分。

419？

“是不是挺逗的？”顾飞笑着说。

“你语文分不错啊！文综也可以了，”蒋丞的注意力已经瞬间转移了，“要不是数学……还有这英语……”

“我还感觉我数学上不了30分呢，”顾飞笑笑，“现在已经超常发挥了。”

顾飞的语文128分，但数学和英语这两科落了太多分，这些都不是这几个月跟着蒋丞复习能补得上来的。

不过总体上来说，这几个月顾飞忙里忙外的，也就跟着抽背一下，或者随手拿他笔记翻翻，能考成这样，已经挺好了。

蒋丞站起来走到顾飞身后，给了他一个拥抱。

“给老徐打个电话吧，”顾飞反手在他脖子后边儿捏着，“他肯定在等你电话呢，一会儿估计又要打过来了。”

“嗯。”蒋丞应了一声。

这次省文科状元得了664分，蒋丞的662分没能让老徐体会到当状元的班主任是什么滋味，但这个分大概是老徐到四中当老师开始至今所教学生的高考最高分，老徐还是激动得话都说不利索了，想起来就会打个电话给蒋丞感叹，让人有一种让他现在立马退休结束老师生涯他都没有遗憾了的感觉。

接下去的几天，蒋丞的电话一直在响。

同学、老师、校长、主任、教育局的、招生办的，连出去吃个早点，早点摊的老板都能认出他来。

“你是不是那个叫蒋丞的同学？这次高考全市最高分？省里前五还是前十的那个蒋丞？”

“啊，”蒋丞应了一声，“我要一屉包子……”

“哈哈哈哈哈，看到没，”老板非常愉快地叉着腰，“市里的状元就是天天在我这儿吃早点吃出来的！我的早点补脑！”

“豆腐脑……”蒋丞很无奈地继续说。

“没错！豆腐脑也是补脑的！”老板也继续叉腰。

“油……”蒋丞话没说完就被打断了。

“油条油饼也……”老板叉腰。

“双份打包！”蒋丞提高声音也打断了他的话。

“好嘞！”老板马上开始给他打包，“状元，今天早点我请客！”

回到屋里，蒋丞把手机拿出来关了机。

“要是有人有事儿找你怎么办？”顾飞看着他。

“也没什么事儿了，现在就是招生办的老师一直打电话，马上出分数线要报志愿了，都拉人呢，”蒋丞说，“我要去哪儿早就决定了，现在抢来抢去也没什么意义。”

“你给老徐说了没？”顾飞问。

“……我现在跟他说一声吧，”蒋丞想了想又把手机开了机，看了顾飞一眼，“我要去R大法学院。”

“啊。”顾飞愣了愣。

蒋丞盯着手机的开机画面，这是他第一次跟顾飞说起想去的学校，不知道为什么，说出来之后有点儿莫名其妙的不安。

“以前就想好了吗？”顾飞问。

“嗯，”蒋丞点点头，“初中的时候就想过，觉得有兴趣，而且我喜欢那种，实实在在一技在手的感觉。”

“挺好的，”顾飞搂住他，“好学校不如好专业，是吧？”

蒋丞笑了笑。

蒋丞的这个决定让老徐有些不能理解，反复地跟他确认：“你这个分能去B大的，真的不去？”

“不。”蒋丞说。

“B大文科院校排名第一啊，”老徐说，“真的不考虑？”

“R大法学排名第一，”蒋丞说，“徐总，真的，我不考虑B大了，分够了我就报R大了。”

“那行，那行，专业第一还是很重要的，”老徐想了想，“你是个有主意的孩子，徐总支持你！反正你去哪儿，你都是我最有出息的学生了。”

“徐总，”蒋丞笑了笑，“我这段时间手机就关机了，再有别的学校的老师问，你就帮我说一下吧。”

“好好，好的，”老徐应着，想想又说了一句，“蒋丞啊，你跟顾飞关系挺好的是吧？”

“嗯，”蒋丞看了一眼旁边的顾飞，“怎么了？”

“我查了一下他的分，”老徐说，“三本没问题，但是……三本的学费都高，我怕他家里的情况……他要是吃力，我和鲁老师都可以帮他想办法的，我们直接说，他肯定拒绝，所以我想让你帮着说说，看看他什么想法。”

挂了老徐的电话之后，蒋丞把手机关机，放到了桌上，舒出了一口气：

“消停了。”

“老徐让你找我什么事儿？”顾飞问。

“他说三本的学费高，你要是觉得吃力……他和老鲁可以想办法。”蒋丞看着他。

“他怕我拒绝他所以让你先来问？”顾飞笑了。

“嗯，”蒋丞叹了口气，其实他之前就想过这个问题，但一直也没有问出口，老徐说他有主意，其实顾飞才是真正有主意的人，他的生活，十几年都是他自己处理，想怎么做，该怎么做，顾飞的思路比任何人都清晰，“我觉得我说不说，也就那样吧。”

“丞哥，”顾飞捏捏他的下巴，“你相信我吗？”

“相信。”蒋丞想也没想就回答了。

“无论在哪里，如果我想证明自己，我也一定可以的。”顾飞说。

“嗯。”蒋丞看着他，点了点头。

顾飞的决定蒋丞没有再去问，老徐那边有没有再找过顾飞，他也不清楚。

但顾飞的决定他已经猜到了，顾飞的性格，不可能接受任何“想办法”，他过去的十几年里，只有自己，自己能解决的事就自己解决，这已经是一种习惯。

太高的学费他承担不起，那么就找个学费能承担得起的学校。

蒋丞觉得无论顾飞做出什么样的决定，他都不会干涉，更不会觉得可惜，或者感叹。

顾飞就是这样的人，一旦他愿意睁开眼睛，他就可以所向披靡。

对于顾飞，蒋丞觉得自己吹牛起来根本不需要眨眼睛，瞪着眼嘚嘚嘚嘚就是一篇满分作文。

一直到报志愿的时候，蒋丞的手机都没有开过机。

每天和顾飞又像之前一样，接点活儿，拍拍照，吃饭、散步，带顾淼遛。

明明觉得一天天的也没什么大事儿，平平静静的日子应该过得很慢，但偏偏这次，时间就像风，刮过来刚眯缝了一下眼睛，就过去了。

蒋丞报志愿没有什么悬念，按自己想的就报了，顾飞报的志愿让老徐有些伤感，他放弃了三本的学校，报了师范学院。

蒋丞觉得顾飞的选择没什么问题，学费低，还有补助，毕业了工作也会稳定，关键是学校离顾飞家不远，他俩出去瞎窜的时候还路过了两次，学校还挺大的。

“你怎么跟老徐说的？”蒋丞问，“他肯定觉得你这样很亏，不劝你个百八十回不会放弃吧？”

“我说我想像他一样当个好老师，”顾飞叼着烟趴在窗台上，“他顿时就说不下去了。”

蒋丞窝在沙发上一通乐：“你真是够了。”

“真的，肺腑之言，”顾飞说，“专科在我们这儿可以去初中了……”

“顾老师专治各种不服。”蒋丞乐了。

两人一块儿笑了一会儿，笑完之后都没了声音。

顾飞的这一句话，划出了两条平行线。

蒋丞靠在沙发里，腿搭在茶儿上对着电视发呆，脑子里没有思考任何东西，就是放空，连电视里演的是什么都不知道。

顾飞那边的动静他倒是能感知。

抽了三根烟，喝了大半杯水，上了一趟厕所。

“丞哥。”顾飞坐到了他身边。

“我现在不想说话，”蒋丞盯着电视，“你别管我，我就愣一会儿。”

“嗯。”顾飞没再说话，靠在他身边，跟他一块儿盯着电视。

一直盯到蒋丞眼睛开始发涩，也饿得开始有些想吐了，他拿过遥控器关掉了电视，转头看着顾飞。

“嗯？”顾飞也转过头，“饿了吗？”

“会有办法的。”蒋丞说。

“嗯。”顾飞点点头。

“现在想不出来，以后也会有办法的，”蒋丞说，“就算没有办法，也没什么大不了的。”

“嗯。”顾飞看着他。

蒋丞知道这事儿光靠这种孩子气的坚持是远远不够的，但眼下他们能做到的也只有孩子气的坚持，那就坚持好了。

他和顾飞没有再就这个问题进行更多的讨论，反正讨论也没有什么结果，而且日子过得太快，快得他俩只来得及合伙过了个生日。

通知书到了。

老徐的电话打到了顾飞的手机上：“蒋丞这个熊玩意儿！关机还关上瘾了吗！通知书他不要了啊！”

“走吧，”顾飞说，“熊玩意儿，去拿通知书。”

这是蒋丞高考结束之后第一次回到四中。

校门口两边的墙上，都拉着红色的横幅，市状元、省前十，蒋丞同学的成绩，毕竟是能写进四中校史的大事儿，怎么隆重怎么来。

“我天，”蒋丞看完横幅一进校门就愣了，大门旁边的橱窗上，也是一片红，横幅红榜就算了，橱窗里还有他巨大的照片，“那是我？”

“啊，”顾飞一看就笑了起来，“是的，蒋丞同学。”

“是不是拿的我办学生证时交的那张照片啊，拿球赛时候的照片都行啊！怎么拿这张，”蒋丞顿时非常不高兴，“太丑了！”

“不丑啊，”顾飞迅速拿出手机，对着橱窗那边一通拍，“很帅，能把证件照拍得这么好看的就咱俩了，没有第三个。”

“要脸吗，夸别人的时候非得带上自己？”蒋丞看了他一眼，想想又很不甘心，“我能跟学校说说把照片换了吗？从你那儿拿一张？”

“丞哥你怎么这么……臭美啊？”顾飞笑得停不下来，“四中谁不知道你是帅哥。”

蒋丞瞪着他没说话。

“行吧，咱们去跟老徐说，”顾飞说，“我直接找一张你的照片放大了洗好给学校怎么样？”

“好。”蒋丞说。

虽然是假期，但也开始补课了，从学校门口走到老徐办公室，蒋丞接受了众多的夸奖、赞许，以及目光。

一直到这时，一直到从老徐手里接过了录取通知书，蒋丞对自己这个高考才有了最终的实感。

“我看看……捷报！祝贺你被我校法学院录取……”顾飞拿过通知书很认真地看着，“法学专业，听起来很厉害啊丞哥。”

“事实上也很厉害！”老徐有些激动，“来来，大飞，你给我和蒋丞拍个照吧，拿我手机拍，蒋丞你拿着你的通知书。”

虽然蒋丞觉得这样拍个照看上去相当傻，但还是站到了老徐身边，把通知书举到了面前。

老徐整了半天衣服：“好了。”

顾飞拿着老徐的手机，给他俩拍了张照。

“徐总你手机该换了，”把手机还给老徐的时候他说，“你手机拍出来的照片看着像座机拍的。”

“就你话多，我正要买新手机呢，毕竟是个喜事！”老徐想了想，“要不你拿你手机再拍一张发给我。”

“啊……”蒋丞叹了口气，不得不重新捧好通知书咧开嘴。

拿了通知书回到出租房，蒋丞躺到床上，舒出一口气，感觉所有的事情似乎都尘埃落定了。

顾飞拿着他的通知书在他身边坐着，来来回回看了很多遍都没有放下，之前还折腾半天摆好道具拿相机拍了几张。

“你到底在看什么呢？”蒋丞笑着问。

“看我同桌有多牛，”顾飞说，“你们R大的这个通知书一看就相当高大上啊。”

“你同桌在这儿呢，”蒋丞指了指自己，“有多牛你转脸看看真人多好啊。”

顾飞放下了通知书，转过脸看着他，好半天才笑了笑：“丞哥。”

“嗯？”

“我有没有说过，”顾飞说，“你是我的骄傲？”

蒋丞盯着他，盯了能有两分钟才开了口：“过来，让我抱一抱。”

顾飞挨着他躺下，蒋丞翻身过去搂紧顾飞，很认真地抱了抱，自己都感觉挺用劲的，顾飞抽了口气。

“给你把刀你直接割吧，省得勒了。”顾飞说。

“你是我的后背。”蒋丞说。

顾飞的通知书到得比较晚，蒋丞没几天就要去报到了，老徐才终于打来了电话：“你的通知书，到了！”

蒋丞拿着通知书也是翻过来翻过去地看，总算知道那天顾飞为什么拿着他的通知来回看了，就是过瘾，看来看去的很过瘾。

“中文，”蒋丞拿着手机对着通知书一通拍，“很棒，顾老师。”

“明天李炎说吃个饭，”顾飞笑着说，“之前出成绩的时候他就说要吃饭，我没答应，现在通知书都到了，你也马上要去报到了，就一块儿吃个饭吧？”

“嗯，”蒋丞一听到“报到”两个字，感受相当复杂，不过之前已经有了决定，他也就没去多想，“吃吧，我感觉这一个暑假都没见过他们几个。”

“见我就行了。”顾飞说。

“没错。”蒋丞打了个响指。

这顿饭的目的算是二合一了，庆祝他俩拿了通知书，也给蒋丞送行。

相比那天的散伙饭，跟李炎和不是好鸟几个吃饭完全没有分别的情绪，就是喝酒吃肉吹牛，一顿饭吃完身心舒畅。

李炎他们还合伙买了个很漂亮的旅行箱，作为礼物送给蒋丞，上面甚至还精心地系了个蝴蝶结。

蒋丞拖着这个箱子回到出租房的时候，再一次感觉到了慌乱。

“怎么办？”他看着顾飞。

“什么怎么办？”顾飞愣了愣。

“我有点儿……害怕，”蒋丞抱住他，“我突然不想去报到了。”

“行啊，你复读呗，”顾飞说，“没黑没白的再来一年？”

“滚蛋。”蒋丞啧了一声。

“不怕，”顾飞笑了笑，“丞哥这么厉害，什么都不怕，我还在这儿呢，你害怕的时候回手一摸，就能摸到我了。”

“嗯。”蒋丞闭上眼睛。

“而且我还要送你过去呢，”顾飞说，“你怕什么？我可以先把你宿舍的人打服了，就不怕了。”

“神经病。”蒋丞笑了起来。

顾飞跟着他一块儿傻笑着。

蒋丞下巴搁顾飞肩上一通乐，笑着笑着就觉得鼻子发酸，一不小心，眼泪就悄没声儿地滑了下来。

8

通知书上的报到日期是9号，顾飞的意思是提前两天过去可以先熟悉一下环境，但蒋丞一直也没表态，因为他说了他来买票，顾飞也没老催着。

拖到最后再不买票估计就买不上了，他才顶着买了8号的票。

看着发到手机上的订票信息，蒋丞心里不怎么舒服，分别的难受劲儿这会儿跟爆发了似的把终于能去自己想去的学校的喜悦压得死死的翻不了身。

“丞哥，”顾飞站在衣柜前，把他的衣服一件件拿出来，“你衣服你真不自己收拾？万一我给你收拾了哪件你不喜欢的……”

“我才不管。”蒋丞盘腿坐在床上，拿了顾飞的手机玩着弱智爱消除，这么长时间他也没怎么帮顾飞玩，李炎已经超过去不知道多少关了，游戏都更新了三回新关卡了。

“那你到时衣服不合心意别骂我啊。”顾飞说。

“嗯，”蒋丞看了他一眼，“把你那件写了个FUCK的T恤给我带着吧。”

“行吧，一会儿我回去拿过来。”顾飞笑着回到衣柜前继续收拾蒋丞的衣服，收拾了一会儿，突然拎出来一条裤子，“怎么这条都破洞了？屁崩的吗？”

日子感觉一天天的过得特别快，没什么感觉就滑过去一串儿。

“丞哥，”顾飞躺在床上拿着他的手机，看着那天发来的订票信息，“明天上午我们就要去车站了，为了能按时起床，今天晚上就好好睡觉不聊通宵了吧……”

蒋丞转头看了他一眼。

顾飞乐了：“要不现在来个谁是木头人看看谁比谁能撑。”

“靠。”蒋丞笑了起来，想想又叹了口气。

“我有空去看你，”顾飞看着他，“不用等到‘十一’。”

“嗯。”蒋丞把脑门搁在了枕头上。

晚上他俩也没出去吃，他们把顾淼带到店里，一块儿弄了点儿东西吃。

顾淼不知道蒋丞要去上学的消息，顾飞的意思是不要让她知道，她可以很长时间不跟蒋丞见面，但如果说了蒋丞要走，会很久见不到，她就无法接受，会生气。

“如果她对你，”蒋丞轻轻叹了口气，“也能是这样的态度就好了。”

“我毕竟是她亲哥。”顾飞笑笑。

蒋丞没出声。

那顾淼还有亲妈呢，也没见因为见不着亲妈就生气啊。

但他也知道，这就是句废话。

顾飞对于顾淼来说，绝对是不一样的存在，在顾淼的世界里，大概只有两种人，一种是哥哥，一种是哥哥以外的人。

她自小生活的这个地方，和她自小唯一的依靠，不能改变，不能失去。

顾淼拉过蒋丞的手，在他手背上画了个绿色的小兔子，然后把颜色都涂得满满的。

“真好看。”蒋丞说。

这个表扬让顾淼心情不错，她在他手上挨着又画了一只一样的，照样涂满了颜色。

准备画第三个的时候，顾飞在旁边拦了一下：“哎，油性笔，你丞哥明天怎么出门。”

“挺酷的。”蒋丞看了看手背。

晚上顾飞把顾淼送回家，蒋丞先回了出租房。

这房子他不打算退，毕竟放假了他还得回来，平时顾飞想一个人待着的时候也可以过来。

他拉开抽屉，拿出一个信封，抽出了里面的钱点了点，然后拿个红包装上了。

上回他跟顾飞说了拍照的钱先不用给他之后，顾飞一直帮他存着，前两天都取出来给他了。

他留出了八千，准备给顾飞。

这点儿钱不多，多了顾飞也不可能要，虽然他也不知道为什么要留钱给顾飞。

也许就是想着能为这个人做点儿什么，分担点儿什么。

他打开衣柜，把红包放到了顾飞一件外套的兜里。

想想不知道哪天顾飞穿了这件外套然后发现这个红包时的样子，他对着衣柜傻乐了好半天。

顾飞怕第二天起不来床会误车的这种担心，事实证明是非常多余的。

他俩肯定不会误车，因为这一夜，他俩基本就没睡着。

顾飞一晚上翻了多少回身，蒋丞差不多都能数出来了，他一直努力咬牙坚持着没太动，他怕顾飞发现自己睡不着会担心。

天快亮的时候蒋丞实在熬不住了，翻身过去看着顾飞。

“醒了？”顾飞轻声问他。

“嗯。”蒋丞哼了一声。

“再睡会儿吧，还没到时间，”顾飞拍拍他的背，“到时我叫你。”

“嗯。”蒋丞闭上眼睛。

天亮的时候他终于睡着了。

但感觉也就是刚一闭眼，顾飞就把他晃醒了：“丞哥，起床吃早点。”

起床，穿衣服，洗漱，吃早点，检查行李，出门。

全程他俩都沉默着，哪怕是知道顾飞会跟他一块儿上车，一块儿下车，一块儿到学校，但蒋丞还是心情低落。

顾飞只能陪他两天，明天他报到完，后天一早，顾飞就要回来。

一个人坐车回来。

车站的人挺多，这个破旧的、看上去永远都在脏乱里透着落寞的、似乎永远都不会有变化的火车站，因为开学而变得热闹，车站里里外外，有很多拖着行李箱的学生。

身边的这些学生，脸上都写满期待。这个时候，无论是考得好还是不好，去的学校是合心还是不合心，带来的心情都已经淡去，大多数人心里已经被即将到来的未知的新生活的幻想填满兴奋。

去学校的车程不算太长，蒋丞买的是坐票，其实就算是车程很长，他也想买坐票。

两个人坐在一起，可以挨着，卧铺的话，聊天就没有这么方便了。

在闹哄哄的车厢里找到座位，把行李放好，他俩坐下，长长舒了口气。

到这时蒋丞才有些后悔自己之前买票买晚了，早点儿买说不定能买到两人座的，现在是个三人座，他俩还不靠窗。

“这就不错了，”顾飞靠了过来，“咱俩没隔个过道就谢天谢地了，你看前面那俩。”

蒋丞顺着往前看了一眼，前面有一对小情侣，男生送女生去学校。

过道两边一边坐着一个，手伸到中间拉着，有人过来就松开，人一过去又马上拉上，不厌其烦地一遍遍重复着。

“难道咱俩要学人家小情侣那么坐着，拉手吗？”蒋丞问。

“有点儿矫情，”顾飞说，“我们可以用目光缠绵。”

蒋丞看着他笑着。

“不是吗，”顾飞看着他的眼睛，边乐边说，“就这样，四目交会，我看到你的想念，你听到我说，我会在你身边……”

“滚。”蒋丞笑得不行。

他俩一直乐到靠窗位置的大姐过来，才总算是停下了。

蒋丞拿出手机，拍了一张站台上的照片发到了朋友圈。

很快就有一堆回复，各种祝福和道别。

王旭第一个回复：“十一”回来，吃馅饼。

蒋丞笑了半天，把手机放回了兜里，靠在椅背上闭上了眼睛。

没过多久，车上的广播提示马上要开车。

蒋丞睁开了眼睛，车轻轻一动的那一瞬间，蒋丞的心跳有些卡壳。

他迅速看向窗外，站台上已经没有人，景物一点点往后退着。

车真的开了。

车窗就像一块屏幕，跑马灯一样变换着内容，车站很快消失，接着是一片片破败的小房子，远处有些高楼。

最后房子越来越稀疏，渐渐消失了，窗外开始绵延一片片农田。

蒋丞的心里也跟着有些空落落的。

当初他一个人拖着行李过来时的心情，跟眼下的心情完全不同，他甚至没有往窗外看过几眼。

这个他根本不愿意多待一天，一心只想着要逃离的小小的城市，现在消失在身后时，他却开始恋恋不舍。

虽然他依然坚定地不肯留在这里，也不可能留在这里，但这里却有了他无论如何也不会忘掉的珍贵记忆。

一直到手机响了，他才收回了视线，掏出手机看了看，是潘智。

这家伙真像高考之前说的，虽然考得不怎么样，但硬是让家里拿钱砸了个跟他在一个地方的学校。

“潘智吧？”顾飞问。

“嗯，”蒋丞接起电话，“他非得去接……”

“我要真不去接，你就说你会不会很失望？”那边潘智听到了他的话，非常不满，“丞儿不是我说你，你现在对我的态度，非常像一个渣男。”

“你一个正宗渣男，”蒋丞说，“居然能大着脸指责你爷爷渣？”

“不能吗，我对你一心一意，你挑得出毛病吗？”潘智说，“你下午才到，我现在已经在你们学校里边儿转悠了。”

“等等，”蒋丞说，“你说的接我，是在车站接，还是在校门口接？”

“当然车站啊！怎么这么不了解我，还是不是哥们儿了，”潘智啧啧两声，“我现在就是来参观一下，你们学校，美女很多……对了你有没有跟顾飞说了我要去接？”

“提了一嘴，”蒋丞说，“怎么了？”

“没，我就是想告诉他，他只能先忍耐一下我了，毕竟你一个暑假都对我视若无睹仿佛从来不认识。”潘智说。

蒋丞把手机贴到顾飞耳边让他听着，顾飞听笑了。

这一路他和顾飞没怎么说话，就那么坐着，两人都闭着眼睛。

蒋丞确定自己和顾飞都睡着了，而且都睡得东倒西歪的，好几次他俩的脑袋都磕到一块儿，睁开眼睛对视一眼又继续睡。

车到站很准时，还有差不多二十分钟的时候，车厢里很多人就已经拖着行李走到车门边去等着了。

“丞哥，”顾飞打了个哈欠，活动着胳膊，“你昨天晚上是不是没睡好？”

“没，挺好的。”蒋丞揉了揉脸。

“刚睡得都打呼噜了。”顾飞说。

“放你的……”蒋丞说了一半又转过头瞪着他，“真的？”

“假的。”顾飞说。

蒋丞松了口气，无论在哪儿，形象还是很重要的，一个帅哥，张着嘴在火车上打着呼噜，绝对是颜值也无法挽救的悲惨事件。

里面的大姐也拖着行李往车门挤过去了，蒋丞站起来一条腿跪在座位上前后看着。

车厢里的人都走空了，他俩才拿着行李下了车，往潘智等着他们的那个出站口的方向慢慢走过去。

走了没到一半路，潘智的电话打了进来：“爷爷！你就说你俩是不是在报复！你们这趟车的人都走光了！你俩到底还出不出来！”

“马上到了，”蒋丞笑得不行，“谁有工夫报复你啊，刚人多不想挤而已。”

“赶紧的，”潘智说，“我都开好房了，一会儿放了东西就吃饭去，桌我也订好了。”

“开房？”蒋丞愣了。

“你俩晚上住桥洞啊？还是你住宿舍，顾飞住桥洞？”潘智问。

“不是，我自己开就行啊。”蒋丞说。

“我求你了爷爷，让我表现一下吧，戏都快让顾飞抢没了，”潘智说，“我们男二……男不知道几号的日子不好过啊。”

“一会儿给你加戏，咱俩好好拥抱一下。”蒋丞说。

感觉也没有多久没见着潘智，但出了站看到换了新发型、打扮得一看就是个花心渣男XXL的潘智时，蒋丞还是忍不住发自内心地扬起了嘴角。

“爷爷！”潘智非常激动地吼了一声。

“孙子！”蒋丞也吼了一声。

四周的路人纷纷看了过来，见证了他俩祖孙相见。

潘智冲过来抱住了蒋丞：“爷爷，我是真想你了。”

蒋丞笑着在他背上拍了拍。

潘智松开他，转身又抱了抱顾飞："好久不见。"

"你比上回见又帅了八个档次啊。"顾飞说。

"好眼力，"潘智冲他竖了竖拇指，然后一挥手，"走走走，坐地铁直接能到。"

"你是不是提前了挺长时间过来的？"顾飞问。

"那肯定啊，"潘智说，"跟我爸妈在一块儿憋了一个暑假了，必须赶紧逃，我都过来半个月了，一天天游手好闲地到处逛就等你俩过来呢。"

潘智对所有的路线都已经很熟悉，带着他们坐地铁直接到了学校，订的房就在旁边的酒店。

"你俩先收拾收拾，半小时以后楼下大堂见，"潘智说，"别晚了，我订的桌超时就取消了。"

"嗯。"蒋丞进了房间，关上门，坐在床边，看着顾飞把行李靠墙放好，又进浴室看了看有没有热水。

见到潘智的喜悦，好久不见一路聊过来的舒心的情绪，在进了房间之后慢慢平复下去。

今天一晚，明天一天。

后天一早顾飞就要离开了。

而他就要开始一个人的生活，新的环境、新的人、新的生活。

很长一段日子里，他和顾飞只能通过手机来联系。

这种想法一旦开始冒头，就再也收不回去了。

"顾飞。"他开口叫了顾飞一声。

"嗯？"顾飞在浴室里应了一声，人却没有出来。

蒋丞站起来，走到浴室门口，看到顾飞正站在洗手池前，撑着台面看着镜子里的自己。

听到他过来，顾飞迅速拧开了水龙头，低头泼了一捧水到脸上。

"顾飞。"蒋丞又叫了他一声，心里拧成了一团。

"嗯。"顾飞偏过头冲他笑了笑。

眼睛有些发红。

"你哭了，"蒋丞走过去，他把顾飞脸上的水轻轻抹掉，"你是不是哭了？"

"嗯。"顾飞应了一声，闭了闭眼睛。

9

蒋丞觉得自己的手是暖的，但顾飞闭上眼睛时，眼角一颗很小的泪珠滑到了他指尖上，他还是感觉到了温度。

带着顾飞情绪的小小的温度。

他什么也没说，也不知道还有什么可说，顾飞的情绪向来不外露，哪怕是在自己面前，他能控制也都会尽量控制。

这是第二次。

第一次他看到了沉在黑色河底闭着眼睛的顾飞。

第二次，他看到了像他一样被打倒了的顾飞。

他没有什么可以说的了，只要开口，他一定会跟顾飞一起，哭成一团。

浴室里很安静，只有换气扇转动时低低的嗡嗡声。

听不到顾飞流泪的声音，但却听得到心跳声，蒋丞不知道这心跳是自己的想象，还是真实的，也不知道心跳是顾飞的，还是自己的。

他闭上眼睛，紧紧抓着顾飞的衣服，就像是想要抓住一点点流走的时间。

一分一秒。

时间是个非常讨厌的东西。

活泼而冷酷。

不知道过了多长时间，顾飞低头在胳膊上轻轻蹭了两下：“没事儿了，你洗个澡吗？还是吃完饭回来再洗？”

“啊？”蒋丞都还没来得及把自己心里翻腾着的难受完全压下去，顾飞对情绪的控制，简直就是神级水平。

顾飞已经轻轻拍了拍他的背：“你现在要洗澡吗？”

“回来再洗吧，”蒋丞吸吸鼻子，“洗个脸得了，反正晚上睡前不洗睡不着。”

“嗯。”顾飞松开了他，转身弯腰拧开了水龙头。

几捧水泼到脸上，再擦干了转过头时，顾飞已经恢复了平时的样子。

“你要洗澡吗？”蒋丞问。

“不了，晚上再说吧。”顾飞笑笑。

蒋丞啧了一声笑了：“你是我这辈子见过的最不要脸的人。”

“哪儿就一辈子了，”顾飞说，“以后你还会碰到很多人，最这最那的一堆呢。”

“你就是最，”蒋丞挤开他，低头一边洗脸一边说，“最帅的、最聪明的、最酷的、最可爱的、最有才的。”

“那我只能同上了。”顾飞说。

顾飞摸了根烟出来叼着，站到了窗边。

不知道现在的时间是几点，顾飞懒得拿手机出来看，不过窗外的天已经黑了。

抬头时能看到不太明显的夜色，低头时满眼的明亮，连成片的一栋栋楼的灯光和闪烁的霓虹，远远近近。

“看什么呢？”蒋丞走到了他身边站住。

“看看繁华的大都市。”顾飞说。

“嗯，毕竟首都嘛，”蒋丞说，“钢厂的话，这会儿都黑透了吧。”

“是啊，”顾飞笑笑，“路灯都不亮。”

“你以前自己跑出去旅行的时候，来过吗？”蒋丞问。

“没有，”顾飞摇了摇头，“要不是你来了，我这辈子都不一定会来。”

“哪儿就一辈子了，”蒋丞学了他一句，“以后你还会去很多这样的地方，大城市、小城市、山上、海边，在那山的那边，海的那边……”

蒋丞说到一半莫名其妙却又非常顺畅地唱了起来。

“有一群蓝精灵……”顾飞边乐边跟着接了一句。

他俩换了衣服，准备去吃饭。

出了房间，蒋丞还跑到隔壁潘智的房间门口敲了敲门，不过没有人回应。

“这会儿肯定不在房间了，”顾飞说，“肯定在大堂等着骂我们呢。”

“几点了？”蒋丞问。

“不敢看手机，”顾飞说，“我感觉潘智的桌可能要取消了，我们要怎么面对他？”

“坦然直面啊。”蒋丞啧了一声。

潘智在大堂里百无聊赖地坐着玩手机，他俩过去的时候潘智正旁若无人地举着手机自拍。

“帅哥。”蒋丞叫他。

“妈呀，”潘智一脸解放了的表情站了起来，接着又换成了一言难尽，“不是，你俩是不是也太慢了点儿啊？”

“喂！”潘智拨通了电话，“我今天订了个桌……潘安，对，我现在……别取消！取什么消我现在就过去了！我刚还打了电话让别取消！”

“我的形象全没了。”蒋丞说。

“自己孙子跟前儿还要什么形象。”顾飞笑着把胳膊搭到他肩上。

“姐姐！”刚才还气势如虹的潘智突然换了语气，“姐姐，别给取消，我保证去啊，我现在过去就十分钟，真的，你给想想办法，让那桌客人再等等座呗，我这儿请客呢，非常重要的客人，关乎我的面子问题……”

蒋丞和顾飞站在酒店门口，看着路上车水马龙的景象，等着潘智花言巧语让饭店前台把他们已经取消准备给到店的客人坐的桌子再让出来。

两分钟之后潘智一招手：“赶紧的，过去，就在前面。”

“留桌了？”蒋丞问。

“留十分钟，”潘智看了看时间，“你俩真是考验我的社交能力。”

“我们……”蒋丞想说他俩真没在屋里多耽误时间，但想想又不知道该怎么解释他俩到底为什么在房间里待了这么长时间，于是没再说话。

“等我一下。”潘智突然跑进了路边的一个花店里。

再出来的时候手里拿了一枝包装得很漂亮的玫瑰花。

“干吗？”蒋丞看着他。

“不是给你俩的。”潘智说。

“你跪下求我我也不要啊。”蒋丞说。

“磕头也不要。”顾飞说。

“我这么坚贞不屈的人怎么可能跪下求你！”潘智说完又瞪着顾飞，“你俩真般配。”

饭店离得不远，是个川菜馆，生意很火爆，难怪订桌一过时马上就取消了，按说这么火爆能接受订桌都不容易了。

“先生几位？”迎宾微笑着问。

“订了桌的，姓潘。”潘智说。

“潘先生啊，您订的桌在二楼，请往这边……”迎宾的话没说完就被潘智打断了。

“刚我打电话过来是谁接的？”潘智问。

“我们前台的服务员。”迎宾往旁边指了指。

“正在打电话那个？”潘智看了看。

“是的。”迎宾点点头。

“你们先上去吧，”潘智回头看了看蒋丞，“我一会儿的。”

“你……”蒋丞往前台那边看了一眼，低头正接电话的那个小姑娘长得挺清秀的，他叹了口气，看着迎宾，“二楼是吗？”

“是的，二楼35号桌，二楼有服务员带你们过去。”迎宾说。

往楼上走的时候，蒋丞又回头看了一眼，潘智已经走到了前台，把手里的玫瑰往刚才接电话的小姑娘前面一伸，小姑娘先是一愣，潘智不知道说了句什么，小姑娘顿时有些不好意思地笑了。

“他一直这样吗？”顾飞也正回头看着，“简直行云流水。”

“啊，”蒋丞笑了半天，“初中就这样了，非常不要脸。”

“别跟他学。”顾飞很严肃地说。

“这个学不来，”蒋丞也很严肃地说，“这种本事娘胎里带出来的，他幼儿园就已经失过恋了。”

“什么鬼。”顾飞乐了。

潘智把前台姑娘的微信加上了才上楼，往他俩面前一坐：“点菜了吗？”

“等你点，”蒋丞说，“我们不会。”

“刚那个小姑娘你看到没？”潘智拿了菜单翻着，“特别可爱，说话也好玩，跟小蹦豆似的。”

蒋丞和顾飞都没说话，一块儿看着他。

“我没有到哪儿就盯着别人看的习惯。”蒋丞喝了口茶。

“知道你俩专一，”潘智叹了口气，“那也得碰上了才行啊，我不到处找，怎么能碰到那个我想专一的呢，对不对？”

“太有道理了，我竟无言以对。”蒋丞笑了笑。

“不是吗，”潘智说，“你得跑多远，才能碰到想专一的人？”

蒋丞没有说话。

“不过吧，”潘智招手叫了服务员过来点菜，“我现在至少有一点比较舒服，不认真，就不难受，我还是先快活够了再说吧。”

“不是你想不认真就能不认真的。”顾飞说。

“小看我？”潘智看着他。

“拭目以待。”顾飞拿手圈了个圈放在眼睛上看着他。

吃完饭回到房间洗了澡之后，他和顾飞就靠在床上看电视。

大部分时间沉默，偶尔会扯几句跟离别无关的内容。

最后顾飞关掉了电视和灯，蒋丞躺下，闭上了眼睛。

也许因为前一晚他俩都没睡，灯关掉了之后，很快都睡着了。

早上睁眼的时候蒋丞甚至有些懊恼，有种这一夜白过了的感觉。

“潘智说有早点，可以送到房间来，”顾飞说，“你现在想吃吗？想吃我就打电话叫服务员送过来。”

“嗯。”蒋丞点了点头。

“吃完正好可以去报到，溜达过去就行了。”顾飞又说。

“啊。”蒋丞闭着眼应了一声。

学校离酒店很近，去报到的时候潘智就没再跟着了，退了房回自己学校，临走的时候交代了一句：“顾飞明天早上的车对吧？地铁口就在那边，坐地铁过去就行。”

“嗯。”顾飞点头。

“我就不送你了，”潘智说，“你俩也别太伤感了，也就大半个月又放假了。”

“你快走吧。”蒋丞说。

“渣男。”潘智说。

“走吧男不知道几号。”蒋丞笑了。

潘智转身走了之后，他轻轻叹了口气。

他脑子里一直是“顾飞后天回去”，潘智一句“明天早上”让他心里一颤。

不是后天了，是明天，而且是明天一早。

明天早上开始，他就是一个人了，在这个陌生的城市里，陌生的人群里。

蒋丞没怎么说话，顾飞也找不到可以说的话题，也只能沉默。

顺着路没走多远就到了R大，顾飞突然有些紧张，突然有些不适应。

他很少会有这样的感觉，但现在却真真切切地感受到了。

身边来报到的新生很多，家长也很多，每一个人脸上都写着愉悦和骄傲，他们跟蒋丞一样，是各种各样的学霸。

顾飞看了蒋丞一眼，蒋丞脸上很平静，他心里的感受跟自己肯定不一样，这是他要开始新生活的地方，一流的学校，有顶尖的专业。

蒋丞是他的骄傲，也是他开始感受到隐隐慌乱的根源。

“去那边问问怎么报到。”蒋丞说。

“嗯。”顾飞点点头，跟在他身后在人群里穿过。

法学院的楼前很热闹，支起的一圈阳棚下摆着桌子，很多志愿者在给新生做解答，旁边放着各种迎新展板，很多新生在展板前拍照。

顾飞没有跟着蒋丞挤到桌前，他站在人群外看着蒋丞。

很快有一个女生带着蒋丞到了旁边的桌前，蒋丞边走边回头往这边看，顾飞举了举手。

蒋丞冲他招了招手，示意他过去。

“是在这儿报到吗？”顾飞走到他身边。

“嗯，”蒋丞点点头，“挺多事儿的，身份证、通知书、准考证……领了报到证再去办后面的手续。”

“嗯。”顾飞看了看四周的人。

“你别离我太远，”蒋丞一边从包里掏出自己的东西，一边低声说，“不要超过五步。”

“怎么了？”顾飞笑了笑。

“不怎么，”蒋丞说，“看到你我踏实。”

“好。”顾飞在他肩上捏了捏。

蒋丞转身继续办手续，顾飞站在他身后看着，他每次移动，顾飞都跟着。

信息核对、入学登记、交费，有志愿者带着，这些手续办得挺快的，也很顺利，最后蒋丞拿着一堆东西走到了他面前：“帮我拿一下。”

收据、校园一卡通、学生证、校徽……还有一些社团的邀请卡、学院的宣传手卡之类的，东西挺多，顾飞把这些都放到包里单独的那一格里：“现在呢？”

“去宿舍，宿舍在一楼，挺好的，不用爬楼了，”蒋丞笑笑，“一会儿学长带着过去。”

“我能进去吗？”顾飞问。

“能，平时要刷卡，这几天有家长，就都能进，”蒋丞看着他，“你是我家长哎。”

顾飞没说话，笑了笑。

一个大概是志愿者的学长走了过来，还带着另外几个男生和家长。

“蒋丞，”学长叫了蒋丞一声，“走吧，我带你们去宿舍。”

“好。”蒋丞应着。

几个都是本科的男生，没走几步就聊上了，从哪儿来的、多少分之类的开场，蒋丞话不多，另外几个聊得很热闹。

“哎？”一个男生看着顾飞，“认识一下吧，我叫张平，你呢？哪儿的人啊？”

“我……不是新生。”顾飞突然有些尴尬。

“学长？”张平又问。

“我朋友，”蒋丞说，“陪我过来的。”

“哦，你朋友啊，”张平笑着点点头，又问了一句，“哪个学校的啊？”

这个问题顾飞不知道该怎么回答，他并不介意告诉任何人他的学校，但他们那个师范学院，在一堆R大法学院学生面前说出来也只有蒋丞知道。

他突然有些不知道该怎么处理这样的场面。

“我们老家师范的，”蒋丞说，“这次专门陪我过来的。”

“啊，那真是铁哥们儿了。”张平说。

蒋丞笑着点了点头，脚步慢了下来，跟顾飞慢慢走到了这群人的最后面。

学长把他们带到宿舍楼，给他们挨个按房号找到自己的宿舍之后才走了。

他俩进了蒋丞的宿舍，据说这栋宿舍楼的条件比较好，看来的确是不错，都是上床下桌的结构，四人一间。

屋里已经有人到了，一个男生和他的爸爸妈妈正在擦桌子。

“你好，”蒋丞打了个招呼，“我叫蒋丞。”

“赵柯，”男生转过头，指了指靠窗的床，“你的床是那里，我已经擦干净了。”

“谢谢啊。”蒋丞说。

“不客气。”赵柯说完又往顾飞这边看了过来。

“我是他朋友。”顾飞说。

“哦，”赵柯点点头，跟旁边的父母说了一句，“我都说我自己过来了，人家也没让爹妈一块儿跟着。”

“我们当旅游了，”他妈妈说，“你们好啊，以后你们就是一个宿舍了，相互关照着点儿，有矛盾别打架，吵吵架就行了。”

“……哦。”蒋丞应了一声。

“你行李呢？”赵柯问。

“我明天才过来住，东西明天拿过来。”蒋丞说。

“哦。”赵柯又继续擦桌子了。

在宿舍里看了看，顾飞又陪着蒋丞在宿舍楼里楼外地转了转，熟悉了一下环境。

“有个超市，”蒋丞说，“买吃的还挺方便。”

“嗯，”顾飞笑笑，“第一反应就是吃的啊，人家也不卖大五花。”

“别说大五花，我饿了……”蒋丞按了按肚子，“走吧，我们吃点儿东西去。”

“不在学校里转转了？”顾飞问。

“以后再转吧，大把时间呢，好几年。”蒋丞说。

“嗯。”顾飞点点头。

顺着路往学校门口走的时候，蒋丞一直往四周看着，顾飞看得出来蒋丞虽然心情不是很高涨，但对这个向往以久的校园还是会有兴奋和好奇。

顾飞也一直在看，这是蒋丞要待好几年的地方，他每多看一眼，脑子里多记一眼，想象蒋丞在学校的生活时，就会多一分真切。

只是，每多感受一分，他心里隐隐的惊慌就也会多一分。

差距。

这种实实在在的，放在眼前的差距，比他之前的任何想象都来得清晰。

学校里那些看上去并不算多漂亮的有些年头的建筑里透出的厚重感觉，身边那些走来走去的学长学姐，明显能感受到其身上打骨子里透出来的自信。

顾飞从办手续的时候就开始有些低落，蒋丞能清楚地感觉到，他越来越少的笑容和越来越少的话。

也许是因为分别在即，也许是因为……蒋丞突然有些后悔让顾飞陪他来学校。

他看了一眼身边的顾飞，顾飞正扭了头不知道看着什么。

“这位同桌，”蒋丞往他肩上轻轻撞了一下，“想吃什么？”

“听我同桌的。”顾飞转过头笑笑。

“我也不知道，”蒋丞拿出了手机，“随便搜搜看附近有什么吧？”

“好。”顾飞点头。

“顾飞，”蒋丞一边在手机上扒拉着，一边问了一句，“能告诉我你在想什么吗？”

“嗯？”顾飞愣了愣。

“你不开心，除了因为明天要走，”蒋丞盯着手机，“还有别的什么？”

“……有。”顾飞说。

“是什么？”蒋丞偏过头看着他。

顾飞沉默了几秒钟，转过头也看着他："那个赵柯。"

"谁？"蒋丞很茫然。

"赵柯。"顾飞说。

"赵柯？"蒋丞瞪着他，"你这么一会儿就认识谁了啊？"

"……我服了你了，"顾飞没忍住笑了起来，"丞哥你能不能把你学霸的脑子给那些'没用的事'匀点儿智商啊？你宿舍的同学啊，赵柯！"

"是吗？"蒋丞还是瞪着他，"他叫赵柯啊？我都不知道我是忘了还是根本就没记住啊！"

"你赶紧记一下，要不明天去了都不记得人家名字多尴尬。"顾飞说。

"哦，赵柯，赵柯，"蒋丞想了想，"很帅吗……说实话我没注意看……"

顾飞笑着叹了口气。

"你是在嫉妒吗？"蒋丞又问。

"嗯。"顾飞点点头。

"放你的回旋镖屁。"蒋丞拧着眉。

"文明点儿，好歹是名牌大学的学生呢。"顾飞搂了搂他的肩。

"我知道你在想什么，你不说你就憋着吧，反正你就这个货，"蒋丞说，"但是我的话你记着。"

"嗯。"顾飞看着他。

"我不喜欢那个小破城市，也看不上钢厂那个破地方的人，"蒋丞说，"但我还是很舍不得那里，那个城市，那个钢厂，因为我在那儿把你挑出来了。"

顾飞没说话。

"无论我在哪里，我都还是能一眼就把你挑出来，"蒋丞说，"你跟别人不一样，我以前就说过，你跟所有人都不一样，就算你说了，我还会碰到很多人，但碰到再多人，也没有第二个顾飞了。"

10

吃完东西之后他俩就随便在学校附近转了转，算是散步了，顾飞说可以熟悉一下地形，但蒋丞觉得没有什么需要熟悉的。

以他眼下的情绪，平时别说出校门到外边儿转悠，就在学校里边儿转转的心情都没有，他已经预见了自己未来不知道多长时间的生活轨迹。

散步结束之后他俩就回了酒店，中途蒋丞拐错了三次。

“我觉得你没事儿吧就不要轻易出校门了，”顾飞躺在床上扒拉着手机，“要不容易走丢。”

“问问人不就回来了，”蒋丞趴到他身边，“再说我还真没什么兴致出门。”

“适应就好了，总会习惯的，那么多上学的时候抱头痛哭舍不得家的，不都没事儿了嘛，”顾飞在他背上一下下轻轻拍着，“到时跟同学混熟了就好了。”

“你觉得我是那种随便就能跟人混熟的吗？”蒋丞说。

“跟你宿舍的总可以混熟吧，”顾飞笑笑，“脾气虽然臭点儿，但是一般情况下还是讲道理的。”

“但愿吧，”蒋丞闭上眼睛，“我要捏捏腰。”

“别捏。”顾飞说，“捏来捏去的万一影响了性能力……”

“你快闭嘴，”蒋丞撑起胳膊瞪着他，“我现在说你不要脸你有什么意见吗？”

“一直也没意见啊，”顾飞笑了起来，“我就是说你也一样不要脸。”

“滚蛋，”蒋丞趴到枕头上，“我，一个纯情少年。”

“哎你看过一个动画片儿吗，记不起名字了，但知道歌怎么唱？”顾飞说。

“唱来我听听，我可能知道。”蒋丞说。

顾飞清了清嗓子，开始唱：“小小老鼠小小老鼠穿蓝衣，叽叽叽叽叽叽叽叽叽叽叽叽……”

“大脸猫大脸猫长胡须，喵咪咪喵咪咪喵咪咪……”蒋丞立马接了下一句，“这都不知道，这是大脸猫和蓝皮鼠啊。”

“一个尾巴细又长，叽叽叽叽叽叽，一个脸大吹牛皮，喵咪咪喵咪咪，”顾飞看着他，“大脸猫啊？真不叫蒋丞丞和蓝皮鼠吗？”

“我……服！”蒋丞回过神来之后简直震惊了，“顾飞我真对你五体投地服啊！骂个人费这么大劲，你怎么不到天上绕着太阳飞一圈儿再回来啊？”

“现在又没太阳。”顾飞说。

蒋丞没忍住乐了，趴枕头上笑了半天。

顾飞没有出去转悠的兴致，蒋丞觉得自己也差不多，虽然他觉得应该到处看看这个新鲜的环境，但比起新鲜感，他现在更想就这么静静地待着，说话，或者沉默。

虽然因为清醒而能清楚地感受到离别之前的疼痛，可也因为清醒，才能更细致地品味离别前的时光。

有些东西明明记得很牢，却还是不断地想要记得更牢，总害怕一转身会忘掉，而忘掉哪怕一分一毫，都会让人无法忍受。

这一夜依旧是没怎么睡着，这次蒋丞也不撑着装睡了，顾飞一动他就动，顾飞往右翻他也往右翻过去，顾飞往左翻，他也迅速往左。

“丞哥，”顾飞轻轻笑了笑，“明天我在车上能睡会儿，你在宿舍睡得了吗，进进出出的？”

“我不需要睡觉，”蒋丞说，“我复习的时候一天就睡四五个小时也没死了啊，你管我。”

“我回去换个话费套餐吧，挑个流量多的。”顾飞说。

“嗯，我也去换个套餐。”蒋丞说。

“好。”顾飞说。

“对了。”蒋丞想想又摸出了自己的手机。

“哎，”顾飞抬手挡住突然亮起的屏幕上的光，“丞哥，最后一点儿瞌睡让你给折腾没了。”

“您不是明天在车上睡吗，”蒋丞点开了微信，“我换个聊天背景，来，你帮我挑张照片？”

蒋丞微信朋友圈的封面是他俩的合照，顾飞给他又挑了那天在楼顶拍的那张自拍让他做聊天背景。

“帅爆了，”蒋丞说，“把你的也换了。”

“嗯，”顾飞摸过自己的手机，“我的就差头像没换了。”

“嗯？”蒋丞回过头，“你什么时候弄的？”

“那天陪顾淼玩的时候闲着没事儿就弄了，反正我这儿你的照片多，”顾飞说，“我拍得还好。”

“行吧。”蒋丞笑了起来。

弄完照片，两人彻底没了睡意，就这么有一搭没一搭地聊到了天透亮。

要说没睡意，其实也不准确，应该还是有些迷迷糊糊的，因为起床洗漱吃完早点之后，蒋丞再一次感觉到了这一夜都没有涌出来的那些不舍。

现在完全清醒了，这种不舍，才开始一点点像涨潮了一样地慢慢淹没了他。

顾飞的车比较早，这会儿拿行李去宿舍可能会吵到同学，所以蒋丞把行李存在了酒店前台，一会儿回来了再拿到宿舍去。

“走吧，去车站。”蒋丞谢过前台之后，抓过顾飞的包转身走出了酒店大门。

顾飞只带了一套换洗衣服，包很轻，就跟他现在的脚步似的，轻得发虚。

“我拿吧。”顾飞追上他。

“不。”蒋丞把包背上。

顾飞没再说话。

从进地铁，到出地铁，他俩都没有再说话。

明明觉得还有很多话想说，但这一路居然硬是一句都没有说出来。

他们没有提前太长时间到车站，找到进站口站了没几分钟，那边就可以进站了。

“进吧。”蒋丞把包给了顾飞。

“可以再待会儿，”顾飞看了看时间，“这拨人进完了我再进，省得挤。”

“好。”蒋丞点点头。

“我回去也该报到了，然后看看学校的安排，没什么事儿的话，我找个周末来看你。”顾飞说。

“嗯。”蒋丞应了一声。

“其实过来一趟也不麻烦，”顾飞说，“一早走，中午过了就能到，第二天晚上回去就行。”

“嗯。”蒋丞揉了揉鼻子。

“昨天那个同学叫赵柯。”顾飞说。

“嗯，”蒋丞笑了起来，“我没忘，一会儿就赶紧回宿舍看看去。”

那边进站的人已经少了很多，广播还在重复着进站信息。

“走吧。”蒋丞说。

“你他妈别催我。”顾飞轻轻叹了口气，“那我进去了，开车了给你发消息。”

“坐下了就发。”蒋丞说。

“嗯。”顾飞应了一声。

两个人都没再出声，顾飞定了一会儿之后转身往进站口走了过去。

蒋丞盯着他的背影，看着他一步步往前。

回！头！啊！

顾飞背着包的背影消失了。

蒋丞赶紧往旁边走了两步，只来得及看他转弯时的衣角和背上的那个包。

顾飞一直没有回头，连侧脸都没有给过他，而且走得还特别快，蒋丞感觉自己一共也就眨了三次眼睛，这人就看不到了。

蒋丞轻轻叹了口气，转身离开了进站口。

从进站口到地铁口，挺长一段距离的，蒋丞来的时候没注意，这会儿出去的时候发现怎么走都走不到地方。

抬头看了一眼指示牌。

……走反了。

他赶紧回头走，感觉走了能有八里地，还是没走到地方。

手机振了一下，顾飞的消息发了过来。

——我坐下了，旁边一个胖叔叔，感觉他的肉要溢到我这边来了。

蒋丞对着屏幕笑了半天，这句话配着背景里顾飞的逆光侧脸，他可以想象得出顾飞说出这句话时的样子。

——你进地铁了吗？

顾飞又发过来一句。

——我还没找到出去的路。

顾飞的电话在一秒钟之后打了过来："看来方向感和记路什么的真的跟智商没关系啊。"

"我走回进站口了。"蒋丞笑着说。

"低头看，"顾飞说，"地上是不是有箭头？"

"啊。"蒋丞低头。

"跟着走吧少年。"顾飞说。

蒋丞低落得发闷的情绪因为顾飞的这个电话变得松快了不少。

之前顾飞不在出租屋过夜的时候，他俩也经常打电话，一打挺长时间，这会儿他突然有一种熟悉的感觉，顾飞还在他身边的感觉。

他仰起头大大地吸了几口气，又甩了甩胳膊。

回学校吧。

开始新的生活。

"几点到？"李炎问。

"一点半吧，"顾飞说，"你开刘帆的车吗？"

"嗯，"李炎应了一声，"他也要去，他开车。"

"那破车挤四个人多难受啊。"顾飞叹了口气。

“二森不占地方，”李炎说，“接了你就直接去饭店了，跟他们说好了。”

“能不能明天？”顾飞看了看窗外，站台上已经没有人了，只有一个乘务员还站在那里。

“不能，”李炎说，“我就是要给你打这个岔。”

“你当我是你呢。”顾飞说。

“我太了解你了，”李炎说，“你无非就是憋着，憋死算。”

“……快到了我给你电话。”顾飞说。

“嗯。”李炎应了一声。

顾飞挂掉电话，手机刚放回兜里，车就轻轻地往前移动了。

他有些诧异，不知道是广播没有说要开车了，还是他没有听到。

只能是没听到。

他不可能是因为跟李炎打个电话就听不到广播了。

他只能是因为脑子里太乱了。

从进站到上车到给蒋丞打电话，再到接了李炎的电话，最后到现在车开了，全程他都处于一种有几分麻木的状态里。

发闷。

不知道自己在想什么。

也不知道自己的心情是不舍、是难受，还是别的什么。

闷得空荡荡的。

过来的时候他左边是蒋丞，现在他往左转头的时候看到的是胖大叔那把鼻子都快遮掉了的腮帮子。

他只能保持转头往右看着窗外的姿势。

窗外的景物慢慢加快了往后退去的速度，盯着近处的东西看的时间长了，会有种眩晕的感觉。

他拉过窗帘垫着，脑袋靠着车窗闭上了眼睛。

车飞快地开着，他和蒋丞的距离一点点地拉开。

一来一去，两个方向，他陪着蒋丞去了他该去的地方，现在自己再回过头，往自己生活了十九年，还将继续生活下去的小城市奔去。

说不上来什么滋味。

其实根本就什么滋味儿都没有。

也没有任何情绪，所有的情绪，喜怒哀乐失落寂寞，在他转过身走进进站口的那一瞬间就消失了。

“我一脚踏空，我就要飞起来了。”

“我向上是迷茫，我向下听见你说这世界是空荡荡。”

他伸手到包里摸了好半天，在侧面小兜里找到了一颗奶糖，剥了放进嘴里。

然后拿出手机给蒋丞发了个消息。

——车开了。

——补瞌睡的时候注意包。

蒋丞的消息回得很快，估计手机一直拿在手上。

——好的。

——到了告诉我。

——嗯，李炎和刘帆带二森去接我，中午跟他们吃饭。

——我中午去学校食堂尝尝味道怎么样。

——好，那我睡会儿。

——嗯。

蒋丞手机拿了一路，就怕顾飞的消息发过来他看不见，跟顾飞发完消息之后他才把手机放回了兜里。

这会儿了他才有心情往四周看了看，感觉已经很久没有看到这么多人了。

高楼、车水马龙的街道、身边挤来挤去的人群，他离开这些繁华和热闹已经有不少日子了。

这一年多时间他基本就在钢厂那片儿活动，白天还好，过了晚饭时间，四周的车和人就以肉眼可见的速度一点点消失，紧接着包裹着这个仿佛已经远远落在了时代之后的地方的，就只有安静和落寞了。

但现在猛地如同重见天日一样回到喧嚣里时，他却有些不太适应。

耳朵里的声音太多，眼睛里的景物太多，这种时候他会下意识地担心自己会一扭头时就看不到顾飞了。

……现在的确是看不到了。

去酒店拿了行李，蒋丞就像拖着一箱怅然，慢吞吞地回了宿舍。

宿舍里的人看样子都到齐了，除了他的那张床和桌子，其他的都放上了东西，不过人却没见，屋里只有赵柯正在玩电脑。

打了个招呼之后蒋丞看了一眼电脑屏幕，玩的居然是电脑版连连看。

“你……”蒋丞脑子这会儿跟灌了糨糊似的，差点儿就把“弱智”俩字儿秃噜出来了，“喜欢玩这个啊？”

“嗯。”赵柯应了一声，估计顾不上多说，他手里的鼠标正哒哒地点着，那架式不知道的以为他正在参加什么国际电竞大赛。

蒋丞把自己的东西都放好之后，就有点儿不知道该干什么了。

顾飞这会儿应该是在补瞌睡，他不想给顾飞发消息吵着他睡觉……站在桌子前愣了好半天之后他又重新打开了自己的箱子，把笔记本拿了出来。

把顾飞拍的那些照片都整理一下吧。

把笔记本放到桌上，刚坐下就发现屏幕和键盘之间夹着东西，打开看清的时候他愣了愣。

一个红包?

顾飞把他留下的红包放在这儿了?

顾飞什么时候发现的红包?

怎么可能!

他迅速地一把抓起红包，拿到手上之后他发现这不是留给顾飞的那个，那个红包上写的是大吉大利，这个红包上的字是……寿比南山。

这是顾飞给他的。

打开红包的时候他手指抖得厉害，也不知道有什么可抖的。

红包里是一沓钱。

他数了数。

一共八千块，跟他留给顾飞的一样。

心有灵犀啊。

这一瞬间他实在是无法形容自己的感受，有点儿想笑，但对着这沓钱盯了没有三秒钟，眼泪却涌了出来。

旁边的赵柯转头看了他一眼，没有说话，又继续玩游戏了。

蒋丞把钱塞回红包里，也顾不上形象，抓了张纸巾按到眼睛上，把眼泪强行按回去之后又擤了擤鼻涕。

赵柯很快地一伸腿，把旁边的一个小垃圾桶踢了过来。

蒋丞把纸扔了进去，回过神儿之后才觉得有点儿没面子。

刚自己那样子，估计让赵柯觉得他是穷疯了。

“意外之财吗？”赵柯问了一句。

“啊。”蒋丞应了一声，的确是相当意外。

“数目不小吧，”赵柯转过头看着他，“都激动哭了。”

滚。

蒋丞也转头看着他。

“不是激动的？”赵柯问。

蒋丞没说话。

“我过来之前，我姐给我塞了两千块钱，”赵柯继续玩着弱智连连看，“把她自己激动哭了。”

蒋丞本来不想再说话，但还是没忍住笑了。

赵柯又开始了新一轮的哒哒哒，没再说话。

蒋丞拿出手机，对着红包拍了张照片，发给了顾飞。

——谢谢大款。

他不想问顾飞为什么给他塞钱，也不想矫情说他不需要钱顾飞怎么不给自己留着，这钱无论顾飞以什么理由给他，也无论他是否需要，都像个搁在心里的小暖炉。

顾飞估计是在睡觉，过了几分钟才回了过来。

——想吃大五花了别憋着。

——嗯，你是不是在补瞌睡呢？

——也没太补，一会儿睡一会儿醒的，后面有个小孩一直哭。

——好可怜。

——你在宿舍了吗？

——在了，只有我和赵柯两个人，那俩不在。

——看清他长什么样了吗？

——你不说我还忘了，一会儿看看去。

就这么跟顾飞东一句西一句地聊了能有一个多小时，顾飞那边哭闹的孩子睡着了，蒋丞才放下了手机，让顾飞继续补瞌睡了。

他靠着椅背伸了个懒腰。

“出去转转吧？”赵柯结束了弱智连连看战斗，站了起来。

“去哪儿？”蒋丞问了一句。

这会儿他才算看清了赵柯长什么样，还行，并没有顾飞一直念叨着的那么帅，但也差不多算搁人堆里扫个两三眼就能看到的那种帅哥了。

“学校里，”赵柯说，“看看食堂啊、超市啊、咖啡店啊、图书馆啊都什么样。”

蒋丞其实不是很想去转，他目前的心情对这些都没有兴趣，而且他跟赵柯也不熟，根本无话可说，两个沉默的陌生人在学校里到处转悠，想想都很尴尬。

“走。”赵柯转身把电脑收进柜子里，很干脆地走出了宿舍。

“哎！”蒋丞叫了他一声，也没见有回应。

最后也只得站了起来，把东西收拾好，走了出去。

“先去找食堂吧，”赵柯一边看手机一边说，“中午可以去吃了。”

“嗯。”蒋丞没什么食欲，目前的心情在提到食堂时也没有什么美好的联想，但毕竟是个很重要的地方，去看看也行。

“食堂有很多个，”赵柯说，“我看看怎么走能比较方便。”

“你……”蒋丞看了一眼他的手机，这人居然还存了学校的平面大地图，上面标出了各种建筑，“还准备了这个？”

“嗯，还有各种介绍，拿着这些开荒比较方便。”赵柯说。

蒋丞笑了笑，一个玩连连看的，还开什么荒。

“加个好友吧，”赵柯晃了晃手机，“方便联系。”

“哦。”蒋丞拿出了手机。

蒋丞手机的锁屏和桌面图片都是他和顾飞的合照，这是他昨天晚上换上的。

他看了赵柯一眼，赵柯也正看着他。

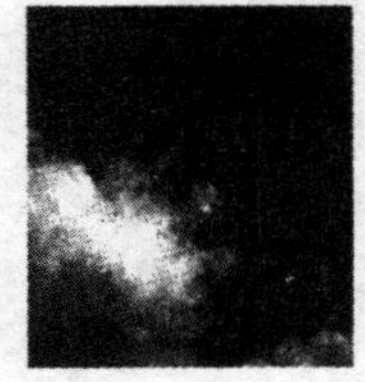

二　春草暖阳

P079 – P161

11

因为赵柯是拿着手机准备让他扫码，所以两人站得比较近，就这个距离，顾飞那种近视不戴眼镜都能看清，那么大的锁屏图和桌面，赵柯就算不想看，也一眼就能扫得清清楚楚了。

“这是我……”他开了口。

“同学？”赵柯替他说了个答案。

是同学。

但背地里跟别人说顾飞只是同学，他不能接受。这个词远不足以形容他和顾飞的友情。

“朋友？”赵柯又问，“男神？男爱豆？”

赵柯在卡壳的这点时间里，迅速放出了好几个可供他挑选的答案，这一刻，蒋丞真心实意地感谢赵柯的高情商。

如果不是自己先开了口，赵柯肯定不会问。

“哦，”赵柯突然反应了过来，“是昨天陪你一块儿过来的那个吧？”

“嗯。”蒋丞点头。

“你扫一下吧，”赵柯低头划拉了两下手机，递到他面前，“你要不要校园攻略，我可以发给你？”

“好啊。”蒋丞扫了码，把赵柯加上了。

赵柯的微信昵称就是赵柯，倒是不用备注了。

蒋丞想给顾飞说一声，但一直没找着机会。

赵柯一直像个导游似的，每看到一栋建筑，就会给他介绍。

从食堂的特色菜，到某个楼的历史，甚至连宿舍楼的发展史他差不多都能说得上来，蒋丞有些佩服，他算是初中起就想考到这儿来，但也没有到细致研究校园结构的地步。

“不知道的以为你在这儿上了好几年学了。”蒋丞说。

“我就是闲着没事儿看看，看过就记下来了，”赵柯说，“前面是图书馆了，去看看吧？”

“好。”蒋丞点点头。

“这个图书馆是新的，据说以前旧馆找座儿都困难，得排队……”赵柯说到一半停下了，眼睛看着面前。

蒋丞也往前看过去，前面图书馆门外能看到有学生往里走，好几个人，也不知道赵柯是在看谁。

一个面向他们这边的长发女生一抬手拢着头发往这边看过来的时候，赵柯突然如同获得了闪现神技一般，没等蒋丞反应过来，他已经站到了两米外的一棵树后面。

“嗯？”蒋丞被他的速度震惊了，愣在原地。

图书馆门口的那个长发女生还往这边看着，这个距离不知道能不能看到在树后头站着的赵柯，反正看清正跟个傻子似的愣在这里的他是非常容易的。

那个女生用手遮着太阳往这边看了两眼之后就笑了，然后冲这边挥了挥手。

蒋丞转头看着赵柯。

赵柯侧身贴着树干，面无表情地跟他对视着，仿佛一个陌生人，还是个被点了穴的陌生人。

蒋丞差不多已经能明白这是怎么回事儿了，他硬着头皮冲那边的女生举起手也挥了挥。

那个女生笑得腰都弯了。

蒋丞坚持站在原地躺枪，一直到那个女生笑着进了图书馆，他才转头看着赵柯说：“她进去了。”

赵柯这才从树后走了出来，掏出手机一边转身往回走一边说：“图书馆就是这样了，以后我们肯定会天天来的，就不进去了，现在去看看咖啡店吧，咖啡店特别多……”

蒋丞只得无奈地又跟着他往回走。

“刚那个是我姐的高中同学。”赵柯说。

“……哦。”蒋丞应了一声。

“她也是法学院的，研一，”赵柯说，想想又补充了一句，“我女神。”

“啊。”蒋丞看着他。

“你觉得她刚才看到我了吗？”赵柯转头问。

“她又不认识我，你觉得她要是没看到你，会跟我挥手，还乐成那样吗？”蒋丞有些无语。

“她笑了？”赵柯又问。

“嗯，笑得非常愉快。”蒋丞回答。

“真的非常愉快吗？”赵柯又追问。

“我跟你说，”蒋丞看着他，“一般来讲，人们笑傻子的时候，都会笑得很愉快的。”

“那就好，”赵柯点点头，“我请你喝咖啡。”

火车站还是老样子，顾飞跟着人群往外走，拿出手机给蒋丞发了条消息。

——我下车了。

蒋丞的消息回得很快，几乎是秒回。

——李炎他们来了吗？

——在外面等我了，你吃饭了吗？

——马上吃完了，跟同学吃了两个食堂。

——赵柯同学吗？

——是啊，帅气的赵柯同学。

顾飞笑了，发了条语音过去：“我被欺负了该怎么办？”

“一会儿给你说个事儿。”蒋丞压着声音含糊不清地发了条语音过来。

“什么事儿？不方便当着帅气的赵柯同学说吗？”顾飞看到了出站口外面站着的李炎，和一脸不爽皱着眉蹲在旁边的顾淼。

——嗯，我刚跟赵柯说到了你，晚点儿跟你说，你先去吃饭。

——！！！！！！！？？？？？？？

顾飞非常吃惊，蒋丞正式进入宿舍还不到半天时间，居然就已经跟舍友这么熟了？这是什么新时代的速度？

他顿时有些担心，蒋丞冲动，有时候还缺心眼儿，万一碰上个不对付的舍友，就他那个暴脾气……

——没事，我现在跟他去超市买东西，你不用担心。

——嗯好。

顾飞拿起手机，往墙边偏了偏头，摁着话筒发了个语音过去：“放心。”

顾淼从李炎腿边蹦了起来，拽着滑板冲过来扑进他怀里的时候，滑板在他腿上狠狠磕了两下。

"哎，"顾飞抽了口气，抱住她，"跟你说多少回了，手上有东西的时候要先放下。"

顾淼一手抱着滑板一手拉着他转身往外拽着走。

"刘帆呢？"顾飞问了李炎一句。

"车里呢，没地儿停车，"李炎说，"就停路边了，他就没下车。"

"嗯。"顾飞应了一声。

"怎么样？"李炎看着他。

"什么怎么样？"顾飞也看了他一眼。

"蒋丞……他们学校。"李炎说。

"名牌大学的样子啊，"顾飞说，"特别有范儿的样子。"

李炎笑了起来："行吧。"

穿过车站前面的空地往路边走过去的时候，顾淼突然停下了。

"怎么了？"顾飞也停下了。

顾淼转头看了看车站，又转圈往四周看了看。

"你以前来过的啊，"顾飞蹲下，"这儿是火车站。"

顾淼把滑板放到地上，踩上去蹬了两下，往前慢慢滑了出去。

顾飞跟在她身后。

"应该不会喊吧，这儿她自己都来过。"李炎有些不放心地看着她。

"嗯，"顾飞也回头看了一眼车站，"她第一次碰到蒋丞是在这儿。"

"对啊，"李炎看着顾淼的背影，叹了口气，"唉。"

刘帆的车就停在公交车站前面几米的地方，顾淼走到站牌下时又停下愣了一会儿，然后往前拉开车门上了车。

就是这里。

顾飞看了一眼站牌旁边的那个石墩子，他第一次见到蒋丞时，蒋丞就背对着他，坐在这里。

他那时没有想到他和这个捡到了顾淼、正坐在石墩子上等他的少年还会有那么多回忆，所以没有太注意蒋丞的样子。

但他还是能清晰地回忆起蒋丞转头时脸上有些茫然又透着不耐烦的表情。

现在这个少年，已经在好几个小时车程之外的大学校园里，回到了属于他的繁华里。

顾飞感觉自己非常舍不得，但更让他脑子里一片空白的，是那种哪怕再舍不得，也根本不敢伸手去拽蒋丞的感觉。

他上了刘帆的小破车，跟顾淼一块儿坐在后排，顾淼靠在他身边看着窗外的景物发呆。

这是她经常有的状态，坐在车里的时候会一直盯着窗外。

不是因为好奇，仅仅是要确定自己是否还在自己的世界里。

有时候顾飞觉得小丫头很神奇，她就像有雷达，能准确地判断出自己跟自己小世界中心地带的距离。

也许是因为害怕。

就像他小时候能感受到老爸的气息，不需要听到，不需要看到，老爸还在楼下的时候，他就会陷入极度的恐惧当中。

也挺神奇的。

今天吃饭，一帮人还挺齐的，全都提前到了包厢里。

顾飞到的时候他们已经把菜点好了。

“大飞什么时候报到？”罗宇给他倒了杯酒。

“明天，”顾飞说，“好像是吧。”

罗宇看了他一眼：“对自己的事上点儿心吧，好歹也是考上了个学校。”

“嗯。”顾飞应了一声。

“今天这么听话？”陈杰笑着说了一句。

“没回过神来呢，”刘帆说，“刚送了人回来，起码得恍惚两三天吧。”

“滚。”顾飞说。

“吃吃吃！”李炎拿起杯子在桌上磕了几下，“为我们这帮人里终于出了一个，不，俩大学生，干一杯。”

顾飞拿起杯子磕了磕，把酒喝了。

他平时跟这帮人在一起的时候虽然不太说话，但也不会走神，这是他玩了很多年的朋友们，在一起时一直都很放松。

今天却有些不一样。

人还是这些人，气氛也还是这样的气氛，但他却始终不太放松。

是因为蒋丞。

身边没有了蒋丞，平时一转头就能看到的蒋丞，这让他很不习惯。

他并不后悔，尽管他早就预料到了自己会面对这样的状态，他也并不后悔。

但这种滋味要扛下来却也不容易。

蒋丞过一段时间就会给他汇报一下在学校的行程，吃饭了，去超市了，同宿舍的人都见着了，都不招人烦，被宿舍的人拉着一块儿去学校外面转了转，没有迷路……

顾飞把顾淼送回家，看她画了会儿画之后，去了出租房。

晚上他要在家陪顾淼吃饭，之前的这段时间他打算在那儿待着。

出租房里的一切看上去都跟平时一样，就像是要说明什么，蒋丞除了几件衣服和钥匙，什么也没带。

顾飞洗了个澡，走进卧室，躺到了床上。

刚闭上眼睛，手机响了一声，蒋丞发了消息过来。

——我回宿舍了，你在哪？

——在你床上躺着呢。

蒋丞的电话跟着就打了过来："你到出租房那儿去了啊？"

"嗯。"顾飞笑笑。

"不陪二淼吗？"蒋丞问。

"晚上回去陪她吃饭，"顾飞说，"她睡了以后我再过来。"

"你是不是要搬过来住啊？"蒋丞吸吸鼻子。

"不知道，"顾飞听出了蒋丞声音不对，"哎丞哥，我发现你现在就是个娘炮啊，就这几天哭多少回了？"

"滚蛋，"蒋丞说，"就你不娘，你是爹炮！"

顾飞听乐了，蒋丞也跟着笑了半天才停了下来："我到宿舍外面来了，我跟你说个事儿。"

"是赵柯吗？"顾飞问。

"嗯，今天也是寸了，他说加个好友，我就拿手机出来了，"蒋丞说，"结果他在我手机上看见了你的照片，我们就聊到了你，我感觉这人还行……"

"那就好，"顾飞想了想，"要不你把我照片换换吧……"

"不，"蒋丞很干脆地回答，"我的手机，我想怎么弄就怎么弄，我又没把你照片搁别人手机上去。"

"好，听你的。"顾飞也没再说什么，反正蒋丞一向这样。

“你明天报到吧？”蒋丞问了一句。

“是，”顾飞说，“估计很快就能完事儿了，然后就军训，刘帆以前有同学在那儿念过，说军训就三天…… 四中都还训了一星期呢。”

“我们得大二开学才训，”蒋丞笑了，“你军训的时候别忘了拍照片。”

“拍什么？”顾飞问。

“你们军训时的照片啊，”蒋丞说，“或者你的自拍。”

“我以为你有别的用途呢。”顾飞说，“晚饭你还是去食堂吃吗？味道怎么样？”

“还不错，晚上接着吃，”蒋丞说，“宿舍这几个对吃都有兴趣，就我们学校这几个食堂，特色菜是什么，什么最好吃，已经全都烂熟于心，打算这几天吃个遍。”

“吃了几个月我做的菜，这会儿终于能撒欢了，”顾飞说，“别吃胖了啊。”

“要让我选，我还是愿意天天吃你做的，”蒋丞叹了口气，“菜在，人就在啊。”

这话说得顾飞心里一阵难受，正想打个岔，听到蒋丞那边有人叫了他一声：“蒋丞，去图书馆！”

“又去？”蒋丞说，“上午不是去过了吗？”

那边说了句什么，顾飞没听清，蒋丞似乎不太愿意去：“你们去吧，我打电话……”

“丞哥你去吧。”顾飞说。

“我不怎么想去，”蒋丞小声说，“他们说看完书直接去吃饭。”

“去吧，”顾飞说，“刚认识，还是集体行动吧，以后熟了再放单，人家也不会觉得你不合群。”

“……嗯。”蒋丞应了一声。

顾飞并不想挂电话，但还是挂了。

他坐起来，走到窗边点了根烟叼着。

刚叫蒋丞的那个应该是赵柯，他俩上午去过一趟图书馆，蒋丞给他汇报过。

这一屋子都是学霸，到学校第二天就把第一次集体活动定在了图书馆，顾飞笑了笑。

这就是他理不清的那些别的东西的来源。

从现在开始，蒋丞身边出现的人，都是跟他一样的学霸，每一个人都很优秀，那些人，都是他的同类，那些跟钢厂的人完全属于两个世界的人，才是蒋丞的同类。

看到赵柯时，这种感觉就出现了，并不需要多说什么，只是往那里一站，打个招呼，跟钢厂特产们的区别，就已经清清楚楚地呈现了出来。

这种感觉，就像他当初看到蒋丞时的感觉一样。

哪怕他一开始并没有把蒋丞和学霸这两个字联系在一起，哪怕蒋丞也并不是一个真正意义上的学霸，他还是一眼就能区别出来，蒋丞来自跟他完全不同的世界。

他是独一无二的顾飞，蒋丞能在钢厂那样的环境里把他挑了出来，但这份独一无二，在属于蒋丞的那个世界里，还能有多大的吸引力，还能有多久的吸引力……

最初听到蒋丞问出那句话时的那种茫然和不安的感觉再次回到了他心里。

12

蒋丞从高考结束之后就没再看过书，连报考指南也就扫了一眼，在图书馆里他也不知道自己该看点儿什么，赵柯他们几个也没看书，算是来踩个点，熟悉一下环境。

图书馆这种地方，还是很励志的。

蒋丞走进图书馆的时候感觉有些震惊，自己高考之后已经是完全松懈下来的状态，在这一瞬间，感觉自己被拉得一紧。

图书馆很大，也非常漂亮，用小学时写作文常用的描述，就是窗明几净、桌椅整齐……还有沙发，他过去坐了坐，挺舒服。

图书馆里看书的人都很安静，他们几个把手机调了静音，四处转悠着参观的时候也都一句话也没说，只是来回扭着脑袋转圈儿看着。

一排排看不到头的书架上整齐排列的各种书，这一刻没再给蒋丞烦躁的感觉，只让他觉得有种隐隐的压力。

他没日没夜的大半年努力，换来了自己想要的那份通知书，但这只是迈出的第一步，严格说起来，连一步都算不上。

“走，喝咖啡然后去吃饭。”赵柯借了几本书，熟悉了一下借书流程。

“什么书？”蒋丞小声问，这会儿就借书他还真不知道该借什么，完全没有头绪。

“……小说。”赵柯向他展示了一下封面。

“我以为你借专业书呢。”蒋丞愣了愣。

“专业书以后有的是看，看到吐，”赵柯说，“我现在就想看小说。”

“哦。”蒋丞应了一声。

赵柯对喝咖啡的兴趣挺大的，上午请他喝了咖啡，这会儿又说去喝，几个人说各出各的钱，赵柯也没同意，说是他提议的，就还是他请客。

喝完咖啡蒋丞基本就没什么吃饭的想法了，不饿，没食欲。

但本着熟悉食堂的宗旨，他还是跟着一块儿再次转战两个食堂，吃完回到宿舍的时候有种随时都能吐出来的痛苦感觉。

——我吃撑了。

他躺到床上，给顾飞发了条消息。

不过顾飞没有回，这个时间他应该是在陪着顾淼吃饭。

宿舍里除了他和赵柯，另俩都在打电话，听上去应该都是给女朋友打的，语气都是深情款款的。

睡蒋丞对面床的叫鲁实，蒋丞感觉这名字一听就给人一种面前杵了一个桥墩子的画面感，但鲁实并不是桥墩子，瘦高个儿，搁顾飞那儿大概推一把就能折了。

“没事儿，‘十一’你过来玩，”鲁实说话很温柔，“我们在这边儿玩几天，我再陪你回去……然后我再自己过来啊，没事儿，跑这两趟算什么，你也跑了两趟啊……”

挺甜蜜，蒋丞笑了笑，看了一眼旁边的赵柯，单身狗赵柯同学正在哒哒哒着，依旧在投入地玩着连连看。

赵柯对面床是张齐齐，名字很可爱，人也挺可爱，娃娃脸，看着跟初中生差不多，他一直很小声地打着电话，这会儿突然提高了声音，有些着急地说：“别哭啊，你别哭，你一哭我就想哭了，现在咱们也没有抱头痛哭的条件……”

“可以抱枕头啊，”赵柯说，“一个不够我这里还有。”

蒋丞听乐了。

“哎，蒋丞，”赵柯这关没过去，于是放下了鼠标，“你有没有想参加的社团？”

“社团？”蒋丞想起来自己那儿还有一堆社团的宣传卡什么的，他一直也没顾得上看，“我……不知道，不想参加。”

“有些挺有意思的，”赵柯说，“我想参加个能锻炼身体的。”

“我早上起来跑跑步什么的就行了，”蒋丞说，“你想参加什么社团啊？”

“我……”赵柯回头看了看鲁实和张齐齐，低声说，“我想给我女神织件毛衣。”

“嗯？”蒋丞没听明白。

“有个编织社，”赵柯做了个织毛衣的动作，“各种编织。”

“你不是要锻炼身体吗？”蒋丞有些迷茫。

“对啊，”赵柯说，“但是女神更重要，我可以参加两个社团。”

“所以你是想去织毛衣？”蒋丞问。

“编织，不光是织毛衣，”赵柯纠正他，“我女神……”

“去吧。”蒋丞点点头。

“挺有意思的应该。”赵柯说。

“我觉得你目标是不是别定得太高，”蒋丞说，“你可以从简单的开始。”

“围巾？”赵柯想了想，“太平凡了。”

“毛衣很不平凡吗？”蒋丞看着他。

“有介于两者之间的吗？”赵柯靠着椅背琢磨着，“比如……”

“我给你看个东西。”蒋丞站了起来，这一瞬间，他突然体会到了成天被吐槽的那些炫娃狂魔的心情。

炫娃狂魔爬到床上，从枕头边拿起了那个毛线晴天娃娃。

这次过来，他基本没带什么东西，顾飞给他做的那个迷宫他想带来着，但是太沉了，所以最后只拿了晴天娃娃。

“晴天娃娃？”赵柯有些吃惊地拿了过去，“很漂亮啊。”

“这个应该比毛衣容易吧？”蒋丞说。

“这个是钩出来的，”赵柯看了一会儿，把娃娃还给他，“你做的？”

“不是。”蒋丞把晴天娃娃放回枕头旁边，盯着看了一会儿，又拍了拍娃娃的头，这才下了床。

“你……”赵柯又看了一眼旁边的两个人，那俩都还沉浸在电话当中，“你那个朋友做的？”

“嗯。”蒋丞笑笑。

“很好，”赵柯点头，“我不担心了。”

“嗯？”蒋丞愣了愣。

“之前我觉得一个男的去编织社会不会很娘，”赵柯说，“现在放心了。”

“哦。”蒋丞看着他，“他是不娘，但是你会不会因为去了编织社就娘了，这个就不好确定了。”

赵柯看着他没说话。

“应该不会。”蒋丞说。

“我也觉得应该不会。”赵柯说。

顾飞一直没回消息，蒋丞一个晚上都有些坐立不安。

他知道顾飞是有事儿，每次顾淼只要有个两天没见着顾飞，顾飞回去的时候就总得陪她玩挺长时间的。

但今天跟平时的感觉都不同，他咬着牙才没有一直给顾飞发消息。

就那么愣在床上听着鲁实和张齐齐聊女朋友，这种话题他无法加入，毕竟他没有女朋友，赵柯也没有加入，毕竟这人只有女神。

聊了一个多小时之后，那俩开始相互给对方看自己女朋友的照片。

“终于开始斗图了。”赵柯说了一句。

“什么？”张齐齐问。

“没什么。”赵柯继续玩游戏。

蒋丞躺在床上闭着眼睛乐了半天。

一直到十点多，他的手机终于响了一声，顾飞的消息回了过来。

——睡了吗？

——没呢。

他这个回复的迅速估计能破他打字的最快速度，手指挥得都残影了。

——今天二淼闹，我现在才闲下来。

——她怎么了？

——吃完饭发现丞哥不在这儿了，就不太高兴，撕了书和本子，发了一通火。

蒋丞看了一眼时间，从吃完饭到现在，时间不算短了，顾淼这通火是怎么发的他都没敢想象，也不敢想象顾飞是怎么才让顾淼安静下来的。

——现在好了？

——嗯，没事了，已经睡着了。

——你累了吧？

——没什么感觉，习惯了。

——你拍张照片我看看吧。

顾飞没回复，过了一会儿直接发了张照过来，蒋丞看了一眼就笑了，但笑了没两下又笑不出来了。

顾飞光着膀子靠在床头，笑得很开心的样子。

——我军训完了去找你玩。

——真的吗?

——我怎么敢骗你，我们后天军训，就三天，训完我周五晚上就可以去找你玩了。

——嗯。

聊了几句，蒋丞感觉心里安定了不少，点出顾飞的照片又看了一眼，顾飞虽然笑得很愉快，但还是能看到黑眼圈和他眼神里的疲惫。

——你睡吧，这几天你都没睡好。

——我还真是挺困的了，你睡吗，还是跟宿舍的人聊呢?

——没聊，有俩在聊女朋友，我无法加入。

——HHHH。

——你睡不睡啊你不是好困了吗?

——睡了。

——同桌晚安。

——晚安同桌。

顾飞去睡觉了，宿舍里的灯也关掉了。

蒋丞拿着手机又玩了一会儿，东点西点的，最后把存着的照片一张张翻了一遍，才算是结束了。

困了，顾飞几天没睡好，他也一样是几天都没睡好，加上到了新环境，各种新的人、新的事，对于从来不关心四周的他来说，熟悉环境和人是一件很累心的事。

不过鲁实和张齐齐还在小声地聊着，蒋丞感觉他俩一定会成为无话不说的知心密友。

“睡觉吧，”赵柯躺在床上说了一句，语气平和、语调平稳，“信不信我一会儿一把火把你俩烤了。”

“单身狗的愤怒。”蒋丞笑着说。

“非常愤怒。”赵柯不知道从哪儿摸了个打火机，啪一下打着晃了晃。

对面两人笑着结束了谈话，屋里陷入了安静。

“你在哪儿?”老妈在电话里很焦急地问，“二森我哄不住了！你快回来！”

“嗯，五分钟到家。”顾飞从床上跳了下来，六点刚过，他还睡得有些迷糊，但听到听筒里顾森生气的尖叫声，也就一秒钟，他就已经完全清醒。

从出门到回到家，一共没超过十分钟。

一进门就听到了顾淼已经不再尖锐而是有些沙哑的尖叫声，这生气的时间不短了。

“你哥哥回来了！”老妈抓着顾淼的肩，把她转过来对着门，“二淼快看，哥哥回来了！”

顾淼停止了尖叫，站在原地没有动。

“二淼，”顾飞鞋都没来得及换，过去蹲在了她面前，手摸到顾淼胳膊的时候，能感觉到她全身僵硬，这不是生气，顾淼紧张和焦虑时才会绷紧全身，他一边搓着顾淼的胳膊，一边不断地叫着她，“二淼，二淼，哥哥在这儿，二淼……”

连续叫了十多声之后，顾淼慢慢放松下来，张开胳膊抱住了他。

顾飞把她抱了起来，进了她的卧室：“你好重啊，一会儿带你去称个体重好不好？哥哥快抱不动你了。”

把顾淼放到床上，她也没撒手，还是搂着顾飞的胳膊。

“吃早点吗？带你去吃早点？”顾飞说。

“不走。”顾淼很轻地说。

“嗯，不走，”顾飞拍拍她的后背，“没走啊，在这里呢，没有走。”

顾淼表达的内容有限，除了一两个字的简单词句，顾飞这么多年都没再听到过更复杂的内容，别人就更不用说了，顾淼在别人，包括老妈的眼里，都是一个哑巴。

早点老妈去买了回来，顾淼吃完之后已经恢复了常态，但顾飞出门准备去学院报到的时候，她拎着滑板也跟了出来。

顾飞知道她是要跟着去，也没拦她，师范学院那边是顾淼的地盘，以前挑毛线的时候经常去。

“走。”顾飞一蹬车，冲了出去，又吹了声口哨。

顾淼马上也回了一声口哨，然后踩着滑板追了上来，顾飞放慢车速，顾淼冲到了他前面。

顾飞看着她在风中飞起的短短的头发，轻轻叹了口气。

“左！”拐弯的时候他喊了一声。

顾淼很快地一踩板，弯下腰潇洒地转身，拐上了左边的路。

这是顾飞一直熟悉的场景，他的妹妹，踩着滑板在他的前后左右飞驰着，这是他能给她的，她小世界里最大的快乐。

以前没有什么特别的感觉，一切就是这样，从发现顾淼在玩滑板这件事上有着超乎寻常的天赋那天开始，就是这样了。

今天他跟在顾淼身后时第一次有了某种说不清的情绪，发涩，微苦。

“我进去了，”顾飞在师范学院门口停下，弯腰看着顾淼，“中午在店里等我。”

顾淼看着他，点了点头。

“回去的时候在人行道上滑，没有人行道的地方要靠边，记得吗？”顾飞说，顾淼对这边没有对家里那边熟悉。

顾淼点了点头。

“好，走吧。”顾飞直起身。

顾淼转过身一蹬板滑了出去，然后吹了声口哨。

顾飞笑着回了一声。

“哇，”旁边几个一直站在校门口往这边看的女生小声喊了起来，“好酷的小妹妹。”

顾飞往里走的时候，一个女生走了过来：“同学。”

顾飞转头看着她，女生靠得有些近，他下意识地往旁边让开了一步。

“那是你妹妹吗？”女生笑着说。

“嗯。”顾飞应了一声。

“好帅。”女生说。

顾飞扯了扯嘴角，转头往里走，女生又跟了上来：“认识一下吧，我叫罗娇娇。”

顾飞没出声。

“你是顾飞吧？”罗娇娇说着回头指了指身后，“我闺蜜是你们四中的，她认识你。”

“哦。”顾飞点了点头。

“哎你是不是……”罗娇娇还想说点儿什么，被顾飞直接打断了。

“不是。”顾飞说完就快步往前走了。

“啊——”罗娇娇没再跟上来，在身后拉长声音，估计是跟那几个女生叹气。

“我都说了……”有个女生小声说了句什么，顾飞没听清。

师范学院平时看着挺大的，今天报到的时候走了进来，才发现并没有多大。

相比蒋丞他们学校，新生报到的流程走一趟下来也没花多少时间，学生少，他们专业就一个班，大概二十多个人。

学校的住宿条件怎么样他不清楚，他没有申请宿舍，班上的人聚在一起互报姓名相互熟悉的时候，他转身离开了学校。

报到完了也没事儿了，学校就这样，他也没兴趣去参观，班上的人他也没兴趣认识，这是他一直以来的状态。

有蒋丞在的时候，他会因蒋丞而勉强加入一个集体，现在没有蒋丞，他自然就回到了保持了这么多年的习惯里。

手机响了一声。

——报到了吗？

——嗯，弄完了，我现在回店里。

蒋丞的电话马上打了过来："这么快就弄完了？"

"嗯，我又不住校，不用管宿舍那一块儿。"顾飞笑笑。

"没参观一下学校吗，球场啊，图书馆啊什么的？"蒋丞说。

"没有，"顾飞说，"我们学校没有图书馆。"

"哦，"蒋丞顿了顿，"有你也不会去。"

顾飞笑了起来："还是你了解我。"

"同学怎么样？师范，还是中文，女生多吧？"蒋丞问。

"我们就一个班，二十六个人，"顾飞笑着说，"二十一个女生。"

"这比例，"蒋丞啧啧两声，然后笑了起来，"我放心了。"

"放什么心？"顾飞问。

"反正你对姑娘躲都躲不及。"蒋丞非常肯定地说，连一丝犹豫都没有，"剩下四个男生中也不可能有比我帅的。"

"那倒是。"顾飞说。

蒋丞这种非常可爱的自信，就是他最喜欢的，无论是在哪个方面，蒋丞总能保持这样的自信，无论他这种自信最初的根源是不是跟他从小被养父母否定有关，但他永远是扬着头的。

跟蒋丞聊了几句，他们宿舍的吃货们又要出动去扫荡学校周边的好吃的小店了，顾飞挂了电话。

走出校门的时候，他一眼就看到了街对面的顾森，坐在滑板上，正专注地往这边看着。

看到他出来，顾森立马就蹦了起来，一钩滑板就准备冲过来，顾飞伸手指了她一下，她停下了。

顾飞拿了自行车，骑过去停在了她面前："不是让你回店里等我吗？"

顾淼没说话，盯着他。

"哥哥说了中午回店里，就一定会回的。"顾飞说。

顾淼皱了皱眉，拍了拍他自行车后座。

"走。"顾飞一蹬车。

顾淼跳上滑板抓住了车后座。

突然觉得有些对不住顾淼，顾飞偏过头看了看一脸严肃冷漠地盯着前方的顾淼。

他每次不在家过夜都会告诉顾淼，什么时候走，什么时候回，出门旅行那几次，他也会告诉顾淼今天，明天，后天。但送蒋丞去学校这次，他没有告诉顾淼，因为他不知道要怎么让顾淼理解蒋丞离开的事，也没有心情再去跟顾淼解释今天，明天，后天。

现在顾淼寸步不离地跟着他，让他有些心疼，他是顾淼眼里心里唯一的安全港，这是他第一次忽略了顾淼的感受。

不走。

这是顾淼对他的要求。

也就是这会儿，他突然一阵发慌，握着车头的手都抖了一下。

他昨天晚上，刚答应了蒋丞要过去看他。

这不仅仅是蒋丞的期待，也是他想要的。

但现在，他看了看顾淼，这种情况下，他要怎么才能让顾淼接受哥哥消失两天两夜？

如果顾淼不能接受……他又该怎么跟蒋丞说？

回到店里，老妈正在打着电话，他过去坐到了收银台后边儿，看着拿了纸笔不知道是准备写字还是画画的顾淼出神。

蒋丞连续发了几条消息过来。

顾飞点开，先是看到了他的一张自拍，依旧是全靠颜值撑着的那种风格。

接着是盘菜，顾飞没看清是什么菜，因为他同时看到了下面的一条消息。

——超级好吃，我能吃两份，你来的时候咱俩过来吃。

他皱了皱眉，关掉了对话框，把手机扔到收银台上，靠在椅背上长长地叹了口气。

"我出去一下。"老妈打完了电话，过来说了一句。

“不要出去，”顾飞说，“下午我想睡觉，你看店。”

“你在店里睡一会儿呗，”老妈说，“或者叫李炎过……”

“你给李炎开工资了？”顾飞说。

老妈白了他一眼：“那你……”

“我说了哪儿也不许去！”顾飞吼了一声，一脚踢在了收银台上，“下午你看店！听懂了没有！”

13

老妈愣在了原地，定定地瞪着他。

“我最后说一次，”顾飞站了起来指着她，压着声音，“你哪儿也不准去，下午，你看店。”

“你这是干吗啊！”老妈回过了神，“神经病了啊！吼什么吼！想起来了就吼我，哪家儿子是这么吼自己妈的啊！”

“谁家的妈是你这样的！”顾飞又一脚蹬在了收银台上。

这一脚蹬得非常狠，此时此刻正在自己身体里左冲右突找不到出路的那些烦闷和无望全裹在了狠狠蹬出去的这一脚里。

收银台随着他这一脚倒在地上，上面的东西全都摔到了地上，发出一阵巨大的响声，还带倒了顾淼面前的小桌子。

顾淼抬起了头，眼睛瞪得很大地看着这边，脸上写满漠然。

顾飞转头看着她，在自己眼前用手遮了一下，顾淼把眼睛闭上了，她对声音不是特别敏感，因为大多数时间里她理解不了别人对话的内容，对她来说眼睛看到的东西会更明白。

“大飞你疯了？”老妈看着他，声音很轻，几乎听不到，带着颤抖。

收银机摔到地上的时候砸在了她脚面上，这会儿她疼得话都有些说不出来了，扶着旁边的货架，眉毛拧成了一团。

“这个家里谁不是疯的？”顾飞看着她。

门外晃过来一个人，刚才的动静太大，旁边社区医院的两个老太太跑了过来：“怎么了怎么了？出什么事儿了？哟！这是怎么了啊！哟！”

顾飞转过头，老太太脸上激动的兴奋的钢厂围观群众的标配表情让他有种喘不上气来的压抑感，他咬着牙：“滚！”

“哟！”老太太很震惊。

“滚！滚！滚！”老妈喊了起来，尖叫着扑到门口，“滚滚滚！看什么看！有你们什么事儿！”

两个老太太被赶跑了之后，老妈直接蹲在门口哭了起来。

“你也滚吧。”顾飞说。

这一脚，并没有把烦闷和无望踹出去多少，倒是把身体里的力量一下抽空了，他觉得腿上发软，一屁股坐回了椅子上，整个人都像是失去了支撑。

老妈没有滚，在门口蹲着，一边揉着脚背，一边哭。

顾淼把自己面前的小桌扶起来摆好，捡起了本子和笔，低头继续，她今天没有画画，而是一直在写字。

这个小小的店，并不是顾飞唯一的经济来源，甚至不是主要经济来源。

但他在这里吃饭，有时候会在这里休息，他跟朋友在这里聊天或者听他们聊天，顾淼在外面飙着滑板，累了渴了的时候会进来喝水发呆。这是顾淼长大的地方，也是这么多年以来他脑子里家的一部分。

现在这里已经成为负担，虽然不愿意承认，他从小长大到现在，很多东西都是他的负担，他视为生活一部分的很多很多，都是他的负担。

拽着他，牢牢不可动摇。

他闭着眼睛，关上耳朵，看不见听不到，他可以就顺着脚下的这条路一直走下去。

但现在一切都变了。

蒋丞一掌劈醒了他，躲无可躲，避无可避。

不过，他虽然冲蒋丞发过火，但从来没有真的怪过蒋丞，在他心里，某个角落，某个他自己已经完全遗忘了的角落里，也许曾经期待过——

有一个人能出现。

骑着七彩大马，挥着七彩长剑，风里飞舞着七彩长发，哭的时候满脸钻石……然后他大概要上去一顿抽。

这人还是出现了，方式很另类，先是捡到他的妹妹，然后一个脸砸地，摔进了他的生活里。

从火车站碰到蒋丞那天开始，他的生活就被打乱了，而他，并不抗拒，任由自己的世界被蒋丞一刀刀劈出大大小小的口子，放进一束束的光。

春草暖阳。

门外传来了摩托车的声音，接着就是摩托车倒地的声音。

顾飞皱着眉叹了口气。

“怎么了？”一个男人惊慌地喊，“小锦，小锦你怎么了？”

说真的，要不是知道这个男人是老妈的男朋友，知道蒋丞说的马尾男子刘立，叫的是老妈，他还真弄不清这个小锦是谁。

老妈的名字里并没有锦字，这可能是她第一百零八个昵称或者小名。

“飞飞，你妈妈……”刘立冲进了店里。

“你闭嘴，”顾飞冷着脸，“叫谁！”

“大……飞？”刘立犹豫着，“你妈妈怎么了？这是……被打劫了吗？”

顾飞盯着他没说话，刘立也看着他。

对视了几秒钟之后顾飞站了起来，两步跨到了刘立面前，在他下意识往后想躲的时候一把抓住了他的衣领。

“大飞你要干什么？”老妈有些惊慌地喊了起来。

“没事没事，”刘立一边往后摆着手，一边又压低声音，“大飞有话好好说……”

顾飞没出声，拽着他就往后院走。

“大飞！”老妈急了，单脚蹦着跟了过来。

顾飞冷着脸回头看了她一眼，这会儿不用照镜子，只看老妈和刘立的反应他就知道自己脸上的表情应该很吓人。

老妈定在了原地。

刘立被他拽到了后院，被往厕所那边推了一把，踉踉跄跄往后好几步，撞到后面的院墙才停下了。

顾飞走到他面前，刘立马上双手一抬，交叉护在了脸前面：“别打脸。”

“你是不是说要把你老板的饭店盘下来？”顾飞把他的手扒拉开。

“嗯？”刘立愣了愣。

“我问你，你就直接回答。”顾飞说。

“是想来着，”刘立站直了，“但是我钱还不够，而且我们老板现在也没打算卖……”

“你准备了多少钱？”顾飞问。

“三万。”刘立说。

“给我，”顾飞说，“这个店归你了。”

“什……什么？”刘立愣住了。

“这里可以做餐饮，小屋你可以打通，面积足够了，但你要做的话，原来的货架要留一点，因为我妹还要过来，没有货架她会生气。”顾飞说。

“啊，”刘立还是愣的，“啊？”

“你如果跟我妈分手了，店我会拿回来，钱不退，”顾飞说，“你要不走，我会把你打出去。”

刘立也不知道听明白了没有，一直是震惊的表情。

“去取钱，”顾飞说，“转账也可以。”

顾飞退开两步，手往裤兜里一插，不出声地看着刘立。

刘立起码用了两分钟才回过神来：“你是说把你家这个店三万盘给我？”

“嗯。”顾飞应了一声，这个地段，这个店，其实带上货也值不了三万，但他这会儿就是烦得要命，打算强买强卖。

“这个……我得跟你妈妈商量。”刘立说。

“商量不着，”顾飞说，“你自己跟自己商量一下就行，你要是觉得你跟我妈处不长，这事儿就算了。”

“不不，我就认准她了，”刘立摆手，“你妈是个，非常可爱的女人。”

“那行，”顾飞转身往店里走，“想好了跟我说吧。”

回了店里，老妈还扶着货架，看到他进来，顿时就往后院挤了过去：“你没事儿吧！”

“二森，”顾飞走到顾森身边，往她脑袋上弹了一下，“跟哥哥去吃饭，然后回家。”

顾森把本子和笔收到自己的小包里，拎着滑板跟着他出了门。

刘立这个人，顾飞能感觉得出他跟老妈以前的那些所谓的真爱男友不太一样，这人有相对固定的工作，无论那个盘下自己老板的店的想法是不是可行，他起码是个对未来有那么一点儿规划的人，最关键的是，这是目前老妈处得时间最长的男朋友了。

这个店给了他，他想怎么弄都可以，顾飞希望这能是老妈少女心安稳下来的第一步，想腻一块儿，那就天天一块儿腻在店里吧。

如果他俩真的分手，顾飞也不至于不退钱，只是他就要把话这么放出来，让刘立能仔细考虑好。

这个店如果不给别人，他实在是已经没有精力再去维持了。

刘立还是个挺果断的人，也许是爱情的力量也足够强大，下午顾飞在家里睡觉的时候，刘立的电话打了过来。

“真不能讲价了？”刘立问。

“不能。”顾飞说。

“那……我们是不是要签个合同？”刘立又问。

“随便，你拟吧。”顾飞说。

“我不会啊。”刘立说。

顾飞叹了口气：“那就不签，我也不会。”

“你一个大学生……”刘立笑了起来。

“我还没有开始上课。”顾飞说。

“那行吧，就写个简单的协议好了，”刘立说，“我信得过你，毕竟你是小锦的儿子。”

顾飞突然有点儿想笑，如果论这一点的话，他应该是非常不可信的人才对。

刘立在店里等他，老妈也在，一脸不痛快又透着一些茫然的期待。

顾飞写了个很简单的协议，然后跟刘立一块儿签上了名字，又按了手印。

“钱都归你？”老妈问。

“是。”顾飞说。

“那他不是连启动资金都没有了啊？”老妈皱了皱眉。

“走吧，”顾飞没理她，站起来看着刘立，“去转钱。”

刘立跟他一块儿走出门口了他才问了一句：“你手头还有钱没有？”

“有，”刘立点点头，“有的。”

“你要是不着急做饭店，就先这么卖着，这片没有别的杂货店和超市，好好做的话还是可以的，”顾飞说，“进货什么的你问我妈，她都知道。”

“好，好。”刘立继续点头。

“我妹习惯了要去店里待着，”顾飞看了他一眼，“店盘给你了这个不要让她知道。”

“放心，她只管来，随便她，”刘立说，“以后都是一家人了嘛。”

顾飞看着他，他嘿嘿笑了两声。

“店里的钱不要过我妈的手，”顾飞说，“到时赔本儿了别说我没提醒过你。”

刘立继续笑。

顾飞没再说话，带着他去了街口的自助银行，把钱给转好了。

走出银行之后他没有跟刘立一块儿回店里，点了根烟蹲在路口一个破石墩子上发了很长时间的呆。

师范学院为期只有三天连服装都不发的军训，内容非常简单，就是在学校操场上来回溜达，走过去走过来。

教官一开始挺凶，但是半天下来就都放弃了，无论怎么凶，面对这一个个的学生也凶不出个样子来。

休息的时候顾飞坐到一边的花坛边儿上，拿出手机，随便拍了两张自拍。

他的自拍无论是找角度还是光线，还有构图，都比蒋丞的要强上很多，照片一发过去，蒋丞秒回。

——好帅啊！

——学着点。

——不学，我的专属摄影师帮我拍就行。

顾飞笑了笑。

——有道理。

——你们军训累吗？

——不累，跟咱俩平时散步差不多。

——HHHHH，那也太轻松了吧。

——你们上课了吗？

——今天开始上课了，课挺多的，而且新生活动也挺多，周末还有个讲座。

没等顾飞回复，蒋丞紧跟着又发了一条过来。

——周六的下午，上午咱俩可以出去转转，然后下午你休息，我们讲座完了就再一块儿出去。

顾飞看着这条消息出神了很长时间都没有回复。

他不知道该怎么回复。

蒋丞等着他过去，而以他现在的情况，想要过去基本不太可能，本来想跟蒋丞商量一下看他有没有时间回来……现在看来也不可行了。

蒋丞他们学校，跟自己的学校不同，新生开学就很忙，他之前也悄悄上网查过，学霸聚集的地方，很多人从大一开始，就一直保持着高强度的学习节奏，他实在不想让蒋丞为难。

但直接挑明了说取消这次见面，他又不知道该怎么开口。

没等他想出妥当的办法，蒋丞的电话打了过来。

他咬牙接起了电话：“喂。”

“哈喽，”蒋丞在那边笑着，“怎么聊一半儿没动静了？”

“刚有人跟我说话。”顾飞说。

“我给你发的消息看到了吧？”蒋丞说，“周六下午有个讲座，周日就没什么事儿了，咱俩可以好好待一天了。”

“丞哥，”顾飞拧着眉，“那个……”

“嗯？”蒋丞应了一声。

“就，我送你过去的时候不是没跟二淼说嘛，”顾飞说得很艰难，“她就有点儿不高兴……”

“啊？”蒋丞一听就急了，“那她有没有出什么问题？”

“没有，还好，”顾飞手指在眉心一下下按着，“但是她昨天生气了，一直喊，因为我没回家，在你那边睡的。”

“以前你去，她也没这样啊？”蒋丞说。

“这次我没跟她说，而且她也发现你走了，”顾飞闭了闭眼睛，“她现在这个状态，我去哪儿，她都……跟着，我……”

顾飞没再说下去，他几乎已经能想象得出蒋丞的表情。

蒋丞是个聪明而敏感的人，说到这里他已经能明白他的意思，而自己实在也说不下去了。

“那我回去，”蒋丞想也没想就说了一句，“我……”

“丞哥，”顾飞听到这句话的时候心里一暖，但还是打断了他的话，“‘十一’吧，现在刚开学，那么多事儿，不要缺席。”

蒋丞没有说话。

其实他说出这句话的时候就是第一反应，顾飞来不了，他就回去，但说完之后，他自己也知道不太合适。

虽然只是刚开学没几天，但光是看看课表，就已经能感受得到那种紧张和分秒必争的气氛，赵柯这两天又拉着他去了几次图书馆，无论什么时间进去，里面永远都有那么多人，一直到晚上十点闭馆。

无论是活动还是讲座，都是融入这个学校、进入这种生活不可缺失的环节，他想要请顾飞吃八百块的粉加二百块的肉，他就得从现在开始。

理论上是这样。

如果一开始他俩商量的就是“十一”，他也不会有什么感觉，但现在猛地希望落空，他就会觉得有些委屈，说不上来的那种委屈。

“行吧，”沉默了一会儿之后他说，“那我‘十一’回去。”

“丞哥，这事儿怪我，”顾飞说，“我一开始没考虑周全。”

“放屁，”蒋丞皱眉，“跟你有什么关系，本来就是计划外的事，有点儿意外也很正常，再说‘十一’也没多长时间了。”

“嗯。”顾飞笑了笑。

“不过你要安排好，”蒋丞说，“吃喝玩乐，一样也不能少。”

“好，没问题，”顾飞说，“这个顺序，你是不是说反了？”

“什么？”蒋丞愣了愣。

“吃喝玩乐，”顾飞说，“顺序是不是得反过来？”

“也是，那反过来吧，”蒋丞笑了起来，想想又啧了一声，“你给安排好。”

“嗯。”顾飞应着。

“那……行吧，就这么定了，”蒋丞回头看了一眼教室，正好看到赵柯冲他招手，“我准备上课了，先挂了啊。”

“去吧。”顾飞说。

中途见面的计划落空之后，蒋丞没再多提，也没有表现出太多的失望，但顾飞能感觉得出他是在掩饰，从朝夕相处到连续一个月见不着人，这种巨大的变化，谁都很难适应。

不过蒋丞用来琢磨这些事儿的时间应该不是太多，他看过蒋丞的课程表，相比之下，他们师范学院的课就跟放假似的，要松得多。

把店强行给了刘立之后，他轻松了不少，闲下来的时间里，蒋丞却很忙，上课、泡图书馆，晚上会过了十点才发条消息过来。

——怎么感觉不比高三轻松呢?

——毕竟是顶尖学校啊。

——身边都是学霸的感觉挺恐怖的，跟他们一比，我感觉我就是个渣渣。

——怎么会，你那个分可不低。

——不是分不分的问题，是这帮人怎么那么热爱学习呢，自觉自愿地特别主动，我好像一直没有这种追求。

顾飞笑了一会儿又叹了口气，蒋丞的确不像是个爱学习的人，在这种环境里，压力应该挺大的。

聊到十一点，蒋丞就睡了。

顾飞没什么睡意，坐在床上，拿着手机不知道该干点儿什么，游戏不想玩，已经落后了李炎太多关卡，再加上没有蒋丞帮他往前追，现在玩着都没什么意思了。

愣了一会儿之后，房门被推开了，顾淼探了脑袋进来。

“怎么起来了？”顾飞轻声问。

顾淼没说话，走到床边看着他。

“怎么了？”顾飞把她抱到床沿儿上坐着。

顾淼没说话，也没什么反应。

“失眠啊？”顾飞笑了笑，“那坐会儿吧，哥哥可能也要失眠了。”

顾淼手撑着床沿，低头一下下地晃着腿儿。

“我们二淼长大了，会失眠了，”顾飞靠回床头，枕着胳膊，“有心事了啊？”

顾淼又晃了一会儿腿，转过头看着他，好半天之后说了一句：“丞哥。”

“嗯，丞哥，”顾飞伸手摸了摸她的脑袋，“二淼想丞哥了对吗？”

顾淼看着他没有回答，也没有别的反应。

“哥哥也想丞哥，”顾飞叹了口气，“但是……还要等，丞哥现在很忙，跟以前不一样了。”

顾淼听不懂这些，但还是一直看着他。

“二淼，”顾飞冲她笑笑，“你说，哥哥该怎么办？”

顾淼转回头，继续低头晃腿。

“哥哥一直觉得，分开也没什么，也想过，真的分开时间长了，我跟丞哥慢慢可能就没那么熟了，毕竟他会认识很多人，都是很好的人，他会学很多东西，见到很多东西，都是哥哥不知道的，”顾飞说，“以前哥哥觉得，哪天跟他没什么话可说了，也就差不多了……但是现在……”

顾飞拉过顾淼的手：“哥哥很害怕，很着急，丞哥不可能一直等着，他会往前的，二淼，你懂吗？他一直走，我追不上，你知道怎么办吗？”

这些话，对于顾淼来说，基本就是不存在的，顾飞感觉自己也就是说给自己听听。

他的确是不知道接下去的日子该怎么过，但是他已经没有办法，再继续闭着眼睛了。

14

“蒋丞，”赵柯拍了拍床沿，“一会儿去图书馆。”

“你跟齐齐先去吧，”蒋丞盘腿坐在床上，低头看着手机，“我晚点儿。”

“他心情不好，不知道上哪儿忧郁去了。”赵柯说。

“嗯？”蒋丞看了赵柯一眼，张齐齐的性格就跟他的脸一样，挺娃哈哈的，居然还心情不好？

“分级考没达到他预期，”赵柯说，“走吧，图书馆，你想玩手机去了再玩，一会儿又要等座儿了。”

“他就为这个？”蒋丞犹豫了一下下了床，“这个考试也没什么大不了的吧，我裸考都还没郁闷呢。”

“你裸考分儿都比他高啊。”赵柯说。

“……哦，”蒋丞叹了口气，“那我总得有个强项吧，正好这就是我强项。”

“人家那叫随时保持紧迫感，”赵柯走出了宿舍，“锁门。”

蒋丞把门锁好，跟赵柯一块儿往图书馆走。

紧迫感。

他也有的，都不用去看别的同学，不用去看高年级的学长们，只看看宿舍里这三个人，他就会有紧迫感。

这些人也会玩，会出去转悠、吃东西、休息，但都会留出大块的时间学习。

这种状态，蒋丞从来没有过，他这种考前突击型选手，也就是到了这样的环境里时，才开始有了紧迫感。

身边的人都在往前，自己也不敢停下步子。

不过还有另一种紧迫感他也开始体会到了。

那就是……他摸了摸兜里的手机，刚才他查了一下账，卡上的钱不是太充足了，他得考虑一下赚钱的问题了。

其实下学期也来得及，不过顾飞很清楚他的账务状况，他得在顾飞给他打钱之前开始有进账。

赵柯的手机响了，他接了电话：“姐？”

“小废物——”听筒里传来了赵柯姐姐的声音，嗓门儿挺大的，蒋丞在旁边都能听到她拉长声音叫出的这个……昵称？

“干吗？”赵柯估计是对这个称呼已经习惯，回答时很平静。

蒋丞和他稍微拉开了点儿距离，低头拿出了手机边走边看着。

顾飞没有发消息过来，他的生活规律顾飞已经很熟悉，一般晚上过了十点才会跟他联系，别的时间都是他有空闲了就先发消息过去。

这样的日子他还没有习惯，但最初几天那种像是被放在火上烤就想往回蹦的难受劲儿，稍微下去了一点儿。

“我不想去，我讨厌小姑娘……你当然不是小姑娘，啊？你起码是大姑娘，”赵柯说，“等你研究生毕业就是老姑娘，我觉得你还是不要再读博了，会……我真的不去，我不想做家教，我又不缺钱……我不需要这种锻炼……你要不介绍给别……”

“家教？”蒋丞转头看着他。

“嗯，”赵柯也看着他，“你？”

“行吗？”蒋丞问。

“你等等，我同学有兴趣，嗯，他是我们这届前三了，我一会儿给你回电话吧，”赵柯挂掉了电话，转头看着蒋丞，“你真有兴趣？”

“嗯，”蒋丞点点头，“什么家教啊这么兴师动众的，还要来回介绍？”

“我姐朋友家的孩子，高二的小姑娘，指明要名牌学校的学生，”赵柯说，“给的钱挺多的，一般自己去找没有这么多，你要是去的话我就跟我姐说一声。”

“有钱为什么不直接找名校的老师？”蒋丞不是很能理解家长的想法。

“小姑娘不要呗，要年纪接近的，父母特别宠，说什么都答应，”赵柯说，“再说名校老师一对一人也不见得愿意啊。”

“哦，”蒋丞想了想，“我去。”

“那我跟我姐说。”赵柯说。

蒋丞感觉自己还没回过神来，赚钱的事儿居然就有着落了，有点儿神奇。

说明赵柯是个福娃，不，说明自己是个福娃。

福娃丞丞。

“说好了，我把我姐电话给你，到时你联系她就行，”赵柯把他姐姐的电话发给了蒋丞，“你忙得过来吗？”

“忙得过来，”蒋丞看了看赵柯发过来的联系人名片，他给他姐的名字是……一个老太太，蒋丞叹了口气，“你姐叫什么？”

“赵劲。”赵柯说。

“赵静？”蒋丞问。

“劲。”赵柯重复了一遍。

“……有劲的劲？”蒋丞问。

“嗯，”赵柯点点头，“名字白起了，其实没什么劲，就损我的时候比较有劲。”

蒋丞笑笑，把赵劲的电话号码存好了。

“家里给的生活费不够吗？”赵柯问他。

“不是，”蒋丞犹豫了一下，“我一个人。”

“哦。”赵柯看了他一眼，没再说别的。

“家教？”顾飞愣了愣，“你学习不是挺紧的吗？前两天不是刚考完那个什么分级考试吗？下学期还有四级吧？”

“四级裸考，”蒋丞说这话的语气依旧是熟悉的跩劲儿，“家教这个也不占什么时间，一周就周末两次。”

“你那儿钱还有多少？”顾飞问。

蒋丞的钱他差不多心里有个数，算下来应该还有一些，他是想着“十一”的时候从之前盘店的钱里给蒋丞再拿点儿。

没想到蒋丞这么快就开始打工了。

“还有呢，”蒋丞笑着说，“过年的时候给你包个大红包。”

“包自己就行了。”顾飞说。

“不要脸。”蒋丞嘎嘎乐了一通，顾飞能感觉出他今天心情很不错，大概是因为没几天就该放假了。

想到就快放假，顾飞自己心情也一样，会往上一扬。

“你这阵儿是不是没去拍照了？”蒋丞又问，“就是拍钢厂的那批照片？”

“没去，之前拍的那些差不多够了，这段时间就处理一下，然后交给人家挑，”顾飞说，“过了‘十一’我再接拍模特的那些活儿。”

“嗯，”蒋丞想了想又笑了，“我明天就订票了，你记得去接我。”

“好。”顾飞笑笑。

“开摩托吧。”蒋丞又说。

“好。”顾飞应着。

马上就“十一”了。

顾飞走到蒋丞的衣柜前，打开柜门看了看，蒋丞“十一”回来再走的时候，得带点儿厚衣服了。

现在天已经开始有了凉意。

顾飞扒拉了一下衣柜里的衣服，拿出了一件自己的外套来看了看，蒋丞拿走他两件外套，常穿的就留了这一件。

这件要洗了，就得穿蒋丞的了。

正要把衣服挂回去的时候，衣摆在他腿上扫了一下，他感觉口袋里似乎有东西。

手摸过去的时候感觉像个信封。

拿出来看了一眼他就愣了。

一个挺厚的红包。

大吉大利。

他拆开红包，从里面抽出了一沓钱。

这都不用去猜就能知道了，这是蒋丞选手给他留的钱，大概是怕他不要，还用了跟他一样的方式。

他笑了笑，拿着钱数了数，连数都一样。

他拿过手机，对着钱和红包拍了张照片发给了蒋丞，又学了一句蒋丞的话。

——谢谢大款。

——么么哒不客气！

蒋丞回复得很快，发完一条紧跟着又发了一条。

——你说，这个大吉大利是不是比寿比南山有诚意？

——相当有诚意。

顾飞笑了好一会儿，那几天他一直有些恍惚，那个寿比南山的红包是他在店里拿的，一直认为自己拿的是学业有成，到蒋丞发了照片过来的时候他才发现是寿比南山。

——以后等着我给你更大的红包。

——好嘞！

蒋丞给赵劲打了个电话，商量好“十一”之后再开始给那个高二的女生补课，但是这两天先过去见个面。

“我就不陪你去了，”赵柯说，“我不想见我姐，你帮我把这个带给她吧。”

赵劲在B大念研一，蒋丞拿着赵柯托他带过来的一盒蛋糕，站在B大门口给赵劲打了电话。

挂了电话没多久就看到一个女孩儿从校门里走了出来，一看就是赵柯的姐姐，跟赵柯长得挺像的，高个儿，很白。

就是看到她穿的衣服时，他才真的相信了丁竹心的那种概念款的衣服还是有人买的，而且穿在赵劲身上还挺好看。

“蒋丞？”赵劲走过来问了一句。

“是，”蒋丞点点头，把手里的蛋糕递了过去，“这是赵柯让我带给你的。”

“什么鬼，”赵劲接过蛋糕打开看了看，“他说在宿舍跟你关系最好？”

“应该是吧。”蒋丞说，应该是了，至少他没有女朋友。

“就这种品味，”赵劲把蛋糕向他展示了一下，“你怎么会跟他关系最好，宿舍就你两人吧？”

蒋丞看了一眼盒子，里面放了个非常丑陋的熊猫的蛋糕：“这可能是……他做的，前两天他说学校旁边有个DIY的店。”

“我跟人约了三点，一会儿开车过去时间正好，”赵劲也没用叉子，直接把蛋糕拿了出来，强行掰成了两半，给了他一半，“吃吧。”

“太麻烦你了，其实我自己过去就行的。”蒋丞咬了一口蛋糕，味道还可以。

“不麻烦，有个学长正好过去那边，带我们一段，”赵劲说，“我顺便逛逛街。”

“哦。”蒋丞应了一声。

“好容易化个妆不能浪费了。”赵劲又补充了一句。

“……啊。”蒋丞点了点头。

一辆车开了过来，停在了他们身边。

“上车。”赵劲把蛋糕塞进嘴里，嘬了嘬手指头，拉开副驾的门上了车。

蒋丞犹豫了一下才拿出纸巾擦了一下手，上车坐到了后座。

“我弟同学，蒋丞，”赵劲介绍了一下，“这我学长，我系三棵校草最草的那一棵，许行之。”

“你好。”许行之叹了口气，侧过脸冲蒋丞点了点头。

“学长好，”蒋丞说，“不好意思麻烦你了。”

“顺路的。”许行之说。

这还是蒋丞来报到之后第一次离开学校超过一公里距离，看着窗外的景物，感觉很陌生，有种一眨眼就会迷路的预感。

回去得认真查一查从学校怎么过来。

距离不算远，一路没怎么堵，大概也就二十多分钟。

“到了，走，”赵劲打开车门，“谢了。”

“谢谢。”蒋丞一边开车门一边说了一句。

“别客气。”许行之回过头。

蒋丞这时才看清了他的样子，戴个眼镜，长得……反正没顾飞帅，顾飞戴眼镜的时候也是非常帅的，而且很耐看。

请家教的这家人，看家里样子是挺有钱的，看他家的女儿，也能看得出挺惯着的，属于大号熊孩子。

她妈妈叫了她两次连应都没应一声，蒋丞跟她父母聊了能有十多分钟，这姑娘才从自己屋里出来。

“你成绩很好吗？”她往沙发上懒洋洋一靠，招呼都没打就看着蒋丞问了一句。

“看跟谁比。”蒋丞说。

“跟我比呗。”她说。

蒋丞觉得有些无法理解这姑娘全无根基的自信是从哪儿来的，他拿过手边的一套卷子，用手指弹了弹：“我长这么大，从来没得过这么低的分。”

这姑娘愣了愣，接着就非常愉快地笑了起来，笑了好半天之后才说：“很低吗？这是我的最高分了。”

“低。”蒋丞点点头。

“随便吧，”她站了起来转身回自己屋，关门之前回过头看着她妈妈，“我没什么意见，不过一星期就两次，多一次都不行。”

“从小就这样，”她妈妈居然一脸幸福，“可有性格了。”

“……是啊。”蒋丞点点头。

“她愿意就行，我认识赵劲也两年了，她推荐的我是信得过的，”幸福的妈妈说，“而且她说你成绩比她弟弟还好呢。”

“啊。”蒋丞不知道该怎么接话。

“来，”她拿出了一个信封，“这是一个月的钱，之后也都是预付，辛苦你了。”

“谢谢阿姨。”蒋丞接过信封。

“我们在这里，”顾飞指着摊在桌上的地图对顾淼说，“这里，以前告诉过你的对不对？”

顾淼趴在桌上看着地图，从脸上的表情能看得出她没太听明白。

“我们在这里，”顾飞拿出笔在地图上画了个圈，然后顺着铁路画了一条线，“丞哥在这里。”

丞哥两个字短暂地吸引了顾淼的注意力，她的视线在地图上停留了一会儿。

“这个地图太大了，我们二淼还理解不了，”顾飞又从抽屉里拿了张本市的地图出来摊开了，用手指了指，“这里，是钢厂。”

顾淼盯着地图。

顾飞想确定一下她是在看地图还是在看自己的手指，于是移了移手指，顾淼眼珠子跟着动了动，他又抬了抬手指，顾淼很快地跟着也抬了抬眼皮。

虽然有些失望，但看着顾淼这样子他又忍不住乐了：“你怎么跟个猫一样。”

顾淼看着他，笑了笑。

“二淼，”顾飞托着下巴看着她，“过几天丞哥就回来了，你开心吗？”

顾淼点了点头。

“但是丞哥还要回学校，一、二、三、四、五，”顾飞扳着手指头数了一下，“掐头去尾的话，五天，他就走了。”

顾淼的笑容消失了。

“二淼，”顾飞试探着又说了一句，“丞哥去的是很远的地方，离钢厂很远，一直走，一直走，坐火车……”

“不走。”顾淼说。

“要走的，”顾飞说，“丞哥不会总在这里，他一定要走的，二淼也要走。”

几乎是在这句话说完的同时，顾淼发出了尖叫。

顾飞叹了口气，没有马上过去哄，而是坐在顾淼对面看着她。

他不知道到底应该怎样才能让顾淼学会用正确的方式来表达自己。

生气、不满、害怕、紧张，顾淼所有的表达都是尖叫。

他们这里究竟还是落后，没有专业的机构，医院的精神科也比不上大城市的水准，面对顾淼这样的情况，也没有什么系统的治疗方案。

不过之前的那个课程，顾淼每次去了之后，情绪都还不错，所以虽然他们这里的这种康复课程也谈不上有多正规，他还是想再让顾淼去，至少算是有一线希望，顾淼毕竟不是天生这样的。

只是这个费用不低，长期去会有些吃力，他必须得规划好自己手头的钱。

“十一”留在学校的同学挺多，在蒋丞的意料之外，宿舍除了他，另外三个都不回家。

“我女神不回家。”赵柯的理由非常感人。

鲁实和张齐齐都是女朋友过来二人世界顺便旅行，一大早就都去车站接人了。

蒋丞其实也很激动，但坚持没跟他们一块儿提前俩小时就到车站去愣着。

“你要带回去的东西多吗？”赵柯问，“多的话我姐可以找车送你。”

“不多，就一个包，”蒋丞想起了上回开车送他们的那个许行之，“上次送我们的那个学长，是你姐男朋友吗？”

“我姐单身，”赵柯说，“这个世界上不分男女，没有她能看得上的了，属于独身主义里谁也看不上派的。”

“还有什么别的派吗？”蒋丞笑着问。

“还有谁也看不上派。”赵柯说。

蒋丞愣了愣之后笑了半天，今天心情简直是太好了。

笑完他拍了拍包：“要不你送我到地铁口吧。”

“不，”赵柯很干脆，“我可以送你到宿舍楼门口，我要去图书馆。”

“走吧。”蒋丞笑了笑。

跟赵柯在楼下分开之后他拿出手机给顾飞发了个消息。

——我出发了我出发了我出发了。

——上车了吗上车了吗上车了吗？

——没有，正背着我的大包包往地铁站跑呢。

——身份证带了没？

——带了带了带了。

——我现在准备去车站了。

蒋丞愣了愣，把电话打了过去：“你爬着去车站都用不了几个小时吧？现在就去？”

“嗯，”顾飞笑着说，“我又没什么事儿，二森跟李炎玩去了，我在家待着跟在车站待着没什么区别。”

蒋丞到了车站，进站的时候总算是没迷路，毕竟上次送顾飞的时候印象太深刻，坐下之后他又给顾飞发了消息。

——归心似箭箭箭箭箭箭箭啊。

顾飞回消息的时候还带了张照片，戴着头盔，看样子是已经准备开车去车站了。

蒋丞盯着他的照片看了很久。

当初他满心愤怒和迷茫坐在火车上时，怎么也没有想到有一天自己会这样满心焦急和期待地想要快点回到那个小城。

——上车了吗，渣男？

潘智发了条消息过来，充满了哀怨。

——坐下了，回来找你玩。

——得了吧，回来了再说，你现在忙得都不着地了，并且也没想我。

蒋丞低头笑了好一会儿。

报到之后他跟潘智就抽空见了一回面，吃了个饭，其实也不光是他忙，潘智也很忙，毕竟他的主业不是学习。

车开了，蒋丞看着窗外出神。

车窗外面的景物一直在变化着，但他感觉什么也没看到，几乎能掐着五分钟一次地看手机上的时间。

最后终于还有二十分钟到站的时候，他站了起来，拎着包抢先站到了门边，乘务员过来准备开门的时候他差点儿不想让开。

门一打开他第一个蹦了出去。

"我到了！"一边走一边拨通了顾飞的电话，"我到了！下车了，我正往外走呢！"

"我就在出站口，"顾飞说，"你出来就能看到我了。"

蒋丞快步往外走，走了一段之后跑了起来。

这个车站很小，从出站下车到出站口，一共也就几百米，但蒋丞跑的时候还是觉得这段路太长了，总也跑不到头。

看到出站口的门时，他实在忍不住，也顾不上往外看，先喊了一声："顾飞！"

"不要跑不要跑！"出站口的工作人员指着他，"不要跑！"

外面有人抬手挥了挥，是顾飞。

蒋丞出了通道，看到顾飞脸上的微笑时，顿时有种重见天日的舒心感觉，抡着包就冲了过去，顾不上四周都是人，一把搂住了顾飞。

15

明明这段时间也已经适应一些了，但在看到顾飞挥动的胳膊的那一瞬间，他还是一阵轻快，助个跑就能飞起来了。

果然是不是适应、是不是开心，是需要对比才能真切体会到的。

其实也就不到一个月的时间，走之前顾飞剃了个毛寸都还没长出多长来，他现在看到顾飞的时候却觉得好像有一年没见着了似的。

而且那种鲜活的感觉，无论拍得多好的照片，无论多清晰的视频，都没办法体会得到的。

“走吧？”顾飞靠过来用肩轻轻撞了他一下，“先去吃点儿东西还是先回去？”

“先回去。”蒋丞想都没想。

摩托车就在前面没多远，顾飞过去跨到车上，戴上头盔，又拿了一个递给蒋丞。

“为什么你那个是黑的，”蒋丞看看手里的头盔，“我这个是红的？”

“因为那个是二淼的，她挑的红色。”顾飞看着他。

“我要黑的，”蒋丞说，“黑的比较酷。”

“酷的人什么色都酷，”顾飞把头盔换给他，戴上了那个红色的，“酷的是人不是头盔。”

蒋丞看着他。

的确，顾飞别说是冷着脸的时候很酷，就是戴个眼镜笑着的时候也会很酷，身上与生俱来的那种跟匪气和杀气还有点什么别的气混合而成的酷。

不，不是与生俱来的。

是这么多年的生活，生生磨出来的。

“上来，”顾飞发动了摩托车，把他的包递给他，“酷丞丞。”

蒋丞啧了一声。

“丞哥。”顾飞说。

蒋丞背上包跨到了后座上。

顾飞拧了一下油门，车往前冲了出去。

火车站前面有一个超级小的迷你广场，平时也没人管，乱七八糟停着不少车，还有很多摆小摊的。

相比蒋丞没几个小时之前才离开的车站，这里没有秩序，混乱一片，他坐在后座的时候却没有烦躁和不爽，甚至隐隐有那么一丝丝亲切。

无论多么灰暗的生活和多么混乱的场景，都因为想念而变得充满喜悦的亲切感。

从小广场旁边的路就可以直接开到街上，但顾飞却开着车从小广场上乱糟糟的车和小摊里慢慢穿过。

“干吗从这儿走？”蒋丞问了一句。

顾飞没说话，开着车斜着穿过小广场，开到了另一边的公交车站后面，然后一轰油门上了站台。

“悠着点，”蒋丞看着往两边躲开的等车的人小声说，“一会儿交警逮你。”

“你什么时候看到这儿不出车祸的时候有交警？”顾飞说，把车往前开到了头，一脚踩到了旁边的石墩子上，“丞哥你看，这儿。”

“你……”蒋丞笑了起来，当初他就是坐这儿等着那个妹妹被撕票了想过来拼一拼的人，他下意识地看了看地面，顾淼在那儿写过自己的名字，当然是不会还有什么痕迹了。

“那会儿你看到我什么感觉啊？”顾飞把车开下站台，汇进了街上的车流里往钢厂方向开过去。

“这哥们儿腿很长啊。”蒋丞说。

“真的吗？”顾飞偏过头笑着问。

“嗯，”蒋丞点点头，“赶紧嘚瑟去吧大长腿。”

只离开了不到一个月，蒋丞坐在顾飞后座上看着一路的景物时，却有一种已经离开很久了的感觉。

也许是吧，毕竟距离第一次来到这里．已经快两年了。

两年时间，在他十九年的人生里，算不上多长，但这两年里的经历，却几乎要占掉了他所有的记忆。

他往前凑了凑，扯开了顾飞的衣领。

“哎。”顾飞偏了偏头。

“我看看你的文身，”蒋丞用手指摸了摸顾飞锁骨上的牙印，“你军训居然没晒黑啊，牙印还是这么清楚。”

“我们军训就三天，”顾飞说，“加一块儿一天八小时都没有，三天拢一块儿还不如我出去拍一次照片晒的太阳多呢。”

“哎，”蒋丞笑着说，“明天去你们学校看看吧，我还没进去过呢。”

“我们学校？”顾飞犹豫了一下，‘有什么可看的啊，你看完R大的人，进去看完会失望的。”

“不会，”蒋丞说，“我就是想看看你每天走过哪里，会待在哪里。”

“那行吧，”顾飞笑笑，“明天去看看……然后中午去吃馅饼吧，王旭叫了好几次了，让你一回来就过去。”

“好，再一块儿去看看老徐和老鲁吧。”蒋丞点点头。

“行。”顾飞说。

“王旭现在跟易静一块儿复读吗？朋友圈都不怎么发了。”蒋丞问。

“嗯，易静现在又玩命呢，王旭有没有玩命复习不知道，反正玩命陪着易静是肯定的，”顾飞说，“上回见一次，人都瘦了。”

蒋丞笑了笑没再说话，闭上了眼睛。

风已经很凉，能穿透身上的衣服，在耳边划过时也带着浓浓的秋意。

车很快开回了钢厂的地盘，蒋丞睁开了眼睛，看着别说一个月没有变化，也许多少年都不会有变化的街道有些感慨。

经过顾飞家店门口的时候，蒋丞往里扫了一眼，有些吃惊地看到了马尾男子。

“嗯？马尾男子在你家店里啊？”他问。

“现在不是我家店了，”顾飞说，“是他的店了，我把店盘给他了。”

“怎么没听你说？”蒋丞愣了愣，“多少钱啊？”

“三万。”顾飞说。

“这么多？”蒋丞继续愣着，眼前晃过顾飞拎着一根铁棒逼着马尾掏出三万块钱的场景，“顾飞你是不是打了他一顿啊？”

“强买强卖是真的，但是真的也没打他，”顾飞说，“这店给他了挺好的，省得我天天还得顾着店里的事儿了。”

“啊。”蒋丞低头把脑门搁在他肩上。

回到出租房楼下，碰到了出来溜达的房东大婶，大婶一看见他就喊了起来：“哎哟状元你回来了啊？”

“嗯。”蒋丞笑了笑。

“放假了吧？”大婶问。

“是，国庆节。”蒋丞点头。

“挺好挺好，”大婶说，“就是这跑一趟挺累的吧，过几天又得去学校了。”

“还行。”蒋丞说。

走进楼道之后他叹了口气，是啊，过几天又得走了，这一走，就得过年前才能回来了。

他都不敢去想这中间有多长时间，几个月？多少天？

不过上楼的时候，以前那种熟悉的感觉迅速弥漫，他跟在顾飞身后一步步往上走的时候，仿佛又回到了以前每天上学放学的那些日子里。

“床单是你新换的吗？”蒋丞进屋就先洗了个澡，然后趴在枕头上，手指在床单上弹了弹。

“嗯，”顾飞打开了蒋丞的包，从里面拿了衣服出来扔到他身上，“穿上，一会儿感冒了。”

“不会感冒，”蒋丞翻了个身，慢慢坐起来，把衣服穿上了，“我现在浑身发热，跟刚跑了十公里一样。”

“现在体力是不是恢复得不错，”顾飞用胳膊撑着床沿，“之前你说跟赵柯去跑步，跑了几天啊？”

“三天，”蒋丞说完想想就乐了，“我实在是起不来，除了赵柯，我坚持的时间最长了，鲁实两天，张齐齐同学根本连一次也没成功起来过。”

“回去以后继续吧，”顾飞说，“我感觉你们学习挺疯狂的，不提高点儿身体素质容易生病。”

“其实还好，大一的都还没怎么进入状态，”蒋丞说，“那些学长学姐才是真疯狂。”

“你家教真忙得过来吗？”顾飞说，“我真是没想过你还要去打工。”

“你是不是总觉得我特别娇气啊？”蒋丞啧了一声，“我其实挺能吃苦的，再说就一周两次的家教工作，我同学挺多都打工呢，还有一个月暑假的时候提前半个月就来了，人一到就开始打工了，都是神人。”

蒋丞挨着顾飞，两人躺在床上有一句没一句地聊着。

“你肚子叫了，”蒋丞在顾飞肚子上拍了两下，“听听这响儿，全空了啊这是。”

“嗯，”顾飞说，“我发现你这人挺不要脸的，刚你肚子都叫出四个小节了，我都没出声，我肚子刚叫一声你就乐成这样。”

“你肚子叫得比我可爱。”蒋丞在他肚子上又揉了两下。

在他要再对顾飞肚子动手的一瞬间，顾飞手指在他鼻梁上啪地弹了一下。

劲儿不小，蒋丞瞬间就觉得鼻子一阵发酸，扭头就打了个喷嚏：“下手这么狠！”

“我下手不狠点儿能行吗，”顾飞拉了旁边的被子盖到他身上，“刚让你把衣服穿好非不穿，打喷嚏了吧！”

“我这是让你弹出来的喷嚏好吗！”蒋丞斜了他一眼。

“饿了吗？”顾飞拿过手机看了看时间，“哎，我说怎么这么饿呢。”

蒋丞挨过去看了一眼，不看不知道，一看吓一跳。

他俩中午都没吃饭，从车站回来之后就瘫在床上聊天儿，感觉也没聊多久，居然已经五点了。

“带二森去吃烤肉吧？”蒋丞说。

“嗯，”顾飞点点头，“我问问李炎把她送回来了没有。”

李炎已经把顾森送回了店里，蒋丞跟着顾飞一块儿过去，远远就看到了在门口玩滑板的顾森。

别说他只很想顾飞，看到顾森的时候，他发现自己也很想顾森，看到这个跩了吧唧的小姑娘在滑板上跃起时，他忍不住笑了起来。

“头发长长了。”他说。

“嗯，准备让设计总监李再给弄弄，设计总监李说想给她烫点儿小卷卷。”顾飞把车停好，冲着那边的顾森吹了声口哨。

背对着他们的顾森猛地一停，脚下板子一带，原地转了个身，往这边飞快地冲了过来。

“二森！”蒋丞张开胳膊喊了一声。

顾森一直看着脚下，听到他的喊声才猛地抬起了头，接着就一个急刹停在了离他们五六米远的地方。

“二森！”蒋丞笑着又喊了她一声。

顾森看着他，抬头看到他时脸上的兴奋表情只维持了短短的几秒钟就变成了冷淡。

“二森，丞哥回来了，”顾飞走了过去，回手指了指蒋丞，“丞哥啊，你不是很想他的吗？”

顾森盯着蒋丞，始终没有表情。

“这是怎么了？”蒋丞愣住了，站在原地都没敢往顾森跟前儿走。

“二森，”顾飞蹲下看着她，“为什么不理丞哥？”

顾森没有反应，顾飞抓了抓她的胳膊，然后轻轻叹了口气：“你进去吧。”

顾森又盯着蒋丞看了几秒钟，脚把滑板钩起来拎着，转身走进了店里。

“怎么了？”蒋丞有点儿难以接受。

对于他来说，顾森同样是思念里的一部分，这是顾飞的妹妹，顾飞疼爱的护着的妹妹，他喜欢顾森，顾森对着他笑，跟他一块儿玩的时候他会觉得轻松和愉快。

而眼下，期待着见到的顾森笑着向他扑过来扬手一个响指竖起拇指的场面却并没有出现，顾森眼神里的冷漠让他觉得非常难受。

“我们去吃烤肉吧，”顾飞走过来，在他脸上轻轻拍了拍，“丞哥。”

“她怎么了？”蒋丞皱着眉，“她为什么不理我了？”

“可能是……”顾飞叹了口气，“她知道你还会走的，会走很久。”

“她是在生气吗？生我的气吗？”蒋丞问。

“不是生气，”顾飞回头往店里看了一眼，“她只是……自我保护。”

蒋丞没有说话，过了很长时间才转身往回走到了摩托车旁边。

是吧，自我保护，害怕失去，就干脆不要了。

他看着慢慢跟着走过来的顾飞，顾飞很了解顾森，或者说，很了解他自己，毕竟曾经的顾飞，有着跟顾森一样异曲同工的自我保护方式。

顾飞跨上车，把头盔递给他，他接过后坐到了后座上。

他能做的太少，看到顾森的反应时，那种深深的无力感还是会涌起，但他知道自己有个方向，能帮着顾飞的方向，他毕竟已经迈出了一步，没有什么能挡得住他一步步走下去。

“没事儿，”蒋丞在顾飞耳边轻声说，“看丞哥的厉害。”

16

烤肉这种东西是百吃不厌的，虽然蒋丞每次吃得都特别单调，但看上去还是很满足。

顾飞看着端着盘子只在五花肥牛和肥羊那几样跟前儿活动的蒋丞，这就是蒋丞之前那么长时间就吃他做的菜也没什么怨言的原因的表现，只要有肉就行，味道能好点儿当然更好，味道实在不怎么好的时候也会因为“这是肉”而满足。

蒋丞回头往桌子这边看了一眼，顾飞冲他挥了挥手。

蒋丞不知道说了句什么，指了指桌子。

他低头看了一眼，发现一直盯着蒋丞看，烤盘上的肉有点儿煳了都没发现。

这眼神儿也实在是太好了，顾飞笑着把肉夹了出来，成天泡图书馆用眼那么大强度的人居然视力一直没什么问题。

“都不用你跑腿儿就烤个肉你都能走神。”蒋丞一手托着三个摞一块儿的盘子，一手拿着一扎果汁。

“我又不是看别人。”顾飞把肉一片片夹出来码到他盘子里。

“至于吗？”蒋丞啧了一声，低头开始吃肉。

“吃吧，好好吃，晚上回去先好好睡一觉。”顾飞说。

蒋丞咬下一口肉，眼睛很灵活并且迅速地朝他看了看。

顾飞笑了起来，蒋丞这种跩与二结合的神奇特质他每次感受到的时候都很愉快。

“随便，”蒋丞把肉咽了下去，“说真的，我现在真的就怎么样都行了，任君摆布吧。”

“好。”顾飞笑着点了点头。

吃完饭，两人回去放好车按以前的习惯顺着路溜达着散步。

但蒋丞一路溜达一路打着哈欠，他大致数了数，少说也有十一天，估计临近放假这几天都没怎么睡好。

“回去睡会儿吧。”顾飞叹了口气。

“嗯，”蒋丞点点头，又拍了拍肚子，“食儿也消得差不多了……我发现我在吃肉这方面真的是一点儿自制力都没有。”

“吃吧，胖了也不嫌你。”顾飞说。

“我自己嫌，”蒋丞说，又看了他一眼，“你要胖了我也会嫌的，我们颜狗非常绝情的。”

“啊，”顾飞笑着，“我们草食动物是没有肉食动物那么容易胖的。”

回到屋里，蒋丞洗漱了一下就扑到床上去了，顾飞靠在床头跟他聊了没到十分钟，他就没了声音。

顾飞低头看了一眼，已经睡着了，他又伸手在蒋丞鼻尖上按了一下，蒋丞没动，都没有像平时那样，在梦里就对着自己的脸一巴掌呼过来。

“丞哥？”顾飞叫了他一声。

蒋丞也没有反应。

“睡吧。”顾飞拿过手机看了看时间。

顾飞拿着手机也没什么事儿可干，他之前没什么情绪玩游戏，现在也还是不想玩，就想这么安静地待着。

今天蒋丞的情绪还是受了影响，从开始吃饭就有些疲惫的样子，本来以他的性格，回来根本不可能睡，肯定得聊到半夜。

顾淼的反应别说蒋丞没有预料到，就连他自己也一样，怎么也没想到会出现这样的场面。

甚至就在两天之前，顾淼还学着描了蒋丞的名字，虽然描了整整四页也没有学会，但顾飞能确定她很想蒋丞。

只是在看到蒋丞的那一瞬间，她的焦虑和不安还是占了上风，僵硬的身体和淡漠的眼神顾飞很熟悉。

“看丞哥的厉害。”

蒋丞说出这句话的时候，顾飞只觉得满满的全是感动和暖意，蒋丞一如既往地勇往直前，有着似乎什么也打不倒的天真的坚强。

但现在静下心来，顾飞又开始隐隐不安。

他一直喜欢蒋丞的这份源于天真的坚定，因为他没有，他有时候都觉得自己应该是从来都没有天真过。

而也恰恰是因为他没有，才会不安。

无论他怎么样想要像蒋丞那样只看脚下无所畏惧，也不得不承认自己很难做到。

他不知道蒋丞有什么想法，又要怎么样厉害，但他非常害怕蒋丞会把顾淼也扛上，那就真的会被死死拖住了。

他想让蒋丞能尽兴，能无所顾忌，像王旭，像潘智，像所有这个年纪里的人那样。

蒋丞无论是不是李保国的儿子，无论有没有出生在这里，他十多年的成长环境已经决定了他不属于这里，这里的一切，是盛是衰是悲是喜，本来都跟他没有关系。

但他被扔了回来，从最初的暴躁迷茫到最后的坚定，他这些日子是怎么过来的，顾飞太清楚了。

他俩不在同一个城市，其实并没有什么特别的，很多人都这样，有些人能一直走下去，有些人走散了，都很正常……

“这个床不行了，”蒋丞不知道什么时候醒的，抱着枕头晃了晃床，“这床都快翻散了，一动就吱吱。”

顾飞看了他一眼没说话。

“你听，”蒋丞把屁股抬起来往床上砸了两下，床吱嘎响了一声，“听到没？”

“你走之前就叫了，”顾飞说，“你沉醉于复习估计都没感觉到吧。”

“走之前？”蒋丞想了想笑了起来，“真的吗？我没注意。”

“吃消夜吗？”顾飞拿过手机，“给你叫个外卖过来？”

“现在还送吗？”蒋丞问，“半夜了吧？”

“没到十一点呢，还有几家送的，”顾飞说，“想吃什么？”

“我想想啊……”蒋丞翻了个身躺着，闭眼遐想了一会儿，“烤翅，加很多很多孜然的那种。”

“好。”顾飞点点头。

跟顾飞待在一块儿的日子非常美好，睡了吃，吃了睡，放肆而安心，看到朋友圈里赵柯发的图书馆看书的照片，也不会觉得焦虑。

平时要是谁去了图书馆，他都会觉得自己要是没去是不是就浪费了青春。

现在他过的这种日子就是青春了。

放假的几天顾飞就像之前答应他的那样，安排得很好，主题是聊，然后吃喝，玩的话，这里也没什么可玩的，除了去王旭家吃馅饼以及看望老徐、老鲁他们，别的基本就跟做合并到一块儿了。

王旭的确是瘦了，他妈妈心疼得不行。

“我真不是复习瘦的，”王旭把包厢门关上，放了一大筐馅饼到桌上，又给他们盛上羊肉汤，“我真就是相思相的。”

“你捎带着也复习一下，耽误不了多少时间，还能让易静对你刮目相看。”蒋丞咬了一大口馅饼。

“那也不一定就能刮目了，”王旭不以为然地指了指顾飞，“他，不是跟我差不多吗，怎么就有人对他刮目了？”

顾飞和蒋丞没说话，一块儿边吃馅饼边看着他。

“怎么了？”王旭拿着馅饼都没敢吃，小心地问，“我说得不对吗？”

“你俩本质的差距不是成绩，你想补上这个差距就得下点儿狠劲，”蒋丞慢悠悠地说，“你不会不知道易静以前喜欢……”

“行！行！”王旭一拍桌子，强行打断了他的话，“我知道了，你快别说了。”

顾飞笑了笑没出声。

“要不要叫易静出来放松一下啊？”蒋丞想了想，“挺长时间没见面了。”

“她不会出来的，特别是有你在的时候，”王旭叹了口气，“其实要不是有你，她可能也不会拼成这样，你来四中之后，她就再也没有拿过第一了。”

蒋丞咬着馅饼没说话。

“还有那么长时间，她现在就这么绷着，别又撑不住了。”顾飞说。

“这次还好，”王旭说，“有经验了，我觉得她就是不想见蒋丞，觉得不好意思吧，等她考了个好学校，就没事儿了。”

“那你帮我带句话吧，”蒋丞说，“让她加油，我等她去了请她吃饭。”

“好！”王旭点头，点完头又看着他。

“请你俩吃饭。”蒋丞说。

“嗯嗯嗯嗯！”王旭愉快地一通点头。

见老徐、老鲁，跟一帮8班的同学聚会，大家兴奋地各种汇报自己的近况，这一串活动占掉了假期的一整天。

蒋丞有点儿心疼这一天的时间，但也还是觉得挺愉快的。

这次的聚会人还算全，除了有些在外地的想借着假期旅游没回来的，差不多全到齐了，蒋丞本来就认不全人，隔了这两个月，顿时觉得面生的人又增加了好几个。

就像老徐说的，从散伙饭那天开始，就很难再聚得那么齐了。

蒋丞看着这些带着笑容的脸，在自己的新生活开始之后，再看到这些曾经在自己迷茫的18岁那年路过的人，突然也觉得很亲切。

假期一旦过半，人就会变得焦虑。

连一个月两个月都会瞬间滑走，何况是两天三天。

跟老师同学聚会过后，蒋丞和顾飞都没怎么再出过门，就猫在出租屋里，聊天，看看电视，找个电影窝床上看。

不过顾飞每隔一天的晚上都得先回家，陪着顾淼，等她完全睡熟了才会过来，每天的一早都得陪着顾淼吃早点。

蒋丞这次就没再去顾飞家和店里，顾淼对他的态度让他有些受伤，也很心疼，如果顾淼想自我保护，就让她先自我保护着吧，眼下也没有什么立竿见影的方式能让她放下防备了。

顾飞打算继续让顾淼去上那个康复班，蒋丞觉得现阶段这是唯一的办法。

顾飞他们学校的课少一些，店现在也不用他操心，时间问题不大，但是……顾飞虽然没提过，但蒋丞知道费用不低，普通的家庭要负担起来也不轻松，何况顾飞只是一个学生。

蒋丞的重心从顾淼对他的态度上迅速转移到了这个费用上，盘算了一下自己回学校之后就开始做家教，到过年能有多少钱。

“一会儿出去一趟吧，”顾飞打断了他的思考，“我想给你买件厚衣服。”

“嗯？”蒋丞看着他，“我有衣服啊。”

“我知道你有，现在衣服也穿不烂，你那些衣服穿到你毕业也没问题，”顾飞说，“我就是想给你买件衣服。”

“好，”蒋丞笑了起来，“买件羽绒服吧，这个冬天就穿它了。”

“走吧。”顾飞说。

“你也买一件吧，怎么样？”蒋丞下了床，把顾飞推到穿衣镜跟前儿，两人并排站着。

“行。”顾飞点头。

蒋丞拿过手机，对着镜子拍了张照片。

这几天他感觉自己拍照片拍得都快把内存卡给拍满了。

自从衣服被打包送到这里，蒋丞只买过一次衣服，就是那次从李保国家跳窗出来没穿外套的时候，他去买了件外套。

他一直没买衣服，一是懒得跑，二是感觉这地方的衣服都不好看。

但现在顾飞带着他在商场里转悠的时候，他又觉得哪件都行了。

顾飞挑衣服还是挺有眼光的，好几件看上去很不起眼的外套，试穿的效果都还不错。

最后挑了一件看上去灰不叽叽什么装饰都没有，但穿上之后还挺显帅的羽绒服，关键是这衣服还很显腿长，对于蒋丞来说，这是很重要的优点。

不过看了一眼价签之后，他顿时啧了一声：“这么贵。”

“又不天天买，”顾飞说，“你就天天穿，穿三年问题不大，摊到每天……”

“行行行，”蒋丞笑了起来，“就这件了。”

拎着衣服回到出租房的时候他又突然不怎么高兴了，看着顾飞给他打包行李，把秋冬的衣服往里塞的时候，他连说话的兴致都没了，盯着顾飞的后背有些出神。

这什么鬼的假期啊，根本都没感觉就过完了。

这一走，一直到过年都没有假了，十月、十一月、十二月、一月……今年什么时候过年？

寒假什么时候开始放？

“明天你就睡你的，到时间我叫你，”顾飞一边把衣服按扁一边说，“我回去看了顾森以后带早点过来，你想吃什么？”

“嗯。”蒋丞应了一声。

顾飞回头看了他一眼：“我问你想吃什么早点？”

“嗯。”蒋丞点了点头。

“你是不是傻了？”顾飞问。

“啊。”蒋丞又点了点头。

“蒋丞！”顾飞喊了一嗓子。

“欸！”蒋丞吓得在床沿儿上蹦了一下，抬头瞪着他，“干甚啊！”

“明天早点想吃什么？”顾飞笑着问。

“羊肉粉。”蒋丞想了想。

“行，我去打包回来，”顾飞伸手拍了拍被按扁的衣服，“几个月而已，没多长时间的。”

“嗯。”蒋丞扯了扯嘴角。

是啊，几个月而已。

几个月而已。

但其实，几个月啊，很长的。

就像是一种习惯，只一次两次就形成了的习惯，出发的前一夜，他俩都睡不着，就这几个小时了，睡过去太可惜。

天亮的时候顾飞的手机闹钟响了一声。

叽。

蒋丞听乐了：“你这闹钟的铃声有什么存在的意义吗？”

“反正我能听到，”顾飞说，“主要怕吵到你，我哪知道你一夜都不睡。”

“哪睡得着，”蒋丞翻过身，“你现在回家吗？”

“嗯，”顾飞说，“你再睡一会儿，我回家然后去买羊肉粉，大概半小时，一会儿我叫你。”

“我陪你去吧。”蒋丞坐了起来。

“嗯？”顾飞愣了愣。

“二淼看到我不高兴，我就不上去了，在你家楼下等你，”蒋丞说，“然后一起去吃羊肉粉，不用打包了。”

“……好。”顾飞点点头。

上车前这两三个小时，蒋丞几乎是按秒来计算了，比起上回去学校报到，这种小聚之后的再次分别，更让人不舍。

顾飞也差不多，陪了一会儿顾淼之后下楼的时候几乎是冲下来的，跑出楼道口的时候脚下不知道被什么绊了一下，他一直踉跄着往前到蒋丞蹦过去拦了一下才停下来。

“我去，”顾飞乐了，“我长这么大，头一次这么丢人的，你要不拦一下，我估计得冲到路中间再摔个跟头。”

蒋丞从看到他踉跄的时候就在乐了，这会儿笑得腮帮子都酸了：“钢厂小霸王也有今天。”

“走走走，”顾飞笑着说，“吃羊肉粉去。”

羊肉粉还是那么嚣张的价格，蒋丞请客，一人加了五块钱羊肉。

“我感觉吃八百块的粉都不解恨，”他一边吃一边恶狠狠地说，“我早晚要把这店买下来改成馅饼店！”

“我支持你。”顾飞冲他竖了竖拇指。

吃完粉回去拿了行李，打了个车去了车站。

他俩差不多是卡着时间到的。

“我直接进去了，”蒋丞说，“你回去睡一觉吧，我一会儿上车了也睡。”

“嗯，”顾飞点点头，“到了给我说一声。”

进站，上车，坐下。

发消息告诉顾飞。

蒋丞努力让自己平静，这样的相聚和分别，他必须迅速适应，未来不知道多长的时间里，这样的场景会出现一次又一次。

车开动的时候潘智发了消息过来。

——车开了吧。

——刚开，时间掐得挺准啊。

——那么废话，我是很有素质的，不影响你俩道别，一会儿我去接你。

——今天这么闲?

——爷爷！明天就上课了！今天再不见一面，我觉得你真能把我晾到过年啊！

蒋丞对着屏幕笑了半天。

——不会的，我预约下周日上午吧，你陪我去趟医院。

——打胎吗?

——滚，我想找精神科的医生问问顾森的情况。

——行，我有时间。

17

也许是开始适应了分别，也有可能是这几天玩得太拼昨天又一夜没睡，跟潘智发完消息又跟顾飞聊了几句之后，蒋丞就抱着包睡着了。

一直睡到旁边的大姐推了他好几下，他才抱着包直接蹦着站了起来。

“哎哟，”大姐被他这反应吓得差点儿扑到走廊上去了，“小伙子你这一惊一乍的要吓死人啊。”

“不好意思，我睡得太实了。”蒋丞迅速在自己脸上摸了一圈，确定应该是没有口水痕迹之后才坐了回去。

“就是呢，马上到站了，我要是不叫你，你是不是打算再坐回去啊。”大姐说。

是啊。

蒋丞笑了笑。

再坐回去也挺好的，一睁眼肯定惊喜万分……

手机上有好几条消息，顾飞有一条。

——我开始睡觉了。

看了一眼时间，大概是在开车两个小时之后发来的，顾飞估计是回去先陪了顾森然后才睡的。

这会儿他应该睡得正香，蒋丞犹豫了好半天，发消息怕吵醒顾飞，不发吧又怕顾飞睡不踏实就等这个消息。

最后还是回了一条。

——我到了，潘智接我，不要回消息了，好好睡觉。

——嗯。

顾飞还是回了，而且就几秒钟之内，果然是没睡实，或者干脆就没睡着，蒋丞笑了笑，又看了看另外几条消息。

全是潘智的。

——爷爷到哪了？

——快到了吧。

——到哪了啊你手机没电了吗？

——没信号吗？

——渣男。

——蒋丞你有没有人性啊！！

——绝交！

——不要回复了，绝交了，你自己回学校吧，下周自己去打胎吧！别找我了！

蒋丞一边看一边乐，拨了潘智的号。

"你好。"那边潘智接了电话，非常礼貌地说了一句。

"孙子，"蒋丞笑着说，"我大概还有十分钟进站。"

"这里没有您孙子，请问您找谁？"潘智说，"您打错电话了吧。"

"我找这个世界上最英俊、最潇洒、最风流倜傥的潘安潘帅哥。"蒋丞说。

"走开，"潘智说，"你有种别拍我马屁啊！是不是怕自己回去迷路啊！路痴！"

"我刚睡着了，"蒋丞说，"一上车就睡过去了。"

"摸摸兜，看看钱包手机都还在不在？"潘智马上说。

"在，"蒋丞说，下意识地摸了摸兜，钱包还在兜里，然后又摸了摸，"我天我手……"

"你手机在你手里，白痴！"潘智打断他的话飞快地说了一句。

"你是不是就跟这儿等着我呢？"蒋丞让他这一通骂都乐了。

"是啊，不好意思被你看出来了！"潘智说。

"我准备下车了，"蒋丞看了看窗外，"进站了，你在哪个出站口？"

"你甭管哪个出站口了，我说了你也找不着，我就还是在上回接你们的那个出站口，"潘智说，"站在正中间最英俊潇洒的那个，你应该一眼就能看到我。"

"……嗯。"蒋丞挂了电话。

车停了，蒋丞抱着包坐着没动，看着车厢里的人一个个下车，再从车窗旁边走过。

一直到人都走空了，他才站起来，慢慢走了出去。

出站口的确一眼就能看到潘智，他一向都穿得像个走在时尚前沿的国际友人。

蒋丞冲他挥了挥手，潘智抱着胳膊没动，一直到蒋丞走到他面前了，他才说了一句："我以为你出站的时候就迷路了呢，你怎么不跟下趟车的人一块儿出来啊！"

"您这火气还没下去呢？"蒋丞说。

"秋高气燥，"潘智退后了一步，上下打量了一下他，"气色不错，回去一趟是不是都有休学一年再回来的冲动了？"

“没有，”蒋丞说，“我是那样的人吗？我目标很明确。”

“什么目标？”潘智问。

“你达不到的目标。”蒋丞说。

好好学习，好好赚钱，看得到希望也好看不到希望也好，拉着顾飞，给顾淼找个好医生……虽然这些目标里关于自己的很少，但对于他来说，都一样。

潘智拉着他学校也没回，先去吃了饭。

他跟潘智很久没有这么边吃边聊了，蒋丞其实很怀念跟潘智这么瞎扯，瞎扯不下去了就一块儿愣着或者各自玩手机的日子。

那时的确没什么压力，除了期末要突击复习之外，每天都过得很潇洒，想旷课就旷了，想打架就打了……

现在除了学习的压力之外，那种对不确定的“未来”的惶惑不安，来自对不可见的希望的期待，都是压力，不去想的时候觉得无所谓，细想的时候才会感到重重压下来的压力。

“你去找医生打听的事儿，跟顾飞说过吗？”潘智问了一句。

“还没说，怎么？”蒋丞看着他。

“先别说，有确定的方案和答案了再跟他说，”潘智说，“就是特别明确的什么病，你隔着这么远找医生问，都未必有办法，何况是这种心理上的问题，万一没什么办法，顾飞会很失望的吧。”

“嗯。”蒋丞点点头。

这一点他也想到了，所以想了几天了他也一直没跟顾飞提过。

“没白交你这个朋友，这都能替我想到，”蒋丞把手伸到潘智面前，“非常感谢。”

“不客气，”潘智跟他握了握手，“毕竟我胸前有隐形的红领巾。”

蒋丞从包里拿出一个小盒子，是他跟顾飞去逛街的时候给潘智做的礼物。

在上回的拼豆店旁边有一个软陶店，他和顾飞进去给潘智烧了一颗五角星和两朵小花。

潘智打开盒子一看就乐了：“爷爷，你真有创意。”

“你反正什么也不缺，”蒋丞说，“我也没办法送个女朋友给你。”

“等着吧，”潘智把盒子收好，“我今年要带个女朋友回家过年，带回去之前会带给你过目的。”

“那个前台接电话的小蹦豆吗？”蒋丞问。

“前台？小蹦豆？谁？”潘智愣了愣。

“佩服。”蒋丞冲他抱了抱拳。

有时候他真是挺羡慕潘智的，万花丛中过，片叶不沾身，偶尔被蜜蜂扎一下也不放在心上。

大概是太久没聊天儿，他俩边吃边聊，吃到没东西可吃了还在聊，最后潘智一招手叫来了服务员：“菜单给我，再给加俩菜。”

“还吃？”蒋丞愣了。

潘智没说话，一手接过菜单，一手把手机举到了他眼前：“该吃晚饭了。”

“……啊。”蒋丞震惊了。

顾飞一直没有发消息过来，所以他一直没注意时间，现在想想，顾飞这一觉睡得还真是挺沉的啊。

这几天，顾飞尽干体力活儿了，估计累得够呛。

跟潘智吃了一半时间晚饭的时候，顾飞的消息总算发了过来。

——早安同桌。

——睡舒服了吗?

——越睡越想睡了，我先挣扎着起来吃个饭再睡。

——我也吃饭呢，跟潘智从午饭一直吃到现在。

——……挺好的省两套餐具钱了。

——HHHH没错！那你去吃饭吧，吃完接着睡。

——嗯。

终于和潘智两人揉着肚子走出饭店的时候，顾飞又发了一条消息过来。

——我继续睡了啊。

——嗯，晚安。

——晚安。

“我送你回学校吧，”潘智给了他两粒口香糖，“我怕你不知道怎么走。”

“我不至于。”蒋丞叹了口气，把口香糖放进嘴里。

“那你说，地铁口在哪儿？”潘智看着他。

蒋丞犹豫了一下往右边指了指：“前面。”

“那是后面，”潘智说，“我们是从那边走过来的。”

“前面。”蒋丞马上换了方向一指。

“走吧爷爷。”潘智转身往后走了过去。

“你不说在那边儿吗？”蒋丞愣了。

“我就是告诉你那边是前面，没说地铁在前面，”潘智说，“快别给R大丢人了。”

“什么鬼。”蒋丞转身跟了上去。

回到宿舍的时候，还没到图书馆闭馆的时间，宿舍里的人都没在。

蒋丞进去把行李箱打开，正想收拾的时候，旁边床上传来了赵柯的声音：“蒋丞？”

“赵柯？”蒋丞吓了一跳，往上看到赵柯探着脑袋，“你没去图书馆？”

“今天被我姐拉去吃饭，”赵柯说，“回来再去的时候已经没座儿了……回去一趟看着心情不错啊。”

“嗯，还行。”蒋丞点点头，站到楼梯上看着他，“我特别想问问你。”

“问。”赵柯点点头。

“你对你女神，是就当女神呢，”蒋丞说，“还是想找她当女朋友啊？”

“女朋友。”赵柯说。

“那你表白啊，”蒋丞说，“我看她不讨厌你啊，每次碰到，她不都冲你笑吗？”

“你不懂，”赵柯皱眉，“她跟我姐从幼儿园就是闺蜜，你能想象吗，她看着我长大的，我小时候尿床她都知道。”

“你还尿床啊？”蒋丞说。

“作为一个法学院的学生，你有重点吗？”赵柯看着他。

“你现在还尿床吗？”蒋丞问。

赵柯脸上的表情变幻莫测了好几秒，还是非常诚恳地回答了：“不尿了。”

“你都不尿了还怕什么？”蒋丞跳下去，继续收拾行李，“我看你女神应该不止是你一个人的女神，近水楼台这么多年都没得着月亮，也算是磨叽派右护法了。”

赵柯没出声，过了一会儿才问了一句：“……你呢？”

蒋丞转过头。

“要你的话，你会怎么说？”赵柯又问。

“就问……”蒋丞被这么一问突然有点儿不好意思，他清了清嗓子，“就问有没有想过交个男朋友。”

“……这么直接？”赵柯说。

“不然呢？”蒋丞说，“我也不会别的委婉的方式了。”

“行吧，”赵柯翻了个身躺回床上，“你有没有想过交个男朋友，你有没有想过交个男朋友，你有没有想过……”

“你可以想点儿别的词儿，”蒋丞说，“你不至于这么一句都要全文背诵我的话吧。”

“你有没有想过……”赵柯又翻了个身，“做我女朋友？”

“可以。”蒋丞点头。

“不行，”赵柯又翻了回来，“还是要给自己留点儿余地的，万一她说想过啊，想跟那个谁谁，我也好恭喜她。”

“傻缺。”蒋丞说。

他承认自己也是有那么点儿这个意思的，但赵柯完全没必要，看看人家潘智，每次都是单刀直入，对方基本都没有招架之力。

七天的假期，无论是单身狗还是成对儿的狗，都觉得一晃而过。

宿舍里的人从上课第一天开始就迅速回到了之前的节奏里，上课、吃饭、自习看书，蒋丞比之前多了两项，周末去给那个拥有神奇自信的高二妹子补课以及跟着赵柯每天去晨跑。

跑了不到一个星期，蒋丞就知道为什么赵柯雷打不动要跑步了，因为他女神是隔一天晨跑一次。

每次女神老远看到他俩就会笑，还会招手，赵柯就跟个被惊着了的兔子似的噌噌往前蹿，继上次的表白讨论过去了一周，他也没敢上去表白。

蒋丞也没再给他鼓劲，围观别人的暗恋明恋也挺有意思，感觉自己就跟个过来人似的特别有成就感，有时候还能稍微分散一些他的注意力。

就这么下去，几个月的日子也不一定那么难熬，毕竟每天都有新鲜的事发生，每件事都会勾起他在钢厂时最美好的那些回忆。

唯一不太美好的事，就是他去医院咨询顾淼的病情时，并没有得到想要的答案。

他和潘智两天时间跑了两个医院，医生都很慎重，他们表示这种只靠口述而没有接触过本人的案例，他们无法做出判断。

如果没有办法把顾淼带出来，就很难准确地判断出病因，更没有办法拿出有针对性的方案。

“我有什么办法能把顾淼带到这么远的地方来？”蒋丞支着头坐在沙发上。

这是潘智自己租的房子，很小，不过房子很新，住着挺舒服，他还是第一次过来。

“她完全不能接受吗？强行抱出来呢？”潘智问。

“让她换个床睡觉，她都能尖叫十分钟，特别生气，”蒋丞拧着眉，“就算能不管她尖叫，让她尖叫一路强行抱出来了，她要是严重了怎么办？就我这次回去，她已经不理我了。”

“不理你了？”潘智愣了愣。

“顾飞说是自我保护，害怕失去，就不再接纳，”蒋丞叹了口气，“我要是有钱，我就请个大夫过去出诊，不，请个大夫常驻。”

“你现在连请个大夫正常给她治疗的钱都不够吧，”潘智说，“这种费用都不低，而且还是长期的。”

“嗯，”蒋丞笑笑，“所以我得赚钱。”

“丞儿，”潘智看着他，“你……”

蒋丞等着他说下去，但潘智却没有了声音。

“我什么？”他也看着潘智，“想说什么就说，我们俩之间不用玩欲言又止。”

“就，值得吗？”潘智说，“你才19岁……”

潘智没再说下去，不过蒋丞很清楚他的意思。

“我没有非得为顾淼做什么，”蒋丞咬了咬嘴唇，“但是顾飞要是管她，我就不可能不管。”

“你多少也想想以后，这些事只会越陷越深，越缠越紧，一年两年，三年五年，顾淼一直不好，你就一直这样？”潘智说，“可能是我太现实了，我有时候就会害怕，如果有一天你累了，然后你走不掉……”

“潘潘，”蒋丞一抬手，手指啪地在潘智嘴上弹了一下，“我打算先天真着，毕竟人这一辈子，天真的时间太短了。”

潘智捂着嘴，盯着他看了一阵子，最后冲他竖了竖拇指，真诚地说了一句：“我敬你是个爷爷。”

顾淼的事儿没有进展，蒋丞虽然知道这没有什么，要这么容易就能有进展，顾飞也不至于辛苦成这样了。

但想是这么想，他还是会有些失落，就像是他努力地撑着顾飞，却使不上劲。

顾飞已经把顾淼送去继续参加那个康复治疗了，有时候会发小视频给他，顾淼还是那么漂亮，那么酷。

——这次效果不是太好。

——看出来了，上次去的时候她玩得还挺开心的，这次好像没有什么反应?

——嗯，基本不愿意跟人互动。

——是因为我吗?

——丞哥，你不要总第一反应就是往自己身上找问题。

——……

——她生我气的时候我从来不觉得我有错，她不是个正常孩子，不能用常规思维来想的。

——好吧，那这个治疗还去吗?

——先继续吧，钱都交了，看看过段时间有没有改善。

蒋丞趴在桌子上，抱着本书，但对着手机屏幕发了很久的呆，黑屏里能看到他如同入定了一样的脸。

多亏长得帅，发呆的时候才不会显得智商只有20。

坐在他旁边的赵柯把一坨小纸团弹到了他脸上，他转过脸，冲赵柯竖了竖中指。

“你浪费资源呢？”赵柯小声说。

蒋丞没说话，把手机放回兜里，低头开始一边看书一边记笔记。

不多想了，反正现在自己能做的就是多攒点儿钱，除了自己的花销之外，尽可能地存出一些来，无论以后顾淼接受什么样的治疗，钱都是个大问题。

钱钱钱。

丞哥有钱。

从图书馆出来，赵柯提议去买点儿吃的，蒋丞并不想吃东西，但还是跟着他一块儿去了，反正这会儿脑子有些发闷，回宿舍也睡不着。

“你这几天怎么了？”赵柯走了一段之后问了一句，“是不是碰上什么事了？”

“没。”蒋丞回答。

“那就好。”赵柯点了点头。

蒋丞转头看了他一眼，突然有点儿想笑，这人有时候“不关我事就一句不问”的原则坚守得非常好。

其实这会儿蒋丞挺希望赵柯多问几句的，除了潘智，这事儿他已经无人可说，而潘智明显不希望他在这些事上投入太多，陷得太深。

虽然很多事他能憋得住，也没有跟人倾诉的习惯，但在这个新的环境里，他又确实有点儿堵得慌。

就像当初他刚到钢厂的时候，那种想要抓住点儿什么又不知道往哪儿抓的感觉。

“真不说？”赵柯突然又问了一句。

“嗯？”蒋丞看着他，赵柯也正看着他，对视了一会儿之后，他轻轻叹了口气，“其实……别人看来也许不是什么大事儿。”

“我听听。”赵柯说。

“就是……我朋友的妹妹，”蒋丞拧着眉，“有点儿自闭……应该是自闭吧，一直没办法……”

“想带过来看病吗？”赵柯问。

“过不来，”蒋丞说，“她不能接受环境变换，换床都不行，我去找医生问了，见不到人，人家没有办法去判断。”

“那肯定的，”赵柯说，想了想之后他停下了脚步，“我姐。”

“嗯？”蒋丞看着他。

“你愿意的话，可以问问我姐。”赵柯说。

“你姐……”蒋丞突然觉得自己有隐隐的兴奋。

“我姐念的临床心理学，”赵柯说，“我下学期还想过去蹭课的，你要不要跟我一块儿？”

18

顾淼从教室里出来的时候走得很快，还推开了一个想跟她说话的孩子。

“二淼，”在外面等她的顾飞蹲下拦住了她，“跟刚才那个小妹妹说再见。”

顾淼看着他，顾飞的意思她应该是明白了，但不是很想执行他的要求。

“她想跟你说话，你没有理她，”顾飞说，“你可以不喜欢她，但是要有礼貌，不可以推别人。”

顾淼转过身冲跟过来的那个孩子挥了挥手，然后冷着脸转身走了。

顾飞叹了口气，站起来跟在她身后。

小丫头现在不太愿意来参加集体活动，每次顾飞都要跟她说半天才能把她带过来。

也许是这次参加的十多个孩子年纪都偏小，顾淼虽然心智比不了同龄人，但很多东西她是能明白的，以前在学校的时候，她也不是完全不能适应。

现在这些都只有五六岁甚至更小一些的孩子，她与他们玩不到一起去。

可怎么办呢？

顾飞走到摩托车旁边，顾淼已经抱着滑板等着了。

"饿了吗？"顾飞过去把她的围巾裹好，把她的帽子往下拉了拉，再给她戴好口罩，然后跨上了摩托车。

顾淼爬到后座上抱住他的腰。

怎么办呢？

顾飞戴好头盔发动车子，顾淼目前的状态，多参加集体活动、多跟人互动是最好的办法，而且他们这里，无论水平高低，是唯一能让顾淼得到帮助的地方了。

他每周都要缺课几次把顾淼送过来，他并没有多么想去上课，这么多年过来，他已经很难再像别的学生那样静下心来去学习了，但这里毕竟是因为蒋丞才考上的学校，他也不想真的就像以前那么混。

而且顾淼过来接受康复训练也不仅仅是影响了上课，还用掉了他接活儿的时间，很多事儿他不得不都压到了晚上去做。

无论是时间，还是钱，都会有些吃力。

他不会抱怨，这么多年都是这么过来的，他总有应对的办法，只要顾淼能有进步……

只要顾淼能有进步。

但顾淼没有进步。

品尝了太多失望和失落的他，实在很难像蒋丞那样永远乐观。

回到店里，刘立已经做好了饭，老妈正拿手机对着小桌上的几个菜转圈儿拍着。

这个店自打强行卖给刘立之后生意好了不少，刘立做事还挺认真，最重要的是他做饭比老妈靠谱，起码顿顿有。

顾淼对他做的菜也还算满意，一进店里就站到了桌子旁边等着开饭。

"二淼你挡镜头了，"老妈举着手机，说完之后看顾淼没动，她叹了口气，转到顾淼对面拍了一张，"我闺女挺上相的，怎么拍都好看。"

"吃饭吧，"刘立把汤端了出来，"大飞累了吧，吃了饭回去休息。"

"不累，"顾飞拍了拍顾淼的肩，"二淼去洗手。"

顾淼往后院走过去，顾飞跟在她身后，看到顾淼进了厨房之后，他没再跟过去，站在门边看着。

顾淼现在洗手洗碗问题都不大，基本已经不会再尖叫。

这算是进步吧，算的。

但这个进步，从老爸死的那年开始一直到现在，才出现。

顾飞都不敢去想这中间过了多少年。

希望。

希望当然是有的，就是太遥远。

吃完饭带着顾淼回家的时候，蒋丞发了条消息过来。

——吃完饭了没？

还带着一张自拍，角度很迷离，依旧靠脸，不过能看得到背景，是在他们学校高大上的图书馆里拍的。

差不多每天的这个时间，蒋丞都会去图书馆，看书做笔记之类的，顾飞不是太清楚他一晚上泡在那里的具体内容。

只知道这段时间里，蒋丞是很专注的．就像他以前坐在书桌前复习那样，自己也不会去打扰他。

不过偶尔会有些寂寞。

他的晚上相比蒋丞来说会闲一些，也就是修修图什么的，各种商品图、模特图，对于他来说基本就是流水作业，不需要集中注意力，也不怕被打扰。

但闲下来想给蒋丞发个消息的时候，又怕会打扰到他，而且前两天蒋丞还跟他抱怨过坐旁边的一个姑娘手机放在桌上几分钟振一次很烦人。

不过十点图书馆闭馆之后，蒋丞会第一时间给他打电话过来。

"今天累死了，"蒋丞一边说一边打了个哈欠，"中午我也没睡，作业写一半的时候眼睛都睁不开了。"

"劳逸结合啊丞哥。"顾飞说。

"逸了啊，晚上回宿舍倒头就睡了，"蒋丞说，"其实也不是我想劳，毕竟事儿就有这么多，看看书，整理一下笔记，写写作业，差不多时间就用完了。"

"那不是没时间去吃大五花了。"顾飞笑笑。

"想吃也有，去做家教的时候就路过两个烤肉店呢，"蒋丞啧了一声，"不行，不能说，说了就饿了，回宿舍又没东西吃。"

"要不要去买点儿吃的？"顾飞问。

“不买了，”蒋丞叹了口气，“我怕胖，你说马晚上吃点儿草都还肥呢，我晚上老吃肉还能行吗？”

顾飞笑着没说话。

蒋丞跟他又聊了几句，说了一通白天上课的时候碰上的事儿，有好笑的，不爽的，反正每天都会说。

顾飞喜欢听他说这些，他能想象蒋丞在学校的样子，他去上课，他去食堂，他去图书馆，他不喜欢哪个同学，他跟赵柯在宿舍合伙欺负另两个有女朋友的同学……

蒋丞的生活很忙碌，压力也很大，但也很有意思。

他说的那些事，接触到的那些人，都跟在钢厂的时候大不一样了，顾飞能感觉得出他的心情是扬着的，抱怨太累的时候也是扬着的。

多好啊，这才是蒋丞该有的生活。

有时候蒋丞也会问他，学校怎么样，同学什么样，上什么课，他会不知道说什么，跟蒋丞的校园生活相比，他都不知道有什么可以说的。

他随便提过有电影赏析课之后蒋丞还推荐了几个电影，说的推荐语和分析比他们上课的那个老师有水平，而蒋丞并没有上电影欣赏课。

这就是差距吧，虽然这里面肯定有他“蒋丞说什么都最棒”的加成，但这种距离感还是存在的，不是你找个借口安慰一下自己就能抹掉了。

他本来就不是话太多的人，跟蒋丞在一起的时候才喜欢说话，喜欢逗蒋丞，喜欢跟蒋丞犯贫。

但现在，随着时间一天天过去，他跟蒋丞能说的话越来越少，嗯嗯啊啊哈哈，是他最常用的应答方式了。

“二淼，”顾飞看着站在屋里不肯换衣服出门的顾淼，“我们要去跟老师玩了。”

顾淼靠在自己卧室的门框上，面无表情地看着他。

“去换衣服吧，”顾飞说，“今天会有新的游戏，你不想玩吗？”

顾淼还是没有反应。

“你不喜欢跟别的小孩儿玩，你可以跟老师玩，”顾飞说，“上次老师说非常喜欢你，夸你聪明。”

顾淼偏开了头。

今天顾淼抵触的情绪非常严重，顾飞的话她都听懂了，但却拒绝给出任何回应。

“其实你不去也可以，”顾飞说，“你要让哥哥知道为什么，是不喜欢那些孩子吗？”

顾淼不理他。

“不喜欢老师？”顾飞又问。

顾淼依旧不理他。

“二淼，”顾飞低下头，看着地板，“哥哥知道你不开心了，你不开心，哥哥就也会不开心，因为哥哥心疼你，你也心疼一下哥哥好不好？”

“不走。”顾淼终于开口。

还是这句话。

不走。

顾飞闭上了眼睛。

顾淼相比那些别的孩子，症状应该是轻很多的，她虽然不能很好地理解，但不少事她是有想法的。

比如现在，眼下。

不走，就是她的想法。

虽然她不能完全理解，但她肯定已经明白，每天跟她开心地玩滑板的丞哥走了，而且很久都不出现了。

哥哥跟丞哥的关系，她肯定不能理解，但哥哥的情绪，她会觉察。

顾飞抬起头看着顾淼。

顾淼在担心和害怕，哥哥也会走。

不走。

哥哥不会走。

哥哥哪里也不会去。

哥哥会一直陪着你，就在这里。

如果是一年前，顾飞会不加思索地用这些话来回答她，安抚她。

但现在，他却没有开口。

他很心疼顾淼，却第一次没有顺应着她。

顾淼开始尖叫，手指抠着门框尖叫。

顾飞抱住了头，闭上眼睛。

耳朵里除了顾淼的尖叫，再也没有别的声音，脑子里也是一片空白。

不知道过了多长时间，顾淼的尖叫声外传来了敲门声，顾飞才慢慢松开了一直抱着头的手。

“二淼啊！”门外是邻居的声音，“二淼啊你是不是一个人在家啊？没事儿啊，婶儿帮你给你哥哥打电话啊！”

这是楼下的邻居，顾淼之前没地方吃饭的时候经常在她家吃。

顾飞起身过去打开了门：“我在家。”

“没事儿吧？平时也没叫这么久啊。”门外的大婶问。

“嗯，没事儿，一会儿我哄哄她。”顾飞说。

关上门之后顾飞转过身看着还在尖叫的顾淼，慢慢走到了她面前。

顾淼一直在抠着门框，指尖已经被抠起来的木头扎破，渗出了血。

“二淼。”顾飞拉开她的手。

顾淼没有反抗，但是尖叫声没有停止。

顾飞抓着她的手，想蹲下的时候却有些腿软，一条腿跪了一下才撑住了。

“二淼，”他抱过顾淼，在她背上轻轻拍着，“对不起。”

顾淼搂住了他的脖子，尖叫声终于慢慢低了下去，最后在顾飞耳边消失了。

“你嗓子真好啊，二淼，”顾飞轻声说，“喊这么久都没有哑。”

“会留疤吗？”蒋丞很紧张地盯着赵柯的手。

“看你体质，”赵柯捏着一块已经撕开了的创可贴，“但是我感觉可能会留个道子。”

“什么道子？”蒋丞盯着他。

“里面还有墨水洗不掉啊，”赵柯把创可贴按在了他脑门儿上，“等表皮愈合以后就会留颜色吧。”

“是的，”坐在后面桌子盯着电脑忙活的鲁实说，“而且这个黑墨吧，以后还会变颜色，变成绿的。”

“就跟你女朋友文眉毛那样是吧。”蒋丞说。

“我女朋友做的是半永久，不会变色的。”鲁实回过头。

“哦。”蒋丞点点头，按了按创可贴。

有点儿疼，他也不知道怎么笔头戳一下能有这么大威力，大概是因为太困了，瞬间睡过去脑袋往下一扎的时候劲头有点儿足，笔尖扎到的时候他都没醒，脑袋顺着惯性又继续往下，笔尖顺着这个劲儿在他眉毛上边儿划开了一道口子的时候他才惊醒了。

“蒋丞我劝你一句，”赵柯帮他贴好创可贴之后小声说，“掌握一门技能，不是这么来的，是需要时间的，一步一步的。”

“嗯。”蒋丞应了一声。

“你这样填鸭式地看那些心理学的书，”赵柯弯下腰继续低声说，“我就问你，你理解意思了吗？你看的那些案例、那些治疗方案，你理解了吗？两个看上去一样的案例，为什么用了不一样的治疗手段？一种心理疾病可能有不同的表现形式，不同的心理疾病，也有可能看上去是一样的反应……”

“啊……”蒋丞往后靠到椅背上，“我知道了知道了。”

“我姐下周有空，我帮你约了她了，”赵柯说，“你不要这么急。”

“嗯，”蒋丞点了点头，“谢谢。”

他的确是急，自从发现顾淼这次去参加那个康复效果不太好之后他就很急，顾飞说了让他不要把什么都怪到自己头上。

但他走了是事实，顾淼发现他走了很生气也是事实，不再理他也是事实，他想要帮顾飞，想要顾淼好起来，他无法接受他把顾飞拉出来却又让顾飞陷入了更深的无奈和疲惫当中，让本来应该有进步的顾淼开始往后退。

赵劲那边能帮上多大的忙，能不能有什么办法，都是未知数，他只想在讨论顾淼的问题时，自己的描述能更准确，而且人家说出来的内容，他也希望自己能更清晰地理解。

他只是想做他能做到的一切。

平时学习挺忙的，他除了正常的专业学习和家教的工作，要挤出时间再去看心理学的东西，的确有点儿累。

但是他愿意。

这种“我愿意”的状态很多人都会有，语重心长劝自己的赵柯也一样有，只是表现方式不同。

——有空视频吗？

顾飞发了消息过来。

蒋丞犹豫了一下，拿过旁边的镜子看了看，创可贴有点儿明显，但要是撕掉了，那道口子也无法隐形。

撞门框上了。

就这么说定了。

他拿着手机走出了宿舍，给顾飞发了个视频请求。

那边顾飞很快接了，两个人的脸出现在屏幕上的时候，顾飞第一句话就是："你眉毛那儿怎么了？"

"撞门框上了。"蒋丞说。

"……怎么会撞门框上啊？"顾飞愣了，"宿舍门还是哪儿的门啊？"

"宿舍门，"蒋丞笑笑，"恍了一下就撞到了。"

"……撞破了？"顾飞伸了伸手。

这个动作让蒋丞心里软成了一团。

"没多久了，"蒋丞想了想，"我元旦回去吧。"

"别跑了，"顾飞说，"就三天时间，一来一回都待不到两天。"

"那行吧，"蒋丞啧了一声，"正好我看看元旦的时候有没有人请我吃饭。"

"嗯？"顾飞愣了两秒勾起了嘴角，"哟，哟哟。"

"我跟你说，没准儿真有，"蒋丞小声说，"就我们学校有个表白墙的公众号，特别逗，全是各种表白的。"

"有给你的吧，想请你吃饭？"顾飞笑着问。

"嗯，"蒋丞说，"那天赵柯跟我说的时候，我才知道还有这么个号。"

R大表白墙。

顾飞觉得蒋丞一说自己马上就去搜的行为挺傻的，但还是没忍住。

本来觉得只是想进去看看，也算是了解一下跟蒋丞的生活有关的东西，见不到人，看到跟他有关的也能解解馋，会觉得距离没有那么远。

不过第一眼就看到了蒋丞的名字还是挺意外的。

【表白】每天晚上我都坐在你身后，看着你低头，看着你抬头，看着你的侧脸背影，直到我面前的每一个字都变成你，没错说的就是你啊，蒋丞你真的一晚上都不回一次头的吗！

顾飞笑了笑，挺逗。

再往下翻，翻了大概也就两页，就看到了吃饭的内容。

【表白】我决定了，我要请蒋丞吃饭！法1的蒋丞！你看到了没！姐姐要请你吃饭，不知道你能不能吃辣，希望你爱吃辣！

【表白】上面那个要请蒋丞吃饭的怪姐姐，请客吃饭这种事也还是要讲个先来后到的，我上周就已经表示要请客了哦，不过为了不尴尬，我们可以合伙请嘛……或者你换个目标，总跟他一起的那个同学也不错，干脆都请了吧！

【表白】所以上面的怪姐姐你们是要表白还是要请客还是要聚餐啊。

顾飞一直笑着往下翻，翻了几页就不怎么笑得出来了。

那种直白而又坦诚的语气，以及所有人都没有大惊小怪的态度，这种宽松的感觉跟他周围的环境里的人完全不同。

而这种真正宽松的环境，才是真的可以放松下来的环境。

顾飞一直翻到没有更多内容显示了，也确定了在能显示日期的页面里没有对蒋丞表白之后，才放下了手机。

往床上一躺，舒出一口气。

为什么要舒出一口气？

顾飞觉得自己挺逗的……

“可以叫上张丹彤吗？”赵柯在打电话，蒋丞坐在旁边很认真地偷听着，因为这个电话是给赵劲打的，约见面的具体时间地点，但赵柯明显找不着重点。

到今天蒋丞才知道他女神叫张丹彤，也才反应过来表白墙里看到过N次的张丹彤就是他女神。

这么看来，赵柯的形势还是很危急的啊。

“为什么不叫……你都没叫，怎么知道她不去？”赵柯还在纠结这个跑题了的重点，“你们很久没有见面了，你们闺蜜之间不需要交流闺蜜之情吗？”

“赵柯，”蒋丞叹了口气，“柯啊……”

“今天怎么就不合适了，今天就是蒋丞想向你问问他朋友妹妹的情况，也不是正经的心理咨询……正式的你也做不了，”赵柯没理蒋丞，“而且……是啊，是我求你办事儿啊，求你一个事儿也是求．求两个事儿也是求，反正从小到大我都在求你……”

“赵柯，”蒋丞实在忍不住，过去拿开了赵柯的手机，小声说，“张丹彤电话给我。”

“干什么？”赵柯看着他。

“我帮你约她。”蒋丞说。

“你？”赵柯犹豫了三秒钟，扯过一个本子飞快地写下了一个号码。

“跟你姐约见面的时间地点。”蒋丞拍拍他的肩，拿了自己手机出去了。

张丹彤接了电话，蒋丞简明扼要地说明了打这个电话的原因之后，她在那边笑得停不下来。

“所以就是这么个情况，”蒋丞说，“你今天有时间的话，就一块儿吃个饭吧，你要不去，今天我跟赵柯出不了宿舍门了。”

“行啊，我给赵劲打个电话，”张丹彤还是在笑，“那一会儿见吧，你俩太逗了。”

蒋丞回到宿舍，赵柯已经打完了电话，看到他进来，立马站了起来：“怎么样？她有没有骂你？”

“你对你女神到底有什么误解啊？”蒋丞有些无奈，“她答应了，一会儿见。”

“真的吗？”赵柯顿时笑了，过来就想搂他。

蒋丞迅速抬起胳膊：“口头表达谢意就可以了。”

“不谢，咱俩扯平了。”赵柯说。

“哦，对。”蒋丞点点头。

“走吧，”赵柯说，“约了吃牛排，现在过去差不多。”

“嗯。”蒋丞过去拿了自己的包，又检查了一下卡在没在包里。

牛排的话，四个人，他身上的现金肯定不够。

赵柯有点儿激动，拉着他到了地方的时候，离约定的时间还有二十分钟。

他俩找了个合适谈话的卡座坐下了。

赵柯心情澎湃说不出话，蒋丞脑子里一直在给顾淼的情况做总结，也顾不上说话，他俩就这么沉默地四目相对一直到赵柯抬手挥了挥。

蒋丞回过头，看到从门口进来了两个人，前面的是赵劲，后面跟着的不是张丹彤，而是个男的。

“那个是她学长。”赵柯说。

“啊。”蒋丞在听到“学长”两个字之后才反应过来，这个男的他见过。

三棵校草里最草的那一棵。

19

虽然想起来了那个戴眼镜的是见过一面的赵劲的学长，但是蒋丞已经不记得他的名字了。

“柯，”蒋丞迅速地小声问赵柯，“这个学长姓……”

“我以为张丹彤会一块儿来呢，”赵柯说，“怎么还没到？”

“因为还没到时间，”蒋丞说，“学长姓……”

“我要不要给她打个电话问问？”赵柯说，“其实应该等她一起过来的，她要分头过来会不会是因为不想跟我一块儿走？”

“她说了是有事，”蒋丞叹了口气，“那个学长……算了不问了。”

“许行之。”赵柯说。

“……哦，”蒋丞点了点头，“我以为你听不到呢。”

“我就是有点儿紧张，”赵柯说，“我高二以后就没跟张丹彤一块儿吃过饭了，我姐跟她出去玩也不带我。”

“俩女孩儿逛街，”蒋丞继续叹气，“带你除了碍事儿也没别的作用了。”

“刚彤彤给我打电话了，”赵劲走了过来，“十分钟就到。”

“她不来也没事儿。”赵柯说。

蒋丞猛地转头看着他，压低声音：“你去拿个大顶控控脑子里的水吧？”

“你别管他，我都习惯了，”赵劲摆摆手，指了指许行之，“我就不介绍了，都认识了。”

“学长好。”蒋丞说。

“叫名字就行。”许行之笑了笑，跟赵劲一块儿坐下了。

“赵柯说叫我来就行，”赵劲喝了口水，“我感觉还是带个靠谱的吧，我一个混日子的，草哥厉害，老板的得意门生。”

……草哥。

“你朋友的妹妹？”许行之对赵劲的介绍大概已经习惯了，也没什么反应，看着蒋丞问了一句。

“嗯，在我老家。”蒋丞说。

“多大了？”许行之问。

“11岁，”蒋丞比画了一下，“不过比同龄的孩子个子要小。”

“11岁的话，”赵劲看了看许行之，“是不是挺合适你的方向？”

“嗯，”许行之笑了笑，“这个还得具体看是什么样的情况。”

“就是，不说话，很多时候不能准确理解别人的情绪，也没有办法正确表示自己的想法，”蒋丞尽量简单地概括着顾淼的情况，“生气或者焦虑紧张都尖叫，滑板玩得很好，会重复地画同样的图案，会重复写字但是很难学会……”

“嗯。”许行之应了一声。

“小时候不是这样，大概就是不爱说话，但是两三岁受伤之后就……一直这样了。”蒋丞发现这样描述顾淼的时候，自己心里有些难受，那么漂亮可爱的小姑娘。

“受的什么样的伤？”许行之问，“人为的吗？”

“是，”蒋丞点点头，“被人摔伤，挺重的。”

许行之看着他，似乎在等他说下去，但他有些犹豫，摔伤顾淼的毕竟是她亲爹……

“没事儿，”许行之说，“细节我们找时间再聊，不过现在可以确定的是，她的语言能力很难恢复正常，已经错过了语言发育的阶段了。”

“嗯，这个我知道。”蒋丞点了点头，他这段时间看了不少书，顾森受伤的时候也就是正在学习说话的阶段，加上她本来就不爱说话，受伤之后拒绝再开口，现在想要让她像别的孩子那样去说话，已经不太可能。

但哪怕是永远不说话，只要顾淼别的方面有进步，对于她和顾飞来说，就是另一个世界。

“别的要见了人才能具体判断。”许行之说。

蒋丞对于这句话并不意外。

“就是这个很麻烦，”他皱了皱眉，又有些不好意思，“就是……她的生活有固定模式，有改变就会生气，换个床都不能接受，所以……带不过来。”

“哦，这样啊，”许行之倒是没有什么特别的反应，“这样的案例我导师那里有，还在治疗，不过那个孩子是在本地。”

“那我朋友妹妹这样的情况，”蒋丞轻轻叹了口气，“是不是没什么办法了？”

“办法总会有的。”许行之笑笑。

“你能帮这个忙吗？”赵柯问得很直接，“你是不是准备开题了？用这个案例多好。”

许行之看了赵柯一眼，靠到椅背上笑了起来：“嗯，我是在准备开题报告呢，不过妹妹这个……细谈过才知道我能不能帮得上忙。”

许行之没有把话说死，之后也表示了自己只是个学生，专业水平不够，但他的态度还是给了蒋丞希望，哪怕只有一点点，蒋丞也还是会全力以赴地扑上去。

又聊了一会儿之后张丹彤到了，赵柯有些激动地碰了碰蒋丞的腿，蒋丞手扶着桌沿儿才没条件反射地蹦起来。

赵柯面对这种跟女神近距离接触的情形，紧张得硬是五分钟里除了“一份沙朗”之外没再说出第二句整话，蒋丞感觉自己都有点儿担心他会不会激动尿了。

点完餐之后大家没有再继续讨论顾淼的问题，而是随意地聊着。

蒋丞也没有什么聊天的情绪，脑子里全是顾淼的病情，以及下一步该怎么跟这个许行之把顾淼的事从聊聊推进到实际操作上，基本就是在赵柯想跟张丹彤搭话但是又搭不上看得让人着急的时候他去帮着起个头。

吃完饭的时候他加上了许行之的微信。

“不知道学长什么时间比较方便？”蒋丞问。

“这周都行，”许行之想了想，“你看你的时间吧，最好是下午或者晚上。”

“那明天晚上？”蒋丞马上追了一句。

许行之笑了：“行吧。”

“明天晚上一起再吃个饭？”蒋丞问。

“吃饭就算了，”许行之说，“不用破费，吃完饭吧。”

“好，”蒋丞点头，“那大概七点行吗？我去B大的时候提前给你打个电话。”

“我明天不在学校，”许行之说，“在外面，具体地点我明天告诉你吧？”

“好，”蒋丞说，“谢谢学长。”

“许行之叫不出口的话，”许行之说，“就跟着赵劲叫草哥吧。”

“其实草哥也不是太叫得出口。”蒋丞诚实地回答。

“那随便吧，”许行之笑着说，“明天见。”

“明天见，”蒋丞说，“谢谢学长。”

许行之有些无奈地摆了摆手：“别客气。”

今天这顿饭花了不少钱，搁以前蒋丞不会在乎，但是现在不同，现在他是一个每天记账的新时代好青年。

回到宿舍之后他和赵柯没去图书馆，这个时间也没座儿了，他把今天的消费仔细地记好了，然后坐到了赵柯旁边。

“谢谢。”他说。

“谢谢，”赵柯跟他同时开口，“行吧扯平了。”

“我明天是不是要拎点儿礼物什么的去见许行之？”蒋丞说，“空手不合适吧？”

“不用吧，”赵柯想了想，“不知道，我问问我姐？”

“……那问问吧，”蒋丞说，“如果是你姐还好说，许行之这里又拐了一个弯了，总觉得没点儿表示不合适。”

“嗯。”赵柯拿出了手机给赵劲打了个电话。

这个电话在蒋丞意料之中地又跑偏到了张丹彤身上，赵柯被他亲姐嘲笑了起码五分钟，提前祝贺了他表白失败，并且在挂掉电话之后给他发了个红包提前安慰。

好在赵柯抗击打能力比较强，在赵劲的乱棍当中没把这个电话的主题给忘了。

“不用拿东西，赵劲本科的时候就认识许行之了，”赵柯说，“他俩挺熟的，这个算不上求人，就是朋友之间帮个忙，拿了东西倒别扭了。”

“不是‘你姐’了吗？”蒋丞笑着问。

“起码两天之内不是我姐了，”赵柯说，“我觉得赵劲这个独身有一多半的原因是嘴太欠。”

赵柯开始忙活作业，蒋丞坐回自己桌子前，拿出手机，点开了许行之的朋友圈。

许行之的昵称看上去很有文化的样子，行而知之，头像是个用毛笔写的“知”的图片，很有老教授的风范，但是朋友圈的内容就跟这个昵称没有太大关系了。

基本全是猫的照片。

各种猫，自己的猫、朋友的猫、猫店的猫、学校里的流浪猫，他还给经常能见到的流浪猫都起了流A、流B、浪1、浪2、浪3之类的只能叫作编号的名字。

除了猫的照片之外，文字内容很少，蒋丞翻了翻，差不多就是几种。

好萌的猫。

可爱。

主子最美。

主子喵什么都对。

猫猫猫猫好多猫。

喵~

……虽然朋友圈跟他本人给人的印象不太一样，但应该是个好接触的人。

蒋丞转了转手机，他现在的心情有些不好形容，他觉得有希望，也想抓紧这点希望，可又怕期待太高最后自己会失望。

这种时候他就特别能体会顾飞长久以来的感受。

但他跟顾飞最大的区别，大概就是潘智说的，天真，他比顾飞天真得多，他一边害怕失望，一边又还是会倔强地抓着希望不撒手。

“你看看二淼的脑门儿，”顾飞一回到店里，老妈就指了指正在货架之间踩着滑板灵活穿梭着的顾淼，“磕了个口子，我说给她上点儿药，不让我碰，你快看看。”

“嗯，”顾飞走过去，在顾淼从他身边滑过的时候踩住了她的滑板，再把她一兜，拎到了自己面前，“哥哥看看脑门儿。”

顾淼抬手捂住了自己的脑门儿。

“是不是撞到树了？”顾飞问，顾淼手遮不住的地方能看到红肿。

顾淼摇头。

“是撞到的吗？”顾飞又问。

“杆。”顾淼很小声地说。

“灯柱啊？是不是撞灯柱了？”顾飞忍着笑。

顾淼点头。

“我们二淼真有出息，”顾飞笑了起来，“现在不撞树撞灯柱了，厉害。”

顾淼把手放了下来，有些得意地看着他。

磕了一小小的口子，伤口不大，但是肿得挺高的，顾飞拿了药箱过来给她消了消毒，贴上了一块创可贴。

顾淼抱着滑板出去之后顾飞皱了皱眉。

按创可贴的大小能遮住的伤来看，顾淼跟蒋丞的伤应该差不多，但蒋丞都撞破了头，居然脑门儿没有一点红肿？

是他有个钛金脑门儿还是他没说实话？

顾飞叹了口气，把药箱放回去，坐到了收银台旁边，如果蒋丞有事儿不肯告诉他，那这事儿就一定是跟他有关。

他拿出手机，点开蒋丞的名字看了半天，最后还是给潘智发了个消息。

——潘帅。

——何事？

潘智回复之后他又突然犹豫了，他不知道该怎么问。

——快奏。

潘智又发了一条过来。

——没事了，就是叫你一声。

顾飞觉得自己现在也是神经绷得太紧，他虽然担心蒋丞，但这种蒋丞不想说的情况下他去找别人打听的行为要搁以前他是绝对不会干的。

——你——大——爷！

——潘大爷饶命。

——没想到你也学坏了！

顾飞笑了笑，把手机放回了兜里。

蒋丞从食堂回到宿舍没多久，正想着要不要主动联系一下许行之的时候，许行之的电话打了过来：“我大概半小时之后到你们学校。”

“啊？”蒋丞愣了，“你在哪儿，我过去就行，怎么你还跑过来了呢？”

“我路过，”许行之说，“一会儿到西门了再叫你出来。”

“哦，好的。”蒋丞应着，挂了电话之后他看了看身边的赵柯，“他说是路过，是真路过还是专门过来的啊？感觉有点儿不好意思了啊，太麻烦人家了吧。”

“路过，”赵柯说，“放心吧，赵劲和她的朋友没有那么好。”

“啊。”蒋丞看着他。

“我意思是，他要是不顺路，肯定就让你过去了，”赵柯说，“你不用觉得不好意思。”

“嗯。”蒋丞点了点头。

没等许行之给他打电话，蒋丞就直接去了西门等着。

大概也就二十分钟，他看到许行之一边掏手机一边走了过来，他挥了挥手，许行之笑了笑，把手机放了回去。

“不说了等我电话吗？”许行之说。

“反正吃完饭也没什么事儿了，”蒋丞说，“那个……找个地方坐坐？”

“你们学校咖啡馆吧，”许行之说，“聊完你也不用来回跑了。”

“好的。”蒋丞点点头。

许行之这个人挺温和的，不难相处，但蒋丞以前也没因为什么事儿求过人，跟他在一起的时候总会有点儿紧张和不自在，生怕哪儿没做好，哪句话没说合适，人家不肯帮忙了。

“你朋友的妹妹，”许行之边走边说，“现在上学吗？”

“之前上着小学，前两年退学了，就一直在家里。”蒋丞说。

“特殊学校还是普通小学？”许行之又问，“为什么不去了？”

“普通小学，那边好像也没有这种特殊学校，”蒋丞说，“后来……因为打伤了同学，就退学了。”

“平时经常有暴力行为吗？”许行之继续问。

“没有，我就见过她这一次打人，因为那帮小孩儿乱画她本子，还骂她。”蒋丞说。

“那就是她还是可以感知到别人的态度，友好的，恶意的。”许行之说。

“有时候吧，但是很多时候我们说的话她又好像不能理解。”蒋丞叹了口气。

就这么边聊顾淼边走，到咖啡馆的时候蒋丞慢慢放松了下来，许行之一直只是在提问，了解一些细节，但他说话时平和的语调和不急不慢的语速，却很能让人松弛。

大概是学心理专业的人特有的技能。

不过……想到赵劲的时候，蒋丞又觉得自己这个判断不怎么准确。

咖啡馆这个时间人挺少，他俩找了个角落坐下了。

蒋丞准备要壶咖啡的时候，许行之说道："我要果茶，这两天咖啡喝太多了。"

"好，"蒋丞点了壶果茶，"是熬夜吗？赵柯说你要开题了。"

"那倒不是，开题我倒不想熬夜，"许行之笑着说，"是我的猫这两天心情不好，我晚上陪着它。"

"啊？"蒋丞愣了愣。

"之前养得太娇气了，"许行之说，"不陪着玩就上床踩脸，它不睡我也没法睡。"

"……哦，"蒋丞笑了，"你很喜欢猫啊，我看你朋友圈里全是猫。"

"嗯，我看到猫就走不动路了。"许行之笑着说。

果茶拿上来之后，蒋丞给许行之倒了一杯："那今天不是耽误你陪主子玩了？回家晚了它会不高兴吗？"

"准备好罐头了，"许行之从包里抽出了本子和笔，"你朋友妹妹的情况我先记录一下，你跟我说说她小时候受伤的原因吧？"

"嗯，"蒋丞握着杯子，"她是……被她爸爸摔伤的。"

"亲爸爸吗？"许行之看着他。

蒋丞点了点头："她爸爸一直家暴，兄妹俩都害怕他。"

"现在跟爸爸的关系呢？"许行之往本子上记着。

"她爸爸死了……很多年了。"蒋丞说。

许行之的笔停了停："怎么死的？"

"喝了酒淹死的。"蒋丞皱了皱眉，提起这件事他就很心疼顾飞。

"爸爸淹死，和打伤她，之间有多长时间？"许行之问。

"这个……我不太清楚，"蒋丞想了想，"我朋友没给我提过。"

"之后有人跟她说起过爸爸的事吗？"许行之很快地记录着。

蒋丞被他一个接一个的问题问得都有些发晕："应该没有提过了，这事儿我朋友自己都不愿意多想。"

“嗯，”许行之点点头，“我能跟你朋友聊聊吗？”

“啊？”蒋丞愣了。

“不方便？”许行之看着他。

理论上许行之跟顾飞直接联系是最简单的沟通方式，但现在所有的事都还没定下来，他不太想让顾飞知道，顾飞经历了太多失望，顾淼退步的事儿顾飞没有多说，但他能感觉得出顾飞的心情，那种失落，他不想让顾飞再经历希望落空的事。

而且顾飞一直不想让他把顾淼的事儿扛在身上，他自作主张地做的这些事，他都还没有想好怎样告诉顾飞才不会让他觉得自己被他拖累了。

现在许行之突然这么一说，他猛地有些措手不及，这里面复杂的原因他根本不知道该怎么给这个还并不熟悉的人解释。

许行之也没再继续问，只是低头在本子上补充着内容。

过了一会儿蒋丞才说了一句：“这事儿我还没跟我朋友说，我是想先看看有没有办法……”

“怕他失望吗？”许行之笑了笑。

“嗯。”蒋丞轻轻叹了口气。

“很好的朋友吧，”许行之说，“能理解，没关系，我现在也的确是不能确定，我得先回去想想，妹妹这个情况目前来看我是有个方向的，不过还是想跟我导师商量一下，看看我的初步判断是不是对的。”

“嗯。”蒋丞点点头。

“如果我能帮这个忙，具体再看应该怎么办。”许行之说。

“好的，太谢谢你了，”蒋丞有些不知道该说什么好，他不善于表达感谢，但又怕感谢得不彻底会让许行之觉得自己没有诚意，于是只能又重复了一遍，“太感谢了，太……”

“真的不用这么客气，”许行之笑了起来，喝了口果茶，“我看你朋友圈你也不像这么客气的人啊。”

“啊，”蒋丞迅速地回忆了一下自己的朋友圈，突然有些尴尬，他朋友圈内容不多，但嘚瑟的内容不少，比如世界第一帅什么的，“啊。”

“跟我也不用那么客气，我跟赵劲认识很久了，”许行之说，“她帮过我不少忙，她的朋友我帮点儿忙也没什么的。”

“我是……她弟弟的朋友。”蒋丞还处于反复回忆自己朋友圈有没有会让自己丢人现眼的白痴内容的状态里，随口纠正了他一句。

“哦，”许行之愣了愣又笑了，“你挺逗的，那这样吧，现在算交个朋友了。”

“嗯？”蒋丞看着他。

许行之伸出手：“你好，我叫许行之。”

“蒋丞。”蒋丞伸手跟他握了握。

20

许行之是个挺好接触的人，聊起天儿来也挺轻松，如果想不冷场，跟他说猫就可以了，你喵一声，他就能说三分钟。

对于蒋丞这种跟陌生人待在一块儿容易无话可说和尴尬的人来说，许行之这样的猫奴很好。

“现在你说的这些我都记下来了，回去我整理一下，有什么想法我就联系你，”许行之说，“其实我们现在这样是很不正规的，也容易判断错误……不过先这样吧，你想起来什么也可以告诉我。”

“好的，”蒋丞点点头，想想又犹豫着开了口，“就……这个费用……”

“费用？”许行之看着他。

“就是如果能治疗的话，治疗的费用……大概需要多少？”蒋丞问。

“超级贵。”许行之说。

“啊。”蒋丞愣了愣。

“逗你的，如果我能帮忙的话，我是不收费的，”许行之笑了笑，“但是别的治疗费用肯定也不低，一天两天没感觉，时间长了的确是不低。”

“哦，”蒋丞突然感觉压力很大，脑子顿时就高速旋转起来了，家教的钱肯定不够，自己有学费和生活费的开销，平时资料什么的都少不了要花钱，存出来的估计也没多少，看来还需要再找点儿别的事，但那样的话时间又会很紧张，他一边转着杯子一边问了一句，“那你能估计得出大概吗？我要考虑一下怎么安排钱……”

“你朋友的妹妹，”许行之看着他，“你出钱？”

“啊？”蒋丞猛地回过神来，“那个……就……也不是，我……”

“不过这个是下一步考虑的了，”许行之说，“能不能治疗，怎么治疗，能治疗到什么程度，这些都得一步一步来，先别想太多，有希望就还是抓着，毕竟才11岁，后面还有一辈子。”

“嗯。”蒋丞应了一声。

是啊，有希望就得抓着，后面还有一辈子。

这不仅仅是顾森的一辈子，也是顾飞的一辈子啊。

从咖啡馆出来的时候蒋丞看了看时间，差不多两个小时了。

“用了这么长时间，”蒋丞说，“真是不好意思。”

“没事儿，”许行之说，“我今天也没什么事儿，你回宿舍吧。”

“我送你出去，”蒋丞说，“你是回学校吗？怎么回？”

“我住学校旁边，走路回去就行，”许行之笑笑，“不用送了。”

“我送你。”蒋丞说。

许行之看了他一眼：“行吧。”

“主子一晚上没人陪，”蒋丞说，“回去会挠你吗？”

“不会，它很文雅的，平时都不伸爪子，”许行之笑着说，“一般这种情况就是不理我，得哄。”

“……啊，”蒋丞笑了起来，不陪玩就踩脸的猫还很文雅呢，“你真有爱心。”

“嗯，”许行之点点头，“单身狗的爱心也没别的地儿可用了。”

蒋丞笑着没说话。

“回去吧，”两人走到学校门口，许行之说了一句，“我这边有什么消息了会跟你说的。”

“嗯，谢谢。”蒋丞说。

看着许行之慢慢溜达着顺着路走远了，他才转身回了宿舍。

宿舍里的人都还在图书馆，最近大家都开始准备期末考了，除了吃饭睡觉，几乎所有人都在分秒必争地看书复习，状态跟高三的时候有一拼。

蒋丞坐到桌子前，看着码得很整齐的书，除了专业书，还有一摞心理学的书，包括各种案例分析。

先复习吧，蒋丞轻轻叹了口气，看着这些书的时候，他会有一种焦急而无力的感觉，到底要怎么安排时间，到底要拼到什么程度才能既不耽误自己，也能拉得住顾飞，有时候都不敢细想。

他知道顾飞不会同意他这样，顾飞老早之前就说过，不愿意有人为他“付出”什么，他这么做，一定会给顾飞压力。

他捏了捏眉心，算了先不想这些了，解决不了的事儿先不管，先干眼前的。

复习。

"二森，"顾飞蹲在顾森的面前，"哥哥再问你一次，真的不愿意再去了吗？"

顾森低着头。

"看着哥哥，"顾飞说，"是不是你不想再去那里玩了？"

顾森抬起了头，顾飞又重复了一遍："是不是真的不愿意去了？"

顾森点了点头。

顾飞没说话，看了她很长时间才拍了拍她的胳膊站了起来，给自己倒了杯水，一口灌完了之后才说了一句："行吧，不去了。"

顾森立马很愉快地抱起了滑板，等着跟他一块儿出门。

"你不去的话，哥哥下午就去学校了，"顾飞说，"你自己玩，哥哥下午就一节课，下课了就回了，你不用去等我，懂了吗？"

顾森点点头。

踩着滑板跟顾飞一块儿到了学校之后，顾森又很愉快地踩着滑板往回冲着走了。

顾飞仰头看了看天，叹了口气，慢慢走进了学校。

顾森不肯再去康复治疗，他已经试了两次，顾森用两次尖叫展示了自己的决心，顾飞没有办法强迫她，顾森越来越频繁的尖叫让他身心俱疲。

不去就不去了吧。

上午他去了一趟康复中心那边，想要把之前交的钱要回来，但是没有成功，对方表示这是按一期收的费，不是按次数，所以没有办法退钱，希望顾森还是能继续来参加。

按顾飞以前的脾气，这钱是一定要拿回来的，耍浑也会要回来。

但这次他什么也没有说就转身离开了。

多一句话他都不想再说。

他没办法去怪顾森，只能怪自己，中心有体验课，按次数收费，可以先体验几次再决定，他没有让顾森先体验，因为她以前去过，看上去还不错。

现在一次性交了那么多钱之后顾森却不肯去了，他除了觉得无奈，连生气的力量都没有了。

"顾飞，"班长下课之后在教室里找到他，"现在有时间吗？"

"嗯。"顾飞一边收拾东西一边应了一声。

"是这样的，"班长说，"学校现在有个活动你知道吧？"

“不知道。”顾飞回答。

他的确是不知道，他除了来上个课，多一分钟都不会在学校里待，跟别的同学也完全没有联系，别说学校有什么活动，就是班上出了什么事儿他都不一定能知道。

“你也太独行侠了，”班长笑着说，“学校的活动都不知道啊。”

“说事儿。”顾飞说。

“学校搞了一个‘我为学校写支歌’的活动，”班长说，“是希望大家都来参加，给我们学校写校……”

“不参加，”顾飞打断了他的话站了起来，“我没有时间，也不会。”

“怎么可能不会呢，你太谦虚了，”班长跟着也站了起来，“你四中的同学说你会作曲，非常棒的。”

“谁说的？”顾飞说。

班长赶紧说：“就是……”

“你就让谁来找我。”顾飞说。

“……顾飞，”班长愣了愣之后叹了口气，“每个班都有人参加，都希望为自己的班级争光……”

“所以我们班就只有我能争光了吗？”顾飞说。

“你这样说话就没意思了，”班长皱着眉，“你要是不愿意就说不愿意，何苦说得这么难听？”

“我一开始就说了我没有时间。”顾飞说完拿了东西就走出了教室。

班长这人其实还不错，老实人，对班上的事儿也认真负责，但顾飞别说是这会儿烦躁，就是不烦躁的时候，态度也好不到哪儿去。

以前在四中，他参加所有活动，无论是学校的还是班级的，无论是比赛还是吃饭，全都是因为蒋丞。

没有蒋丞，他什么也不想参加。

没有蒋丞他根本连这个大学都不会上。

不过蒋丞可不像他，R大课多，现在又快期末考了，蒋丞这会儿根本没有时间跟他聊，睡前通话时就听蒋丞在那边哈欠连天的，聊天的时间都缩短了，虽然现在聊天大部分时间都是蒋丞在说，他听。

走到校门口的时候，顾飞还是发了条消息过去，实在没忍住。

——我没什么事就是突然想到你了。

这条消息发过去大概也就三秒种，顾飞都还没来得及把手机放回兜里，蒋丞的电话就打了过来。

“没在上课吗？”顾飞接起了电话。

“现在没课，”蒋丞声音里带着笑，“正准备收拾东西去图书馆泡到晚上呢。”

“不吃饭了吗？”顾飞问。

“吃啊，跟赵柯轮流去吃就行，留一个人占座，”蒋丞说，“你呢，没课了？”

“嗯，准备回去了，”顾飞说，“晚上去拍点儿夜景。”

“哪里的夜景？”蒋丞马上问。

“以前你放荧光砖那儿，”顾飞说，“这会儿草枯了，黄昏的时候拍点儿，晚上再拍点儿。”

“我想看。”蒋丞说。

“我拍完做好发给你。”顾飞笑笑。

“你还有流量吗？”蒋丞问，“咱们视频一下？”

顾飞挂了电话，发了个视频请求过去。

他俩挺长时间没有视频了，蒋丞就晚上睡觉之前有时间聊聊，那会儿也没办法视频，起码得有一个月了，他都没有看到蒋丞。

蒋丞瘦了。

瘦得很明显。不是因为这是他朋友，就算换个人来看，也能看出蒋丞瘦了，下巴都尖了，而且看得出很疲惫。

“你怎么瘦这么多？”顾飞皱了皱眉。

“瘦了吗？”蒋丞摸了摸自己的脸，“没有吧，我明天去食堂称一下，我没什么感觉啊。”

“你每天都吃什么？”顾飞问，“你高三的时候天天那样也没瘦这么多，你不是说你们学校伙食挺好的吗？”

“是挺好的啊，而且我早中晚三顿都吃肉……”蒋丞从抽屉里拿了个镜子出来，坐到椅子上转了个身靠着桌子，“我天天照镜子呢，也没觉得瘦，是不是这个镜头显瘦啊？”

屏幕里能看到蒋丞桌上的书，小小的书架上排得满满当当的，而且顾飞一眼就看到了镜头里在蒋丞耳朵旁边的位置，有一本书。

心理学×××，他眯缝了一下眼睛想再看清楚的时候，蒋丞把手机往自己脸跟前儿凑了凑，屏幕上顿时只剩了他的脸。

"这样还瘦吗？"蒋丞问。

"瘦，"顾飞点头，"你是不是复习太狠了，我看你书架上那么多书，都是专业书吗？"

"是啊，其实也还好，"蒋丞笑笑，转身把摄像头对着书架，"就三排半，主要是还有很多……资料。"

蒋丞的镜头晃得厉害，而且似乎是注意到了什么，迅速又把摄像头对准了自己，但顾飞差不多能确定，一眼过去虽然依旧看不清，但连续好几本"××心理学""××心理与治疗"里的"心理"两个字他还是看清了。

"嗯，"顾飞笑了笑，又轻声说了一句，"丞哥，注意身体。"

"放心吧，"蒋丞说，"我现在天天晨跑的。"

"我不是说你不锻炼，"顾飞说，"你复习……要有节制，别太拼了，我不是吓你，你真的瘦了很多。"

"知道了。"蒋丞笑着说。

"你别让我担心。"顾飞看着他，右边眉毛上的创可贴已经拿掉了，因为离摄像头很近，能看到一道小小的疤痕。

不，这不是疤，这么小的疤早就该好了，根本不可能还能看到。

顾飞盯着那道痕迹看了大概也就两秒，已经判断出来了。

蒋丞看书有转笔的习惯，而且大多数时间里转完了都笔尖冲上，这应该是被笔尖戳的，而那条小道子，就跟自己手心那道小学被笔扎了之后一直保留至今的墨点一样。

至于笔是怎么戳到眉毛的，顾飞都不需要再去推断了。

挂断了视频之后，顾飞心里非常不是滋味儿。

顶着寒风骑着车往回走的时候就觉得脑子里很乱。

蒋丞把课表发过来给他看，他虽然做不到把所有的课都背下来，但是很清楚蒋丞没有跟心理学有关的任何课程。

蒋丞为了顾淼在看心理学的书。

想明白的那一瞬间，顾飞无法形容自己的感觉。

他就怕蒋丞会把顾淼扛上，他不能忍受蒋丞为了他这么辛苦。

从来没有人为他做过这样的事，至亲都无法分担的压力，现在蒋丞默不作声地就扛了过去。

他已经没有办法去分辨自己心里的那份酸涩是出于感动，还是无奈。

只觉得四周的空气里都充斥着焦躁。

顾淼在店里，顾飞去店里之前先回了趟家，把自己的相机拿上了，平时他拍照如果不是为了拍顾淼，很少带着她，但今天他打算带上顾淼。

他这段时间一直想努力让顾淼接受一些改变，比如哥哥不再承诺不离开，比如尖叫的时候不再马上让她得到安慰。

只是效果都不太理想。

他本来已经想放手一段时间，先把顾淼康复治疗用掉的花费补回来再说。

但现在看到蒋丞短短一个月里瘦尖了的下巴和书架上那些书，他又感觉没办法缓下来了。

蒋丞一定会说无所谓，他愿意，他没有问题，他能做得到。

但他不愿意。

顾淼没有变化，他跟蒋丞就永远摆脱不了这样的生活，而且蒋丞在这种强压之下就算能挺得住，又还有什么意义？

他的人生，为什么要让蒋丞来承担压力？

"二淼，"顾飞把相机包放到收银台上，叫了一声还在门口踩着滑板跳台阶的顾淼，"要不要跟哥哥去拍照片？"

顾淼的脑袋迅速从门帘的缝里钻了进来，眼睛很亮地看着他。

"这么冷的天儿也玩出一身汗……帽子、围巾，"顾飞看着她，"还有手套都戴好，风大，你这一身汗出去会感冒的。"

顾淼进了店里，按他的要求都穿戴好了，然后很期待地看着他。

大概是太久没带着顾淼出去玩，这会儿她出奇得听话。

"走。"顾飞拿了相机包。

"大飞，"刘立从后院探进头来，"一会儿回来的时候带点儿粉条。"

"店里不是有吗？"顾飞回过头。

"她不吃，"刘立指了指顾淼，"刚我问她吃不吃粉条，她点头，我拿那个粉条给她看，小暴脾气直接给扔地上了。"

"……我知道了，"顾飞叹了口气，"我一会儿买。"

走出去之后他在顾淼脑袋顶上弹了弹："二淼。"

顾淼扬起脸看着他。

"对刘叔叔不可以没有礼貌，"顾飞说，"不想吃的东西也不可以扔到地上，记住了没？"

顾森点了点头。

“今天真乖啊。”顾飞有些感慨。

这边的路不平，顾森没有办法一直踩着滑板，一路抱着滑板跟在他身边。

走到上回蒋丞给他摆荧光砖的地方才有了平地，顾森马上站到了滑板上往前溜着。

挺久没来了，生日过后他只过来了一次。

现在站在这里，满满的全是回忆，那个夏天的晚上，带着温度的夜风，黑夜里蒋丞明亮的眼睛和笑容。

“跟着光，去拿你的礼物。”蒋丞的声音在记忆里格外清晰。

还有那一片彩色的光。

顾飞静静地站着。

现在已经看不到他们18岁那天的痕迹了，眼前的场景回到了它一惯的落寞荒凉里。

废弃了的健身器材上没有完全掉光的漆，就是眼前唯一的色彩。

除此之外，就只有枯草、黄土，还有路边堆积着的雪，好在还有阳光，这会儿太阳还不错，给所有这一切都铺上了一层暖色。

顾飞找了块石头坐下，拿出了相机，装上镜头，举起相机从取景器里慢慢看着眼前。

一道红色的影子从镜头前掠过。

今天顾森穿的是红色的羽绒服，从眼前饱和度很低的景色里跃过时，带着明亮饱满的一抹艳丽。

顾飞没来得及按快门，于是吹了声口哨。

顾森迅速回应，再一次从他面前掠过，他抓拍了两张。

“二森真棒！”他低头看着相机屏幕，眼睛的余光里全是顾森，“像小飞侠一样棒！”

顾森很兴奋，太久没跟哥哥一块儿出来拍照，这会儿又得了表扬，她踩着滑板在顾飞跟前儿来回晃着。

“我眼睛都让你晃花了，”顾飞笑着说，“你到那……”

顾飞话没说完，刚要抬起头的时候，顾森像一阵风一样一掠而过，伸手一把拿走了他手里的相机。

“二森！”顾飞叫了她一声，跳了起来，相机太重，顾森这样是拿不稳的，“停！”

顾淼太兴奋，这会儿大概是因为自己一直没看她，她有些急了。

但顾飞的话没有起到太大作用，处于自己兴奋的小世界里的顾淼踩着滑板没有停，一直往前冲到了路边，再一个转身。

顾飞想追过去已经来不及了，他看着相机从顾淼的手里滑落，镜头朝下地砸在了地上。

“顾淼！”他吼了一声。

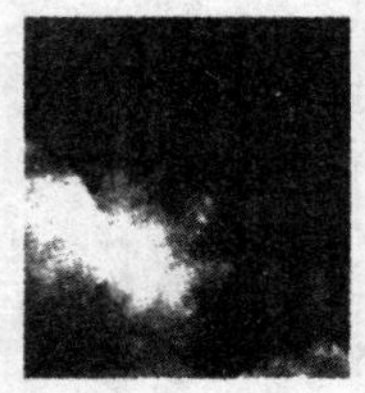

三 丞哥

P163 – P251

21

也许是相机摔到地上带来的惊吓，也许是顾飞第一次吼了她的全名，也许两者都有，顾淼从滑板上摔了下来，一屁股坐到了地上，惊恐地瞪大了眼睛。

“我说了多少次，”顾飞走到她面前，已经不想再去检查相机的损坏程度，那股怎么也压不下去的怒火正一点点地在身体里往上蹿着，“不许这样！”

顾淼没有反应，依旧是瞪大眼睛看着他。

“你为什么就是记不住？”顾飞又吼了一声，“你为什么就是记不住？”

沉默。

顾淼这种无休止的沉默让他觉得透不上气来，就像长时间被关在无声的空间里，他几乎能听到自己血液流动的声音。

“为什么？”顾飞冲着她吼。

这一声几乎用了全力，能看到顾淼猛地抖了一下。

他这一辈子都没有这样声嘶力竭地吼过，更不要说吼顾淼了。

绝望的怒火冲破了他最后的防线。

从小到大这么多年，面对自己的生活，忍耐和控制已经成为他的习惯，把自己封闭隔绝在众人之外。

而这一刻，压抑着的情绪再也不受理智控制，他想吼、想喊，想狠狠地砸碎什么东西，想撕裂。

为什么？

“为什么？”顾飞能听到自己几乎破音的吼声。

但是还不够，还不够。

憋在他身体里的愤怒和不甘、无奈和绝望像头困兽，咆哮着横冲直撞像疯了一样地撒着野。

“是我的错吗？是我的错吗？”顾飞吼着，“你变成这样！我变成这样！是我的错吗？”

“我有什么错？我为什么要承担这些？为什么？”顾飞瞪着顾淼，“你告诉我顾淼，为什么？为什么我要这样活着？为什么？”

“是谁的错？是谁的错？”顾飞觉得自己像是要炸开，他转身狠狠一脚踢在地上的半块砖上。

应声而碎的砖块四下飞了出去。

“为什么是我？”顾飞吼着一下下继续踢着地上的碎砖，“为什么？为什么？”

身后一直僵硬地愣着的顾淼发出尖叫。

“啊——”顾飞转身冲着她也喊了起来，“啊——”

顾淼坐在地上，抱住膝盖，用力闭上了眼睛，发出了尖锐的叫声。

“喊吧！喊吧！啊——”顾飞吼，“我也想喊！喊！哥哥陪你喊！啊——”

“你今天也有家教？”赵柯看着背了包准备出门的蒋丞，“你家教不是周末吗？”

“她妈妈给我又介绍了一个她的同学的活儿，周五一放学和周六上午，”蒋丞把装着热巧克力的保温杯塞进包里，“走了，晚上帮我占个座，我能赶回来，没多远。”

赵柯没说话，蒋丞冲他挥了挥手跑出了宿舍。

没时间吃饭了，他在路上买了两个炸鸡腿啃了，再加上一杯热巧克力，也差不多了。

顾飞说他瘦了，其实他知道自己是瘦了，但没想到能明显到顾飞一眼就能看出来，他去称了一下，居然比之前轻了十多斤。

啧啧。

他打算开始吃消夜，其实晚上也没多饿，只是如果不胖回去，顾飞肯定会担心。

给小孩儿补课本身对于蒋丞来说没有什么难度，烦的是小孩儿都挺有个性，一个年纪也就大一两岁的人来给补课，一开始都挺不服，老想折腾着给个下马威。

今天这个就是，满脸不爽，你是不是觉得自己一定比我强？上了R大也不表示你有多厉害嘛，题海战术都能搞定。

蒋丞不得不比他更嚣张，用一句“就你所有的课本和资料，随便你挑，做不出来我走人，做出来了你闭嘴”才搞定。

从这小孩儿家出来的时候时间还挺合适，能赶得上去图书馆。

回学校的路上他接到了许行之的电话。

“我这儿有几个案例，跟妹妹的情况有些类似，一会儿我过去找你，”许行之说，“你看一下，我也再进一步了解一下，顺便说一下我的想法。”

“好，”蒋丞马上回答，“这些案例都是治疗有效果的吗？”

“也有没效果的，治疗是个长期的过程，”许行之说，“这些案例跟妹妹的情况也不完全相同，但是有一些细节可能会让你对妹妹的病情有一个直观的认识。”

“嗯，”蒋丞点头，“我现在马上到学校了，我在门口等你吧。”

蒋丞挂了电话，加快了脚步。

许行之应该是愿意帮这个忙的，这段时间许行之跟他联系挺多，问了很多情况，今天碰个面之后如果能确定他能帮忙，那就可以跟顾飞提了。

如果顾淼能有进步……

也有没效果的。

蒋丞的步子顿了顿，如果没有效果，对于顾飞来说会是多大的打击，他突然不敢去细想。

但是很快他又摇了摇头，这段时间他一直在看各种心理学的书，顾淼的情况不是最严重的那种，无论是从封闭自我的程度来说，还是感知外界的能力。

顾淼最大的问题就是从来没有得到过系统的治疗，甚至人们对她的病情病因都没有一个准确的判断，可能已经错过了最好的治疗阶段，但绝对不会是没效果的那种。

他的出现、他的离开，都会对顾淼形成刺激，这就是最好的证明。

蒋丞到校门口的时候，许行之已经站在那里了，围巾包住了半张脸。

“不好意思，”蒋丞跑过去，“你到多久了？冷吧！”

“两分钟，”许行之看了看他，把围巾往下拉了拉，“出去玩了吗？”

“哪有时间，家教，”蒋丞笑笑，“你吃饭了吗？”

“没有，你请我吃吗？”许行之说。

“嗯，我请你，”蒋丞说，“我也没吃。”

“那好啊，”许行之笑着，“去食堂吧……”

“不不，去那边，”蒋丞指了指前面，“我想吃大肉馅饼，赵柯说前面新开了一家，现在打折买一送一。”

“行。”许行之点点头。

蒋丞走了几步又停下了，转头看着他：“我忘了问你想吃什么了，你有没有想吃的？吃你想吃的也行。”

“馅饼。”许行之说。

这家馅饼还不错，馅儿的种类也多，跟王旭家的馅饼能互补了，他咬开馅儿之后拍了张照片发给顾飞。

——“九日”家没有的馅儿！过年回去卖秘方给他哈哈！

顾飞没有给他回复，他看了看时间，这会儿估计是在吃饭或者陪顾淼。

“那个，”虽然觉得应该吃完饭再说，但蒋丞还是有些急，“我现在看看那些案例吧？”

许行之笑了笑，从包里拿出一个文件夹递给了他：“我都打印出来了。”

“谢谢。”蒋丞接过文件夹，隐隐地有些激动。

文件夹里是很厚的一摞资料，他大致翻了一下，估计有十几个案例，自闭、创伤后应激障碍都有。

“妹妹的表现，现在看来不是单一的某一种，”许行之边吃边说，“只有见到她本人，我才能根据她的具体反应来判断，包括她受伤前后的情况、生活环境、跟家人的关系、跟陌生人的关系、对各种的反应，这些都看到了才能判断。”

“嗯，我跟我朋友商量一下，”蒋丞点点头，想想又有些犹豫，“就他妹妹这个……你能帮忙吗？能确定吗？”

“怎么？”许行之笑了起来，“已经到这一步了，不能帮忙的话我也不会跟你说这些了吧。”

蒋丞一阵激动，差点儿都要站起来了：“谢谢！谢谢学长！”

“不客气，”许行之说，“是不是要跟我确定了之后才敢跟你朋友说，怕他失望？”

“……嗯，”蒋丞有些不好意思，“我朋友……他真的很辛苦，我实在害怕他又失望。”

“看来是很重要的朋友。”许行之手指撑着额角看着他。

“是，”蒋丞清了清嗓子，“很重要，非常重要。”

“懂了。”许行之点头。

“但是，”蒋丞喝了两口汤之后又有些不安，“要怎么才能把她带过来？”

“不用带过来，”许行之说，“你跟你朋友沟通一下，我寒假可以过去一趟。”

“真的？”蒋丞觉得自己差点儿控制不住自己的眉毛，眉毛这一扬大概都快扬到脑门儿上去了。

“嗯，”许行之点头，“真的。我也有我的考虑，妹妹这种情况，就目前你提供的这些信息来看，治疗是有意义的，而且我也没有接触过妹妹这样的案例。”

“谢谢。”蒋丞不知道自己该说什么了。

“你……好像瘦了挺多？”许行之看着他，“上回见你的时候好像下巴还没这么尖。”

“啊，”蒋丞捏了捏自己的下巴，“看来玻尿酸还是有用的啊？能看出来尖了？”

“是啊，”许行之愣了愣之后笑了，“别给自己那么大压力，钱的事儿总是可以解决的。”

蒋丞对于自己似乎又一次被一眼看穿，都尴尬不起来，只是笑了笑：“也还行吧，我同学好多也都带家教呢。”

“钱的事儿是下一步要解决的了，”许行之说，“你现在就是跟你朋友沟通好，家人的信任和配合对于治疗来说是很关键的，像妹妹的治疗，家里不配合，是进行不下去的。”

“哦，”蒋丞看着他，“嗯。”

许行之笑了笑：“有什么不明白的你随时问我就行。”

“嗯。”蒋丞继续应着。

不知道为什么，蒋丞突然有点儿想笑。

他不介意被许行之看出什么来，以前不熟，现在认识也有一段时间了，许行之一直给他一种可以信任的感觉，待在一起的时候就算尴尬也会很快放松。

挺好的，知道了就知道了吧，毕竟这件事他为了顾飞跑前跑后的，还要遮掩什么的话实在太累了。

“这家馅饼还不错，”许行之走出店门口的时候摸了摸肚子，“下回过来我请你来吃。”

“好，”蒋丞笑笑，“你要是寒假过去那边的话，我还有一家馅饼店可以带你去吃，绝对超一流好吃。”

“行。”许行之笑着。

这顿饭没吃太长时间，跟许行之在学校门口分开之后，蒋丞抱着文件夹直奔图书馆。

“以为你不来了呢，我都跟别人说你拉肚子去了，”赵柯小声说，“这座儿占得都快觉得尴尬了。”

“不好意思啊，”蒋丞坐下也小声说，“一会儿请你吃消夜。”

“干吗去了你？”赵柯问，“家教不是就一小时吗？”

“许行之过来找我，聊了一会儿，”蒋丞说，“他答应帮我朋友妹妹了。”

“是吗？那太好了，”赵柯说，“不过我真没想到他能这么痛快就答应了。”

“嗯？”蒋丞偏过头。

“他挺难说话的，”赵柯说，“平时如果有心理咨询之类的想找他，他都介绍给别人，妹妹还离得那么远。”

“他说妹妹案例比较特殊。”蒋丞说。

“他老板那么牛，特殊案例也不少见啊。”赵柯说。

“那……”蒋丞被他这么一说，也突然有些迷茫地看着赵柯。

赵柯也看着他。

蒋丞感觉这一瞬间他俩都猛地若有所思了。

“你……”赵柯想继续说的时候，他旁边看书的同学轻轻敲了一下桌子。

“对不起，不好意思。”他俩同时跟人道了歉，迅速结束了话题，低头开始看书。

图书馆闭馆之后，蒋丞请赵柯出去吃了消夜，他吃鸡翅，赵柯吃炸蝎子。

“这玩意儿你到底是怎么咬得下嘴的？”蒋丞一直不能理解。

赵柯把一串蝎子递到他嘴边：“这种事情你应该通过实践来解惑。”

“我不需要解这个惑。”蒋丞躲开了。

吃完东西回宿舍的时候蒋丞拿出手机看了一眼，他从图书馆一出来就给顾飞发了消息，但现在消夜都吃完了，顾飞也没有回复他，从下午吃馅饼时发了那条消息到现在，顾飞一直没有联系过他。

这是从来没有出现过的情况。

有事儿？

太忙了？

睡着了？

蒋丞犹豫着要不要打个电话过去，但盯着手机半天也没拨号。

如果是以前，他不会犹豫，但最近他总感觉顾飞压力很大，或者是自己压力太大，总怕打电话过去的时机不合适。

会不会影响顾飞赶活儿？

会不会影响顾飞陪顾淼玩？

会不会打扰顾飞睡觉？

“你和你朋友的事儿，”赵柯看了他一眼，“告诉许行之了吗？”

“嗯？”蒋丞转过头。

再次对视中，图书馆时那种若有所思的气氛再次出现。

“以前我以为他跟赵劲谈恋爱，”赵柯说，“就详细打听了他一下，他跟你是同类人。人也挺不错的。”

蒋丞有些惊讶地“啊”了一声。

“你告诉他是你那个朋友的妹妹了吗？”赵柯问。

“没有，”蒋丞说，“但是他知道一些情况。”

“哦。”赵柯没再说别的。

回到宿舍，鲁实和张齐齐还躺在床上看书。

蒋丞把东西都放好之后拿着手机又走出了宿舍，到了走廊上。

他还是想给顾飞打个电话，毕竟这种顾飞一整天都不跟他联系的情况还是第一次出现。

他看了一眼时间，正常这个时候顾飞是没有睡觉的，他按了拨号键。

听筒里是长时间的静默，长得他几乎要以为自己是不是没点到拨号键了。

正想看看的时候，听筒里传来了声音。

“对不起，您所拨打的电话暂时无法接通，请稍后再拨。”

蒋丞愣了愣，无法接通？

他挂掉电话，重新拨了一次。

依然是无法接通。

顾飞的手机没电了，还是自己手机有问题？

他把手机重启了一次，第三次拨了顾飞的号码。

“对不起，您所拨打的电话暂时无法接通，请稍后再拨。”

这是怎么了？

蒋丞突然有些不安，拧着眉挂掉了电话，打开微信，点进了顾飞的朋友圈。

最新的一条是上周的了，是一张太阳从几栋旧楼之间升起，拉出长长的光晕的照片，就配了两个字：早安。

下面还有蒋丞发的一个小太阳的表情。

朋友圈里看不出什么问题来，蒋丞突然有些不知道该怎么办了。

理论上手机没电了、手机坏了、手机放在衣兜里挂到柜子里了，各种各样原因都有可能出现无法接通的情况，但不知道为什么，这一刻他心里却非常慌张。

蒋丞在走廊上站了能有五分钟，发了一会儿愣，又重新拨了几次，但都没有任何变化。

他点出了电话本里李炎的名字，但盯着看了很长时间又关掉了。

顿了一会儿又再次点了出来，接着还是又关掉了。

李炎跟顾飞又不住一块儿，也不是天天联系，顾飞有什么事，他未必会知道，而且……仅仅是一天没联系上顾飞，就打电话给他朋友，似乎有些奇怪。

一直到赵柯从宿舍里探出头来看着他的时候，他才低头给顾飞又发了条消息，然后回了宿舍。

——手机出问题了吗？一直打不通，明天我没什么事，你给我打电话啊。

“大飞！”刘立在卧室门外敲着门，“你出来，我们必须要谈一谈。”

顾飞没说话，靠在床头也没有动。

屋里很暗，不知道现在是几点钟了，也不知道现在是昨天，是今天，还是明天。

窗边的小沙发上缩着一个小小的人影，是把自己团成一团抱着腿的顾淼。

不知道多长时间了，好像没多久，又好像已经一辈子了，顾淼一直不吃不喝不动地蜷缩在沙发的角落里。

顾飞无法形容自己的感受。

那一通吼，给顾淼带来了什么样的刺激他无法判断，但被自己的怒吼吓得一直发抖尖叫的顾淼却始终不肯离开他的房间。

而且顾飞不知道还能怎么做了。

刘立很生气。

顾飞觉得非常能够理解他。

妹妹被吼得缩回了壳里，老妈质问他的时候他又把老妈推倒在了地上，而刘立上来拦的时候，被他顺手就揍了一顿。

他不知道自己是怎么了。

这种可怕的暴力，仿佛在那一刻成了他最好的宣泄途径。

怒吼的时候，扬起胳膊的时候，他好像看到了那个让他听到脚步声就会噤若寒蝉的人。

那一瞬间他迷茫而恐惧。

刘立在门口敲了多久的门他不知道，一直到门外传来的声音变成了李炎的，他才微微转了一下头。

“大飞，”李炎说，“我不是来劝你的，我是来提醒你的。”

顾飞看着门。

“两天了，”李炎说，“蒋丞两天联系不上你了，你起码给他打个电话吧，所有在乎你的人里只有他不知道是怎么回事。”

蒋丞。

顾飞往后靠了靠，头顶着墙。

两天了吗？

麻木的状态里他突然感觉到了心疼。

“我现在要进去，”李炎说，“我撬锁进去，我进去的时候你要敢对我动手，我就跟你绝交。”

顾飞有些吃力地坐直了身体。

22

李炎不知道用什么东西撬开的门，进来的时候手里拿着两杯水，用胳膊肘把屋里的灯给打开了。

突然充满整个房间的光让顾飞一阵窒息，从眼睛辐射开的跳痛迅速弥散，头、脖子和肩膀都跟着感觉到了酸痛。

他用手遮了一下眼睛：“关灯。”

这两个字说出来的同时他跟李炎都愣了愣，这干涩的声音他几乎都听不出来是自己的了，跟含了口沙子似的。

李炎把水放到桌上，过去把灯关掉了，又打开了桌上的小台灯，把台灯的灯罩往下压了压对着桌面。

屋里光线暗了下去，顾飞觉得舒服了不少。

“二森喝点儿水，”李炎拿了杯水蹲到了顾森面前，“渴了吧？”

顾森过了一会儿才动了动，接过了杯子，捧着仰头就开始往嘴里灌，一杯水喝光之后抹了抹嘴。

“饿了吗？”李炎说，“二森，看我，饿了没有？饿了客厅桌上有蛋糕，还有你喜欢的那种果冻。”

顾森没动，看着顾飞。

“哥哥没事儿，”李炎说，“哥哥一会儿就过去，你先去吃。”

顾森慢慢滑下沙发，贴着墙边走了出云。

李炎把桌上另一杯水递到了顾飞面前：“到底怎么回事儿？相机摔了？”

顾飞没出声，喝了一口水。

大概是太长时间没有喝水吃东西，也没有说过话，水经过嗓子眼儿的时候他居然感觉嗓子有些撑得发疼。

又喝了几口之后稍微好了一些，但还是有些堵，他这会儿才反应过来，应该是上火肿起来了。

慢慢喝完了一杯水之后，顾飞才感觉到自己身体里麻木的钝感稍微消退了一些，但紧跟着包裹上来的就是疲惫和无力。

不是身体上的，而是从心底升起的，深深的无力，再也不愿意动一下。风往哪里吹，他就往哪里倒；水往哪里流，他就往哪里漂。

再也不想做任何挣扎。

“蒋丞给你打电话了吗？”顾飞问。

声音依旧是干哑的，自己听着都难受。

“嗯，”李炎说，“我跟他说你手机摔坏了。”

“他信吗？”顾飞说。

“不信。”李炎说。

“我手机真的摔坏了，”顾飞抬了抬手，“你手机拿来我用一下。”

李炎拿出了自己的手机放到他手上。

手机落到手心里的时候，顾飞觉得整条胳膊都承不住这一点点的重量，或者是这一瞬间李炎的手机像是一块砖，他的手抓着手机无力地砸到了床板上，过了一会儿他才说了一句：“你去陪会儿二森吧。”

“大飞。”李炎看着他，似乎想说什么。

他没有看李炎，李炎在他旁边站了一会儿之后转身出去了，带上了房门。

李炎手机的通话记录里，最近的一个记录就是蒋丞的，一个小时之前打的。

他盯着这个名字，一直盯到黑屏。

愣了很久之后他再次点亮屏幕，指尖在蒋丞的名字上点了一下。

手机还没有举到耳边就轻轻振了一下，那边蒋丞接起了电话："李炎？"

"我。"顾飞说。

"顾飞？"蒋丞的声音里有焦急，也有因为听到他声音而猛地松了一口气的情绪，"你手机真的坏了？"

"嗯。"顾飞应了一声。

蒋丞的声音他像是有一辈子没听过了似的，他闭上眼睛。

"你怎么了？"蒋丞顿了顿，"病了？嗓子怎么哑成这样了？"

"上火。"顾飞说。

"是……出什么事儿了吗？"蒋丞问。

这种有些犹豫、小心翼翼的询问让顾飞心里像是被人拧了一把似的疼着。

"二淼把我相机镜头摔碎了。"顾飞说。

"啊，是没拿稳吧，"蒋丞愣了愣，接着语气变得轻松了起来，"就为这个吗？是哪个镜头啊？我送你一个就好了嘛，你丞哥今天刚领了家教的钱。"

"手机被我摔碎了。"顾飞说。

"没事儿，"蒋丞笑了笑，"你手机反正也用挺久了吧，上回帮你玩爱消除的时候放个大招卡好几秒才动，换吧，丞哥给你换……"

"你，"顾飞打断了蒋丞的话，蒋丞那种明显不相信而又强行放轻松的语气让他疼得喘不上气来，"能不管我了吗？"

蒋丞那边猛地没了声音。

顾飞也没说话。

沉默了一会儿之后蒋丞开了口："你什么意思？"

"你打了几份工？"顾飞问。

"就两个家教啊，"蒋丞说，"周末……"

"两份不够吧，"顾飞说，"用钱的地方很多。"

"嗯？"蒋丞愣了。

"三份，四份，可能才够吧，"顾飞闭上眼睛，"要学习，要复习，要学心理学，要打工，要琢磨着我和二淼的事儿。"

蒋丞没有出声。

"你真的照镜子了吗？"顾飞说，"你不知道自己累成什么样子了吗？"

"我不累。"蒋丞说，声音有些硬。

“你在那边上了一学期的课了，你除了家教，平时离开过学校一公里吗？”顾飞说，“你说过几次你同学出去玩了，你为什么不去？”

蒋丞还是沉默。

“你没时间去，”顾飞说，“因为你要把休息的时间搭在朋友和朋友的妹妹身上。”

“大家都挺拼的，我也没觉得自己有什么不同，”蒋丞说，“去哪儿玩我也没什么兴趣。”

“你这是做什么啊？”顾飞说，“你把自己折腾成什么样了你不知道吗？”

“没有人有固定的模式，每个人的方式都不一样，干吗非要跟别人的一样？”蒋丞声音开始有些喑哑，“我说了我没什么感觉，我愿意，我不累，而且二淼的病我已经……”

“可是我累了。”顾飞说。

听筒里突然变得很安静，只能听到蒋丞的呼吸。

过了很长时间，他才问了一句：“什么？”

“我累了。”顾飞重复了一遍。

“你说什么？”蒋丞的声音带着颤抖，沙哑得后半句都没了声音。

“我累了，丞哥，”顾飞一字一顿地说，“你别再拉着我了，我也不想再被谁拽着了，算了吧。”

蒋丞那边完全没有了声音，连之前的呼吸声都听不到了。

顾飞把手机拿到眼前，点了一下挂断键，然后把李炎的手机关了机。

“你没事儿吧？”赵柯跟蒋丞一块儿站在厕所里。

蒋丞没说话，只是冲他摆了摆手。

“就一小时，吐三回了吧，”赵柯看了看时间，“都变哑巴了，还没事儿？”

蒋丞咳嗽了两声，转身到水池旁边开始洗脸，水往脸上泼了能有十几下，他才稍微从翻腾收缩的胃带来的巨大痛苦里缓过来一些。

“去医院看看吧？”赵柯跟在他身后往宿舍走，“这一整天我跟你吃的喝的都一样，你这肯定不是吃坏了，去看看，别是生病了啊，你嗓子可是突然就哑了的！”

蒋丞拿出手机，点开记事本，打上去几个字。

——应激反应。

“应激？”赵柯看着他，“你受什么刺激了能应激成这样？”

——你先去上课吧，我睡一觉就好。

蒋丞冲他抱了抱拳，转身进了宿舍，爬到床上连衣服都没脱，往枕头上一扎就闭上了眼睛。

“有事儿打电话给我。”赵柯把他的保温杯倒上水放到了他床头，再爬到梯子上把被子给他盖了，在床边站了一会儿之后走了出去。

快睡。

快睡着。

马上睡着。

睡着了就好了，睡着了就不知道了，睡着了就不难受了，睡着了就不记得了……

快睡。

什么都不要想，快睡。

“可是我累了。”

“我累了。”

“我累了，丞哥。”

“你别再拉着我了。”

睡。

快睡。

求你了蒋丞，快睡吧。

快睡着。

顾飞放弃了。

顾飞居然放弃了。

蒋丞觉得自己牙关咬得很紧，全身都是绷紧的，连脚趾似乎都是钩紧的。

手也一直握着拳。

攥在手心里的大拇指被握得隐隐生疼。

胃里又开始难受，但是他知道自己什么也吐不出来了，水都没有了。

他缩成一团，努力想要缓解胃里被翻搅出来的阵阵不适感，但没什么用，难受的感觉很快弥漫到了胸口。

心脏像是被人一把抓住，挤压，他喘不上气，每呼吸一次，都会有疼痛从胸口蹿出，顺着神经向全身爬行。

前胸、后背、胳膊……

心脏病要犯了。

蒋丞你是不是有心脏病啊？

他笑了起来。

笑得很厉害，有点儿停不住。

但他听不到自己的声音，嗓子已经完全没了声音，笑都笑不出声音了。

眼泪还是流了出来。

挺不容易的。

他本来以为自己不会哭了，整个人都是蒙的，一直也回不过神来，他以为自己就会这么扛过去了。

但还是哭了。

哭得挺伤心的还。

娘炮啊。

眼泪其实不算多，蒋丞往自己脸上抹了一把，大概是哭不出声音吧。

原来嗓子哑了是这样的，笑不出声，也哭不出声。

手碰到了一个软软的东西。

蒋丞睁开眼睛，枕头边的晴天娃娃正看着他，黑色的眼睛很亮。

这一瞬间蒋丞感觉自己大概要崩溃了。

他把娃娃抱进怀里，狠狠地搂着。

啊——

他想声嘶力竭地哭出声来，用力地，大声地，用尽全力地哭泣也许才能让他稍微好受一些。

但是不行。

他只能听到自己嗓子里的沙沙声。

太不尽兴了。

太不痛快了。

蒋丞在床上团了一夜，不知道自己是醒着还是睡着了，一整夜都是混乱的。

睁开眼的时候能看到床头的墙上有一块小小的阳光。

他盯着看了很久。

“蒋丞，”床下传来了赵柯的声音，“有粥，起来喝点儿粥。”

嗯。

蒋丞想应一声，但嗓子依旧没有声音，似乎比之前哑得更彻底了。

他轻轻叹了一口气，慢慢坐了起来。

头发涨，坐起来的瞬间觉得身体里里外外所有的重量都在往下，坠得他连腰都有些直不起来。

晴天娃娃还在他怀里，眼睛还是很亮。

他把娃娃放回枕头边，收回手之后想了想，又伸手过去，在它脑袋上轻轻拍了两下。

他从床上下来的时候，从来没说过一句粗话的赵柯看着他发出了由衷的一句粗口。

蒋丞摸了摸脸，感觉还行，摸不出什么来。

……一夜愁白头？

他迅速拉开抽屉摸出镜子照了照。

头发还是黑的，很好。

不过头发很乱，眼睛是肿的，脸上看着也挺脏，还有被枕巾压出来的道子，除了这些就是脸色挺难看的，黄黑黯淡。

把镜子扔回抽屉里之后他又抽了张湿纸巾在脸上胡乱抹了抹。

“嗓子好点儿了没？”赵柯把放在他桌上的一个饭盒打开了。

蒋丞清了清嗓子，试着“啊”了一声，没有声音，他摇了摇头，坐到了桌子跟前儿，接过赵柯递来的勺，低头开始大口喝粥。

“还想吐吗？”赵柯坐到旁边问。

蒋丞摇摇头。

“那还好，”赵柯说，“你昨天吐得太吓人了，鲁实和齐齐晚上跑去买了一堆药，什么治止吐的、肠炎的。”

蒋丞转过头冲他笑了笑。

“你现在笑的这样子，”赵柯叹气，“我给你拍张照发出去，保证表白墙上面不会再有你名字了。”

蒋丞低头对着饭盒一通乐。

悄无声息的。

“一会儿你请假吧，”赵柯说，“再休息一上午。”

蒋丞摇了摇头。

“不请假？”赵柯看着他。

蒋丞摇头。

“……不差这半天吧？”赵柯说。

蒋丞摸过手机按了几下递到他眼前。

——我不能停下。

“……随便你吧，”赵柯看了他一眼，站了起来，“那快点儿吃，今天课人多，一会儿去晚了又得挤后头坐了。”

大概是因为没睡好，蒋丞去洗漱的时候就觉得脚底下发飘，鞋底儿前所未有地柔软。

洗脸的时候他觉得自己清醒了很多，但直起身，脸上的那点儿冰凉消失之后，他整个人又回到了混沌里。

跟在赵柯身后往教室走的时候，他都觉得自己是穿行在迷雾里。

看不清，听不清，踩不实，仿佛宿醉过后。

“要我搀着你吗？”赵柯回过头问。

“滚。”蒋丞笑着回了个口型。

“我虽然不爱管别人的事儿，”赵柯放慢脚步跟他并排走着，“但是你如果实在想找人说说，我还是可以听一听的。”

蒋丞指了指自己的嗓子。

“能说话之后。”赵柯说。

蒋丞点了点头。

不想说。

什么也不想说。

蒋丞现在不想跟任何人说起这件事。

他根本不能去想，不愿意去想。

顾飞为什么会这样？

顾飞说出这样的话时，是什么样的心情？

为什么？

为什么？

那个说过“我是你的后背”的人，突然说出这样的话来。

冷静而冷漠，甚至没有给他留下一丝回旋的余地。

为什么？

我没有家了，顾飞。

但有你就可以，你是家人。

这种失去一切，没有实感了的感受，蒋丞现在无法承受。

教室里人已经挺多了，鲁实冲他俩招了招手，他俩挤过去坐下了。

“蒋丞，你没事儿吧？”张齐齐坐在前面一排回过头看着他，“你脸色很差啊。”

蒋丞摇摇头，拿出书放到面前翻开了开始看。

“经济法概论”，除了这五个字，蒋丞再也没看懂第六个字。

他闭上了眼睛。

一直到老师开始讲课，他才重新睁开了眼睛，强迫自己把注意力都集中在老师身上。

平时无论有什么事儿，他都能做得到。

但今天有些失败，听着老师的声音最多一分钟，他就开始有些恍惚。

他不得不再次闭上眼睛，调整呼吸，然后再次睁开。

这样的状态没有持续多久，他就开始感觉到了疲惫，那种像是身体能一直下沉穿过椅子、穿过地板，陷到最深处去的疲惫。

他本来想着撑完这节课，不行就回宿舍睡一会儿算了。

但胃又开始疼。

怎么就这么娇弱了呢？他用手按着胃。

蒋丞选手现在非常脆弱啊，一点儿打击都承受不起啊，这样的状态我看如果短时间里要是调整不过来，就很麻烦了啊。

蒋丞没能撑到下课，强烈地想要呕吐的感觉再次袭来，现在肚子里可是有东西可吐的。

他捂着胃站了起来，都等不及旁边的赵柯给他让出位置来，直接抬腿就跨了过去，但脚刚落到过道上，胃里的翻腾就让他有些发软。

“要吐？”赵柯扶了他一把，小声问。

蒋丞没顾得上回应，弯着腰就往教室门口小跑过去。

跑了两步之后就发现自己大概要完。

昨天那种吐得几乎要虚脱的乏力感突然出现，他顿时连迈步都变得困难。

当他左脚被右脚绊到往前扑出去的时候，简直觉得自己的人生精彩万分。

大家快看！这样的场面非常难得！蒋丞选手在坐满学生的教室里，奔跑着拧了一个漂亮的旋转麻花步！

“你原来不是有个旧手机吗？”老妈在客厅的抽屉里翻着，“搁哪儿了？先拿出来用着吧？”

“不用。”顾飞说。

“那你现在用什么啊？”老妈看着他。

“我不需要手机了。”顾飞说。

“你……”老妈看着他想说什么，但过了半天什么也没说出来。

今天有课，顾飞看了看墙上的钟，再不出门就要迟到了。

那就迟到吧。

或者旷课吧。

他坐在沙发上没有动，看着正趴在茶几上画画的顾淼。

顾淼这几天很安静，不太跟人有接触，无论是肢体还是眼神。

滑板也没怎么玩，就一直在画画，绿色的兔子，一排排的，旁边画满了的纸已经攒了厚厚一摞。

他起身回了自己屋里。

桌上放着一个镜头，丁竹心买来的，比他原来那个好。

不过碎了镜片的旧镜头他没扔，虽然不知道留着能干什么，很多东西都不知道留着能干什么，但又都还是留着了。

比如衣柜里的那一柜子彩色的荧光砖。

他关上门窗，拉好窗帘，屋里的光线暗下去之后，他打开衣柜靠墙的那扇柜门，拿了椅子放在面前坐下，点了根烟叼着。

看着把衣服都清空了的这格衣柜里，整齐地码放着的几大摞砖。

抽了三根烟之后，房门被顾淼敲响了。

顾飞站起来，关好柜门，拉开窗帘，打开了窗户，北风扫进来的时候他闭上眼睛深吸了一口气。

顾淼站在门外，手里拿着一张纸，他打开门之后，顾淼把纸递给了他。

他接过来看了看，是顾淼刚画完的一张绿兔子。

“真好看。”顾飞说。

顾淼转身回到茶几边趴下，继续画。

“我出去一趟，”顾飞把画叠好放到枕头边，拿起了桌上的相机，“中午我要是没有回来，你自己去店里吃饭。”

顾淼没有反应，专注地画着。

顾飞看了她一眼，打开门走了出去。

下雪了。

下得挺大的，看样子下的时间也不短了，只是他一直都没注意到，难怪顾森没有出门玩滑板。

他拉了拉围巾，把羽绒服的帽子扣上了，拉拉链的时候他的手轻轻抖了一下。

“买两件一样的吧，怎么样？”蒋丞站在他旁边说。

犹豫了几秒钟之后，顾飞转身回了家里，找了另一件羽绒服把这件换了，然后重新出了门。

没有骑车也没有开摩托，小馒头也没开，就这么拎着相机包顺着路往前慢慢走着。

这个地方几十年都没有过什么变化，街道都没有扩宽过。

每一寸，每一步，每一眼，都有无数的痕迹。

来来往往的人，留下的痕迹。

而你能记得的那些痕迹，却往往只有个别人的。

他站在某个拐角看着你的背影。

他站在某个窗口拉紧弹弓瞄着你。

……

顾飞吸了吸鼻子，把围巾拉开一条缝，冷风一下顺着脖子灌进身体里，他加快了步子。

冬天没有人跨栏。

站在天台边缘，脚下是厚厚的积雪，耳边是尖啸着的北风。

抬眼往前看出去的时候，所有的一切都被白雪遮住了。

顾飞举起相机，从取景器里看着这个突然变得陌生的世界。

23

“你是不是太闲了？”顾飞叼着烟蹲在路边，看着眼前的车来车往，“你前阵儿不是总出去约会吗？你去约会吧，一天天地盯着我干吗？”

“你以为我今天想盯着你吗？”李炎靠在旁边的树上，“一天天半死不活的，盯着你都折寿。”

“那你快滚。”顾飞说。

“你要上你微信看看吗？”李炎低头看着手机，“蒋丞每隔一天给你留一条评论，就在你那个照片……”

“别提他。”顾飞狠狠抽了口烟。

“……的下面留一个小太阳，不过这几天都没留了。”李炎飞快地把话说完了。

顾飞站了起来，转头盯着他。

“我说了，你敢跟我动手咱俩就绝交。”李炎指了指他。

“我也说了，”顾飞走到他跟前儿，跟他脸对脸地瞪着，“别在我面前提蒋丞。”

“我最后问一个问题，问完这个问题，我再也不会提他。”李炎说。

顾飞盯着他没出声。

“为什么？就算要这样，你好歹也挑个缓和点儿的方式吧？”李炎说，“蒋丞挺好的一个人。”

“这是一个？”顾飞看着他。

“那你随便挑一个答吧。”李炎啧了一声。

“所以我就得拖死一个挺好的人？”顾飞说。

李炎看着他，很长时间都没说话，最后低头在手机上扒拉着：“刘帆这个傻缺怎么这么久都没到！”

这帮人挺长时间没一块儿聚聚了，平时一个个也都没什么正事儿，可正经要聚着吃顿饭也得约。

刘帆开着他的小破车过来的时候，已经把人都接齐了，挤了一车。

“我走路去。”顾飞往车里一看，扭头就想走，每次六个人挤车里的时候他都觉得这车要碎。

“上来！”刘帆把脑袋探出车窗，“您是大爷！给你留了副驾！”

李炎拉着他把他塞到了副驾上，然后自己挤到了后座：“也就是我瘦！”

“你们众筹给我买个车得了，”刘帆开着车，“省得次次接送还落个埋怨。”

“你把后座拆了放几张板凳就行，”陈杰说，“我们众筹给你买板凳一点儿问题没有。”

“滚蛋吧，下回你自己走着去。”刘帆说。

顾飞一直没说话，偏头看着窗外，听着一帮人扯淡。

跟朋友聚一聚，吃吃喝喝，扯扯淡，接点儿活，一天天活得波澜不惊的，这种日子他过得很熟练。

但心里那种隐隐发涩的感觉却怎么都不能因为回归了他一直以来的轨迹而减淡，反而越来越重。

烦闷，压抑，喘不上气来。

无论如何都无法缓解。

这些让他一阵阵坐立不安的疼痛压下去又冒头，反反复复。

“怎么样？”刘帆转头问了他一句。

“嗯？”顾飞应了一声。

“李炎说不吃川菜了，去吃大骨火锅，怎么样？”刘帆说。

“行。”顾飞说。

“那就去前面那家吧，近点儿，喝点儿酒这一路也没人查。”刘帆说。

“你要酒驾啊？”顾飞随口说了一句。

刘帆看了他一眼没说话。

顾飞继续看着窗外。

他脑子里到底留下了多少回忆？很多事他一闭眼就会想起，睁开眼睛也挥之不去，他需要用多长时间去重新开始，或者到底还有没有可能适应？

以前他觉得没什么事儿是忍不下去的，只要愿意忍，所有的东西都可以遗忘，现在有些事情是超然在五行之外的。

分开不是结束，居然是开始。

“这周末不能跟人说说请假吗，”赵柯坐在桌子前转过头说，“你话都说不出来了还怎么上课啊？”

蒋丞指了指自己面前的笔记本，上面是他做了一大半的PPT，这周末他安排两个小孩儿都是补政治，做个PPT差不多可以把要讲的内容说清楚。

赵柯看着他叹了口气，过了一会儿拖着椅子坐到了他身边：“我去吧。”

蒋丞愣了愣。

“前两天晕倒不住院也就算了，补课就别挺着了，这周这几次课我替你去，”赵柯说，“反正我也是学霸，符合要求。”

蒋丞笑着啧了一声。

“啧什么，我分也没比你低多少，”赵柯说，“临时顶两节课没什么问题。”

蒋丞摇了摇头，马上要考试了，所有的人都分秒必争的，这种时候让赵柯花那么多时间去替他上课，这说不过去。

就算时间不紧迫他也不愿意。

现在他不能停下，他必须保持自己原来的节奏，无论原来的节奏有多快，压力有多大，他都得保持住。

有些神经一旦松掉了，他整个人就会全盘崩溃。

这是他维持自己不垮掉的独门秘籍。

蒋丞选手的秘方，轻易不会用，用了也不会轻易让人知道。

不过这种带病强行补课的财迷精神让两个孩子的家长都非常感动，因为蒋丞声称自己是发炎上火嗓子才哑了，所以收获了一堆药和两个小红包，并且得到了一天的带薪假期。

福娃丞丞这个称号不是白来的。

蒋丞怀揣着红包回到宿舍的时候觉得自己还是很牛的。

这个时间宿舍的人应该都在图书馆，蒋丞边往宿舍走边拿了手机想给赵柯发个消息问问还有没有座儿了，结果一进宿舍，却看到赵柯正坐在宿舍里看书。

听到开门的声音他转过了头，蒋丞歪了歪脑袋，做了个疑问的表情。

“怎么样？顺利吗？”赵柯问。

蒋丞点点头，掏出红包冲他晃了晃。

“哟，”赵柯笑了，“这是慰问金吧？”

蒋丞点头，把东西放下之后在手机上按了按。

——没去图书馆？

“没去，”赵柯说，顿了顿又转过身看着他，“蒋丞，我一般不管别人闲事儿，但是吧……”

蒋丞靠着床看他。

“学校里我就跟你关系比较好，”赵柯说，“你这样……我有点儿担心，你要不介意的话，就告诉我是为什么吧，别的我也不会多打听。”

蒋丞笑了笑。

一直觉得顾飞是个很能憋的人，现在发现自己其实也一样能憋，也不知道是被顾飞传染了，还是被激发了隐藏技能。

从那天顾飞用李炎的电话跟他联系之后，到现在一个星期了，他没有跟任何人提起过这件事。

其实他可以和对方说这件事的人本来也几乎没有，潘智可以说，但他不太愿意让潘智知道。

他倒不怕潘智一冲动会跟顾飞说什么，他只是不想潘智担心，他孙子面对他的事儿的时候，特别爱操心。

如果不跟潘智说，大概也只有跟赵柯可说了。

赵柯是他在学校关系最好的同学，但又没有熟到了解他的一切，这种关系其实很适合倾诉。

蒋丞拿起手机，在记事本上按了几个字。

赵柯凑过来看了看屏幕上的这行字，有些吃惊，飞快地扫了他一眼："怎么这么突然？之前不是好好的吗？"

——一两句说不清。

"他真的是这么说的吗？"赵柯大概是有些不能理解。

蒋丞半天没动，过了一会儿才点了点头。

"为什么啊？"赵柯皱了皱眉，"怎么会有人在这种情况下就突然放弃了？"

是很突然，突然得让人一下就用亲身经历深刻透彻地理解了什么叫晴天霹雳。

"你要不……你有没有试着，"赵柯说得有点儿费劲，"我没经历过这种事儿，不太清楚应该怎么办，就，你有没有试着挽回一下？"

蒋丞摇了摇头。

"为什么？"赵柯问。

——他放弃的不是我，他放弃的是他自己。

人这一辈子，可能会放弃很多东西，很多人。

但最可怕的，就是放弃自己。

对于蒋丞来说，相比自己拼命付出了这么多最后一脚踏空，让他痛得无法呼吸不得不依靠维持着之前不变的生活节奏和方向继续前进才能稍微忘却的，更是顾飞再一次闭上了眼，沉到了最深的黑暗里。

他整晚失眠，一闭上眼就会听到顾飞说，算了吧。

"我累了，丞哥。"

"算了吧。"

"不要再拉着我了。"

"算了吧。"

再没有什么痛苦比眼睁睁地看着对方松开自己的手更深刻和绝望的了。

蒋丞没有什么别的选择了，只有不断地提醒自己，不能停下。

他不能回去找顾飞，他清楚现在的顾飞是什么样的状态，他回去甚至都不一定能见到顾飞。

钢厂小霸王对他自己远比对别人要狠得多，要不他这么多年撑不过来。

他能说出算了吧，就不会再给自己和蒋丞任何希望。

蒋丞也不打算回去找他。

回去不过就是一句为什么。

没有任何意义。

他不能停下。

对于他来说，一切都没有变化，都还跟以前一样，他去图书馆，他复习准备考试，他看心理学的书，他去做家教赚钱。

唯一的那么一丁点的不同，大概就是晚上躺在床上时，打开手机时，没有了那半小时的聊天。

而已。

没什么大不了的。

一天有二十四个小时，半小时闭一会儿眼睛就过去了。

蒋丞的嗓子在大半个月之后终于能发出一些声音了，只是声音听上去还不怎么美妙。

“我要过去找你，你别再找理由不见我了渣男，”潘智在终于能用电话联系上他之后打过来说的第一句话里就透着焦虑，“你有事儿瞒着我。”

“没。”蒋丞哑着嗓子奋力地回答。

“咱俩也认识好几年了，”潘智说，“真的，你没跟我说实话，你肯定有事儿，我第八感告诉我……”

“六。”蒋丞说。

“什么？”潘智愣了愣。

“第六感，”蒋丞吃力地说，“傻缺。”

“在我这儿就是第八感，我的感比别人多，”潘智说，“我用完第八感还要用第九感，你不跟我说实话，我还有第十感等着你呢。”

“我不想说话。”蒋丞说。

他的确是不想说话。

说不出话的时候他也没觉得有多难受，反正也不想说话，就那么闷着，反倒会感觉舒服。

就像是安静地被封存在箱子里，不动、不想、不说，保持一个密闭的状态。

这样会让人觉得安全。

“是顾飞吗？”潘智问。

“嗯？”蒋丞的心里跳了跳。

这个名字每天都会卡在他脑子里，像是嗓子眼儿里咽不下去也吐不出来的小骨头，不去想就感觉不到，可一旦感觉到了，就有怎么都忽略不掉的难受。

他已经太久没有听到“顾飞”两个字了。

潘智说出这两个字的瞬间，就像在他努力裹好的壳上劈开了口子，撕扯出了还没有愈合的伤口。

这一瞬间他突然发现，这伤口并没有一丝一毫的变化，就跟它出现的第一秒一样，那么新鲜，那么清晰。

“我就说你俩现在朋友圈都不发了，”潘智说，“行吧，你不说我不问，你就说你什么时候有空，我请你吃饭。”

“考完试。”蒋丞说。

“丞儿，”潘智叹了口气，“把钢厂当成回忆吧，如果没办法了的话。”

蒋丞爬回自己床上，对着墙坐下，低头闭上了眼睛。

“那你到了给我电话吧，”许行之说，“我下楼出去也就一分钟。”

“好。”蒋丞说，声音开着叉。

到了许行之租房的小区门口之后，他给许行之打了电话，许行之没接，直接挂了。

过了一小会儿他从里面走了出来，看到蒋丞的时候他愣了愣：“你……怎么了？”

“没事儿。”蒋丞说。

“来吧，找个地儿坐着聊。”许行之转身往前走了出去。

蒋丞跟在他身后。

很久没有这么在街上走了，蒋丞突然有种很不适应的感觉，甚至觉得走路的时候会有顺拐的苗头。

眼睛不知道该往哪里看，耳朵里也全是嘈杂，呼吸都有些不畅。

一直到许行之七拐八绕地带着他进了一家小店，找了个靠窗的角落坐下了，他才微微松了口气，扯下了脖子上的围巾。

店里除了他俩，还有一桌客人，现在这种没有人的环境才能让蒋丞放松，他感觉自己如同一个暮年老人，经不起一点声响，也扛不住一丝混乱。

他拿着围巾正要往旁边的窗台上放的时候，窗台上的一块花毛垫子突然动了动。

“哎！”蒋丞吓了一跳，哑着嗓子喊了一声，破碎的声音把花毛垫子也吓得站了起来，他这才发现毛垫子居然是一只猫。

“你不怕猫吧？”许行之把那只花猫搂了过去放在自己腿上。

“不怕，挺喜欢的，”蒋丞说，“你是不是总来这儿撸猫啊？”

“嗯，能减压，”许行之把花猫捧起来放到了他面前的桌子上，“你摸摸吧。”

这只花猫很温顺，也很黏人，蒋丞的手刚摸到它的脑袋，它就蹭着蒋丞的手躺下了，翻出了肚皮。

蒋丞在它肚皮上轻轻摸着，这猫是短毛，冬天的毛厚实而顺滑，充盈在指缝之间的那种温柔的感觉让蒋丞一阵放松。

暖洋洋的。

他低头把脸埋到了花猫的肚皮上，猫的爪子轻轻地按在了他耳朵上。

“其实今天是想问问妹妹的事儿，你跟朋友商量好了没，”许行之的声音很轻缓，“但是现在……你如果愿意的话，可以说说你的事儿。”

“我的什么事儿？”蒋丞埋在猫肚子上笑了笑，“这是你的职业敏感吗？”

“你这样多长时间了？”许行之问。

“哪样？”蒋丞偏了偏头，露出一只眼睛。

“这种……”许行之看着他，“焦虑状态，多长时间？”

“我不焦虑，”蒋丞把胳膊放到桌上抱住猫，“心静如水，再坚持半个月我就能飞升了。”

许行之笑了笑没有说话，跟过来的服务员小声点了壶花果茶。

茶拿过来之后他倒了一杯，推到了蒋丞手边。

暖暖的温度从手指上传来的时候，蒋丞突然觉得鼻子有些发酸。

他迅速握住了杯子。

“你给我做个咨询吧。”过了一会儿他才低声说了一句。

“碰到什么困扰你的事儿了吗？”许行之问。

“我下周就要考试了，”蒋丞说，“但是我现在看不进去书，复习的时候没办法集中注意力，晚上睡不着觉，一直失眠，快天亮了才能睡一小会儿，不想说话……”

嗓子有些难受，说话很吃力，蒋丞轻轻咳了两声：“就是不想说话不想吃饭也不想动。”

“从什么时候开始的？”许行之又问。

“从……”蒋丞紧紧地握着杯子，握得手都有些发抖了，他才轻声说了一句，“顾飞放弃自己那天开始。”

“是吗？”许行之声音里带着些许意外。

“我们再也没联系过。”蒋丞说。

这话说出来的瞬间他突然觉得很好笑。

“今年就不要跟他说这个事儿了吧，”刘立在后院小声跟老妈说着话，“他最近心情不怎么好。”

“所以我才说我自己去啊，去年他要高考我也没跟他提这事儿，”老妈说，“这次我提前点儿去，年前去一趟就行，你以为我多想去，我就图个安心，要不一到他死的日子我就梦到我挨打。”

顾飞知道他俩说的是老爸，不过老妈说了之后他才猛地发现，去年他没有去湖边。

他根本没有想起来这件事。

去年冬天，他一直跟蒋丞在一起。

记得很多，也忘了很多。

老妈是个变幻莫测的女人，顾飞不知道她会不会真的去湖边，也许会去，也许不会去，全看心情。

不过顾飞决定去一趟。

他提前一两个月来过湖边，每次都是被老妈逼得拖不过去了才会来。

不过这个季节都差不多，雪，枯草。

寂寞的一条路。

顺着湖边一直往里，顾飞一直没有停地往里走。

“蒋丞选手决定再次提高难度！他决定再次提高难度！哇——”

“哎呀，可惜了，叉指导，你觉得他这次是失误还是技术达不到呢？”

“我觉得他的技术还是有提高的空间，他好像要换一种挑战方式……这次是降低难度还是继续……”

顾飞有些茫然地停了下来，他突然反应过来自己为什么会这么一直走，就像是有什么目标一样地往前走。

他转身盯着湖边半人高的枯草看了很长时间。

但是这里没有蒋丞了。

在这里自言自语帅气地表演着弹弓的蒋丞应该永远都不会再出现了。

今年的草很盛，枯黄的一大片，在阳光下闪着金色光芒，他甚至已经找不到当初蒋丞打弹弓的具体位置。

找不到了。

挺好的，找不到了挺好的……

那天打完电话之后，出租房他没有再去过，他害怕看到任何跟蒋丞有关的东西。

24

蒋丞强行让自己相信，人其实是需要倾诉的。

虽然很多时候会觉得我不想说话、我不想动，我就想这么闷着、憋着，害怕哪怕是细微的一点动静，都会把已经平静了的水面之下的泥沙重新搅动起来。

但同样的一句话、一个念头，在脑子里反反复复挥之不去，每碰到一处就会留下一道痕迹，来来回回，慢慢堆积，最后会变成一座翻不过去的山。

张开嘴，说出来，听到自己的声音，清清楚楚地听到自己心里的每一句话、每一个字，所思所想、抱怨、委屈、愤怒、不解……在你开口的那一刻起，就一句一句地抽离，最后留下的，是你被埋在最深处的方向。

期末考前最后一周，蒋丞连续去B大找了许行之三次。

"也不算心理疏导吧，你可以找我聊天儿，"许行之说，"你说，我听。"

有些话，面对一个相对陌生的人才说得出口，对于蒋丞这种发泄式的倾诉，许行之是一个完美的倾听者。

他甚至没有给出任何建议，只是静静听着，偶尔应一两声。

蒋丞感觉自己一个月说的话，都没有这几天的多，他从来没有想到自己心里憋了这么多的东西。

"我不怕被人否定，我从小到大都没怎么被肯定过，肯定自己这种事儿，还得听自己的，我说我好，我就是好，"蒋丞抱着猫，在猫肚子上轻轻抓着，"我做那些并不要他记着我，念我个好，我有多好我自己知道，我都不需要他知道我干了什么，我要做什么，是因为我愿意。"

"千金难买我愿意。"许行之说。

“嗯，”蒋丞捏了捏猫爪子，“但是我知道他为什么，我当时一直想问为什么，为什么为什么？后来想想，没有什么为什么，他是怎么长大的，在什么环境下长大的，他最怕的就是挣无可挣，因为他最清楚挣无可挣是什么感觉，放弃自己是他最擅长的保护方式，无论是保护自己，还是保护别人……这话我是第几次说了？我感觉我好像每次都说？”

“没注意，”许行之笑了笑，“重要的事说三遍，特别重要的就一直说……你今天嗓子倒是好点儿了。”

“是好挺多了，劈叉嗓恢复到公鸭嗓了，”蒋丞喝了口茶，低头看了看眯着眼睛的猫，“等放假……的时候应该就好了。”

“那天你说还是想让我去跟妹妹见面，对吧？”许行之伸手从窗台上把一只正路过的黑猫抱了过来，放在腿上揉了揉毛。

“嗯，我知道这事儿，就……挺难为你的，”蒋丞咬了咬嘴唇，“但是现在我实在也没有别的办法，我挺喜欢小丫头的，而且，哪怕是有一丁点的进步，也能让她哥看到希望啊。”

“我去是可以去的，但是如果去了，他不同意呢？”许行之说，“毕竟现在你俩这样，是因为他不想让你挣无可挣。”

这句话让蒋丞皱了皱眉头。

他每次面对着许行之如同滔滔江水自顾自地说着情况的时候，其实都避开了这个细节。

不，这不是细节，这是他所有倾诉的源头。

被他避开了，虽然他没有刻意回避过，但还是在下意识里这么做了。

他说自己，说顾飞，他能解释所有的为什么，自己为什么，他为什么。

仿佛一个历经人世洞悉一切的老神仙。

但他却在许行之说出“现在你俩这样”的时候猛地回过神来，再一次直面了他和顾飞的现实。

自从那天到现在，他们都没有再有过哪怕一秒钟的联系。

顾飞的朋友圈没有再更新过。

蒋丞的朋友圈倒是还会经常更新，只是没有再发过只有个别人才能看懂第二层意思的内容。

也不再自拍了。

“我觉得你需要对几个问题有清楚的认识。”许行之看着他。

“嗯。”蒋丞把手机扣到桌面上。

“第一，顾飞有可能拒绝治疗；第二，治疗不一定有用，因为之前的判断都是没有见到人的情况下做的，”许行之声音放轻了不急不慢地说着，“第三，你什么时候有时间又愿意的话，我给你做个焦虑测试……”

“你是怕我抑郁吗？”蒋丞笑了笑。

“不至于，”许行之说，“但是你现在焦虑情绪挺严重的。”

“嗯。”蒋丞叹了口气。

“还有很重要的一点，”许行之说，“算是我以朋友的身份提醒你，不要把所有希望寄托在妹妹身上，这种交换式的心理对你俩都不好。”

“我懂，”蒋丞点头，“谢谢。”

他自己也拼命啃了很长时间心理学的书了，平时有什么不明白的问问许行之，他也都会帮忙解释。

蒋丞知道自己现在的状态不好，所有的事儿他都压在了心里，哪怕他对着许行之一说就是一个小时。

现在的状态大概就是——道理我都懂，但为什么我心很疼？

不过对于他来说，嗓子能说话了，睡觉能睡着了，已经很满足了。

特别是能睡着觉这一点，连续失眠真的能让人崩溃。

“那个胶囊你还是吃着，等睡眠调整过来了再说。”赵柯说。

“嗯。”蒋丞应了一声。

赵柯说的安眠胶囊还有点儿用，他高考之前失眠，就吃的这个，这阵儿蒋丞失眠，他就给推荐了。

睡前一颗，保健类的药，也不是安眠药之类的，但是不知道是心理作用还是真的有点儿用，反正蒋丞能在两点之前睡着了。

只要能睡着就行，这段时间他的脸色差到辅导员都找他谈话了，问他是不是学习压力太大。

他过年还想回钢厂的，他不想让人看到他碰点事儿就把自己都碰脱相了，太没面子。

不知道顾飞现在是什么样的情况。

镜头有没有换新的，还有没有钱换新的？

手机呢？一直没有发过朋友圈，是心情不好，还是手机真的坏了一直没有买新的？

还拍照吗？还带顾淼出去玩滑板吗？

蒋丞跳下床，从鲁实桌上抢了一颗清凉糖塞进嘴里。

鲁实这个清凉糖劲儿还可以，一含到嘴里，两秒钟之内就神清气爽七窍通气儿，让人精神一振。

不过比起以前顾飞给他吃的那种，还是不够强劲。

蒋丞有些恼火地又剥了一颗糖塞进了嘴里，也没含着，咔咔都咬碎了，从嗓子眼儿到天灵盖顿时跟要被掀掉了似的。

蒋丞抹了抹被凉出来的眼泪。

爽。

“你们放假这么早？比别人早一周啊？”李炎蹲在店门口的台阶上玩着手机。

“嗯，”顾飞叼着烟，“要是把平时的课跟别的学校似的排紧点儿，我上个月都能放假了。”

“课松也挺好的，”李炎拿手机对着他拍了张照片，“压力小。”

“别拿我照片发朋友圈。”顾飞说。

“放心吧，”李炎说，“我要发也都是分组发，不会让蒋丞看到的。”

“嗯。”顾飞应了一声。

“心姐是不是给你介绍了个特别牛的什么时装摄影啊？”李炎继续玩着游戏，“她说你还要考虑，考虑什么？那么多钱，让我脱光了拍我都不考虑。”

顾飞斜眼瞅了瞅他。

“怎么？我身材又不差，不怕露。”李炎说。

顾飞喷了口烟，继续斜眼儿瞅他。

“当然可能比不上蒋丞的身材……”李炎话没说完，跟顾飞对视了一会儿之后往旁边挪了挪，“我就是说顺嘴了。”

顾飞看着他没说话，盯了一会儿才转回头继续看着路面上的积雪出神。

“大飞，”李炎说，“我一直觉得，书上写的那些什么，能杀死人的眼神，都是扯淡。”

“本来就是。”顾飞说。

“不是，”李炎说，“我刚看到了，感觉你能一眼珠子砸死我，非常……吓人。”

“你不是被我眼珠子砸死的，”顾飞抽了一口烟，“你是死于话多，管不住嘴就别成天往我这儿跑了，你不是谈恋爱了吗，赶紧谈恋爱去。”

“我上礼拜就说过两次了，那天吃大骨的时候也说了，”李炎一直瞪着他，“我现在单身。”

“哦。”顾飞应了一声。

“行吧，”李炎看了看时间，“我走了，找饭局去了，你死着吧。”

“滚吧。”顾飞说。

李炎走了之后顾飞又发了一会儿愣，然后转身进了店里。

刘立在后门边儿上生了个炉子，正用炭火烤红薯，顾淼很专注地在旁边盯着红薯。

顾飞觉得这人挺神奇，店里不让抽烟，但是可以生炉子烤红薯。

不过现在店是人家的，那就人家说了算。

“给。”刘立拿了个小碟子把烤好的一个红薯给了顾淼。

顾淼接过来，冲他鞠了个躬，转身就往外跑，直接撞到了顾飞身上。

“慢点儿。”顾飞扶了她一把。

顾淼把盘子举给了他。

“你吃吧，”顾飞说，“哥哥现在不饿，不想吃东西。”

顾淼没动，执着地举着盘子，一直到顾飞把盘子里的红薯拿走了，她才又端着盘子回到炉子边去等下一个。

“多懂事儿。”刘立说。

顾飞没出声，靠在收银台边儿上吹着手上的红薯，看着顾淼的背影。

虽然已经跟蒋丞断了联系很久，他却始终回不到之前的生活里。

他看顾淼、看刘立、看老妈、看钢厂、看四周的人，跟以前的感觉都不再一样了。

“算了吧。”

说出这句话时的心情他已经忘掉了。

蒋丞是什么样的反应他也不知道。

也许想揍他吧。

他还没有跟蒋丞真的打过架，理论上来说，蒋丞不是他的对手，但那样的情形里，蒋丞选手也许会爆发出强大的力量。

是吗？

不一定。

那么犟，那么嚣张，那么骄傲的蒋丞，面对他生硬而不留余地的这一刀，也许根本就不屑动手。

顾飞笑了笑。

“是吧，”刘立说，“你是不是也觉得挺逗的？”

“啊，”顾飞应了一声，他并不知道刘立说了什么，“我出去转转。”

“外边儿多冷啊，”刘立说，“我发现你身体素质是真不错，成天上外头转悠。”

顾飞没说话，裹上围巾走了出去。

他的确是成天在外头转悠。

完全没有目标地转悠。

他就像一头焦灼的动物，无法在任何一个地方长时间停留，他得不停地走来走去。

蒋丞只在这里停留了两年，却留下了无数的痕迹。

他不能待在店里，他到处转悠，可是每一步都是满满的回忆。

他突然觉得很害怕，不敢去细想自己要怎么样在这样的回忆里一直走下去。

前面是蒋丞租房的那栋楼，他放慢了脚步，抬头看了看窗口。

一切如常，窗户关着，窗帘也是拉好的，窗台上那个空的小花盆也还在原地，他仿佛还能看到蒋丞从花盆里拿出小石子儿瞄准他时的样子。

在楼下站了一会儿，他走进了楼道，慢慢往楼上一步一步地走。

一直走到房门口的时候，他都有种蒋丞会突然冲上来在他身上掐一把就跑的错觉。

他回头看了一眼，堆满了杂物的楼道里空无一人，他掏出钥匙打开了门。

平时他每天都会过来收拾，擦擦桌子拖拖地，喷点儿柠檬水。

但上回跟蒋丞打完电话之后他就没有再来过，现在打开门的时候，屋里已经能闻到淡淡的寂寞的味道了。

他进了厨房，把抹布搓了搓，回到客厅站了一会儿之后，开始慢慢地擦桌子。

沙发也落了灰，他把抹布铺在沙发上一下下地拍着，没到一分钟就有些扛不住。

他迅速拿起抹布转身在茶几上擦了几下，想要进卧室的时候却又停下了。

在卧室门口站了不知道多长时间之后，他才推开门走了进去。

丞哥无处不在。

丞哥无处不在。

丞哥无处不在。

丞哥不会再回来了。

顾飞打开窗户换气，在窗外涌进来的寒风里擦着蒋丞的书桌。

“顾飞，我没有家了。”

他皱了皱眉。

蒋丞的家不在这里，蒋丞的家也不应该是这里。

总有一天蒋丞会有新的家，真正的家。

他狠狠地擦着桌子，但没几下就感觉到了累，很累。

他坐了下来，拧开了台灯。

暖黄的灯光一下洒满了桌面。

自己为什么要跑到这里来收拾，这个自己都不敢再进来的地方，收拾的意义是什么……

马上过年了，蒋丞会去哪里？

那种心疼突然出现，像是一根细针扎进了心里，跳着疼。

这个问题从一开始他就想过，但一直也没敢细想，现在马上要放假了，所有的人都开始琢磨回家的事儿，他猛的一下就心疼得要喘不上气来。

蒋丞可以去潘智家，那么铁的朋友，潘智肯定会拉着他一块儿过年。

但顾飞知道蒋丞不愿意再回到那个城市……那他去哪儿？

胃疼。

被蒋丞选手传染了吗？

顾飞捂着胃弯下腰，脑门儿顶在了桌沿儿上，咬牙喘了半天粗气才缓过来一些。

他觉得自己不应该再打扰蒋丞，蒋丞也未必再需要自己的关心。

但从出租房出来之后，他还是先回了趟家，从抽屉里翻出了自己的旧手机，把卡放了进去，插上充电器开了机。

打开微信的时候他的手都有些发抖，左下角的红色数字是多少都不敢看，更不敢点开。

他直接从联系人里找到了潘智的名字点开了。

然后就不知道该说什么了。

脑子里乱成一团，无论如何都找不到合适的那一句。

最后他只发过去了两个字。

——在吗？

没等他想出下一句该说什么，就看到了发出去的这两个字前面的一个红色的叹号。

——你男神开启了朋友验证，你还不是他（她）的朋友。请先发送朋友验证请求，对方验证通过后，才能聊天。

顾飞盯着这些字看了好半天，才终于回过神来。

潘智把他好友给删了。

不愧是蒋丞最好的朋友。

顾飞把手机关了机扔回了抽屉里，往椅背上一靠，仰着头长长叹了口气。

左眼眼角有些发痒，他很快地把手压在了眼睛上。

“我可真的没买票，”潘智坐在蒋丞的椅子上，“你确定他车能坐得下吧，没别人了吧？”

“没别人了，”蒋丞说，“就你和我，还有许行之。”

“不说还有……”潘智转头看了一眼赵柯，“他姐吗？”

“我姐还没确定，她去了也没什么用，纯粹是去凑热闹当旅游，”赵柯说，“许行之还没想好要不要带她。”

“哦，”潘智想了想，“去呗，我反正也是凑热闹旅游啊。”

赵柯笑了笑，爬到床上去收拾自己的东西了。

蒋丞用手指往潘智胳膊上戳了戳。

“嗯？”潘智转回头来看着他。

“要点儿脸好吗？”蒋丞低声说。

“我怎么不要脸了？我这一层层的脸，都是我非常要脸攒下来的，”潘智也压低声音，“还有我跟你说丞儿，你这嗓子还能好吗？”

“干吗？”蒋丞说。

“现在声音太有磁性了我有点儿不习惯。”潘智说。

“过阵儿吧，”蒋丞清了清嗓子，“我也不知道怎么这么长时间也没好，可能复习本来也累。”

“对了还有个事儿，”潘智说，“我不跟那个许行之住酒店啊，我要跟你一块儿住的。”

“嗯。”蒋丞应了一声。

“或者……”潘智犹豫了一下，小声说，“咱俩一块儿住酒店去？”

“不用，”蒋丞说，“房子还没退，我总要过去的，我东西都还在那儿呢，还要拿衣服。”

“我是有点儿担心。”潘智看着他。

“该面对的就要去面对，”赵柯在床上一边收拾东西一边说，“逃避没用的。”

“不愧是没谈过恋爱的人。”潘智叹了口气。

“看来是过来人，”赵柯探出脑袋看着他，“这口气起码得过来了二十回以上了吧？”

“这人有没有人管了？”潘智问。

“没有了。”蒋丞说。

·

宿舍里的人都买了票准备回家了，蒋丞没买票，许行之要开车过去，他出远门儿都得带着他的猫主子。

所有的行程都安排好了，蒋丞却一直有些心慌。

宿舍里待不住，出了宿舍在学校里来回转悠也有点儿没着没落的，潘智过来了他才稍微缓过来一点儿。

他第一次这么深切地体会到，没有目的地，也没有归属地，是件多么让人心里发虚的事。

25

虽然离过年还有一段时间，但因为学校里的人都走得差不多了，过年那种空荡荡的令人慌张的感觉已经能感受得到。

宿舍里已经没有人了，桌上都收拾得干干净净，床上也都整齐得很，张齐齐还很细心地给每个人的床上都盖了一个旧床单，防止落灰。

这么一弄完，看上去更寂寞了。

窗外还很应景地飘起了雪花，蒋丞站在窗边往外看，楼前的路上除了一对情侣，已经看不到别的人经过了，男生拖着女生的箱子，边聊边往外走。

蒋丞把窗户打开，从站在他旁边的潘智兜里摸了烟盒，拿出根烟点了。

“我会不会没带够衣服啊？”潘智被灌进来的北风一兜，偏头打了个喷嚏，“我上回去看你的时候穿的是最厚的那件大羽绒服。”

“这次没带？”蒋丞问。

“‘十一’回家的时候我根本就没带来，谁想得到还要过去，”潘智说，“算了，不行的话到时再买吧。”

是啊，谁想得到。

"你不回家过年真的没事儿？"蒋丞又问。

虽然他觉得没必要，但潘智还是坚持这个寒假不回家了，他很感动，也很不安，自己的事儿，折腾得朋友大过年的要陪着他。

"没事儿，我本来也不想在家过年，烦得很，"潘智皱着眉，"我跟你说了没，'十一'回家，一大家子非要聚聚聚，一听我们学校名字，那一帮人就差把我鄙视到五行之外去了，一个个甭管上没上过学，都一副'哟怎么花那么多钱就上这么个学校'的表情，看得我想挨个抽。"

蒋丞笑着没说话。

"我表哥，就你见过的那个，"潘智很愤愤地继续说，"说我们学校跟他们学校差不多。"

"技校那个？"蒋丞说。

"嗯。"潘智点点头。

"抽他！"蒋丞恶狠狠地说。

"必须抽！"潘智也咬牙切齿。

楼下开过来一辆车，蒋丞正想看看开车的是不是许行之的时候，他的手机响了。

"下来吧。"许行之说。

"走。"蒋丞挂了电话一拍潘智的肩膀。

两个人拎着行李出了宿舍。

蒋丞的行李很少，就两套换洗的，之前过来的时候的计划是过年带点儿冬天的衣服回去，开学了再带着春夏的衣服过来。

现在这么一弄，他到临出发也没想好到底怎么办。

钢厂那个小小的出租房，到底还要不要续租，放在那里的东西到底要不要拿过来……真拿的话，东西还挺多的，各种书、衣服、枕头被子，他都不知道怎么拿，拿了又该放在哪儿。

毕竟在那里生活了一年多。

但想想又觉得其实没什么，他在家里生活了十几年，离开的时候也不过就是一个行李箱，和随后被寄来的几个纸箱而已。

啧。

看到副驾上坐着的赵劲时，蒋丞感觉潘智一定会觉得不虚此行了。

自打那天在他朋友圈里看到了赵劲的自拍之后，潘智就一直念叨："像这种美貌与气质完美结合，还能看出洒脱的姑娘非常难得。”

“人是独身主义者。”蒋丞提醒他。

“不要把我想得那么饥渴，我就是纯欣赏。”潘智说。

这个话，蒋丞还是相信的，潘智谈过的姑娘不少，表示欣赏的姑娘更是多如大海，璀璨如星辰。

“姐，”潘智拎着行李迅速地过去打了个招呼，再到后备厢把行李放好，坐到了后座，“还以为你不去呢。”

“年前没什么事儿，”赵劲说，“去凑热闹，你俩吃早点了没？”

“吃了。”蒋丞也上了车，把车门关好。

“那就直接走了，”赵劲把腿上放着的一个猫包往后递了过来，“来，这个大爷你俩负责吧。”

“猫吗？”潘智接了过来。

“嗯，”许行之把车掉了个头，“我的猫。”

“能拿出来吗？”蒋丞问。

“拿吧，它很乖。”许行之笑笑。

“是叫肥羊吧，肥羊，来，”蒋丞打开猫包，伸手进去想把猫托出来，手刚摸到猫的时候他就愣了，这只长毛大白猫他在许行之的朋友圈差不多天天都能看到，但现在才知道，它为什么叫肥羊，“我的天，这也太……”

他用两只手把肥羊捧了出来，潘智一看就乐了：“太胖了吧我的天。”

“小名儿叫猪。”赵劲说。

“没有这个小名儿。”许行之说。

“现在有了，”赵劲回过头，“猪——”

她回头的时候正好对着坐她斜后方的潘智，这声“猪”叫完之后，潘智叹了口气：“我是不是应该应一声啊？”

车里几个人都笑了，蒋丞跟着也笑了一会儿，然后把肥羊抱到怀里搂着，靠在车窗边往外看着。

肥羊很乖，看不出来心情不好的时候会踩脸，反正这会儿抱着，它连动都不带多动一下的。

蒋丞觉得撸猫的确是能减压，他从昨天就一直有些焦躁，心里没着没落地在宿舍里转悠着，不知道自己到底要干什么。

现在抱着肥羊，他才慢慢静了下来。

也许是因为现在车开了，车往高速口过去了，他要去的地方也已经确定了，不会有变化了，他才踏实了吧。

上了高速之后，车速一下提高了，平稳而高速的感觉让人突然就有些恍惚。

窗外是来回几次都没有见过的景色，车里是他来回几次都没有过的心情，说不清是急切，还是不安，是期待，还是抗拒。

出去的车不少，蒋丞看着旁边经过的车，有些能看清里面的人，有些看不清，有的车里只有一个人，有的车里坐满了人。

这些人从哪里来，要去哪里，心里在想着什么？

我们呢？

蒋丞闭上眼睛，有些困了，在这种暖乎乎的车里，听着旁边的人聊着天，怀里抱着个胖毛团子的状态真是很容易培养瞌睡的感觉。

开车过去用的时间跟坐火车差不多，但路上时不时要停下来休息一下，喝点水上个厕所什么的。

在休息站停车的时候，蒋丞看了一眼油表："是不是一会儿得加油？"

"嗯，下高速前加满就行，"许行之拉了手刹准备下车，"猫包里有牵引绳，你给肥羊套上吧，带它下来透透气。"

"遛猫？"潘智愣了愣。

"嗯，"许行之点点头，"它比狗还好遛。"

蒋丞把肥羊套好绳子抱下了车，脚一沾地，它就昂首挺胸竖着尾巴大步往前走了。

这么大、这么胖、这么白、毛这么长的一只猫，迅速吸引了旁边不少正在休息的人的目光。

"给我吧。"潘智问他要了牵引绳。

蒋丞看了他一眼，想想又点了点头："是啊，万一吸引到漂亮姑娘了呢。"

"能不能对我有个中肯一点儿的判断，"潘智叹了口气，"我就是觉得挺有意思想玩一下。"

蒋丞笑了笑。

潘智和赵劲走开之后，他走到了正在喝水的许行之旁边："学长。"

"嗯？"许行之看着他。

"一会儿……"蒋丞说，"我来加油吧？"

"加油？"许行之愣了愣又点了点头，"哦，行，你一会儿站旁边喊吧。"

"喊什么？"蒋丞问。

“加油！加油！”许行之挥了挥胳膊，“学长加油！”

蒋丞回过神之后笑了半天：“我说真的，跑这一趟，油钱过路费什么都不少了，不能全让你掏吧？”

“也没多少……”许行之看了看他，过了一会儿之后笑了笑，“行吧，一会儿下高速之前你去加油。”

“嗯。”蒋丞点头。

大家休息了一会儿又都上了车，这次换了赵劲开车，许行之坐到了副驾上。

赵劲把车开出休息站的时候，潘智一边给肥羊用湿巾擦爪子一边说了一句：“姐，稳点儿开。”

“放心，”赵劲看了看后视镜，把车开上了高速，“我开车的时候你还在给猫擦爪子呢。”

“这话说的……”潘智想了想，又低头看了看肥羊，“没毛病。”

赵劲的车开得很稳，一看就是老司机，蒋丞抱过肥羊，靠着窗继续闭眼休息。

刚在休息站的时候已经能感觉到空气比之前更冰冷干燥了，行程已经过半，离这次行程的终点越来越近了。

蒋丞把手指埋进肥羊的毛里，这样能让他稍微平静些。

虽然觉得很困，但车每往前开一米，他的情绪就会变换一次，这种高频率的转换让他困得眼睛都睁不开了却一直睡不着。

“喝热巧克力吗？我刚在休息站冲的，”赵劲开着车问了一句，“保温壶在副驾底下呢，喝就倒点儿。”

许行之给大家一人倒了一杯热巧克力。

蒋丞喝完之后觉得全身都透出了浓浓的暖意，再次闭上眼睛之后终于睡着了。

不知道这一觉到底睡了多长时间，但潘智推醒他的时候，车已经下了高速了，司机又已换成了许行之。

“加完油了？”蒋丞愣了愣。

“嗯，”许行之笑了起来，“潘智加的油。”

“我从你钱包里拿的钱，”潘智说，“我们刚商量先去你那儿把东西还有猫放一下，吃点儿东西再去酒店。”

“嗯，好。”蒋丞点点头，许行之和赵劲都没什么行李，主要就是电脑和一些资料。

“那怎么走？”潘智问。

蒋丞往窗外看着，他从来没到过这边，像顾淼一样，他平时的活动范围也最多就是到火车站而已。

但是这会儿从车窗缝隙里透进来的，已经是他熟悉的、这个小城市特有的、带着落寞和混乱的气息了。

“我也……不知道，”蒋丞说，“还是得打导航，直接定钢厂吧，到那边儿我就认识路了。”

“行，你这回答简直是路痴通用的标准答案，”赵劲拿手机点着，“钢厂范围挺大的啊，具体位置有吗？”

“就……有个如家，”蒋丞说，“定那儿吧。”

就在给出这个地点的过程中，他的脑子里闪出无数个钢厂的坐标。

这一种从心里猛地弹出来的回忆，让他呼吸都变得有些不稳当。

这会儿了他才完全清醒过来。

他已经回到了这里。

车一直开，到了如家的那个路口时，一直对着车窗发愣的蒋丞才说了一句：“这个路口不停，下一个路口左转进去。”

许行之点了点头，开着车往前，到了顾飞家店的那个路口，拐了进去。

潘智转头看了蒋丞一眼，蒋丞也看了潘智一眼，扯了扯嘴角表示自己没事儿。

许行之并不知道这条路对于他来说意味着什么，边跟赵劲说着话边把车往前开过去，这条路平时基本没有什么车，所以许行之开得还挺快的。

没等蒋丞做好准备，他已经看到了顾飞家的店。

这一瞬间心跳猛然提速，他差点儿喘不过气儿来，嗓子都一阵发堵。

好在车很快就开了过去，而尽管他盯着副驾的靠背也没往店那边看，余光里还是扫到了店门口没有人，厚厚的棉帘遮着，也没看到店里的情况。

他猛地松了口气，发现自己后背居然冒汗了。

而在松气的同时他又有些失落。

“怎么走？”许行之问。

“直走，”蒋丞开口的时候三个人同时往他这边看了一眼，他清了清嗓子，“然后再左转，有个旧小区。”

“好。”许行之说。

“你是不是着凉了？”赵劲问，“刚睡着了吧？”

“没事儿，”蒋丞又清了清嗓子，还好，刚才突然出现的沙哑现在已经不严重了，估计是情绪太激动，“一路没怎么说话。”

潘智把保温杯递给他，他拿过来灌了几口温水，舒出一口气。

出租房这边还是老样子，跟十一回来的时候唯一的区别就是树上没有叶子了，路边堆着厚厚的积雪。

“好冷，”赵劲下了车就开始蹦，“你交暖气费了没，别跟我说上去进屋没有暖气啊？”

“交了的。”蒋丞笑了笑。

几个人把东西拿上，一块儿往楼上走。

蒋丞拎着肥羊走在最前头，越走越熟悉，让他说不出来是什么滋味。

“到了，”他停下，站在门口，从包里掏出了钥匙，“就这儿。”

“还行，楼旧点儿，里面还挺干净的。”赵劲说。

蒋丞拿着钥匙拧了一下，门应声就开了，他愣了愣，门没有反锁。

平时他和顾飞锁门都习惯反锁一下，毕竟这种老小区没有物业，从街上到屋里，之间就这一道破木门了。

顾飞居然不反锁，来一趟都不帮着把门反锁了！

他推开门走了进去，把手里的猫包放到茶几上的同时，他看到了沙发上躺着一个人。

顿时整个人就愣在了茶几旁边。

跟在他身后进来的潘智也愣住了。

沙发上的人，蒋丞连看都不用去看，屋里拉着窗帘没有开灯，挺暗的，但在觉察到沙发上有什么甚至都还没确定是个人的时候，他就已经感觉出来这个人是谁了。

顾飞。

是顾飞。

蒋丞对于这次他跟顾飞会怎样见面一直没敢去细想，他害怕一边想一边否定的感觉，但在他闪过的所有念头里，都没有类似眼前这样的场景。

这一瞬间他脑子里突然像是被抽成了真空，一片空荡荡的。

可紧接着就各种滋味同时涌了上来。

蒋丞没有说话，也说不出话，他甚至不能确定自己如果现在开口，能不能发出声音来。

他就只能这么站着，瞪着顾飞。

顾飞穿着条运动裤，一条腿曲着，另一条腿搭在地上，身上是蒋丞很熟悉的一件T恤，胳膊搭在眼睛上，另一只手里还搂着一个抱枕。

这个睡姿很随意，也看得出来他睡得很实。

蒋丞开门进来的时候动静不小，顾飞却一动都没动。

他甚至能听到顾飞平缓得没有受到任何干扰的呼吸声。

而当许行之和赵劲都走进屋里并且同时愣在了客厅的时候，场面开始变得有些尴尬。

他们四个人一字排开一块儿看着这个睡在沙发上的人。

而顾飞仍没被他们吵醒。

时间在这种情况下变得有些模糊，一直到旁边的潘智轻轻咳了一声，蒋丞才猛地回过神来。

“顾飞。”他叫了一声。

沙发上的顾飞动了一下。

蒋丞的嗓子有些发紧，他不得不清了清嗓子才又开口叫了一声：“顾飞。”

顾飞的腿动了一下，接着就抬起了压在眼睛上的胳膊。

也许是睡得太沉，他抬起胳膊之后，盯着蒋丞看了起码有十秒钟，然后才像是被捅了一刀似的猛地从沙发上弹了起来。

仿佛都没有坐起来再站起来的过程，顾飞就已经站在了茶几旁边。

“那个……”蒋丞突然有些不知道该怎么继续了。

“丞哥？”顾飞看着他，“你……”

顾飞的话也没能继续说下去，两个人就这么面对面地愣在了原地。

“不好意思，”在又愣了半天之后，顾飞先开了口，“我……过来看看，就睡着了。”

“哦，这个是我朋友，顾飞，”蒋丞这时才想起来应该介绍一下身边已经尴尬地沉默了好一会儿的几个人，“这个是许行之，许学长，还有赵劲姐，赵柯的姐姐，赵柯你见过的。”

“你们好，”顾飞冲他们点了点头，然后从沙发上拿了自己的外套穿上了，“那我走了……”

顾飞一边穿外套一边往门边走的时候，蒋丞突然有一种强烈地想哭的感觉。

“你跟他先聊会儿吧，”潘智终于开了口，“我们在这儿先歇着。”

“……嗯。”蒋丞跟着走了出去。

顾飞刚下了一层楼，听到他的脚步声之后停了下来，转身看着他。

“下去走走吧。”蒋丞拉了拉衣领，从他身边挤过去，往楼下走。

顾飞沉默地跟了下来。

这种天气完全不适合“下去走走”这种活动，一出楼道，蒋丞就被老北风吹得眼睛都差点儿睁不开了。

他戴上帽子，转身背对着风顺着路往前走，也不知道能去哪儿。

“我以为……”顾飞加快步子跟了过来，“你寒假不回来了。”

“不回来我去哪儿。”蒋丞说。

顾飞没有说话。

两个人沉默地继续往前走着。

“你……”顾飞犹豫着再次开口，却没了下文。

蒋丞转头看了他一眼。

瘦了，他知道顾飞可能想说这个。

上次顾飞说他瘦了的时候他还没什么太明显的感觉，而现在，他自己都知道自己瘦了不少。

就像顾飞，也瘦了。

确切地说，顾飞并没有像他瘦得这么明显，但脸上除了隐隐的疲惫之外，是消沉。

顾飞看上去很消沉，也许别人没有感觉，顾飞不笑的时候、没表情的时候，看上去都这个样子。

但他能看得出来，顾飞现在这个样子，是消沉。

他叹了口气。

“那个许行之，”蒋丞又往前走了一段路之后说，“是赵柯他姐姐的学长，B大心理学研究生。”

顾飞的步子顿了顿。

蒋丞突然有些害怕，不知道自己继续说下去，顾飞会是什么样的反应，于是他停下，又看了顾飞一眼。

“你嗓子怎么了？”顾飞问。

“嗯？”蒋丞愣了愣。

“怎么哑成这样？”顾飞看着他。

“上火了，”蒋丞清了清嗓子，“天儿这么燥，上火了。”

“……哦，”顾飞顿了顿，“丞哥……”

“千万别说对不起，”蒋丞打断了他的话，“我不要这句，我回来也不是为了你，我是为顾淼。”

26

围着老宿舍区走了两圈，他俩都没再说话。

蒋丞不知道顾飞心里在想什么，又是什么样的感觉，他觉得有无数的话想说，但临到要开口了又怎么都说不出来，甚至连一句到嘴边的话都没有。

这一个月里他俩各自经历了什么，相互都不得而知，只能从脸色和状态上判断，蒋丞看得出顾飞过得并不好。

“进去坐会儿吧，”转到第三圈的时候，顾飞终于指着路边的一个小蛋糕店说了一句，“风太大了。”

“嗯。”蒋丞应了一声。

但没有声音。

他迅速清了清嗓子，又“嗯”了一声。

这回有声音了。

这还算是应激反应吗？蒋丞实在有些无奈，还是应激后遗症？就这么时响时不响地他听着都想笑了。

蛋糕店里没有人，顾飞买了两杯热奶茶和两块蛋糕，放在了靠窗边的小桌上。

蒋丞坐下，刚伸手把奶茶拿到自己面前，顾飞又把奶茶从他手里拿走了：“我忘了你上火还是先别喝奶茶，我再去要个……”

“不用，”蒋丞抓着他外套袖子扯了扯，“没那么严重，别折腾了。”

顾飞犹豫了一下坐下了。

两个人面对面叼着吸管发愣。

“你镜头买新的了吗？”蒋丞问了一句。

“嗯。”顾飞点点头。

“本来，”蒋丞咬着吸管，尽量放缓语速，这样能让自己声音不那么哑，“我想给你先打电话联系一下的，但是又不知道能不能打通，所以……”

“我换回旧手机了，”顾飞轻声说，“我找了潘智，想问问他你放假去哪儿，他……”

“把你删了吧？”蒋丞笑了笑。

“嗯，”顾飞喝了口奶茶，把蛋糕推到他面前，“这个……挺好吃的，之前我给二淼买的时候尝过。”

蒋丞没说话，拿过蛋糕咬了一口。

没尝出味儿来。

他这会儿心情说不上是好是坏，就是闷，非常闷。

强行把蛋糕都啃完了之后蒋丞抹了抹嘴：“咱们……说正事儿吧。”

“好。”顾飞说。

“这个事儿，我是自作主张了，怕你有压力，就一直也没跟你说，”蒋丞喝了口奶茶，“就是我想看看二淼的病有没有办法。”

顾飞没说话，低着头一下下转着杯子。

“我去几个医院问过医生，二淼不能过去的话，都没有办法，”蒋丞清了清嗓子，“所以我就想着先自己看看心理学的书，后来吧，就跟赵柯说了这事儿……”

蒋丞看了顾飞一眼，有点儿担心因为这事儿被别人知道了顾飞会不爽，但顾飞没有什么特别的反应，一直低着头。

“赵柯他姐，正好是B大临床心理学的研究生，就给……介绍了许行之。”蒋丞咽了咽口水。

“许行之？”顾飞抬了抬头。

“就那个……”蒋丞又清了清嗓子，“刚那个学长。”

“嗯。”顾飞点了点头，站了起来。

蒋丞愣了愣，看着他去旁边的饮水机那儿接了一杯温水再坐了回来。

“喝水算了。”顾飞把水放到他面前。

“哦。”蒋丞喝了几口水。

水还挺热的，蒸汽扑到脸上的时候让人眼眶有些发热。

“那天你打电话来的时候……”蒋丞说到这里，猛地又想起了那天顾飞在电话里说的话，虽然知道顾飞的想法，但他还是停下来缓了缓，“我是想跟你说的，但是没来得及。”

“对不起。”顾飞说。

对不起。蒋丞不想听到的就是这句。

谁对不起谁了，他不知道，这本来就是件没有对错的事，也根本无法用对错去区分。

“许行之是现在唯一能过来见二淼，给二淼做治疗的人，”蒋丞又喝了一口热水，“他虽然还没毕业，却是导师很器重的学生，所以……”

蒋丞咬了咬嘴唇，抬眼看着顾飞：“我想让他试试，接触一下二淼。”

“嗯。”顾飞也看着他。

“这个事情需要你同意，还需要你配合，”蒋丞说得有些吃力，“你要是觉得……不合适的话……”

“好。”顾飞说。

蒋丞看着他：“你同意吗？也愿意配合吗？”

“嗯。”顾飞点了点头。

蒋丞没说话，低头盯着杯子里冒出来的热气，轻轻舒出一口气。

但紧接着，眼眶发热的感觉再次出现，就像是这口气把身体里的什么屏障呼出去了似的，猛地一下眼泪就涌了出来。

他甚至都没来得及反应，很大的两滴泪水就那么滴进了杯子里。

蒋丞就感觉自己简直悲从心底来，有种想打听一下有没有割泪腺手术的强烈愿望。

他不得不把头压得很低，对着杯口拼命眨眼睛。

“丞哥，”顾飞抽了张纸巾，犹豫了一下塞到了他手里，“你做的每一件事，我都记得的，我真的……”

顾飞把纸巾塞到他手里的时候，指尖碰到了他的虎口。

很轻，几乎感觉不到的一丁点儿触感。

“顾飞，”蒋丞抓着纸在自己眼睛上胡乱擦了几下，抬起头看着他，“你知道吗？我并不希望你记得这些，你就是因为记得太清楚了，才会这样的。”

顾飞看着他，没说话。

“我回来之前觉得自己有很多话想说，”蒋丞深吸了一口气，往椅背上一靠，偏过头看着窗外空无一人的街道，他挺长时间没有看到这么清净的场景了，空荡里看得出寒冷，让人慢慢冷静下来，“现在有点儿激动，就又什么都说不出来了。”

“我也……”顾飞手握着奶茶杯子，无意识地一直在桌上画着圈，“是。”

“别的事就先放一放吧，”蒋丞说，“许行之也就待这几天，让他先接触一下二淼，判断一下她的病情，看看有没有什么治疗方案，还有就是以后要怎么继续治疗。”

“嗯，好。”顾飞点头。

“我怕二淼有抵触情绪，”蒋丞转回头看着顾飞，“你晚上回去先跟她说一下？明天见个大哥哥？”

“嗯，我先跟她聊聊。”顾飞说。

蒋丞看着他，其实特别想问问，那天顾飞到底发生了事，为什么就会突然断了联系又突然说出了“算了吧”。

但最后也没有问出口，顾飞的伤疤，无非就是他的家人，没有再去揭开让顾飞再痛一次的必要了。

从蛋糕店出来，两个人沉默地往回走，走到了出租房楼下，顾飞才说了一句：“我明天给你打电话？”

“嗯。”蒋丞应了一声。

“那我……先回去了，”顾飞说，“明天……一块儿吃个饭吧？”

“嗯，”蒋丞点头，“那我先上楼了。”

顾飞转身走了，蒋丞站在原地没动，看着顾飞的背影，这个背影还是他记忆里熟悉的样子，连走路的姿势和步伐，他都能记得。

……先不去想这些了。

想得太多，想说的也太多，反倒弄得两个人都有些手足无措。

在他转身往楼道里走的时候，余光里看到顾飞回了一下头。

“蒋丞，你也太不够意思了，”赵劲一边啃着排骨一边说，“来之前都不多给我们讲一讲顾飞。”

“我……忘了。”蒋丞说。

“这顿我请客，”赵劲喝了口汤，“纪念一下我一头扎进你们这堆人的日子。”

“姐，”潘智看着她，很真诚地说，“你看看我，我跟他们不一样。”

赵劲笑了半天：“你以前是不是来过，明天带姐姐出去玩玩吧，他们要去看妹妹，咱俩就不要添乱了。”

“没问题。”潘智马上点头。

赵劲和许行之住的酒店是潘智订的，吃完饭之后潘智先送赵劲去了酒店，许行之和蒋丞在饭店又继续聊了一会儿。

“那差不多就这样了，明天我大概会先跟顾飞谈一下，”许行之说，“沟通之后再跟顾森接触，你们这附近有什么方便谈话的地方吗？”

蒋丞想了想：“可能得到我们学校那边了，有个感觉快倒闭了的咖啡馆，放假了的话里面基本没人。”

“那可以，”许行之笑了笑，“你回去休息吧，脸色有点儿难看。”

“嗯。”蒋丞摸了摸自己的脸。

今天天气不错，没有下雪，一大早就能看得出今天会出太阳，顾飞站在店门口叼着根烟，看着踩着滑板顶着北风飞驰而过的顾森。

他低头看了看手机上的时间，现在给蒋丞打电话有点儿早。

他起得太早了，这一夜都没睡着，不知道是因为心里太乱了，还是因为昨天在出租房里睡了一下午。

要不是蒋丞突然出现，他可能会一直睡到晚上了。

睁开眼睛看到蒋丞那一瞬间的感觉，他到现在想起来还觉得跟在梦里似的。

蒋丞瘦了很多，没有了他记忆里永远神采飞扬脸上写满“我最牛”的那种神情。

嗓子也哑了，而且肯定不是因为上火，以前连着吃好几天的烤肉也未必会上火，他认识蒋丞这么久就没见过他上火。

是因为太累了，还是因为心情不好？

顾飞靠着门叹了口气。

蒋丞自制力挺好的，在他复习冲刺的时候就能看得出来，但他对情绪的控制不是太好，很多时候都不会掩饰自己。

他想说对不起，想过去拥抱一下蒋丞，想得很多，但最终却只能坐在那里。

他和蒋丞之间，现在有一种掺夹着微妙情绪的距离感，不仅仅是因为他那个电话，也不仅仅是一直没有联系的这段空白。

手机铃声响起的时候，顾飞还在盯着雪地出神，出来扔垃圾的刘立说了一句“是你的手机在响吗”，他才回过神来。

电话是蒋丞打过来的，旧手机上没有蒋丞的号码，但蒋丞的号码他能背得下来。

“我以为你还没起，”顾飞接起电话，“想着过会儿再打过去的。”

“刚起，我估计你已经起了，”蒋丞声音还是有些暗哑，“我跟许行之现在过去，你跟二淼聊了吧？”

“嗯，”顾飞说，“告诉她今天丞哥过来，还有一个大哥哥也过来跟她玩。”

“她愿意见我吗？”蒋丞的声音有些抖，估计是在下楼。

“不好确定，”顾飞看着远处的顾淼，“她反正有什么想法也表达不出来，我就觉得她今天有点儿兴奋，这么大的风还一直在玩滑板。”

“那一会儿看看，不行的话我就回避，”蒋丞说，“她怕猫吗？”

“不怕，怎么？”顾飞问。

“带了只很温顺的猫过来让她玩，”蒋丞说，“看看她会不会喜欢。”

“嗯。”顾飞应着。

“那……我先挂了，”蒋丞说，“马上就到了。”

“好。”顾飞往路口那边看了一眼，挂掉了电话。

不知道为什么，突然有些紧张，顾飞已经很久没有过这样的感觉了。

路口还没有蒋丞身影的时候他有些急切。

看到蒋丞从拐角走出来的时候，他又迅速一掀帘子进了店里。

面冲着收银台站了一会儿之后他又转身一掀帘子走了出去，心跳得厉害。

蒋丞和许行之走了过来，顾飞迎上去，冲他俩点了点头：“早上好。”

“早，”许行之伸出手，“昨天也没来得及好好认识一下。”

“昨天……不好意思，”顾飞跟他握了握手，回头看了看，“我叫她过来。”

“嗯，是那边那个小姑娘吗？”许行之问。

“对。”顾飞点头，然后吹了声口哨。

那边的顾淼马上也回了一声口哨，然后踩着滑板急停，转身往这边滑了过来。

“你平时都这么叫她吗？”许行之笑着问。

“是，她玩滑板的时候，离得远，叫她也听不见。”顾飞说。

“挺有意思，”许行之笑笑，看着冲他们滑过来的顾淼，“很漂亮啊，小妹妹。”

“谢谢。”顾飞也笑了笑。

蒋丞有些紧张，他虽然一直对任何事都抱着希望不肯放弃，也一直告诉自己顾淼是会有进步的。

但当顾淼踩着滑板往他们这边一米一米地靠近的时候，他开始紧张。

顾淼不是解决他和顾飞的问题的关键。

但顾淼是顾飞放不开的牵绊。

他害怕顾飞会失望。

他突然非常害怕，万一顾淼最后真的没有进步，顾飞会面对怎样的深渊。

顾淼离他们已经很近了，他已经能看清顾淼脸上有些兴奋的表情。

“二淼，”顾飞蹲下了，伸手对顾淼做了手势，“慢一点。”

顾淼的速度慢了下来，滑板冲到他们面前时她一踩板停了下来，跳下滑板的时候脚尖一挑，把滑板夹在了胳膊下面。

“丞哥回来了。”顾飞说。

顾淼的目光越过顾飞，落在了蒋丞身上。

蒋丞笑着弯下腰：“二淼。”

顾淼看着他没有反应。

蒋丞打了个响指，冲她竖起拇指。

顾淼抱着滑板，过了好一会儿，手一举，打了个响指，然后一竖拇指。

“太好了，”蒋丞这一瞬间眼泪差点儿都要飙出来了，“二淼真棒！”

顾飞回头看了他一眼。

蒋丞笑了笑，顾飞勾了勾嘴角：“她还是很想你的。”

“嗯。”蒋丞点头。

“二淼，这个是许叔……哥哥，”顾飞指了指许行之，“许哥哥，跟许哥哥打个招呼。”

许行之一直站在旁边看着，蒋丞知道他是在观察顾飞和顾淼之间的交流方式与顾淼的反应。

顾淼抱着滑板冲他鞠了个躬，许行之笑了笑，蹲了下来：“你好。”

顾淼似乎有些茫然，看着他没有反应。

“这个是你的滑板吗？”许行之指了指她抱着的滑板。

顾淼低头看了看滑板，许行之说：“是怎么玩的？”

顾淼看了他一眼，转身把滑板放到了地上，一只脚往上一踩，板头翘了起来，她又回头看着许行之。

蒋丞在她眼里看到了以前顾淼跟他玩滑板时出现过的那种带着挑衅的小眼神。

“然后呢？”许行之问。

顾淼另一条腿也往滑板上一踩，身体一倾，借着这一段坡度往前冲了出去。

“她平时都能跟人这样交流吗？”许行之问顾飞。

“不一定，”顾飞说，“一半一半吧，有时候紧张了不高兴了，就不行了。”

“嗯，”许行之点点头，站了起来，看着蒋丞，“那我们现在去……你说的那个咖啡馆坐坐？”

“那过去吧。”蒋丞说。

顾淼在前面踩着滑板，许行之一直在看她。

顾飞走在许行之边儿上，蒋丞拎着猫包跟在最后。

他有些犹豫，自己是应该就在后头溜达呢，还是上去跟顾飞并排走，抑或是跟许行之并排？

这种莫名其妙不上不下突然出现的尴尬感让他很郁闷。

顾飞似乎跟他也有差不多的感觉，蒋丞几次看到他偏过头，用余光往后看，脚步有些放慢，然后又加快。

“那个，”顾飞最终还是回过了头，“包里是猫吗？”

“嗯，叫肥羊，”蒋丞把猫包提起来，“是学长的猫。”

“一会儿看看顾淼对小动物的反应，我这只猫很亲人，跟狗似的，比较合适跟小朋友接触。”许行之说。

“小时候我家邻居养过兔子，”顾飞说，“她还挺喜欢的，现在唯一会画的动物就是兔子。”

“你今天把她画的东西让我看看吧，”许行之说，“她写的、画的，都行。”

“好。”顾飞点头。

走了几步之后他再次回过头：“我拿吧？”

“……不用。”蒋丞说。

许行之不知道是有意还是无意，掏出手机，一边看一边加快了步子，走到了他俩前头。

顾飞慢了一步，蒋丞上去跟他并排着往前走。

“丞哥，”顾飞小声说，“这个治疗……费用什么的是怎么算的？”

“他是帮忙，”蒋丞说，“这次就是先接触一下，看看二淼的问题具体是什么，没有什么费用，之后治疗的话，他是不收费的，就是要有什么检查啊之类的，还有康复那些的，那些费用应该还是能承担的。”

“嗯。”顾飞点点头。

蒋丞没有说费用自己可以帮忙，他不想再让顾飞感觉有什么压力了，现在也还没到具体讨论费用的时候。

“你假期接活儿了吗？”蒋丞问。

“接了，丁竹心那边有活儿，”顾飞说，“不过这几天可以先推掉。”

“应该不用，用不了一整天的，”蒋丞笑笑，“不影响的。”

两个人都没再说话，顺着路往学校那边走。

这条路，他俩走过无数次，走路、开摩托、开小馒头、骑自行车，今天走的这一趟，是让蒋丞最印象深刻的一次。

每一步都让人五味杂陈。

咖啡馆里果然没有人，不仅没人，能点的东西除了咖啡，就没别的了，非常专一的咖啡馆。

于是他们要了咖啡，给顾淼要了杯牛奶。

许行之要先跟顾飞聊聊，于是蒋丞带着顾淼在旁边的桌子坐下了。

“它叫肥羊，”蒋丞把猫包拉开口子冲着顾淼，“二淼你看它的毛像不像兔子。”

顾淼往包里看到肥羊的时候眼睛亮了一下。

“你可以摸它，二淼。”顾飞说。

顾淼犹豫了一下，伸出了手，没等她的手伸进猫包里，肥羊就把爪子伸出来放在了她手心里。

顾淼猛地转过头，兴奋地看着顾飞。

“它很喜欢你，”许行之说，“你想跟它玩吗？”

顾淼没说话，只是转过头，往桌上一趴，凑到了猫包面前，盯着肥羊。

蒋丞松了口气，跟顾淼一样，他心里有隐隐的惊喜。

看得出顾淼很喜欢肥羊，肥羊往她脸上蹭过来的时候，她一直在肥羊身上摸着。

许行之和顾飞在隔了一桌的地方坐下了。

蒋丞听不太清他们说话的内容，但他差不多能猜得到许行之想了解的内容，以他这一个学期高强度塞到脑子里还没有完全消化的心理学知识角度来说，应该会触及顾飞那些不愿意提及的过去。

27

咖啡馆里暖气很足，喝着咖啡，看着一直在抚摩肥羊、时不时还会微笑的顾淼，听着若有若无的音乐，和能听见但基本听不清的许行之和顾飞的声音。

蒋丞趴到了桌上，侧着脸闭上了眼睛。

虽然他跟顾飞之间像是隔着透明的果冻，但现在他还是感觉到了放松，这么长时间以来，第一次在发呆的时候，没有觉得脑子里塞满了东西。

整个人都放空了。

也很久都没有觉得这么困了。

趴桌子上睡得天昏地暗也很长时间没有过了，他甚至隐约中能听到自己低低的呼噜声。

这就不太好了，有损形象。

一个帅哥，脸压在桌子上睡得跟死猪一样也就算了，还打呼噜。

他一直在提醒自己，但全程一次也没醒过来。

蒋丞你的脸被压歪了。

睡睡睡。

蒋丞你会不会流口水了啊。

睡睡睡。

蒋丞你好像打呼噜了。

睡睡睡。

如果不是肥羊的爪子按到了他鼻子上，蒋丞感觉自己还能睡下去。

不过猫爪真是个很神奇的东西，轻软温柔，他被按醒了居然没有条件反射地猛地蹦起来，要换了狗爪子往鼻子上这么拍一掌，估计连人带狗能把这张桌子给掀了。

他睁开眼睛，看到了在肥羊白毛后面充满好奇瞪着他的顾淼的眼睛。

顾淼跟顾飞真的长得很像，眼睛尤其像，只是顾淼的眼睛更大，眼神单纯，顾飞的眼神里有沉睡的故事……

顾飞！

蒋丞赶紧支起了脑袋，往旁边顾飞和许行之坐的那张桌子看过去。

许行之正往笔记本上记录东西，而顾飞正转过身靠着墙，一条腿架在旁边的椅子上往他这边看着。

他这猛地坐起来，顾飞有些措手不及，想偏开头又想坐正身体，腿一抬，膝盖撞到了桌子，还把架腿的椅子给带倒了。

许行之正打着字，被他吓了一跳，抬头先是看了顾飞一眼，然后又转头往蒋丞这边看了过来。

“我睡着了。”蒋丞抹了抹嘴，有些不好意思。

“我们也聊得差不多了，”许行之笑了笑，把笔记本合上，“我刚观察了一下，顾淼跟肥羊接触效果还不错，这几天我都会带肥羊过来陪她。”

“嗯，”蒋丞点点头，看着把肥羊又搂到了怀里的顾淼，又拿出手机看了一眼时间，“那现在……”

他，居然，趴在桌上，睡了，将近三个小时！

“该吃午饭了。”他说。

“我订了桌了，”顾飞说，“潘智他们已经过去了。”

“啊，”蒋丞愣了愣，站了起来，“那过去吧，订的哪儿？”

“一个大骨火锅的店，上回李炎带着去吃过，味道不错，都是……”顾飞看了他一眼，“大块儿的肉。”

“……哦。”蒋丞清了清嗓子，顺手拿过桌上的一杯水灌了几大口。

放下杯子的时候他看到顾淼仰着脸看着他。

他愣了愣：“你的水吗？”

顾淼看着他没有反应。

“你还喝吗？”蒋丞赶紧问，他从来没有抢过顾淼的东西，这会儿突然有点儿紧张，“我帮你再倒一杯过来？”

顾淼没有表态，只是抱着肥羊看了看顾飞。

“抱着吧，”顾飞说，“不喝水的话，我们去吃饭了好不好？”

顾淼抱着肥羊转身就走。

“她没生气吧？”蒋丞问。

“没有，今天她心情很好，”顾飞说，“那水拿过来她一口都没喝呢。”

顾飞订了桌的那家大骨火锅店离这边不远，但是走路过去还是不近，于是他们打了个车。

许行之坐到了副驾，蒋丞和顾飞坐在后座，中间是抱着肥羊的顾淼。

顾飞上车报了地址之后，几个人就都没再说话，许行之和顾飞估计是之前说累了，蒋丞是不知道该说什么，只能靠着车门看顾淼。

还不敢抬眼，一抬眼，就能看到顾飞的侧脸。

只有顾淼没有任何感觉地低头逗着肥羊。

肥羊陪着顾淼玩了这么久，现在估计是有点儿累了，仰躺在顾淼的腿上，一动不动地让她摸着肚皮上的毛。

动物对于这样的孩子来说有多大的力量，蒋丞不知道，但顾淼这么长时间都能保持安静和平静，专注地跟肥羊玩耍、摸毛、捏爪子，在他看来，是件很意外的事，也让人惊喜。

顾淼把手拿开的时候肥羊就安静地躺着，顾淼把手放过去，肥羊就会伸出两只前爪抱住她的手。

这个互动方式让顾森很开心，来来回回玩了好几次，最后她再把手伸过去的时候，肥羊抱着她的手，用脑袋蹭了蹭。

“哈！”顾森笑着喊了一声。

蒋丞猛地愣住了，这是他第一次在尖叫声之外听到顾森的声音，虽然只是很短促的、像是气声没控制好而漏出的声音。

他吃惊地瞪着顾森觉得是不是自己还没有睡醒，或者是不是自己这段时间脑子里东西太多了这会儿幻听了。

而顾飞也在这时猛地转过了头。

不是幻听。

“二森？”顾飞叫了她一声。

顾森没有回应他，低头把脸埋到了肥羊的毛里。

“学长，”蒋丞感觉自己的声音颤抖地开着叉，“我第一次听到她没有尖叫的声音。”

“是吗，”许行之回过头，笑了笑，“这样的情况还是挺多见的，孩子跟小动物互动时会有很多惊喜。”

许行之并不像他和顾飞那样激动，也许是因为了解这样的孩子，也许是因为见得多，而且这也并不代表着什么。

蒋丞跟顾森认识的时间也不短了，他喜欢顾森，会因为能得到她的回应而高兴，也会因为她的尖叫和漠然而心情往下沉，跟许行之的视角不同，顾森的这短促的发声，会让他感慨万千。

而顾飞。

这样的感觉会更强烈。

顾飞把手伸在顾森的肩上轻轻捏了捏，偏过头看向了窗外。

看不到他的表情，但蒋丞知道情绪一向不外露的他如果不是控制不住，是不会把脸转开的。

他们进包厢的时候，潘智和赵劲已经在包厢里坐着了。

“怎么样？”蒋丞问了一句，“去哪儿玩了？”

“广场那边，”赵劲说，“K歌去了。”

“K歌？”蒋丞看着潘智，“商场里的那种吗？”

“比那个高级，”潘智笑了起来，“瞎转悠的时候看到的，那种单人K歌房，能录音录视频的那种。”

“录了吗？”蒋丞问。

“录……”潘智看了赵劲一眼，赵劲一脸凶狠的假笑看着他，他顿了顿，“了我自己的。”

赵劲笑了起来：“哎，我的不能外传啊。”

“怎么了？”蒋丞笑着问。

“她唱歌跑调，”许行之说，“好几年前迎新的时候就已经全校闻名了。”

“不是，”潘智看着赵劲，“你跑调跑成那样还独唱迎新啊？”

“怎么了，”赵劲说，“我跑调跑成这样我还跟你一块儿唱了俩小时呢。”

“那是我忍耐力强啊。”潘智说。

屋里几个人都笑了。

蒋丞带着顾淼坐下了，顾淼喜欢坐在角落的位置，蒋丞坐在了她外侧，跟在身后的顾飞坐在了他旁边。

这段时间以来他心里对顾飞有各种各样的情绪，理解、不理解、茫然、清晰、愤怒、无奈……而现在的感受是全新的，从来没有过的。

一种说不上来的怅然。

服务员拿了菜单进来，顾飞接过来开始点菜，蒋丞则一直盯着自己面前的茶杯出神。

包厢里别的人在聊什么他都没注意听。

一直到顾飞偏过头跟顾淼说话的时候，他才回过神来，就像是以前复习的时候，唯一能让他第一时间听到的，就是顾飞的声音。

“二淼，要吃饭了，让肥羊休息，”顾飞说，“你去洗手。”

顾淼抱着肥羊没有动。

“二淼，”顾飞重复了一遍，“把肥羊放回包里。”

顾淼还是没有动。

顾飞站了起来，从蒋丞身后绕到她身边，从她怀里轻轻把肥羊抱了起来，放进了猫包里。

就在他把猫包的拉链拉上的时候，顾淼往椅背上一靠，仰着头发出了尖叫。

这声尖叫太突然，屋里几个人都吓了一跳。

“二淼，”顾飞抓着她的胳膊，“二淼。”

“顾飞，”许行之在一边叫了顾飞一声，“让她喊。”

顾飞犹豫了一下松开了手。

“要让她学会用正确的方式表达需求。”许行之说。

“嗯。”顾飞应了一声，往包厢门那边看了一眼。

“我去吧。”蒋丞站了起来，他知道顾飞的担心，这毕竟是饭店，他们来得算早，客人不多，但发出这样的尖叫，服务员肯定会过来问。

他走出了包厢，正要关门的时候，潘智也跟了出来，把包厢门带上了。

“小丫头嗓子不错啊。”潘智说。

蒋丞笑了笑。

“今天上午有什么进展吗？”潘智问。

“许行之跟顾飞聊了挺长时间，”蒋丞说，“我还没问具体情况。”

“你有什么想法吗？”潘智又问。

“我……”蒋丞停了半天才说了一句，“现在不知道，没什么想法，就琢磨顾淼呢。”

“哦。”潘智说。

蒋丞看着他。

“我，为了你，”潘智斜眼儿瞅着他，“放弃家人团聚，顶着我妈十根拖把连环揍的压力……”

“我不是不跟你说实话，”蒋丞有些无奈地笑了笑，“我是真的……不知道，就，现在脑子里乱七八糟的也不知道都是什么。”

服务员从隔壁的包厢送了菜出来，听到了顾淼的尖叫声之后走了过来。

“不好意思，”潘智马上迎了过去，“我们家孩子正在生气，一会儿就好。”

“是吗？”服务员似乎不太相信，“不是在打孩子吧？”

“怎么可能，”潘智笑了，“孩子脾气不好，一生气就喊，喊累了就停了。”

“这样啊，”服务员叹了口气，转身一边走一边说，“挺个性。”

“丞儿，”潘智重新靠到墙边看着蒋丞，“我觉得你俩吧，你们之间的问题得好好解决一下。”

蒋丞没说话，轻轻叹了口气。

他和顾飞之间的问题。

他以前一直觉得他跟顾飞之间唯一的问题就是顾淼，只要顾淼能好，他们就能好，他从来没有想过别的。

但现在他却能感觉得到，其实并不是这样。

顾淼今天的尖叫比平时要结束得快，大概过了五分钟，她就没了声音。

也许是因为心情好。

在她停止尖叫的时候，蒋丞松了口气。

推门回到包厢的时候，许行之和赵劲很平静地在喝着茶，顾飞正蹲在顾淼面前轻声跟她说话：“哥哥知道你喜欢肥羊，但是它累了，要睡觉的，你喜欢它就应该让它睡觉，要不然它就会难受……你一直喊，哥哥会听不懂……”

蒋丞站在顾飞身后，看着他的背影。

真的是瘦了不少，能看得出来。

他轻轻叹了口气。

顾淼今天还算配合，顾飞跟她说了一会儿之后，她拿过湿纸巾低着头把自己的手擦了擦。

之前在包厢外面碰上的服务员进来给他们上菜，专门盯着顾淼看了好几眼，大概是在判断她刚才到底是不是被打了。

顾淼捧着茶杯，脸上没什么表情地看了他一眼。

“还在生气啊？”服务员说。

“嗯，脾气可大了。”潘智点点头。

吃完饭顾飞带着顾淼回家去睡觉，赵劲回了酒店休息，蒋丞和潘智还有许行之一块儿回了出租房。

潘智进屋就往沙发上一倒：“我就在这儿睡会儿，你俩里屋聊吧？”

“嗯。”蒋丞点了点头。

其实他不想表现得这么急切，但他又的确很急，想想在许行之和潘智面前也就不用再掩饰了，一个是他铁子，另一个是他发泄式倾诉的倾听者。

“怎么样？”进了卧室，蒋丞把门稍微掩了一下，拉过椅子给许行之，自己靠在了书桌边。

“我想想要怎么说。”许行之笑笑。

“别用术语啊，我现在脑子转不过来，我怕听不明白理解不了。”蒋丞说。

“上午我主要是了解了一下顾飞的家庭情况，我需要详细知道顾淼在出现问题之前的生活状态，还有家庭成员的关系。”许行之说，语调依旧是不急不慢得很平稳。

“嗯。”蒋丞点点头，不得不说，许行之无论是语调还是语速，总是能让人放松。

“顾淼的问题，其实本来不是太严重，但是一直没有得到好的干预和治疗，所以现在要想有效果，需要更多的时间和耐心，这个我会具体跟顾飞说，应该怎么做、怎么跟顾淼相处，以及怎么引导。”许行之说，“她基本没有暴力行为，最大的问题是表达、情绪控制和集中注意力，她的注意力很难集中，所以沟通会很困难，学一些东西也很难……”

“嗯，”蒋丞点点头，“有时候就觉得跟她说话她好像听不见。”

“这个需要时间慢慢来，我觉得顾飞在配合方面不会有问题，他比我见过的很多这类孩子的父母都要有耐心，”许行之停了停，“我觉得这个也应该跟你说一下。”

“嗯？”蒋丞看着他。

“我今天跟他聊得算是比较深入了，我觉得，”许行之说，“顾飞自己也很需要心理疏导。”

“怎么？”蒋丞立马急了。

“从他给我说家里的事，说顾淼的时候，就能看得出来，他给自己的定位，对很多事情的认知，都有问题，”许行之说，“其实你应该也能感觉得出来，他过于把自己定位成一个责任的承担者，他的家庭、他的妈妈、他的妹妹……”

“都是他的责任，对吧，”蒋丞皱了皱眉，“他把所有的状况都揽到自己身上，每一个人都是他的责任。”

“嗯，”许行之说，“他甚至觉得因为自己没有保护好顾淼，她才会受伤，才会变成这样……”

蒋丞愣了愣。

前面的内容他可以理解，许行之说了之后，他也能在脑海中迅速对应上顾飞的很多表现，但他从来没想到过，顾飞会把顾淼变成这样归结为自己的错误。

“他的整个成长环境和家庭结构，让他觉得‘付出’是他的常态，也是他习惯的一种生活方式，而反过来，‘接受’却会让他害怕，因为在他的成长过程里，这样的状态是反常的，在他的概念里，‘我’排在很多东西之后……我这么说你能听懂吗？”

“差不多……能吧，”蒋丞看着许行之，“我能说他是个M吗？”

许行之笑了起来：“也不能这么说，他在这个过程中是没有得到心理满足的，他的状态一直都很压抑。”

“嗯，他……算是另一种自我封闭的表现吧。”蒋丞叹了口气。

“我想明天给他做个焦虑测试，”许行之说，“我觉得他焦虑情绪很严重，长期这样的话……”

“他估计不会接受。”蒋丞说。

“我会跟他直说的，他这样的状态不利于顾淼的治疗，”许行之说，“他的情绪会影响顾淼的。”

“嗯。”蒋丞皱了皱眉。

跟许行之又聊了一会儿之后，许行之准备回酒店也休息一下。

“真的……太谢谢你了，”蒋丞拎着猫包跟他一块儿下了楼，“我真的没想到一个顾淼会牵扯这么多。”

“一个心理问题的形成肯定不会是单一的原因，除了自身外，家庭和周围的环境都会有影响，也没什么的，”许行之笑着说，“其实对于我来说，还挺有兴趣的，回去把开题报告写一下，看能不能通过。”

“希望能通过。”蒋丞也笑了笑。

“你上去吧，我打个车回酒店，”许行之说，“我先整理一下今天的内容，然后看看接下去怎么做。”

“嗯，”蒋丞把猫包递给他，“肥羊也得休息了。”

“肥羊带来的效果还不错，”许行之说，“有条件的话可以让顾淼多接触小动物，不过要确定是肥羊这种性格的。”

“嗯。”蒋丞点点头。

回到屋里的时候，潘智没在睡觉，枕着胳膊靠在沙发上看电视。

“哎。”蒋丞一屁股坐到沙发上。

“怎么了，”潘智问，“顾淼的情况好办吗？”

“还是有希望的。”蒋丞说，提到顾淼的时候他倒是心情略微扬了一下，但是想到顾飞的时候他又叹了口气。

“有希望你还叹什么气啊。”潘智看着他。

“我是……突然发现，”蒋丞偏过头也看着潘智，“我从一开始，努力的方向就不是太正确。”

“什么？”潘智一脸茫然。

“我一直想着，”蒋丞说，“拽着他，他就能往前走了，但是……”

“啊？”潘智还是茫然，“谁啊？”

“拉着他没用的，”蒋丞转回头看着电视，“他得自己肯往前走。”

“你说顾飞吗？”潘智终于反应过来了。

"嗯。"蒋丞应了一声。

"……哦，"潘智看着他，"没听懂。"

"你不用听懂，我自己听懂就行了，"蒋丞在他肩上拍了拍，"你继续睡吧，我去躺会儿。"

"您辛苦啊。"潘智说。

蒋丞躺到床上，感觉脑子里又开始混乱起来，想得很多，他急于想要理出一条线来，却好半天都找不着线头。

28

"时间我可以帮你跟那边说一下都改到下午和晚上，"丁竹心在电话里说，"不过今天下午你先过来跟他们谈一下，三个摄影，负责不同的单元。"

"嗯，另外的摄影我认识吗？"顾飞叼着烟靠在窗边，看着趴在茶几上画画的顾淼。

从吃完饭回家到现在，她一直在画画，画了很多绿兔子。

不过他按许行之说的，已经找了简笔画的猫的图片，照着画了一个给顾淼，最多四笔就能画出来了，如果她愿意画肥羊，可以学着画，不过到目前为止，顾淼画的还是她的绿兔子。

"应该不认识，不过不影响，又不跟他们合作，"丁竹心说，"这个活儿你能好好做下来了，以后再介绍大活儿就好介绍了。"

"谢谢。"顾飞说。

"跟我就别说这些了吧，"丁竹心笑了笑，"还有，你要是缺器材就跟我说，我帮你找人借。"

"我又不是器材党，"顾飞说，"我现在有这些就够用了，镜头我都没多买。"

"你那是没钱。"丁竹心直接说。

"有也不花在这上头，"顾飞说，"用钱的地方多了。"

"大飞，"丁竹心停了停，"我还是那句话，有要帮忙的，就跟我说，别的我帮不了什么，要急钱用的话我还是没问题的。"

"你帮我找活儿已经是帮大忙了，"顾飞说，"真的。"

"寒假蒋丞回来了吗？"丁竹心问，"之前有用过他的老顾客还想找他，他有时间吗？"

"估计……没时间了，"顾飞说，"他有同学朋友一块儿过来玩，寒假时间也短。"

“那行吧，以后有机会再说了，”丁竹心说，“你一会儿记得过去跟人先见个面。”

“嗯。”顾飞挂了电话之后转了个身，胳膊肘撑在窗台上往外看着。

今天他其实挺累的，如果不是因为这次的活儿不光钱多，而且对以后接大活儿有帮助，他是真不想再出门儿了。

上午跟许行之聊的两个多小时，他觉得很疲惫。

不是因为说了太多话。

而是因为在给许行之介绍顾淼的情况时，翻开了太多已经被他封存了很多年的记忆。

这些都是他努力不去多想的。

不得不说，许行之是个很厉害的人，他的每一个问题，都能恰好地问在最敏感的那个点上，让他不得不开口。

而且还必须开口，因为跟顾淼有关。

很多事儿、很多想法，是顾飞从来没有跟人说起过的，他的朋友不知道，蒋丞也不知道。

而这样让人疲惫不堪的过程……他喷出一口烟，看着烟雾在风里甚至来不及散出个形状就消失了，他转身把烟头按灭在桌上的烟灰缸里，关上了窗户。

他竟然没有抗拒这样的过程，也许是为了顾淼，也许是为了蒋丞，也许是因为许行之看上去靠谱。

“你和顾淼的相处方式是有问题的，”许行之说，“你用你的行动和反应给了她一个暗示，她是你的中心，你是围绕着她存在的，你用这么多年的时间告诉她，哥哥对她的所有付出都是理所应当并且不会消失的，一旦她形成了这样的认知，那么任何一点改变，都会让她崩溃。”

顾飞看着趴在桌上的顾淼轻轻叹了一口气。

虽然许行之的话让他有些茫然，但仔细想想，从顾淼拒绝说话的那一刻开始，他的生活似乎就完全变了。

他一直在消化许行之说的那些内容，这些都是他以前从来没想过的。

他想做的就是保护顾淼不再受到任何伤害，她无法表达，那他就去努力理解，她的世界里只有哥哥，那他就去做那个唯一。

但是顾淼跟天生自闭的孩子不同，她的问题根源在于童年创伤，她在很多情况下是可以感知情感情绪的，但她的注意力无法集中，加上没有人去引导她用正确的方法交流和沟通……

“而你恰恰又在她用错误的方式表达的时候满足了她的需求，所以，改变和进步，都要从你做起。”

顾飞搓了搓自己的脸，看了一眼时间，他这会儿得出门了，去跟人家见个面，了解一下要拍的东西和拍摄的想法。

“二淼，”顾飞蹲到顾淼身边，“哥哥现在要出去。”

顾淼看了他一眼，点了点头。

“听懂了才点头。”顾飞说。

顾淼又点了点头。

“李炎哥哥晚点儿会过来陪你，”顾飞说，“你想出去玩滑板的话，就跟他一块儿去。”

顾淼点头。

顾飞拿过之前自己画了一只猫的那张纸，在上面画了一排猫，然后放到顾淼面前：“哥哥画的。”

“羊。”顾淼轻声说。

顾飞想说这是猫的时候反应过来她叫的是肥羊的名字，于是笑了笑：“肥羊。”

顾淼看着他。

“它的名字叫肥羊。”顾飞说。

顾淼继续看着他，过了好半天才又说了一次：“羊。”

羊就羊吧，至少她记住了肥羊的半个名字。

出了门之后他摸出手机，感觉应该给蒋丞打个电话，毕竟蒋丞为了顾淼回来，许行之又跟他聊了一个上午，这会儿肯定应该联系一下，万一下午人家有什么安排的话他不在。

但他又觉得这个电话打过去，自己心里这些理由，全都会变成借口。

犹豫了大概五分钟，从家里走到路口，他还是拨了蒋丞的号码。

按下拨号键的时候，他发现这个动作竟然会在熟悉里透出陌生感。

仿佛有很多年都没有拨过蒋丞电话了的错觉。

“喂？”蒋丞接起了电话。

“我。”顾飞说。

“嗯。”蒋丞应了一声，声音又是哑的。

“你嗓子到底怎么回事儿啊？”顾飞实在是有些忍不住。

“我变声期到了。”蒋丞说。

“……哦，”顾飞愣了愣，“那你有点儿晚熟啊。”

“啊。”蒋丞应了一声。

沉默了一会儿之后，顾飞听到了蒋丞的笑声，这种熟悉的、控制不住的想要一块儿傻笑的感觉卷了上来。

他跟着蒋丞傻乐了好半天。

“那个，”顾飞终于止住了笑，“我是想跟你说一下，我不是接了个活儿吗，现在要过去跟他们见个面……下午还需要跟二淼沟通吗？”

“嗯，正好许行之想跟她单独接触一下，”蒋丞说，“你介意吗？”

“不介意，”顾飞说，“下午李炎过来，要去哪儿的话你让李炎把她带过去就行。”

“好。”蒋丞应了一声。

“嗯。”顾飞也应了一声。

然后两个人同时沉默了。

之前傻笑带来的轻松感觉只维持了三句话的时间，就又回到了沉闷里。

挂了电话之后，他在路边站了很久。

许行之想跟顾淼单独待一会儿，看看她在没有顾飞的环境里，会有什么样的反应。

“她现在应该跟顾飞的朋友在一起，”蒋丞说，“我打个电话？”

“嗯，”许行之点点头，“你们这附近有什么可以玩的地方吗？”

“我……不太清楚，平时我看小孩儿都在健身器材那儿玩，跟老头老太太抢器材，”蒋丞想了想，“要不我问问李炎吧，这片儿他熟。”

“好，”许行之说，“有别的孩子的地方更好。”

蒋丞拨了李炎的电话。

“有啊，往你们同学那个烧饼……不，馅饼店那边过去，有个小体育场，旁边有很多滑梯什么的之类小孩儿爱玩的东西，我现在可以带她过去，”李炎说，“不过是户外，这会儿有太阳还行，晚点儿没太阳了小孩儿就都回去了。”

“就现在先过去看看吧，没有小孩儿的话再换地方。”蒋丞说。

出门的时候许行之拉了拉围巾：“平时顾飞不带她去商场那些游乐场玩吗？什么海洋球之类的。”

“她有平地就要踩滑板，进饭店都想踩，”蒋丞说，“顾飞很少带她去室内玩，她玩不了滑板生气了又会尖叫。”

“嗯。”许行之点点头。

“你俩可以去附近转转，”蒋丞看着潘智和赵劲，“那边有美食街。”

“别欺负我，”赵劲说，“我在减肥。”

“我一个人去就没意思了，”潘智摊摊手，“我们当助手吧。”

几个人上了许行之的车之后，李炎带着顾淼到了地方，给蒋丞发了个定位过来，蒋丞作为一个路痴，根本看都没看，直接就设了导航：“好像没有多远？”

“是啊，多近啊，就一个手指头的距离。”潘智看了一眼地图。

“嗯？”蒋丞看着他。

“跟你们这种路痴我话都不想说了，”潘智叹气，“这地方在王旭家馅饼店还要过去一点的地方，你对这个距离总能有个概念了吧？”

“哦，”蒋丞说，“学长开车吧。”

车一路开过去，每一眼都是熟悉的，但又因为心境不同而变得裹上了恍惚的陌生感。

蒋丞没再往车窗外看，只是盯着空调出风口。

一直到导航提示到地方了，他才抬眼往外看了看。

“那个是顾淼吧？”许行之指了指前面。

一个火红的影子从前方的台阶顶上一跃而下，落到地上之后又飞速冲了出去。

“是，我估计这一片儿也没第二个玩滑板有这水平的小姑娘了。”蒋丞说。

“她这个技术……要是以后能培养一下，”赵劲一边下车一边说，“应该挺有发展的。”

蒋丞跳下车，冲着那边吹了一声口哨。

顾淼转过了头，往这边看了一会儿，踩着滑板冲了过来。

先是离着好几米时就一抬手，响指带拇指冲蒋丞打了个招呼，然后一个急停，站在了许行之面前。

“找肥羊呢吧？”赵劲小声说。

“嗯，”许行之蹲下了，“你好啊，二淼。”

顾淼看着他。

“许哥哥，还记得吗？”蒋丞说，“二淼跟许哥哥打个招呼。”

顾淼看着许行之，过了一会儿冲他鞠了个躬。

李炎远远走过来的时候，蒋丞差点儿没认出他来，裹得跟个棉球似的，脸上还捂着口罩。

“这是李炎，顾飞的朋友，”他给赵劲和许行之介绍了一下，又看着李炎，“我同学的姐姐，赵劲，这位是许行之学长。”

“听顾飞说了，”李炎拉下口罩，“辛苦了。”

“不辛苦，”许行之笑了笑，“顾淼很可爱。”

“她过去玩了吗？”蒋丞看到滑梯那边有四五个小孩儿正在玩着。

“没人玩的话她会去玩一下，”李炎说，“有人玩着她就不过去了，以前在学校的时候也不跟同学玩。”

说完这些话之后，几个人原地站了一会儿。

蒋丞觉得现在自己看着李炎都有些尴尬。

“过去吧，”许行之说，“先看看。”

“好。”蒋丞松了口气，赶紧往那边走。

李炎说得没错，他们一块儿过去之后，顾淼先是踩着滑板在旁边玩了一会儿，看到一个秋千空下来了，她才站了上去。

顾淼的运动机能似乎很发达，秋千几下就能荡起来，而且非常高。

但是有个小男孩儿过来看她玩的时候，她又迅速地停了下来，跳下秋千走开了。

小男孩儿有五六岁，之前就一直在看她玩滑板，这会儿又看到她玩秋千，之后就一直跟着她了。

许行之拿了手机出来，对着顾淼开始录视频。

“她有过同龄的朋友吗？”他看了看李炎。

“没有吧，从我认识她那天起她就是个独行侠，”李炎说，“她又不说话，也不理人，在学校也是被孤立的。”

“嗯。”许行之点点头。

录了一些视频之后许行之收起了手机，顾淼始终对跟在她身后的小男孩儿视若无睹，踩着滑板漫无目的地来回滑着。

“她平时自己出去玩滑板的时候，”许行之问，“就是这样吗？”

“嗯，”李炎说，“有固定的路线，唰唰飞，谁也不理，就那么一圈圈地飙。”

蒋丞坐在一边，沉默地看着顾淼。

这个在寒风里飞驰的小姑娘。

不知道她能不能感觉得到，身边正在悄悄发生的一些变化，哥哥带来的新朋友、肥羊……

“其实她有不少想法，我感觉，”李炎偏头打了两个喷嚏，“我的天！”

许行之看了他一眼，笑了笑。

“不要笑，”李炎说，“要不是为了配合你，我都不会带她过来，就在那边街上，她玩她的，我猫店里待着就行了。”

“不好意思，辛苦了。”许行之说。

“……不客气。”李炎说。

“继续。”许行之说。

“继续什么？”李炎看着他，“不客气，别客气，不……”

“你打喷嚏之前的话说了一半，继续那个。”许行之说。

“哦，脑子有点儿冻上了，”李炎啧了一声，“我是说，我跟顾淼认识的时间也不短了，但是她更喜欢蒋丞，不知道为什么。”

“是吗？”许行之笑了笑。

“蒋丞第一次捡着她，她就跟着蒋丞走了，”李炎说，“这要是个人贩子，也就卖掉了，一点儿不费事。”

蒋丞笑笑，没说话。

许行之这次过来差不多能有一星期时间，其实挺紧的，他需要在顾淼可以容忍接受的范围内观察，跟她沟通、交流。

“谢谢。”蒋丞只能不断地重复。

“我在走之前会给顾飞写一个行为校正的详细方法，”许行之说，“具体的治疗方案我得回去想想。”

“嗯，”蒋丞点点头，“学长，你给我吃颗定心丸吧。”

许行之看了他一眼：“顾淼的情况没有你们想象的那么严重，顾飞只要能配合，因为这个过程中顾淼会有很多反应，他要是心疼了，就会影响效果……还有，我之前就说过，顾淼错过最佳的治疗阶段了，不可能恢复到正常孩子的水平。”

“我知道了。”蒋丞说，许行之这样的答案，对于他和顾飞来说，已经足够了。

几天的时间过得很快，蒋丞甚至没有太大感觉，就这么满脑子里都是顾淼忙忙碌碌地过去了。

而在许行之和赵劲准备离开的时候，他才慢慢回过神来。

从他回来那天开始，他和顾飞的联系就都是因为顾淼，他们打电话、他们见面，说的全是顾淼，而许行之这一走，他和顾飞因为顾淼的事建立起来的关联就会断掉了。

这让他有些不安。

这几天他经常会陷入回忆，随便一句话、一个人、一个场景，都会把他迅速地拉进回忆里。

点点滴滴，他从来都没想过自己的记忆力居然这么好，那么多的细节，他以为自己根本没记住的那些细节，居然全在脑子里。

“有任何问题都可以给我打电话，”许行之看着顾飞说，“我有什么进展也会跟你联系，我写给你的那些训练方法你要坚持使用，她闹了、叫了、生气了，你也要坚持，你松了一次，前十次的努力就白费了。”

“嗯，”顾飞说，“谢谢。”

“还有……”许行之往旁边走了两步，顾飞跟了过去。

蒋丞知道许行之要说的应该是顾飞自己的问题，他在余光里看着顾飞的背影。

顾飞的问题。

其实就是他们两个之间真正的问题。

许行之和赵劲开着车走了之后，他们站在原地都没动，一块儿看着车离开的方向出神。

这场景看上去相当依依不舍。

“钥匙给我，”潘智伸手，“我先上楼了。”

蒋丞把钥匙拿出来给了他。

潘智转身走了之后，他和顾飞继续在原地站着。

“那个，”顾飞终于开了口，“我想……给二森买只猫。”

“嗯？”蒋丞看着他。

“她很喜欢肥羊，”顾飞说，“我觉得她跟小动物在一起情绪一直很放松，所以……我想买只猫给她。”

“啊，”蒋丞点点头，“好。”

顾飞沉默了一会儿：“你……有时间吗？一块儿去。”

“啊，”蒋丞这才反应过来顾飞的意思，“好的。”

“那我明天给你打电话？”顾飞说。

“嗯。”蒋丞应着。

“还有，”顾飞咬了咬嘴唇，“马上要……过年了。”

“还有四天，”蒋丞笑笑，“潘智今天才跟我念叨了。”

“你俩要不……”顾飞说得很艰难，“到我家吃饭吧，热闹。”

蒋丞看着顾飞，过了一会儿才说了一句：“好的。”

“那我就先回去了，”顾飞说，“你……休息吧，这几天太辛苦了。”

“没事儿。”蒋丞笑了笑。

顾飞转身之后，蒋丞没有动，一直站在原地看着他的背影。

这一次顾飞没有回头看，只是顺着路快步往前，像是要逃跑一样。

蒋丞以前从来没有见过这么慌乱的顾飞。

一直看着顾飞拐弯了，他才转身进了楼道里，慢慢往楼上走。

对于跟他说出了“算了吧”的顾飞来说，无论是说出一块儿去买猫，还是说出一块儿过年，都是件很艰难的事儿。

但也正是他这两个艰难得仿佛下一秒就要说不下去了的邀请，和他转身离开时从未有过的慌乱，让蒋丞突然看到了希望。

真正的希望。

我们和好吧。

蒋丞知道，现在如果自己说出这句话，顾飞一定会同意。

但尽管他很想说，却无论如何也不会说，他不能让两个人再回到过去的循环里。

这句话，他必须要等着顾飞说出来。

我们和好吧。

这句话他说出来，和顾飞说出来，意义完全不一样。

29

蒋丞回到屋里的时候，潘智正站在冰箱面前。

“找吃的？”蒋丞过去问了一句。

“没有，”潘智看着空无一物连电都没插的冰箱，“我就是在见证我站在冰箱跟前儿被活活饿死的神奇事件。”

“再坚持半小时出去吃吧。”蒋丞说。

“你晚上不跟顾飞一块儿吃吗？”潘智关上冰箱门看着他。

“不啊，”蒋丞说，“马上过年了，他家事儿也多，买年货收拾什么的，对了……他叫咱俩去他家吃年夜饭。”

“行啊，”潘智回到客厅往沙发上一倒，“你答应了没？”

“答应了。”蒋丞点点头。

“那明天咱们去买点儿年货吧，你无所谓，我空手去不合适，大过年的。”潘智说。

“明天……我先跟顾飞去给顾淼买只猫。”蒋丞说。

潘智愣了愣，盯着他看了一会儿：“你俩……和好了吗？”

“没有。”蒋丞说。

“哦。”潘智应了一声。

蒋丞把电视打开了，这时间也没什么东西可看，他一般都放到本地的台，听听新闻，多数新闻都很无聊，但偶尔也能碰上有意思的。

“丞儿，”看了一会儿新闻之后潘智叫了他一声，“我觉得吧。”

“啊。”蒋丞应了一声，还是盯着电视。

“要不行就和好了得了，”潘智叹了口气，“这几天我都替你俩别扭，撑不住就别撑了。”

“不。”蒋丞说。

“不是，”潘智看着他，“你也不像为面子在这种事儿上死撑的人啊。”

“你怎么知道我不是。”蒋丞说。

“咱俩祖孙情深啊，”潘智说，“我当然知道。”

蒋丞盯着电视，沉默了一会儿才开了口：“这事儿得他来跟我说。”

“有什么区别吗？”潘智说问。

“我不知道要怎么跟你说。”蒋丞皱了皱眉。

“用嘴，一个字一个字地说，就这么跟我说，”潘智说，“就行。”

蒋丞转头看着他。

“是不是很有哲理。”潘智给自己鼓了鼓掌。

蒋丞往下滑了滑，伸长腿搭到茶几上。

“顾飞的问题不在顾淼能不能好，”他说，“是顾飞自己，他从小到大……我不知道该怎么说，你看过那个故事吗，小象从小被铁链子拴着，怎么挣也挣不脱，长大以后能挣脱也不会动了。”

“嗯。”潘智应着。

“可能不是太准确，”蒋丞皱了皱眉，这样的比方对于顾飞来说太简单敷衍了，但哪怕是在潘智这样的铁子面前，他还是会把顾飞的那些伤疤藏好，“但这么样比较好理解。”

“懂了，”潘智说，“你是想说他有自己的心结……或者什么别的吧，反正你去拉他拽他没用，他会觉得挣不脱，他得自己想要挣脱才行，是这意思吧。”

蒋丞冲潘智竖了竖拇指。

“丞儿，”潘智往沙发扶手上一倒，看着他，“你挺牛啊。”

“那如果，”潘智想了想，“他挣不断呢？”

蒋丞看着他，要让顾飞开这个口，对于顾飞来说，的确是件艰难的事，但是……

“我没有想过，我从来不去想这些。”蒋丞笑了笑。

回来之后一个星期的时间里都忙着顾淼的事儿，到今天下楼的时候听到了炮仗声，蒋丞才算是回过神来，感受到了年味儿。

去年的寒假，回想起来的时候，对于“年”已经没有多深的印象了，能想起来的都是堆满桌子的复习资料，还有顾飞。

很单调却又让人忍不住会一遍遍循环回想的记忆。

就像是百听不厌会跟着一次次哼出声音来的曲子，我想左肩有你，右肩微笑……

“吃早点了吗？”顾飞问。

“没，”蒋丞说，“我刚起来。”

“那……”顾飞往路口那边看了看，“一块儿去吃？”

“嗯，”蒋丞点头，看到了踩着滑板飞过来的顾淼，他笑了笑，“二淼早上好。”

顾淼从他们身边掠过，打了个响指，又冲到前面去了。

“你跟她说了要去买猫吗？”蒋丞问。

“说了，”顾飞说，“美食街那边有几家宠物店，去看看有没有合适的。”

“要是没有合适的……她会生气吧？”蒋丞突然有些担心。

“许行之说应该让她慢慢学会面对失望这种情绪，”顾飞拉了拉衣领，“试试看吧。”

“嗯。”蒋丞点点头。

两个人慢慢往前面小街的早点摊那边走过去，回来这几天蒋丞都没去那儿吃过，这会儿突然有点儿想念那个大声喊他状元的老板。

“状元！”老板老远就看到了他俩，冲他挥了挥手，“回来了啊！”

“嗯。”蒋丞笑了笑。

“还想着上我这儿来吃早点呢，”老板说，“你可是去了R大啊！R大的早点比我的怎么样？”

“你这儿的好。”蒋丞说。

老板很愉快地笑了起来，声音相当响亮。

马上过年了，早点摊边的人不多，蒋丞带着顾森坐到了小桌旁边，顾飞过去拿吃的。

“还是那些吧？”顾飞问了一句。

“嗯。”蒋丞应了一声。

每次上这儿来，蒋丞都吃那几种，蒸饺、小笼包、豆腐脑什么的，顾飞都拿了过来，跟以前一样摆了一桌子。

“王旭……让有空过去吃馅饼，”顾飞坐下，夹了个包子咬了一口，“你想去吗？”

“行啊，”蒋丞说，“我还有个馅饼新品种要……介绍给他呢。”

顾飞顿了顿，笑了笑没说话。

——“九日”家没有的馅儿！过年回去卖秘方给他哈哈！

——手机出问题了吗？一直打不通，明天我没什么事，你给打我电话啊。

他和蒋丞的聊天记录都没有了，换回旧手机之后，他俩的记录就只剩了这两条。

这是蒋丞发给他的最后两条消息。

现在蒋丞说起馅饼的时候，不知道是什么样的心情，他有时候觉得，如果蒋丞骂他一顿，打他一顿，他会更好受。

他最难受的就是蒋丞这种假装什么事儿都没有的样子。

装得还一点儿都不像。

宠物店的位置，没有超出顾森的固定活动范围，顾飞本来想带她去花鸟市场，可是估计这个时候了，摊主们应该都关门回家过年了。

而且许行之也说了，不能急，得一步步来，让顾森慢慢适应。

今天如果没有找到合适的猫，就当是第一步吧，让顾森学会面对失望。

“我去把……车开过来，刘立一早去拉货，这会儿应该弄完了，”吃完早点顾飞说，“你跟二森在这儿等我一下？”

“嗯。”蒋丞点了点头。

顾飞起身往店那边的岔路口走了过去。

走了两步就觉得有些不自在，不知道为什么，想回头看一眼，又怕回头看了，会尴尬。

他不知道自己为什么会这样。

从小到大，他都没有过这样的情形，让自己处在这么手足无措的境地里。

蒋丞一边喝着豆腐脑，一边看着大步往前走的顾飞，看着他走到拐角的时候顺边了，不得不蹦了一下把步子给调整回来。

他笑了笑。

笑完了又觉得鼻子有些发酸。

顾飞现在的感受跟他完全不一样吧，他很煎熬，他在等着顾飞醒过来，自己睁开眼睛。

而顾飞却是在挣扎，在他这么多年给自己造的壳里挣扎，也许会害怕、会慌张、会无所适从。

蒋丞一口气把剩下的豆腐脑都喝了，抹了抹嘴，盯着顾飞刚走过去的拐角出神。

没多大一会儿，顾飞就把小馒头开了过来，顾淼很愉快地抱着滑板上了车，蒋丞跟着挤了上去。

“坐好了吗？”顾飞关上车门。

“好了。”蒋丞说。

美食街这边还挺热闹，买年货的人很多，顾飞的车往里开的时候，蒋丞注意看了看，几家宠物店还都开着门，透过玻璃窗能看到笼子里的小猫小狗。

顾淼兴奋地趴在车窗上盯着外面，顾飞在路边找了个小空儿把车塞进去停好了之后，她马上推开门抢先挤下了车。

蒋丞和顾飞下了车过去的时候，她已经站在一家宠物店门外的橱窗前往里看了。

“要亲人的、温和的，记着啊。”蒋丞说。

“嗯，”顾飞点点头，过去把顾淼扳过来对着自己，“二淼，一会儿不许随便伸手去摸小动物。”

顾淼点了点头。

顾飞带着她进了店里。

这家店应该是最大的一家了，店里猫狗很多，他们一走进去，好几只狗就一起叫了起来。

蒋丞马上看了一眼顾淼，顾淼没有什么反应，只是有些好奇地东张西望着。

“你家有小猫吗？”顾飞问。

“有啊，想要什么样的？”老板把他们带到几个猫笼面前，“这里有几只，想要别的品种我可以给你看照片，有些客人让我们代卖的。”

“要温顺的、黏人的。”顾飞说。

“那就布偶啊，”老板马上说，“布偶最亲近人了。”

“什么样的？”顾飞问。

“可漂亮了，”老板说，“你要看看吗？往前点儿那个店也是我的，那边有一只布偶，四个月大。”

“多少钱？”蒋丞对猫还算是有一点儿了解，抢在顾飞前面问了一句。

“价钱可以商量的，你们可以先看看。”老板说。

“多少钱？”蒋丞很执着地又问了一遍。

“四千五，这算便宜的了。”老板一看他这样子，立马坐回了椅子上。

顾飞明显吓了一跳，转头看着蒋丞，很小声地说：“他说多少？”

“看看土猫吧，”蒋丞说，“品种猫也不好养。”

“土猫可没有亲人的，都凶着呢，”老板语气里有点儿不爽，“想要温顺亲人的还舍不得花钱。”

“那再看看。”顾飞拉着顾淼准备往外走。

“买土猫去菜市场啊，跑这儿来干什么，”老板在后面说，“我们这儿是卖宠物猫的。”

“所以呢？”蒋丞这一段时间本来就挺压抑的，所有的心情都是强压着自己慢慢消化，这会儿一听这话，瞬间就有点儿蹿火，声音顿时开了叉，“那您就很高级了呗？都说狗仗人势，您这种仗猫势的挺另类啊？那您也四千五吗？”

“你有病吧！买不起瞎捣什么乱！滚滚滚！”老板顿时站了起来，“我又不是扶贫办的！”

“丞哥，”顾飞拉了蒋丞一把，“走吧。”

“四千五的猫我是真买不起，”蒋丞说，“四千五的人我买俩回去擦地还是可以的。”

老板把椅子一踢，瞪着眼就冲了过来：“我让你住四千五医院！”

干一架！

干一架！

蒋丞这一瞬间脑子里就这三个字了。

但他刚转身要过去，顾飞已经迎了上去，一扬手就把老板抡过来的拳头挡开了，接着一把抓住他的衣领往墙上狠狠一撞，指着他说：“我现在就可以帮你打个120。”

老板脑袋往后在墙上磕了一下，听动静不算重，但顾飞揪他衣领却揪得很紧，指节还顶在了他咽喉上，他没几秒脸就憋红了，挣扎着想要拉开顾飞的手。

“大过年的，”顾飞压着嗓子，“你非得找不痛快那我就陪着你，反正我现在也超级不痛快。”

顾飞这一连串干脆利索的动作抢了蒋丞的风头，也让他的理智在这一秒钟里稍微回了点儿血。

“算了，”蒋丞强压着火，看了看顾淼，这小丫头完全没管这边的争执，弯腰手撑着膝盖正看着笼子里睡觉的一只小狗，他过去拉起顾淼说，“走。”

顾飞又瞪着老板好几秒才松了手。

顾淼估计也没有看上的猫，或者说根本也没来得及看上哪只猫，很听话地跟着他俩走出了这家宠物店。

他俩往前走出了十多米了，老板还站在店门口骂骂咧咧的。

蒋丞努力让自己不去听老板的声音，他怕自己控制不住会冲回去跟人干一架。

大过年的，没必要。

但还是憋得厉害，心里的火怎么也压不灭，让他浑身都觉得不舒服，就想狠狠地甩胳膊蹬腿儿，都想直接躺地上打滚撒泼再吼几声把那点儿不爽发泄出去。

顾飞拉着顾淼跟在蒋丞身后，蒋丞走得很快，带着怒火。

他和顾淼都有点儿跟不上的感觉，他弯腰看着顾淼：“二淼。”

顾淼看着他。

“我们去那里玩一会儿，”顾飞指了指前面的一小块空地，那里是个没水了的喷水池，没什么人，“然后去找猫。”

顾淼点了点头，滑板往地上一放，踩着就冲了过去。

“丞哥。”顾飞追上蒋丞，叫了他一声。

“嗯。”蒋丞应了一声，嗓子又是哑的了。

这绝对不是什么上火，顾飞虽然不敢确定蒋丞的嗓子时不时就会哑跟他的情绪有没有关系，但肯定不是上火。

只是蒋丞不肯说，他也没办法强行追问。

“别气了。”顾飞说。

“没气。”蒋丞清了清嗓子。

顾飞看着他，犹豫了好半天，走到喷水池旁边的时候，他伸胳膊搂住了蒋丞的肩。

蒋丞的身体明显一僵，他有些吃惊地偏了偏头。

他手上紧了紧，把蒋丞推到了喷水池侧面人少的地方。

蒋丞还是僵着的，他没松手，在胳膊上用力搓了搓：“前面还有个宠物店，在最里头，上那家看看。”

“嗯。”蒋丞声音很低。

有人路过，有些好奇地往这边看，顾飞也没管，看就看吧。

没所谓了。

他已经很长时间都没有见过这样的蒋丞了，他最初的记忆里那个一点就着、情绪容易失控的蒋丞已经很久都没有出现过。

“丞哥。”顾飞闭了闭眼睛。

我们和好吧。

这句话就在嗓子眼里卡着，他感觉现在张开嘴就会说出来。

但是。

他咬了咬牙没有再吭声。

他知道自己为什么想说，也知道自己为什么不能说。

他不能这么随意，蒋丞不是配合他情绪起落的工具。

“没事儿了，”蒋丞轻声说，“去看猫吧。”

“嗯。”顾飞松开了胳膊。

蒋丞看了他一眼，回头叫了一声：“二淼！”

顾淼踩在滑板上停下了，看着他俩这边。

“走，去前面。”蒋丞说。

顾淼一扭头踩着滑板往前去了。

蒋丞往顾飞胳膊上轻轻拍了一下，转身跟了过去。

顾飞的记忆错误了，最后这家是个宠物医院，虽然也卖宠物用品，但似乎没有正在出售的猫和狗。

倒是有几只正在住院的小狗在打针。

“要不上最外面那家再看看？”蒋丞说。

“嗯。”顾飞点点头。

蒋丞想叫顾淼的时候，发现她正在看那只打吊针的小狗。

“小狗生病了，”蒋丞走过去蹲到她身边，“在打针……我们再去别的地方看看。”

顾淼没有动，只是转头在店里四处看着，似乎是想找猫。

“有什么事吗？”一个小姑娘从里屋出来问了一句。

“我们想买只猫……你们这儿是宠物医院吧？”蒋丞说。

“是的，你们想买品种猫的话我们这里没有哦，”小姑娘笑笑，“我们这里只有几只寄养的小猫，人家捡了送来的。”

“能……看看吗？”蒋丞问。

“可以啊，”小姑娘把他们带到了里屋，指了指一个垫着厚垫子的猫笼，“在那里，检查过了没有病，现在是可以领养的，不要钱，不过不是品种猫哦，寄养人说应该是波斯和土猫杂交的。”

顾飞带着顾淼站到了猫笼旁边。

顾淼立马把脸凑了过去，鼻子都顶到了猫笼上。

四只小猫，正团在一块儿睡着觉。

大概是顾淼碰到了猫笼，有一只小猫抬起了头，然后叫了一声，嘴张得挺大的，就是叫的声音很小。

顾淼马上兴奋地转头看着顾飞：“哈！”

“嗯。”顾飞笑了笑。

抬头的这只大概是四只小猫里最丑的了，鼻子上有一大块黑斑，脸也特别尖，毛也是最短的，但是把它单独拿出来放到一个垫子上之后，顾淼目不转睛地盯着它看了能有五分钟都没动。

在被顾飞允许之后，她才伸出手，小心地在小猫的头上摸了一下。

小猫眯缝着眼睛很轻地喵了一声。

“这只最温顺了，”小姑娘在旁边说，“就是丑点儿，不过脾气最好，另外三个就老欺负它。”

他们在店里待了快一个小时，让顾淼跟小猫待在一块儿，最后确定顾淼很喜欢它，而它也的确很温顺，或者说不是温顺，是超级懒洋洋，顾飞决定领养这只小猫。

顾淼心情非常好，大概是因为这只猫跟肥羊比起来太小了，只有肥羊五分之一的大小，她抱着猫的时候非常小心。

上了小馒头之后她把猫放到腿上，一下下地摸着。

一直到车开到出租房楼下，她都没有抬过头。

蒋丞下了车，又探头回车里："二淼。"

顾淼抬起了头。

"记得给它起个名字。"蒋丞说。

顾淼看着他，似乎是没有听懂。

"我一会儿给她解释一下，"顾飞笑了笑，"她还没给玩具啊、小动物什么的起过名字呢。"

"嗯，"蒋丞在车门上轻轻拍了两下，"那我……上去了。"

"好。"顾飞点点头。

看着蒋丞走进楼道里之后，顾飞关上了车门，坐着发了一会儿愣才转头跟后面的顾淼说了一句："二淼，给它起个名字吧。"

顾淼看着他。

"肥羊，是个名字，二淼也是名字，顾飞也是名字，"顾飞给她解释，"丞哥也是名字，这个小猫叫什么名字？"

顾淼沉默着。

"它有名字了，你就可以叫它了。"顾飞又说。

顾淼想了很长时间，最后抬手打了个响指，把拇指一竖。

"嗯？"顾飞愣了愣。

顾淼低头摸了摸小猫："丞哥。"

"什么？"顾飞看着她。

顾淼没再说话。

"它叫丞哥吗？"顾飞问。

顾淼点了点头，继续摸着小猫。

"……好吧。"顾飞发动了车子，掉了头往回开。

一只小母猫，叫丞哥。

他笑了起来。

30

“我一直就觉得，过年吧，超过10岁就没法过了，体会不出来什么乐趣了。”潘智在超市的年货货架前来回溜达着，拿不定主意到底拿哪种礼盒。

“为什么啊？”蒋丞推着车，站在一边看着他来回溜达。

对于蒋丞来说，别说超过10岁，就是10岁之前，也没觉得过年有多大乐趣。

去年过年大概是因为有高考，还有顾飞，所以过得跟往年不太一样，转回头翻找的时候，跟过年有联系的能第一时间想起来的，就是去年了，他18岁之后的那个新年。

而现在，听着超市里的背景音乐、看着身边大片的红色商品、走几步就能撞上的人，他还能想起来去年跟顾飞一块儿买年货时的样子。

“反正我过了10岁时从年前开始就不能傻玩了，跟着去买年货的时候就要拎东西了，还要收拾屋子，不收拾就挨揍……”潘智最后拎起了两个礼盒放进了购物车里，“你那儿需要收拾吗？”

“不用吧，我看着挺好。”蒋丞说。

“我看着也挺好，”潘智看了他一眼，“是不是顾飞总过去收拾，咱们那天到的时候，我看也没哪儿落了灰的。”

“大概是吧。”蒋丞说着把车让潘智推，去货架上拿了些零食，顾淼爱吃的那种果冻拿了好几包。

出租房那里，之前一直是顾飞去收拾的，他没事儿也总会去那儿待着。

想到那天推开门看到顾飞躺沙发上睡觉的样子，蒋丞一阵感慨。

年前刘立给店里换了新的货架，想赶在开市之前弄好，顾飞帮着整理打扫，蒋丞一直也没跟他联系。

“早干吗不弄？”潘智说，“顶着马上过年了才弄时间多紧啊。”

“货架是刘立自己做的，费时间。”蒋丞说。

“自己做？”潘智愣了愣。

“嗯，能省点儿钱吧，毕竟让顾飞打劫了三万块呢。”蒋丞说。

“顾飞也是牛人，”潘智想想就乐了，“那天碰见，那个小辫儿看着也不像善茬啊。”

“顾飞和他同时站你跟前儿，你挑一个干仗，你挑谁。”蒋丞笑笑。

“那还是小辫儿吧。”潘智啧啧两声。

年货礼盒什么的都买好之后，蒋丞和潘智也没再怎么往远了跑，主要是在附近买烟花爆竹，钢厂这边儿不管放炮，对于潘智来说，应该是这次来过年最大的喜悦了。

“我跟你说，过年，对于我来说，就是玩这些，没别的了，”潘智一边挑烟花一边说，“让顾淼跟着我，我包她玩够了。”

“你过年不打牌吗？”蒋丞笑笑，潘智家一到过年就是绵绵无绝期的牌局。

“打个屁，一个个都是麻将牌成精，我还不如把兜里那点儿钱直接掏出来让他们分了呢，还节约时间，”潘智说，“哎我发现他们这边卖的这些烟花都跟炮筒一样，有种买完了扛上就能上战场的感觉。”

“过瘾。”蒋丞说。

年三十儿上午顾飞打了电话过来：“丞哥，你几点过来？我去接你们。”

“还……用接吗？”蒋丞愣了愣，从这里爬到顾飞家店里也用不了半小时。

“不用……接吗？”顾飞说。

“接啊，”潘智在一边说，“这么多东西怎么拎过去啊，让他过来帮忙拎过去啊。”

“啊，”蒋丞回过神来，“你还是过来接一下吧，我跟潘智买了不少东西，你来拎一下。”

“好。”顾飞说。

十分钟之后顾飞开着小馒头过来了。

蒋丞和潘智拎着一堆东西下了楼，往车上一放，后座基本就满了。

蒋丞叹了口气，他本来想着他们三个人一块儿拎着东西边聊边溜达着就过去了，这开个小馒头把东西一拉……

但顾飞似乎是有计划，把小馒头的钥匙往潘智手里一放：“会开吗？”

“嗯？”潘智愣了。

蒋丞突然有点儿想笑。

“你开过去吧。”顾飞说。

潘智拿着钥匙：“我连小电瓶车都不……”

“插钥匙拧电门就走了，比电瓶车容易，仨轮子你都不用管平衡。”顾飞说。

潘智扫了他俩一眼，一咬牙：“行。”

蒋丞和顾飞站在楼下，看着潘智进了小馒头，然后喊了一声：“插钥匙！拧电门！对吧！”

“对！”顾飞喊。

“插钥匙！拧电……”潘智这句话还没有重复完，小馒头就嗖地冲了出去，跟要起飞一样。

“轻点儿拧！”顾飞赶紧往前追了过去，边追边吼，“松手！捏闸！潘智！捏闸！”

“……捏闸！”蒋丞看着小馒头对着前方的一根灯柱就冲了过去，吓得腿都软了，拔腿也跟着往前追。

小馒头并没有减速，但是冲到灯柱跟前儿的时候居然一个急转，绕开了柱子，冲下了马路牙子，先是逆行了一小段，然后开到了右边的车道上继续往前。

“我的天，”顾飞追不上了，只能停了下来，回头看着跑过来的蒋丞，“他是不是连自行车都没骑过？”

“是，”蒋丞看着前面一路飞驰的小馒头，“我看……应该没事儿吧，今天车少。”

“我怕他到了门口不会停车。”顾飞说。

“他反应挺快的，开一会儿估计就能弄明白了。”蒋丞说。

“哦。”顾飞说。

然后两人一块儿看着小馒头，目送小馒头在前面路口拐了个弯消失之后，蒋丞扭头看了顾飞一眼。

顾飞也看着他。

蒋丞没忍住笑了，偏开头想忍着点儿的时候还呛了一口，咳了半天。

“哎。”顾飞边笑边叹了口气。

这条路真是没多长，蒋丞感觉笑完时就走了一半了，接下来的一半路程似乎更短，他还没想好要说点儿什么，就已经到了顾飞家店的那条街。

“车停好了。”顾飞往前面看了一眼。

蒋丞跟着也看了看，小馒头停在路边，车门是开着的，估计是有人正在拿东西。

“怎么跟我们走路速度差不多？”蒋丞有些茫然。

“他也路痴吗？”顾飞问。

“不啊，”蒋丞说，“他看地图横着倒着都能看明白，方向感挺强的。”

走到店门口的时候，潘智从里面走了出来，一看他俩就喊了一嗓子：“怎么回事？！我开个车，就比你们早到一分钟啊？”

“你去哪儿了？”蒋丞问。

“我往左拐弯太费劲了，老感觉车要翻，这条街又窄，我拐不进来，干脆找个大路口左转再绕了一圈从那边路口右转弯拐进来的。”潘智比画着说。

“……路还挺熟。”顾飞看着他。

“非路痴就是这么骄傲，”潘智说着又回头看了看，“你们给顾淼买的猫就是那只吗？”

蒋丞顺着看过去，看到了那只丑猫扒着门边的一个纸箱正往这边看着，脖子上拴着根粉红色的小绳子。

“对，”他点点头，看着顾飞，“二淼给它起名字了吗？”

“啊，”顾飞从车上拎了两个袋子往里走，“起了。”

“叫什么？”蒋丞问，把剩下的一个礼盒拿了跟过去，“是不是叫咪咪，我小时候，管所有的狗都叫汪汪，所有的猫都叫咪咪。”

“不叫咪咪。”顾飞说。

顾飞妈妈和马尾男子都在店里，正准备包饺子，顾淼在新换的货架中间踩着滑板。

看到蒋丞进来，她立马滑了过来，从门边的箱子里把小猫抱了出来，递到了蒋丞面前。

“让我抱吗？”蒋丞接过猫抱在怀里，“你给它起名字了吗？”

顾淼看着他。

“名字，”蒋丞摸了摸猫，“你哥哥说你给它起好名字了，叫什么？”

顾淼伸手也摸了摸猫，然后转身踩着滑板继续去货架中间穿梭了。

“叫什么啊？”蒋丞转头问在他旁边准备和面的顾飞。

顾飞清了清嗓子，转过头：“丞哥。”

“嗯？”蒋丞应了一声。

“不是，”顾飞看了一眼他怀里的猫，“是它。”

“啊？”蒋丞没明白。

“它，”顾飞指了指猫，“叫……丞哥。”

“哦，”蒋丞点了点头，低头看了看猫，又猛地抬起了头，“什么？它叫丞哥？”

“嗯，”顾飞似乎是在忍着笑，嘴角有没有压好的笑意，“二淼给起的，叫丞哥。”

“丞哥？”蒋丞把小猫拎起来看了看，又看了一眼那边的顾淼，“她是对我有什么意见吗？宠物医院的人不说是个母猫吗……而且它还这么丑？”

“我也不知道，”顾飞笑了笑，“我问她这猫叫什么名字，她说丞哥。”

“……你确定吗？”蒋丞看着手里的小猫，“这小玩意儿太丑了啊。”

“好看的话，”顾飞说，“你是不是就无所谓它是公是母是猫是猪了啊？”

“是啊，我们颜狗就是这么没有立场，”蒋丞说着又摸了摸猫，“不过二淼想叫就叫吧，就是这猫太瘦了，得多吃点儿。”

“过完年去问问宠物店的人，”顾飞点点头，“丞哥。”

蒋丞刚想应一声，但及时打住了：“叫谁？”

“你。”顾飞说。

“哦，什么事儿？”蒋丞问。

“二淼这段时间……能感觉得到有进步，许行之说有些孩子一开始就能有明显进步，再接下去可能会有反复和停顿，”顾飞说，“不管怎么样，真的……谢谢。”

“不用说这些，我说过，我很喜欢顾淼的。”蒋丞低头看着猫，顾飞突然说了谢谢，他有点儿不知道该怎么回应，他俩之间很久没有这么客气过了。

“包饺子吧。”顾飞说。

“嗯。”蒋丞点点头，起身去后院洗手。

几个人坐在小桌前一块儿包饺子，还是挺有意思的，虽然顾飞妈妈和马尾男子依旧处于浓情蜜意没眼看的状态里。

顾飞拿了几个一块钱的硬币洗干净了，包进了饺子里。

蒋丞看着他把包好的饺子一个个码好，想起了去年暗箱操作的那一堆饺子，忍不住笑了笑。

包好饺子准备下锅的时候，外面的鞭炮声已经响成了一片。

小猫没有经历过新年，一直惊慌地缩在顾淼怀里，顾淼并没有注意到它的反应，兴奋地要抱着它出去看鞭炮。

“二淼，”顾飞拉住了她，“把丞哥放到小屋去。”

顾淼抱着猫，明显是没有明白他的意思。

“它害怕，”顾飞给她解释着，“鞭炮声音太响了，会吓到它。”

顾淼还是紧紧抱着猫，没有动。

“你会害怕，它也会害怕，”顾飞说，“二淼，它现在就很害怕，把它放到屋里去。”

顾淼的目光从顾飞的脸上移开了，不知道看着哪里。

蒋丞知道这是她注意力不集中或者是开始有抗拒的表现。

顾飞还要说话的时候，顾淼转身抱着猫就往门口走了过去。

“二淼，”顾飞拉住了她，“不可以。”

顾淼挣扎了一下，顾飞拉着她没有松手，她开始了尖叫。

四周的鞭炮声很大，顾淼的尖叫声被掩盖了不少，但依旧能听得到。

屋里的几个人都停下了手里的活儿，一块儿看着顾淼。

“你们该干吗就干吗。”顾飞说。

“哦。”刘立犹豫了一下，拉了拉顾飞妈妈，两人把饺子端到后院厨房去了。

蒋丞和潘智退开到一边，潘智一边整理一会儿准备放的鞭炮一边看着顾淼那边：“现在是不是不能哄着她？”

“嗯，”蒋丞点点头，“要让她知道这样的尖叫没有任何作用。”

“那她得多难受啊，”潘智说，“就好像她跟人说话，没人理她。”

“纠正错误的习惯就是这样了。”蒋丞叹了口气，坐到了旁边的椅子上。

以前每次听到顾淼的尖叫，他都会觉得有种让人窒息的压抑感，觉得无法去想象顾飞承受了多大的压力。

一直到现在他都不明白顾飞是怎么能强迫自己去承受这些压力的。

一个M。

但眼下，听着顾淼的尖叫时，他却比以前平静了很多，这不仅仅是顾淼一点点改变的过程，也是顾飞一步步往前走的过程。

从他开始不再事事顺从顾淼，不再努力去配合理解顾淼，不再把她的生气当作一种“受伤”的开始。

顾淼这一次的尖叫持续的时间很长，反反复复，停一会儿又继续。

也许因为太喜欢……丞哥了，要把丞哥放到小屋里，想出去玩就不能摸到，想摸到就不能出去玩，这对于顾淼来说，是一个很艰难的选择，或者她根本也没法理解为什么两者不能兼得。

顾飞就那么一直蹲在旁边，没有抱着她，也没有安慰她，只是重复了几次不让她带猫出去的原因，并且要求她如果不高兴要说出来。

最后顾淼的尖叫声终于停止的时候，蒋丞有种总算把气儿喘上来了的感觉。

“18分钟。”潘智说。

“你还计时了啊？”蒋丞看着他。

“闲着也是闲着，”潘智把手机冲他晃了晃，“就掐了个秒表。”

“哥哥帮你把丞哥放到屋里好不好？”顾飞问顾淼。

“什么？”潘智猛地转过头，“把谁放屋里？”

“那个猫，顾淼给它起了个名字叫丞哥。”蒋丞说。

“哦，”潘智有些吃惊地看着他，过了一会儿就开始乐，靠着货架笑得停不下来，“丞哥！喵！丞哥！喵喵喵！”

蒋丞看着他。

“喵！”潘智笑着走到了顾淼身边，“淼淼，把丞哥放好，潘叔带你去放鞭炮好不好？”

顾淼犹豫了一会儿，把猫给了顾飞。

“一会儿你回来了就再跟它玩，好吗？”顾飞说。

顾淼点了点头。

“这样就对了，你这样哥哥才知道你要做什么，”顾飞给她把围巾围上，“跟你潘……”

“叔。”潘智说。

“啊，什么事儿？”顾飞看着他。

潘智张了张嘴没说出话来，指了指顾飞，啧了一声去旁边把盛鞭炮的袋子拎了：“走，淼淼！”

这次做饺子有没有黑箱蒋丞不知道，但顾飞给他盛的饺子里有两个一块的硬币，十块钱里一共就两个一块的硬币，都被他吃到了，别人吃到的都是五毛钱的。

还是黑箱了吧，蒋丞笑了笑，顾飞在某些方面有执着的幼稚。

放炮、吃饺子、放烟花，看着顾淼踩着滑板在火星子和烟雾里兴奋地来回穿梭，他觉得这个年过得有些恍惚。

有些场景重合，有些场景是新的。

这是他和顾飞在一起过的第二个新年。

从上一个新年，到这一个新年，滋味满满的多得一整年的时间里都装不下。

而再下一个新年，不知道是什么样的了。

潘智点着最大的烟花，冲着他们喊：“许个愿吧！”

你睁开眼睛的时候，我在这里。

“还有几天才开学呢，”潘智坐在沙发上看着蒋丞，“我觉得你可以晚几天再回学校，不用非跟我一块儿走吧。”

很多人盼着过年，但好容易盼到了，三十儿一过，年就迅速地过去了，一天一天就开始再次走向分别。

蒋丞看着手机上的日历，放假早，开学就早，没几天了。

如果是以前，他可能会拖到假期结束当天才返校，但现在，他打算跟潘智一块儿回去。

“我留在这里，会给顾飞压力的。”蒋丞说。

“……哎。”潘智倒到扶手上。

“他有压力，我也会有压力。”蒋丞说。

“是尴尬。”潘智说。

“我不想给他任何外力，我就要他自己走过来，”蒋丞点了根烟，“一步一步，不管他用多长时间，他得自己走过来。”

潘智看了他一眼：“丞儿。”

“别夸我帅。”蒋丞说。

“不夸这个，”潘智说，“我就是觉得你……以后能干得成大事儿。”

“啊。”蒋丞笑了。

“太能沉得住气了。”潘智竖了竖拇指。

沉得住气吗？其实也不是，蒋丞知道自己的性格，急得很，直得很，情绪也很难藏得住。

只是因为一直以来，顾飞带给他太多的安心和踏实，让他可以静得下来面对这样的情况，也只是因为那是顾飞。

而且蒋丞感觉自己也并没有潘智想象的那么沉得住气。

“我先进去了。”潘智拎着行李说了一句，转身先进了站。

蒋丞和顾飞站在进站口愣着。

“丞哥，”顾飞开口，似乎嗓子也有些发紧，“下学期别把时间安排得那么紧了，留点儿时间休息。”

“嗯。”蒋丞点点头。

“钱的事儿你不用担心，”顾飞说，“我现在开始接点大活儿，钱挺多的……如果钱要是吃紧了，一定会跟你说的，不会瞒你。”

“嗯。”蒋丞应着。

“二淼有什么进展我……也会马上告诉你。”顾飞说。

“好。”蒋丞点头。

顾飞似乎在思索还要说什么，蒋丞等着他开口，这会儿自己脑子里全是空的，连一个字儿都说不出来。

“照顾好自己，”顾飞说，“这一个年过完也没见胖回去。”

蒋丞笑了笑。

两个人沉默地继续站着。

过了能有十多分钟，顾飞才又开了口：“你……进去吧。”

“嗯，”蒋丞回头看了一眼进站口的人，没多少了，“那我进去了。”

拎起箱子准备转身的时候，他停了停，往前一步走到了顾飞面前，伸出胳膊搂了搂顾飞。

顾飞在他背上轻轻拍了拍。

“走了。”蒋丞转身拖着箱子走进了进站口。

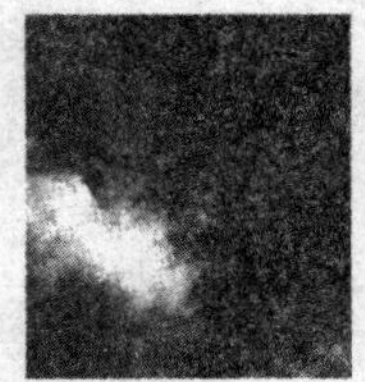

P253 – P323

四　我在啊

31

这是第三次，坐着火车离开。

每一次身边的人都不同，心情也不同，看着窗外的景物时感受也完全不同。

蒋丞喝了一口饮料，自己这也算经历相当丰富了。

从被扔回这里那天到现在，无论是生活、感情，还是心境，都已经完全改变，这应该是一开始谁都没有预料到的。

蒋丞并不后悔自己所有的选择，每一个选择、每一个决定，无论之后会发生什么，他都不会后悔。

就是这么牛。

他把饮料瓶子伸到旁边，在潘智手里的瓶子上磕了磕说：“干杯。”

“随意吧，”潘智看了他一眼，“这一大瓶呢。”

蒋丞笑了笑，喝了一口。

潘智跟着他也喝了一口：“祝顺利。”

车到站的时候，蒋丞发了个消息给顾飞。

——我们到了，一路顺利，现在回学校了。

——好的，我正带二森放烟火呢。

——帮我也放两个吧。

——好。

发完消息，蒋丞就迅速退出了，眼睛没有往上看，也怕自己手指碰到哪儿了页面会往上翻。

上面是他每次看到都会难受的没有收到顾飞回复的那两条消息。

虽然现在已经过去了，他也确定了下一步该怎么走，但看到那两条消息时，当时那种整个人都一片混乱的感受就会猛地涌上来。

跟潘智一块儿吃了个饭之后他回了学校。

他并不算返校早的，学校里已经能看到不少学生了，宿舍里也有学生走来走去的。

连他们宿舍里的人中，他都不算早的。

推开门看到赵柯的时候，他觉得真是很神奇："你什么时候回来的？上回发消息不是说情人节过后才回吗？"

"计划有变，"赵柯说，"张丹彤今天突然回学校了，我就马上退了机票买了今天的。"

"然后呢？"蒋丞问。

"什么然后。"赵柯说。

"她回学校了，你马上也跟回来了，然后在宿舍里躺着？"蒋丞说。

"不然呢？"赵柯看着他。

"……我不知道，"蒋丞冲他抱了抱拳，"就想说一句你真有创意啊。"

"我带了点儿吃的过来。"蒋丞打开了行李箱，箱子里他的衣服就占了一半地方，还有半箱放的都是顾飞买来让他带过来的各种特产和小吃，还分好了类，给许行之的、赵劲的、赵柯的，还有给同学的。

"这次许行之过去，顾飞妹妹情况怎么样？"赵柯拿了吃的拆开了，"我跟赵劲吵了一架，过年都没说上话。"

"挺好的，马上就会有进步了，不过后面可能会有反复和停顿，慢慢来吧，主要是找到了正确的方法就好办，"蒋丞说，"这种事儿果然还是得专业的人有针对性地一对一才行。"

"那就好。"赵柯说。

"你姐回学校了吗？"蒋丞问。

"早回了，吵完架说看到我就想吐，就回学校了。"赵柯说。

"……你们吵什么啊？"蒋丞看着他。

"不知道，从小就吵，这两年不打我了就不错了，"赵柯说，"我们经常吵完了不知道到底为什么，中途总跑题，扯来扯去就不知道为什么了。"

"哦，"蒋丞觉得很佩服，"这儿有给她买的零食，是我自己拿给她，还是你拿过去趁机和解一下？"

"给我吧，"赵柯说，"我拆一半出来给张丹彤，然后剩下的给赵劲。"

蒋丞笑了起来："还能有剩的吗？"

"多少能剩点儿吧，这么多呢。"赵柯说。

开学前两天没什么事儿，蒋丞约了许行之出来吃饭，送东西，顺便再次表达谢意。

许行之家是本地的，不过除了春节那三四天，他一直都在学校。

"怎么这么客气。"许行之说。

"跑这么一大趟，又是这么费神的事儿，"蒋丞说，"这还算客气吗？"

"不过这个牛肉干我是真觉得好吃。"许行之笑笑。

"吃完了让顾飞再给寄点儿过来。"蒋丞说。

"不用，"许行之拆开袋子拿了一小块儿出来放到嘴里，"我这个月还要再过去一趟，让他买了放着等我吧。"

"这个月？"蒋丞愣了愣，突然有点儿激动，"什么时候？"

"怎么，"许行之笑了，"你想跟我一块儿过去吗？"

"我……"蒋丞猛地回过神来，自己的这份激动，不仅仅是因为许行之这么重视顾淼的病，更多的是"过去"这个词。

"我不去。"蒋丞拿过桌上的果茶喝了一口。

"嗯，"许行之点点头，"给他点儿时间吧，有些事需要足够的时间，也要留出足够的空间才能行的。"

蒋丞没说话，他本来想问问许行之，走之前跟顾飞说了什么，但想想还是没开口。

许许之的话很有道理，他必须要留给顾飞足够的时间，给他足够的空间。

"这次去，是要带顾淼做检查吗？"蒋丞问。

"嗯，"许行之说，"要详细做一个检查，还有一些测试，结果我要带回来再分析。"

"谢谢。"蒋丞说。

"不客气，"许行之看了他一眼，"你要不一次性说够一百个谢谢吧，我办个谢谢你年卡，以后就不用说了。"

蒋丞笑了起来："我就是真的很感慨，如果没有你，这孩子可能就这么过一辈子了。"

"是因为有你。"许行之笑笑。

是吗。

是吧。

是啊。

多亏有我。

伟大的蒋丞选手!

蒋丞捧着果茶笑了半天。

但是如果没有顾飞，蒋丞往后靠到椅背上，他现在会是什么样呢?

所有的事情都是相互影响的，多亏遇见了顾飞。

开学第二天就是情人节，对于很多寒假分开了的小情侣来说，这简直是老天爷的恩赐。

头一天晚上十一点多了，鲁实和张齐齐的手机都还亮着，估计是要卡着点儿给女朋友发消息。

蒋丞拿着晴天娃娃，在手里一下下轻轻捏着。

今天他的手机就安静了。

连潘智都安静了，没在这个时间发点儿什么矫情的安慰过来，他很感谢潘智，这种高情商的铁子碰上一个算是他走运。

他闭上眼睛，准备睡觉。

零点过的时候，宿舍里传来了两声手机的消息提示音。

不用想就知道是对床那两位的，但紧接着蒋丞的手机也响了一声，有消息进来。

他愣了愣。

这个时间，只可能是潘智。

刚夸完他高情商，立刻就被打了脸，这滋味也是很美妙了。

但点开手机看到消息之后他愣了愣就乐了。

消息是赵柯发过来的。

——快，给我随便发句话。

蒋丞边乐边给他回了一句。

——你神经病啊。

赵柯手机在那边响了一声，宿舍里四个手机，响了四次，很完美了。

情人节的当天，无论是去上课，还是去吃饭，都能看到玫瑰花和姑娘的笑脸，据说隔壁宿舍还有同宿舍表白成功的男生。

“日子没法过了。”赵柯看着手机，他关注的几个学校的公众号里都是各种与情人节相关的消息。

“柯啊，你今天不表白吗？过了一学期了啊，过了半年了啊，一共就四年，过去半年了啊，”蒋丞问，“你真是我见过的，最磨叽的男人。”

“我还准备考研呢。”赵柯看着他。

“你考研有屁用，”蒋丞说，“她留级等你吗，她不毕业了吗，说不定就嫁人了……”

赵柯噌地站了起来。

“干吗？”蒋丞吓了一跳，赶紧护住自己面前的餐盘。

“快吃，”赵柯说，“吃完了陪我去买花。”

“……哦。”蒋丞看着他。

赵柯像是突然被刺激到了，或者是突然回过神来发现自己已经浪费了半年的光阴，总之是蒋丞一吃完饭就被他拉出了校门。

学校外面的花店不少，这会儿都是玫瑰的海洋，大的小的，各种造型和颜色的都有。

蒋丞第一次知道赵柯大概是个重度选择困难症患者。

就一捧玫瑰花，挑了二十分钟都还没决定，而且大概还兼挑剔病晚期，这捧大了、那捧小了、这束多了、那束少了、花骨朵多了、花开得太大了……

“就这个吧，”蒋丞抓起一捧看了看，“再拿盒巧克……”

“赵柯！”店外面有人叫了赵柯一声。

赵柯的手定在了空中。

蒋丞回过头，看到了捧着一束花站在店外面冲他俩笑着的张丹彤。

“怎么办！”赵柯没回头，压着声音小声问。

“拿这个出去给她，”蒋丞冲张丹彤笑了笑，转回头把手里的那捧花塞到了赵柯怀里，又从旁边货架上拿了一盒巧克力往他怀里一塞，“说你喜欢她让她做你女朋友，然后把她手里的花拿走！”

“什么？”赵柯愣了，眼睛拼命往一边瞅，但是又不敢转头，瞅半天估计什么也没瞅着，“有人送她花了？”

“废话，情人节这种日子，一个女神少说能收到十束花，你再不开口就真晚了，”蒋丞抓着他胳膊让他往后一转，推了一把，“去吧！”

赵柯一转身，外面的张丹彤立马笑得腰都弯了。

“你朋友害羞啊，”花店老板也笑得不行，看着赵柯走出去之后跟蒋丞说，“你呢？买花送女朋友了没有？”

“我……”蒋丞顿了顿，突然不知道该怎么回答这个问题。

“今天男生过来买花的好几个呢，还有年前就预订了的。”老板又笑着说。

“啊。”蒋丞看了老板一眼，应了一声。”

老板没再继续说下去，跟他一块儿往外看着。

赵柯的表现比蒋丞想象的要好，大概是豁出去了，站在张丹彤跟前儿说话的时候居然还挺镇定自若。

张丹彤一直在笑，最后赵柯一把拿走她手里的花，然后把自己的花和巧克力递过去的时候，蒋丞看到她脸红了。

“有戏。”老板说。

“嗯。”蒋丞点点头。

表白的过程和结果赵柯都没有详细说，大概既没有当场答应，也没有拒绝，蒋丞没有问，反正就知道张丹彤抱着花冲他挥挥手转身走的时候，一直笑得挺开心。

“我从今天开始吧。”赵柯说。

“嗯？”蒋丞看着他。

“追她。”赵柯说。

“加油。”蒋丞拍拍他胳膊。

加油。

人就是这样的，想来想去，犹豫来犹豫去，觉得自己没有准备好，勇气没攒够，其实只要迈出去了那一步，就会发现其实所有的一切早就准备好了。

他笑笑，拿出手机，点开了朋友圈。

朋友圈跟身边的状况差不多，一片与情人节相关的内容。

他今天没有发朋友圈，翻了一下，顾飞也没有发。

不过晚上跟赵柯一块儿去图书馆的时候，他看到顾飞发了一条。

只有一个小太阳的表情。

他笑了笑，在下面回复了一个小太阳。

在图书馆找到位置坐好之后，他又打开微信看了一眼，发现有一条回复，点开的时候看到顾飞给他回复了一个小太阳。

他啧了一声，又回复了一个小太阳过去。

过了一会儿，顾飞又给他回了一个小太阳过来。

蒋丞乐了好半天，才打开书开始看。

一个寒假他连一眼书都没有看，别说看书，他脑子里任何跟专业有关的内容都没有出现过。

啧。

蒋丞深吸了一口气，慢慢吐出来，又闭上眼睛定了定神，然后把视线定在了书页范围里。

他要开始继续上个学期的生活模式，上课学习—图书馆看书—打工，除了暂时不用再恶补心理学的知识，别的一切他都要恢复到原来的样子。

然后，等着顾飞睁开眼睛。

从图书馆出来的时候，他才一边打着哈欠一边打开了手机，之前手机振了一下，他都没顾得上看。

确切地说他专注看书的时候感觉到了这个振动，但是完全没有反应过来这个振动的内容是什么。

是潘智发过来的消息。

——你俩在朋友圈里也太无聊了吧！

蒋丞愣了愣，点开朋友圈，看到了他跟顾飞你来我往的那一溜小太阳，顿时一通乐。

一个寒假都没看书，这一晚上突然进入学习状态，蒋丞居然觉得有点儿累了，回宿舍也没跟赵柯他们聊天，直接上床躺下了。

不过赵柯自从下午表白了之后，一直到现在都神情恍惚的，这会儿估计聊天儿也聊不起来。

蒋丞闭上眼睛，翻了几个身，又坐了起来。

下床去抽屉里拿了支笔，还有个新的笔记本又爬回了床上。

他趴在枕头上翻开了笔记本，捏着笔运了一会儿气，然后写了一行字。

2月14日，晴。顾飞发了朋友圈，蒋丞丞回。

没写完他就停了笔。

已经挺长时间了，他没有注意过自己的字，这会儿凝神聚气了才发现，自己的字，不知道什么时候，又变回去了。

丑啊。

简直……丑啊。

他犹豫了一下，把这一页撕掉了。

在撕下来的纸上又练习了几遍之后，再次聚气，开始写。

2月18日……

18你个鬼啊！蒋丞瞪着这个日期，简直对自己佩服得五体投地。

于是再次撕掉这一页。

闭上眼睛缓了一会儿之后重新落笔。

2月18……

“我去你大爷啊！”蒋丞把笔一扔，压着声音骂了一句。

“请开始你的表演。”隔壁床的赵柯笑着说。

“怎么撕纸玩还能撕发火了啊？”张齐齐问。

“你们有没有试过，做梦的时候，拨个电话号码，怎么也拨不对，无论你怎么小心地一个一个号按，总会错？”蒋丞坐了起来，靠着墙。

“有过，”鲁实马上说，“别说一个手机号了，我梦里要报警，拨个110都能一直错！”

“我也经常的，”张齐齐说，“有时候能直接把我给急醒了。”

“那你们应该就能懂我了。”蒋丞叹了口气。

“不能懂，”赵柯的声音传了过来，“你现在醒着呢。”

宿舍几个人愣了愣，全乐了，笑成一片。

蒋丞绷了一会儿也跟着笑了起来。

其实他就是想写个不算日记的日记，也不写什么多余的内容，只是记下每天他和顾飞有没有联系、顾飞有什么动作、朋友圈发了什么内容，还有自己发了什么之类的。

一直写到顾飞来找他，说出“丞哥我们和好吧”的时候为止。

这个东西就叫顾霸天的觉醒。

但是事实证明他大概是不适合用笔，就一行字能撕好几页，用不了一个月这本子就得撕秃了。

他最后还是打开了手机的记事本。

在今天这一栏里杵下了一行字。

晴。顾飞发朋友圈，一个太阳。蒋丞回复，一个太阳。往复四次。

“这猫果然是怕冷呢，”老妈看着团在电暖器前眯着眼睛的小丑猫，“屋里这么暖和还要找火。”

“都这样，”顾飞低头看着手机，“李炎说给买了个猫屋子，一会儿拿过来，那个有顶子，可能更暖点儿。”

“这猫叫什么来着？”老妈问，“那天问你，你也不说。”

顾飞看了老妈一眼：“二淼叫它丞哥，你叫它咪咪就行了。”

“她这么喜欢蒋丞啊，”老妈笑了起来，“我不叫它咪咪，我要叫它……喵喵！喵——喵——”

顾飞没再说话，目光落回了手机屏幕上。

这个猫，不光对顾淼有帮助，似乎对老妈都有所帮助，让老妈把自己的少女心从男人身上挪了一部分放到猫身上。

顾飞的手机上打开的界面是……R大的表白墙。

他有时候没事儿会打开翻几页，不光是表白墙，R大的好几个公众号他都关注了，没事儿翻一下。

从情人节过了到现在都半个月了，大家心里的那些翻涌似乎都还没过去，这段时间的表白墙上差不多每天都能看到给蒋丞的表白。

他知道蒋丞一向招女生喜欢。

今天表白墙上甚至有人在给蒋丞留言时直接报了自己的班级，只是没说名字。

他把手机放到一边，靠到椅子上仰着闭了一会儿眼，然后又站了起来，穿上了外套。

“出去啊？”老妈问。

“嗯，”顾飞应了一声，“转转，李炎来了让他打我电话。”

“哦。”老妈说。

出了门就是兜头的老北风，他拉了拉衣领，去把小馒头开了出来，直接往出租房那边开了过去。

他现在差不多每天都会去出租房待一会儿，蒋丞在他身边的时候，他觉得很多事儿他想不清楚，但现在蒋丞不在他身边了，他还是想待在他租的出租屋里。

而且明天许行之要过来，他想把出租房收拾一下，如果要谈话或者是跟顾淼单独互动，到这边来比回家里要方便。

其实屋子挺干净，他把桌椅什么的擦了一遍之后，就没什么可收拾的了。

于是他伸了个懒腰，走进了卧室里，在书桌前坐下了。

这里还堆着很多蒋丞的书，以前做的试卷什么的，蒋丞都没让扔，说是留着做纪念，纪念不要命的那些日子。

他笑了笑，在一摞书上拍了拍。

手收回来的时候带倒了旁边的书，哗啦倒了一桌子。

“唉。”他叹了口气，一本本地把书拿起来重新摞到一块儿。

从一个旧的软皮本里滑出了一张纸，他正要把纸夹回去的时候，目光扫到了纸上的一行字：

希望我们都能像对方一样勇敢。

32

早上顾飞醒过来的时候，是被楼下几个早起锻炼的老头儿吵醒的。

每次在出租房这边儿睡觉，他都会睡得很实，早上如果没什么动静，他会醒得比平时都晚。

他拿过手机看了看时间，起身下了床，走到窗边往外看了看。

楼下路边围着好几个老头儿，应该是在抢占旁边的健身器材，这片儿健身器不多，就楼下有几个，按说他们一人一个也够了，但现在俩老头儿都要抢同一个……

顾飞在窗口挺有兴趣地看了半天，这里的人都这样，一个个头顶一把怒火，早起锻炼本来是为了身体好，现在这种吵架半小时就得折寿好几个月了。

不过之前跟许行之聊起这里的人时，许行之说过，虽然不是每个人都是这样，但这对很多人来说也算是一种宣泄途径，生活的各种不如意，一辈子的得不到，这么骂上一通发泄掉，回头买了菜回家该怎么过还是怎么过。

今天许行之大概中午的时候就会到了，顾飞洗漱完准备先把顾淼带去店里等着。

出门的时候他停下了，犹豫了一下，又回了卧室，从书桌上的那一摞书里抽出了昨天的那个软皮本，翻了翻，把里面的那张纸片拿了出来。

“希望我们都能像对方一样勇敢。”

这一看就是蒋丞的字，而且是高考之前甚至是更早些的时候写的，因为高考复习的时候蒋丞已经开始练字了，字比这个要写得好了，虽然这字看得出来写得很认真，但还是丑得很清奇。

什么时候写的呢？

是什么时候，蒋丞就已经有了这样的想法。

顾飞又翻了翻笔记本，是一本政治笔记，上面的内容……如同天书，如果不是蒋丞记笔记有写日期的习惯，他还真看不明白。

这是高二下学期的笔记。

居然那么早。

顾飞定定地看着纸上的字。

他没有办法判断蒋丞写下这句话的准确时间，也就没有办法再去猜测蒋丞写下这句话，是因为什么事，又是因为什么样的想法。

但无论这句话当初是为什么，眼下它却实实在在的，有了新的意义。

顾飞把纸片叠好，放进了钱包的夹层里，转身走了出去。

许行之还是开车来的，把车直接开到了他家店门口。

“我还想着等你电话去路口接你呢。”顾飞说。

“我认识路，”许行之下了车，“这片儿我现在都认识了。”

“二淼！”顾飞回头往店里叫了一声。

顾淼抱着猫探出了脑袋，看到许行之站在门外，挺开心地冲他鞠了个躬。

“这是你的猫吗？”许行之蹲下笑了笑。

顾淼点了点头，又偏头往他车上看了一眼。

“肥羊在车上，”许行之说，“你想跟肥羊玩吗？”

顾淼又点了点头。

许行之把车门打开让她上了车，先试了一下看看两只猫碰上之后的反应，然后把肥羊从猫包里拿了出来。

肥羊对猫没有对人那么热情，虽然没有挠小猫，但也爱搭不理的，躺在后座上跟太后似的。

相比之下，丞哥就要热情得多了，凑过去就抱尾巴。

顾淼在一边看得很出神。

“这次时间比较紧，”许行之说，“要做全面的身体检查，然后还有心理评测，我再跟你说说下一阶段的目标。”

“嗯，”顾飞点点头，他以前带顾淼检查过身体，但都是常规的，也不太清楚到底该做什么样的检查，“那……你去蒋丞那儿先把东西放了吧，住那儿挺方便的。”

“我订了酒店了，”许行之笑了笑，“你俩自己住吧。”

“哦，”顾飞也笑了笑，“那儿我也收拾好了，谈话什么的都方便的。”

“行。”许行之点点头。

有了猫的陪伴，顾淼的情绪这段时间都还挺平稳的，但是去医院还是一个巨大的坎儿。

平时去的医院就在这边，在顾淼能接受的活动范围里，但这家医院没有设备，今天要做脑磁共振，就要离开她熟悉的范围，去比市中心更远的地方。

坐在许行之的车上，开到市中心的广场时，顾淼的心情都还不错，但再继续往前，她就开始不安，手一直在车窗玻璃上拍着。

“二淼，”顾飞扳过她的肩，“我们去检查身体，身体好了，你就会很开心了。”

顾淼不太能听得进去他的话，眼神一直有些飘忽，身体绷得很紧，但让顾飞有些意外的是，她没有尖叫。

“二淼，”许行之把车停在了路边，回过头看着她，“你记得丞哥吗？”

顾淼没有反应。

“丞哥，”顾飞重复了一遍，“记得丞哥吗？”

顾淼过了很长时间才点了点头，接着又开始用手拍车座，一下下地不停地拍着。

“我们现在去看丞哥。”许行之说。

顾飞转过头看着他，小声问：“什么？”

“给蒋丞打个电话，让他一会儿跟顾淼视频，”许行之说，“你们以前没这么玩过吧？”

“没有。”顾飞拿出了手机。

“现在试一下，让她知道克服一个困难会得到惊喜。”许行之说。

手机响起来的时候，蒋丞正跟宿舍几个人一块儿往教室走着。

铃声让他愣了愣，这是他给顾飞的号码设的专属铃声，而他已经挺长时间没有听到了，一时间居然不能确定是不是自己的手机在响。

“你电话。”赵柯用胳膊碰了碰他。

“哦！”他这才回过神来，从兜里摸出了手机，屏幕上显示的就是顾飞的照片，他盯着看了起码两秒才接起了电话，“喂？”

“丞哥，”那边传来顾飞的声音，“你还没上课吧？现在有时间吗？”

“有，怎么了？”蒋丞问。

“我跟学长带二森去医院检查，是她没去过的地方，”顾飞说，“现在有些紧张，一会儿你跟她视频一下？”

“好啊，”蒋丞马上看了看四周，“我找个人少的地方。”

挂了电话之后他拍了拍赵柯：“帮我占个座，我晚几分钟过去，我跟妹妹视频一下，她现在情绪有点儿紧张。”

“行。”赵柯点点头。

蒋丞在附近找了个没人的椅子坐下了，顾飞的视频请求发过来的时候，他点下“接受”居然有点儿紧张。

“二森，”看到屏幕上蒋丞的脸时，顾飞压着心里的激动，把顾森搂了过来，“你看，丞哥。”

“二森！”蒋丞笑着招了招手。

顾森听到蒋丞的声音之后，把视线从车窗外面收了回来，转头看向了手机。

“二森看到我了没？”蒋丞说。

“哈！”顾森看到屏幕上的蒋丞时，有些惊喜地转头看着顾飞喊了一声。

这是最明显的进步，从见到肥羊那天开始，顾森开始用“哈”来表达自己的惊喜。

一直以来，她只在身边没有其他人的情况下跟顾飞说话，而且次数很少，词汇量也少，加一块儿也不会超过二十个单词。

但“哈”的时候，她却并不需要避人。

“哈！”蒋丞也喊了一声，然后对着摄像头打了个响指，再竖起拇指，“二森！”

顾森马上也打了个响指，冲他竖起了拇指。

车开到医院用了大概十分钟，顾森的注意力一直在蒋丞身上，听蒋丞说话，抱起丞哥和肥羊向他展示，没有了之前的紧张。

挂掉视频之后，顾飞带着她下了车。

她下车看了看四周，顿时又开始紧张，转身就要往车上爬。

“丞哥在等你，”顾飞拉住她，“检查完身体，就可以再跟丞哥说话了，好不好？”

这对于顾森来说，应该是个巨大的变化，无论是从哪方面来说，都是一次挑战。

许行之说这种时候不能强迫她，恐惧的情绪会让她以后都不再接受类似的改变，所以顾飞只能不断地说。

就这么蹲在医院门口的台阶前，顾飞耐心地一遍遍地说着，用顾淼能理解的简单语言。

许行之坐在旁边的台阶上，时不时会提示他怎么表达。

四十分钟之后，顾飞感觉再不进去，他们三个都得冻感冒了，顾淼终于点了点头。

顾飞长长地舒出了一口气。

“这还只是这么短的路程，”他觉得自己嗓子都有点儿哑了，“她的脑子里，这里离广场那边应该很近，就这样都……”

“没事儿，”许行之说，“第一步都是最难的。”

在许行之的安排里，顾淼还有很多第一步要走，离开习惯的生活环境只是其中一步。

“慢慢地带她扩大范围，”许行之坐在出租屋的沙发上，看着一只手抱着丞哥另一手牵着肥羊在客厅里来回走着的顾淼，“接下去就是理解感情和情绪，从接触小动物开始。”

“嗯，”顾飞点了点头，想想又问了一句，“你比较有养猫的经验，那个小猫可以洗澡了吗？我闻着有点儿臭了。”

“有半岁就可以洗了，”许行之笑笑，“不过洗完要马上把毛吹干，要不容易生病。”

“好，”顾飞说，“那应该差不多，我过几天给它洗个澡吧，二淼成天抱着，有时候都能闻到她身上有猫味儿了。”

“可以让她跟你一块儿给猫洗澡。”许行之说。

“能行吗？”顾飞愣了愣，有些犹豫，“她……有时候怕水，洗手洗碗还行，要洗猫的话……”

许行之笑了笑：“这个问题我们之前其实谈到过。”

“嗯？”顾飞看着他。

33

“顾淼……”许行之放低了声音，“本身是不怕水的，她并没有看到爸爸出事的现场，不是吗？”

“嗯。”顾飞应了一声。

“她看到水会尖叫，”许行之看着他，“尖叫的表现也并不是在爸爸去世之后马上出现的。”

“嗯。”顾飞开始隐隐感觉到许行之要说的是什么，有些不安。

“她是被你影响的，”许行之说，“因为你怕水。”

顾飞顿了顿，没再吭声。

“你可能表现的方式不同，你可以接触水，日常生活用水，可以站在河边，甚至可以玩一会儿水，”许行之说，“但是内心深处你对水是有恐惧的。”

顾飞过了很长时间才应了一声：“是。”

“有很多时候，我们可能感觉不到的情绪，会影响身边的人，”许行之说，“你害怕的，顾森就会害怕。你逃避的，顾森就会拒绝。你走得出去，她的步子才能迈得开。”

有很多东西，顾飞觉得自己不是没有感觉，而是理不顺，每次跟许行之聊过之后，他都会有一种如释重负的感觉。

虽然被人看穿被人剥开时会有些不能适应，可一旦真的撕开了，他就会感觉到轻松。

就像是沉睡了很久，他被蒋丞惊醒，会不适应，会有些无所适从，却知道自己某些时候会期待这样的瞬间。

许行之这次过来待了四天，顾森的身体检查和心理测试做完之后他就要回去了，回去之前又给顾飞做了一个详细的治疗计划，包括跟顾森的一些互动游戏。

“谢谢，”顾飞说，“真的，我也不知道还能说什么了。”

“你跟蒋丞挺逗的，都跟我挺熟的了，”许行之说，“他也是成天都跟我谢谢来谢谢去的。”

顾飞笑了笑。

“对了学长，”顾飞犹豫了一下，“我有个事儿想请教你。”

“嗯，什么事儿？”许行之问。

“就是……我想问问，”顾飞想了想，“一个人的情绪变化，会影响声音吗？就……”

顾飞有些不知道该怎么说。

“你是想问蒋丞的嗓子的问题吗？”许行之笑了。

顾飞有些尴尬，但还是点了点头：“是。”

“你没问问他吗？”许行之说。

“问了，他说变声期到了，”顾飞叹了口气，“潘智把我给删了，我觍着脸又给加了回来，结果问他他也不说。”

“那我也不能说啊，”许行之笑了笑，“不过我可以跟你说点儿别的，人在受到各种过强的刺激时，生理和心理都会出现反应。”

过强刺激。

这个词让顾飞心里一阵抽着疼。

“我知道了，”他皱了皱眉，“那蒋丞的嗓子，时好时坏的，需要去医院看看吗？”

“不用，大多数人过段时间慢慢就会恢复，”许行之说，“他现在已经恢复不少了，之前那阵儿他说话都没什么声音。”

“……哦。”顾飞听到自己手指被捏得咔的响了一声。

开春的时候总是容易饿，确切地说，也不是饿，就是馋肉，馋滋滋冒油的、煎得有一点点焦的大片肉。

蒋丞一个中午都被这样的念头折磨着，午饭都没吃好，下午起床的时候他做出了一个伟大的决定，今天晚上去做家教的时候要去吃烤肉。

“给我打包带点儿，”赵柯被他从宿舍到教室说了一路，也撑不住了，“不不，不用打包了，咱俩一块儿去吃吧，吃完了你去上课我回学校。”

“行。”蒋丞摸了摸肚子。

也许是身体觉得需要脂肪，也许是心情慢慢回暖，从去年一直到现在，他终于有了想吃肉的强烈愿望。

坐在教室里，蒋丞看了看手机的记事本。

顾霸天的觉醒历程他一直在记着，日期并不连续，现在大部分时间里，顾霸天跟他并不像以前那样每天联系，朋友圈经常都是一两天才发一条，可记录的内容不是太多。

但蒋丞每天都会从头到尾地翻一遍，就像在梳理这段时间里所有的回忆，从这些片段里感受顾飞的改变。

顾霸天发了照片，钢厂落日，配字，谁说我们这里不能出大片，蒋丞回复，就是，看看，这片，多大！顾霸天回复省略号。

蒋丞发自拍照。顾霸天回复，手机委屈。

……

一节课上完，赵柯拉着蒋丞要去超市。

“走，我这一节课都没上踏实，一直在想烤肉，”赵柯说，“先去趟超市吧。”

“超市也没烤肉啊。”蒋丞说。

“随便什么都行，什么鸡爪子、鸡翅、牛肉干、麻辣鱼的先吃点儿，”赵柯说，“我不行了。”

“你不是说过年吃胖了五斤吗，”蒋丞说，“不控制着点儿，女神怎么追。”

“我不是靠脸追求女神的人，”赵柯看了他一眼，“说到脸……”

“嗯？”蒋丞看着他。

“你最近看表白墙了没？”赵柯问。

“没，”蒋丞摇头，“我就看过几次，怎么了？”

“最近给你的表白挺多的，”赵柯说，“昨天我看到一个，今天又看到一个。”

“是吗？”蒋丞说，“你是不是很羡慕。”

“是啊，”赵柯点点头，“我打算上去自己给自己写几条。”

蒋丞乐了，一边掏手机一边笑着：“别啊，要不我给你写吧，保证情真意切，字里行间充满……”

手机在屏幕亮起的同时响了一声，有消息进来。

是顾飞。

——丞哥，下午有课吗？

蒋丞愣了愣。

现在顾飞很少给他发消息，发消息一般也就是说说顾淼的情况。

看到这样的内容时，蒋丞一瞬间几乎有些反应不过来。

过了一会儿，他才回了一条。

——现在下课了，跟赵柯去超市呢。

——哦，是我们去过的那个超市吗？

——是啊。

蒋丞回完消息还是有些愣神，还有些发慌，顾飞看上去没话找话说的消息有点儿反常。

——怎么了？

他又发过去一条。

过了一会儿顾飞的消息才又发了过来。

——我在那个超市门口。

蒋丞猛地停住了脚步。

“嗯？”赵柯跟着也停下了，转头看着他。

蒋丞瞪着手机上的这行字。

“假的吧。”他说。

“……你怎么了？”赵柯愣了，“怎么又没声儿了？”

没了吗？蒋丞看着赵柯。

“你别吓我，你怎么又哑了啊？”赵柯顾不上自己“不关我事我不管”的原则了，一把抢过了他的手机看了一眼，“我在那个超市门口……这是……顾飞吗？”

“啊。”蒋丞应了一声，这回有声音了。

听到了自己的声音之后，他才猛地回过了神，一把抢回手机，冲赵柯哑着嗓子吼了一声：“他过来了！”

“是啊！”赵柯被他吼得吓了一跳，“你赶紧过去吧？”

蒋丞往赵柯胳膊上拍了一巴掌，拔腿就往超市那边跑。

顾飞来了。

顾飞突然跑到学校来了！

顾飞就在超市门口！

顾飞居然就这么突然地出现了！

怎么回事！

怎么了！

蒋丞耳边全是呼呼响着的风声，还有自己因为跑步和激动而变得粗重的呼吸声，他一边狂奔一边拿起手机想要再看看顾飞的那条消息。

但是要想看清就要停下来，他现在无论如何也不能停下来。

不管了不看了！

他把手机塞回兜里，撒开了步子。

这里离超市不算远，走路过去也用不了两分钟，但不知道为什么，今天跑起来却觉得这条路长得有些离谱。

前面就是路口了，跑过路口，就是超市。

蒋丞盯着路口走过的几个人，眼睛被风吹得有些睁不开，但是一眼就看到了路边站着的那个人。

是顾飞。

顾飞！

他吼了一声。

居然没喊出声音来。

顾飞！

伟大的蒋丞选手在这个时刻启用了心灵感应。

顾飞转过了头。

顾飞转头的这一瞬间，蒋丞也停了下来。

顾飞往他这边快步走了过来。

蒋丞数着他的步子，一、二、三、四、五……

“丞哥。”顾飞叫了他一声。

“啊。”他应了一声，“我在啊。”

顾飞走到了他面前，一把搂住了他。

34

现在这个时间，这条通往超市的主要道路上的学生不少，蒋丞这样风一般地跑来，吸引了不少目光。

“你不是……跟赵柯一起吗？”顾飞松开了手，往后稍微退开了一些。

“嗯，他在后头吧。”蒋丞清了清嗓子，现在嗓子倒是有声音了，不过声音不太好听。

他往四周看了看，路过的几个学生也偷偷看了他几眼。

“我……”顾飞也跟着看了看，有些尴尬，“刚才还没这么多人的。”

“刚下课，”蒋丞说，“你怎么突然跑来了？”

本来脑子里一片混乱，所有的弹幕刷的都是“顾飞来了”，现在略微回过神来之后他才猛地想起了这个重要的问题。

而这句话一问出口，他心里好不容易压下去的激动的感觉又冒了头。

他忍不住伸出手在顾飞胳膊上轻轻拍了一下，加强一下真实的感觉。

“许行之今天回来，他开车的嘛，”顾飞说，“我就想着跟他车一块儿过来吧，不用赶着去买票了。”

“我问的是你为什么突然跑来了，”蒋丞说，“不是问你怎么来的，审题认真点儿。”

“就是……”顾飞拉了拉衣领，大概是身后过来的学生越来越多，他有些不自在，“有事情要跟你说。”

蒋丞的手揣在兜里，一直捏着手机屏幕。

顾飞这句话说出来的时候，他的手抖了一下。

咔。

钢化屏好像被他捏碎了。

“你还有课吗？”顾飞问，又往旁边看了看，低声说，“好多你同学吧？让他们看到你逃课会不会……不太好。”

“没事儿，”蒋丞揉了揉鼻子，虽然说了没事儿，但他也没好意思往旁边看，迈了步子直接往前走，“走，出去转转。”

“嗯。”顾飞跟在了他身边。

这种感觉还是很奇妙的。

前一分钟他还坐在教室里，面前是书本。

因为自杀者不构成犯罪，所以教唆或者帮助者也难以构成犯罪，但是如果教唆者的欺骗或者强迫产生了间接正犯的效果，则成立故意杀人罪……

转过头他就看到了顾飞。

“一会儿还有课吗？”顾飞问了一句。

“旷了。”蒋丞拿出手机低头看了一眼时间。

钢化膜还真是碎了，开了花似的。

啧。这玩意儿是赵柯给他的，说是买壳儿送膜不用浪费了，现在倒是没浪费，认真地碎掉了。

“你东西呢？”蒋丞出了校门之后才想起来问了一句。

“我……”顾飞揉了揉鼻子，似乎有些不好意思，“没带东西。”

“嗯？”蒋丞愣了愣。

“就包里塞了条内裤，”顾飞晃了晃背上的包，“我就……急着过来，也没安排好时间，后天我跟人定了要拍照，明天就得回去了。”

“哦，”蒋丞点了点头，“那明天就要回去了啊？”

“嗯。”顾飞应了一声。

“你真就是那么坐了许行之的车就过来啊？”蒋丞还是有点儿没缓过来，转头瞪着顾飞。

“是啊，他说今天回来了，”顾飞笑了笑，“我就让他把我送到你们学校门口。”

“神经病啊。”蒋丞说。

蒋丞打算让顾飞去住上回送他来报到时的那个酒店，但居然临时迷了路，最后是顾飞带着到了他酒店。

“你去做家教的时候真的不迷路吗？”顾飞问。

“平时到这儿来也不会迷路，”蒋丞说，“这会儿就是有点儿犯迷糊了。”

顾飞笑了笑没说话。

拿了房卡之后，他俩沉默着进了电梯。

房间还跟上回在一层，不过不在同一间了。

现在站在顾飞身后等着他开门时的心情也不同了。

想想有些神奇，很多回忆就还在眼前，但想起来的时候又觉得已经过了很久，久到会让人感慨。

顾飞进屋，把包放到了桌上，拿遥控器打开了空调。

蒋丞跟进去，把门关上了。

屋里顿时变得很安静，只有顾飞调温度时发出的嘀嘀声。

蒋丞就这么站在这里，不知道怎么了，有些迷茫，有些不知所措。

顾飞放下遥控器，转身脱掉外套的时候，他才感觉自己裹着这一身有些热了，于是也把外套脱了扔到一边。

“我带了个小东西，”顾飞拿过自己的包，走到他面前，“是……送给你的。”

“嗯？”蒋丞看着他的手。

顾飞从包里拿出了一个玻璃瓶，把瓶子放到他手里时，沉甸甸的。

蒋丞盯着这个玻璃瓶，确切说这是一个小号的圆底烧瓶。

烧瓶里有东西，蒋丞看清的时候愣住了。

烧瓶的圆肚子里浮着一瓣瓣的花瓣，还有很多细细的银色小颗粒，随着烧瓶的晃动，花瓣在银色的星星点点里轻轻旋转着。

顾飞从旁边的桌上拿了酒店的一个黑皮本子，衬在了瓶子的那边。

瞬间出现在蒋丞眼前的，仿佛是夜空。

银色的星光里，是飘荡着的花瓣。

“好看吗？”顾飞问。

蒋丞看了他一眼，黑色的本子挡掉了他半张脸，只露出眼睛。

眼神里全是期待。

“好看，”蒋丞看着他，“好看。”

顾飞笑了笑。

“里面……是什么？”蒋丞问。

“胶水。”顾飞说。

蒋丞笑了起来：“听上去也太不神秘了。”

“银色的那些神秘。”顾飞说。

“是什么？”蒋丞问。

“保持神秘感，”顾飞说，“就不说出来了。”

蒋丞笑着没说话，晃了晃手里的瓶子，瓶口用一个大钢球堵着，可以倒过来，钢球是打了胶固定的，但是顾飞做得很精致，胶几乎看不出来。

“丞哥。”顾飞放下手里的本子，把瓶子也拿过来放到了桌上。

“嗯？”蒋丞看着他。

“我过来，不是想说什么，”顾飞搂住了他的肩膀，“有些话现在说出来太虚了。”

“嗯。”蒋丞闭上了眼睛。

“我很着急，我怕我跟不上你。”顾飞轻声说。

“嗯。”蒋丞闭着眼睛应了一声。

“有些话，说出来了想收也收不回去，伤在那里就在那里了，抹不掉，”顾飞轻轻拍了拍他的肩膀，“我就是想亲口跟你说，面对面的。”

“说吧。”蒋丞说。

“对不起，”顾飞说，“我知道你不需要这句话，我不是为之前的事儿说的，我是为我……没有像你那么勇敢。”

蒋丞的手轻轻抖了一下。

“我会像你一样勇敢，”顾飞说，“我过来就是想说这个，我想让你看到。”

“……啊。”蒋丞突然有点儿想笑。

“我认真的，”顾飞说，“你别笑。”

“我本来不想笑的。”蒋丞咬了咬嘴唇，还是没忍住，偏头枕着顾飞的肩笑出了声。

“笑吧，”顾飞叹了口气，“这话要是录下来，我自己听一遍可能也得笑。”

蒋丞没说话，偏着头一直笑得停不下来。

顾飞没再出声，只是在他背上轻轻地拍着。

眼泪是什么时候流出来的，蒋丞完全没有注意到。

他觉得自己一直在笑，感觉到眼泪的时候，已经满脸都是泪痕了。

“对不起。”顾飞低声说，“丞哥对不起。”

“滚，”蒋丞声音颤得厉害，带着鼻音，“滚蛋。”

“嗯。”顾飞应着。

“顾飞，”蒋丞终于忍不住带上了哭腔，“你为什么没做到！”

“丞哥。”顾飞在他背上揉着。

“你为什么就说算了！”蒋丞哑着嗓子吼了一声，“怎么了就算了！你凭什么给我做主！”

“我错了，”顾飞低头把脸埋进他肩窝里，“丞哥我错了。”

“我还没说算了！你凭什么就说算了！”蒋丞吼，“你个自以为是的玩意儿！你凭什么就说算了啊！是你一个人的事儿吗！”

“丞哥我错了。”顾飞低声说。

“你……”蒋丞喊了一半没了声音。

给我跪下磕头去吧！

这么长时间以来，蒋丞一直强压着自己要冷静，顾飞有顾飞的原因，顾飞性格里被心理阴影影响的那一部分不能怪他，自己可以冷静地坚持着，等着他醒过来，走过来。

但这种理性在眼下这一刻完全崩塌了。

道理我都懂，可我还是委屈。

道理我都懂，可现在我就是想骂人，想要抱怨，想要不讲理地指责。

他需要狠狠地吼出来、骂出来、喊出来，如果不是不能动手，他还想狠狠地揍顾飞一顿。

一拳一拳砸在他身上，砸在他脸上。

这将近半年来自己所有的感受都要化成疼痛让顾飞体会到。

虽然他知道顾飞也过得很辛苦，但现在他就是不想再理智，不想再讲理。

谁还不是小“公举”啊！

小“公举”怎么能忍得下这样的委屈！

蒋丞紧紧抓着顾飞后背的衣服又吼了一声。

去他妈的这句干脆没了声音。

“先别说话了，丞哥，”顾飞有些心疼地抓了抓他头发，“我查过了，你这嗓子要慢慢恢复，情绪要……稳定。”

稳定你大爷！

这怎么稳定！

蒋丞推开了他，一拳砸在了他肚子上。

以顾飞的反应，这一拳他完全能挡得住，但他就那么站着，甚至没有侧一下身。

就憋了憋气。

蒋丞砸在他肚子上时能感觉到他的腹肌。

居然偷偷防护！

他对着顾飞又抡了一胳膊，砸在他胸口上。

“还手啊！”蒋丞瞪着顾飞，这回有了声音。

顾飞在他第三拳抡出去的时候一把抓住了他的手腕，接着一拽一带，蒋丞就一个踉跄被他掀翻在了床上。

在砸到床上的一瞬间，蒋丞就突然没了力气，身体跟着床垫弹了弹之后就不想再动了。

“丞哥。”顾飞胳膊撑着床沿儿，单膝跪在了床边。

“嗯。”蒋丞应了一声，他的眼泪再次从眼角滑了出来。

两个人都没有再说话，也没再动。

一直到蒋丞的手机在外套兜里响了两声，顾飞才抬起了头：“你电话响了。”

“嗯，闹钟。”蒋丞说。

“什么闹钟？”顾飞问。

“提醒要去做家教了。”蒋丞睁开眼睛，吸了吸鼻子。

“那……”顾飞摸出手机看了看时间，“我陪你过去。”

“嗯。”蒋丞坐了起来，抹了抹眼睛。

已经没有眼泪了，但眼睛有些发涩，感觉有些迷迷瞪瞪的。

“我去洗个脸。”蒋丞站起来走进了卫生间。

连续往脸上泼了几捧水之后，他才慢慢回过神来，看着镜子里的自己，眼睛有些发红，鼻尖也有点儿红。

别的都还好。

他搓了搓自己的脸，然后拉了拉衣服。

走出卫生间的时候他看了一眼顾飞的脸，看不出什么痕迹。

顾飞的神技之一吧，无论是忍着，还是掩饰着，他都能做到不留痕迹。

“走吧，”蒋丞拿过外套穿上，拿起桌上的烧瓶，“这个你先帮我背着吧。”

“先放这儿吧，晚上回来你再拿走？”顾飞说。

“我想带着，”蒋丞看了他一眼，“你背着。”

“好，”顾飞点了点头，起身把烧瓶放进了包里，“你是家教完了才吃饭是吗？”

“嗯，本来想跟赵柯说好先去吃烤肉，吃完再去家教的，”蒋丞笑了笑，“现在来不及了。”

“那晚上叫他一块儿吃烤肉？”顾飞问。

“不用，他肯定已经去吃了，”蒋丞说，“晚上……我也不想叫别人一块儿吃了。”

“嗯，”顾飞穿上外套，然后过去开门走了出去，“我以为你这学期会推掉一份家教呢。”

“时间安排得过来就不推了，”蒋丞说，“这两家家长都挺好的，就先都干着吧，钱还挺多呢。”

顾飞看了他一眼。

“我学费啊，”蒋丞说，“还有生活费、资料费，花费挺多的。”

“知道了。”顾飞搂了搂他的肩。

家教一小时，蒋丞开始有点儿担心自己嗓子不行，不过大概之前不是出于情绪原因，纯粹就是吼得太用力才没声儿的，这会儿讲课的时候，倒是都正常了。

还略微带点儿磁性。

“你今天是不是有什么喜事啊？”小姑娘抱着胳膊，一边说话一边剥了根棒棒糖叼着。

蒋丞看着她没说话。

“干吗，休息时间也不能吃吗？”小姑娘啧了一声。

“我说休息了吗？”蒋丞说。

“烦，”小姑娘把棒棒糖咔咔几下咬碎了，把棍儿吐出来，“行吧，继续讲。”

蒋丞拿过她的卷子，把剩下的半张继续讲完了。

“行了，今天就到这儿吧，”蒋丞看了一眼桌上的钟，“有时间把今天我给你圈出来的那几道题做了。”

“嗯，”小姑娘应了一声，又推了推桌子，“问你呢，是不是有什么喜事？”

“什么喜事？”蒋丞看着她。

“你今天看上去心情不错，”小姑娘指了指他的脸，“说不上来，就是感觉。”

“是吗，”蒋丞笑了笑，“喜事就是你妈刚给我钱了。”

“又不是跟你打听，你装什么装，月月我妈都给你钱呢，你上月拿钱的时候看着一脸了无生趣的，”小姑娘不屑地翻了个白眼，“恭喜你找回人生乐趣。”

“谢谢。”蒋丞说。

走出小区的时候，天已经黑了，风刮得很急，兜头就甩了蒋丞一脸沙子。

他一边揉眼睛一边往四周看了看，正琢磨着顾飞会在哪个店里等着他的时候，墙边有个黑影动了动。

“顾飞？”蒋丞愣了愣，“你怎么戳这儿啊？不冷吗？”

“这算冷吗，”顾飞走了过来，从外套里拿出了一团暖乎乎的东西放到他手里，“这比家那边儿起码高十摄氏度了。”

“那你把外套也脱了呗反正你不怕冷……”蒋丞看了看手里的东西，是一个巨大的烤红薯，他笑了起来，“你刚买的？”

“嗯，”顾飞点点头，把袋子打开，一边吹气一边掰了一半，“我估计你出来肯定饿了，先垫垫吧。”

“是饿了，”蒋丞拿着烤红薯刚想往前走，风吹了过来，他赶紧低头，拿手挡了挡，“我的天，这沙子。”

顾飞转过身往他面前一挡，吃了一口：“快吃。”

“嗯。”蒋丞跟他面对面地凑在一块儿挡着风，啃了一口红薯。

他其实一直对这玩意儿没有什么特别的兴趣，就觉得闻着很香，真吃起来也差不多就那样，跟大五花完全没得比。

但不知道为什么，今天这半个红薯却特别甜，又香又甜。

他看了一眼顾飞，顾飞正低着头很认真地啃着红薯。

也许是因为顾飞，或者是因为这种在寒风里面对面啃着热乎乎的烤红薯的感觉。

“我有点儿担心，”蒋丞一边吃一边说，“这个红薯得有五斤吧，吃完了还能吃得下烤肉吗？”

“没到一斤，”顾飞看了他一眼，“学霸你的目测能力真的差得有点儿惊人啊，你大概是我见过的人里目测最不准的了。”

蒋丞笑了笑：“反正我觉得要吃撑了。”

“没事儿，就算是五斤红薯吃下去了，”顾飞说，“有大五花，你还能再吃五斤。”

蒋丞啧了一声。

“算了，”顾飞想想又拿走了他手上没吃完的红薯，“留点儿肚子吧，要不一会儿吃得不过瘾。”

“你是不是也很久没吃烤肉了？”蒋丞问。

“嗯，”顾飞笑了笑，“我……跟别人去吃也没什么意思。”

蒋丞看着他。

顾飞没说话，把红薯放回袋子里，然后搂住了他：“丞哥，你看我的厉害。”

“嗯？”蒋丞愣了愣。

“我会努力，”顾飞说，“跟你永远吃大五花。”

35

学校和家教中间的这家烤肉店，蒋丞每次经过都会往里瞅，经过一个学期的观察，他觉得这家的烤肉品种齐全，肉也新鲜，除了价格太贵，没别的毛病。

但就是这个价格，加上心情不怎么明媚，他一直也没下过决心来吃个痛快。

今天的价格依旧吓人，不过他可以忽略。

“我看看有没有优惠券，”蒋丞拿出手机，“上月他家有团购，不知道现在还有没有了。”

“我来吧，”顾飞挡了他一下，拿了手机出来，“我发财了。”

“哦，”蒋丞笑了笑，“多大的财啊？”

“挺大的，”顾飞说，“之前我不是跟你说过我拍了一组钢厂的照片吗？”

“嗯。”蒋丞点点头。

“那个编辑挺喜欢的，用了好几张，现在他们要做个新的主题，几个人拍同样的主题，呈现不同视角什么的，”顾飞在手机上点着，“我有一个单元。”

“是不是很牛了？”蒋丞问。

“相当牛了，”顾飞说，“我接商业摄影的活儿都提价了。”

蒋丞笑着没说话。

很长时间了，蒋丞都没有再这么痛快地吃过烤肉。

他俩还是老习惯，他负责往回拿肉，顾飞负责烤肉。

“这块儿煳了，”蒋丞把一片肉挑出来，“你水平退步了啊。”

“以前不也经常烤煳吗？”顾飞说。

蒋丞低头塞了一口肉。

没错，以前也经常烤煳，因为顾飞烤肉的时候不专心。

“我发现，”顾飞拿生菜叶子慢慢包着肉，“这家的肉是好吃，一分价钱一分货啊。”

“嗯，”蒋丞吃得有些忙不过来，点了点头，含混不清地说，“是。”

“多吃点儿吧，”顾飞把肉递给他，“过年前瘦到现在，一直也胖不回去。”

“嗯。”蒋丞笑笑。

蒋丞现在的感受很复杂。

眼下这种安心的、温暖的，对着顾飞给他烤的一大盘肉慢慢吃着的感觉，他已经很久没有感受到了。

现在顾飞就在他眼前，他们回到了以前的日子里，他却依然有些……手足无措，就像是刚开始时的那种紧张和局促。

也许是憋了太久，这么长的时间以来，他没有跟顾飞好好聊过天，没有放松地跟他噼里啪啦地说过身边的事儿，他和顾飞之间除了顾淼，已经很久没有过别的话题。

就像一块被压实了的海绵，放开之后还是会留下痕迹，需要很长的时间才能慢慢恢复原状。

紧紧压着他们的东西拿开了，顾飞开口了，他们想要完全回到以前的气氛里，却还需要时间。

这顿烤肉吃得很过瘾，蒋丞走出烤肉店的时候觉得自己步子都快迈不出去了。

“不坐车了，”他按着肚子，“走回去吧，我感觉我现在要是坐车，颠一下就能吐出来。”

“嗯，”顾飞笑了，“感觉你吃回本儿了。”

“我每次都奔着回本儿去的，”蒋丞说，“要不多不服气。”

“这个会员卡你拿着吧，”顾飞从钱包里拿了张卡出来，“想吃了就过来，叫赵柯他们一块儿。”

“嗯？怎么还有会员卡？”蒋丞愣了愣。

“刚办的，”顾飞说，“存点儿钱进去就可以了，还能有折扣。”

“你存了多少？”蒋丞看着他。

“一千。”顾飞说。

“这么多？”蒋丞看了看手里的卡，扭头就想往回走，“先去退了吧。”

“丞哥，丞哥，”顾飞赶紧拉着他，“最少也要存五百，我想着今天吃完一顿就没剩多少了，就存了一千。”

“太贵了啊。”蒋丞说。

“又不总这样，”顾飞拽着他往前走，“你除了大五花，也没什么别的爱好了……”

“谁说的？”蒋丞看着他，过了好一会儿又叹了口气，“我居然反驳不了。”

顾飞没说话，伸手搂了搂他的肩。

从烤肉店走回去，路不近，但感觉没走多长时间，就到了顾飞住的那个酒店。

顾飞拉了拉他的胳膊：“丞哥。”

“啊。”蒋丞应了一声。

“今儿晚上不回宿舍行吗？”顾飞说，“我明天一早就走了，我们晚上聊一会儿吧。”

蒋丞看了他一眼：“嗯。”

顾飞的这个要求，让他有些意外。

以他对顾飞的了解，这种情况下他一般不会提出要求，丞哥愿意留下就留下，丞哥想回宿舍，他也不会多说什么。

但顾飞却开了口，让他别回宿舍了。

从进电梯到开门进屋，他一直跟在顾飞后头盯着研究。

“我后脑勺都要烧着了，”顾飞脱了外套，回过头看着他，“怎么了？”

“你能感觉到？”蒋丞感觉挺震惊的。

“没感觉到，”顾飞说，“我是回头的时候看到的。”

“哦，”蒋丞愣了愣笑了起来，“你回头了吗？”

“回头了，而且，”顾飞用手在自己脑袋旁边晃了晃，“我有余光。”

“那你余光角度挺大啊，”蒋丞说，“能跟我比了。”

顾飞没说话，盯着他看了一会儿。

“丞哥。”顾飞很轻地叫了他一声。

“嗯？”蒋丞应了一声。

“没事儿，”顾飞说，“我就是想叫你，很久没叫了。”

“哦，”蒋丞说，“那复习一下吧，别以后忘了怎么叫。”

“丞哥。”顾飞又叫了他一声，转身给了他一个拥抱。

“嗯。”蒋丞应着。

“你换沐浴露了？”顾飞轻声问。

“狗吗你是，”蒋丞说，“是换了，赵柯抢的，买一送一两大瓶，强行卖给我一瓶，我说我还有，他去洗澡的时候就把我的用光了，然后再卖。”

顾飞笑了好半天，然后抬起胳膊往旁边一指：“怼他。”

“别学我。”蒋丞啧了一声。

“我要真学你，”顾飞笑着说，“肯定学得特别像。”

蒋丞笑了笑，没说话。

晚饭明明吃得路都快走不了了，回房间就待了这么一会儿，蒋丞洗完澡居然又觉得饿了。

“这个苗头不对啊，”蒋丞摸着肚子，站在顾飞跟前儿，“这是要长胖了？”

“本来就应该长胖啊，”顾飞看了他一眼，“你真的……瘦了好多。”

“还行吧，我自己没什么感觉。”蒋丞说。

顾飞没说话。

“怎么了？”蒋丞问。

“丞哥，”顾飞闷着声音，“我真的很心疼，特别是……这些都是因为我，我就特别忍不了。”

“没事儿，”蒋丞摸了摸他的头，“不用觉得内疚，我是一个，特别记仇的人，你这些事儿，我会记一辈子的。”

“嗯。”顾飞笑了笑。

晚上蒋丞没回宿舍，宿舍的人也没有发消息来问过，估计是赵柯帮他圆上了，他打算明天回去了请赵柯去吃烤肉。

“要换台吗？”顾飞在旁边拿着遥控器问了一句。

“随便，反正也没看。”蒋丞说。

电视就是个背景音，无论放哪个台，演的是什么，都无所谓。

他们以前在出租屋猫着的时候，也总是这样开着电视，然后聊天儿。

现在……他们并没有像以前那样聊天，也许是太久没有聊天儿，也许是现在心里的感触太多，总之就是一直这么沉默着。

也挺好的。

蒋丞并没有什么想说的，他就想这么待着、愣着，就挺好的。

有些细小的痕迹，是需要时间来慢慢修复的。

“二淼最近表现怎么样？”蒋丞问。

“还行，上次去做脑磁的时候闹了脾气，不肯进去检查，还被别的病人嫌弃了，”顾飞笑了笑，“别的都还挺好。”

“慢慢来吧，以前是完全不知道该怎么办，现在是有方向了，只要坚持，就会有进步。”蒋丞说。

“嗯，”顾飞翻了个身，“丞哥。”

“嗯？”蒋丞偏过头。

“我以前总觉得你很天真，特别天真，我特别喜欢，”顾飞说，“我觉得我成熟得太厉害了，我长这么大都没天真过。”

“是啊，”蒋丞说，“我就是一个天真的小可爱。”

顾飞笑了半天，然后清了清嗓子才继续说：“其实你这样的天真，不是幼稚。”

“是吗，”蒋丞想了想，“我也觉得自己挺成熟的。”

顾飞笑了笑没再说话。

蒋丞的这份天真，是因为他内心的坚强，轻易不会被打倒，才会一直天真。

这样的天真，顾飞觉得自己真的没有。

他没有去假设过如果蒋丞跟他有同样的经历会怎么样，他只知道最后是蒋丞的这种强大倔强的天真让他惊醒。

而他最终想要去迈开步子，却比他自己想的要简单得多，纯粹得多。

因为这样的蒋丞，错过了就不会再有了。

他记不清自己有没有这样害怕过了，因为感觉要失去而害怕。

也许有过，他怕失去那些得不到的期待和梦想。

但这是第一次，他无论如何也无法排解那种失去带来的痛苦和焦灼，他害怕失去蒋丞，害怕失去跟蒋丞成为朋友后才开始看到的那些美好。

他们之间，回不到最初的那种样子，但他还有时间，他可以用另一种姿态开始新的生活。

跟最初不同的，却还是一样的生活。

这一夜蒋丞没睡着，他觉得自己挺踏实的，应该睡得挺沉的才对，但是判断失误了。

“几点的车啊？”天快亮的时候他问了一句。

“拒绝回答了，”顾飞在他背后，闷着声音说，“你这起码问了第八次了。”

“有那么多次吗？”蒋丞想了想，“看来我说话的水平有待提高啊。”

“你跟我没话说了吗？”顾飞还是闷着声音。

“不怎么有，”蒋丞说，“我一想起来这人去年跟我说算了吧，我就想让他上厕所里跪着去。”

“我错了。”顾飞飞快地认错。

“说了八百遍了，”蒋丞说，“以后我想想给你上点儿什么刑吧，比说管用。”

“好。”顾飞点头。

“对了，”蒋丞沉默了一会儿之后翻了个身跟他面对面地躺着，“我明天回学校以后给你发个书单。”

“嗯，什么书单？”顾飞问。

“齐齐的女朋友在师大中文系，”蒋丞说，“我问她要了课表和平时老师推荐的书什么的，你不是说你们学校不正规吗，你看看她的那些书吧？”

“好。”顾飞点点头。

“有时间的话，”蒋丞又补了一句，“我把英语资料也给你一份，你这学期把四级过了吧？”

“有时间，”顾飞笑笑，“真的。”

“我就觉得这专业反正已经在学了，就别浪费时间，该学的就都看看。”蒋丞说。

“好的，”顾飞看着他，“你这种时候特别……可爱。”

“我也觉得。”蒋丞说。

“齐齐是谁？”顾飞问，“姓齐吗？”

“张齐齐，”蒋丞说，“睡赵柯对床的。”

“赵柯，鲁实，”顾飞说，“怎么到他那儿就叫齐齐了啊，你们关系比其他两人更好一些吗？”

蒋丞看着他没说话，过了一会儿乐了，翻身躺平了冲着天花板一通笑。

“笑什么。”顾飞说。

“不是，”蒋丞还是笑着，“你突然这么严肃，好像我欠了你八百块不还一样。”

“有吗？”顾飞愣了愣，“我还有别的问题呢。”

“那你接着说，我听听。”蒋丞看着他。

“你们学校那个表白墙，”顾飞说，“你平时会看吗？”

蒋丞没绷住，乐了。

“严肃点儿行吗？”顾飞叹了口气。

“不太看，怎么了？”蒋丞边乐边问。

“那些人，是就在表白墙上喊一嗓子就完了，”顾飞说，“还是会真的找到你表白啊？”

“啊，”蒋丞揉了揉脸，换了个严肃的表情转脸看着他，“有找到我的啊，手写的情书我也收到过，面对面表白也有过……”

“你说的是……真的吗？”顾飞问。

蒋丞盯着他看了一会儿：“你真信啊？”

“信，”顾飞看着他，“你真的很好。”

“逗你的，没有，”蒋丞说，“我平时就在教室、食堂、宿舍、图书馆活动，就这节奏谁都知道我没空接受表白啊，真没人找过我，喊个乐吧。”

顾飞“哦”了一声。

蒋丞笑了笑，闭上了眼睛。

“丞哥，”顾飞说，“你以前说的话，还算数吗？”

“哪句？”蒋丞问。

“如果你说算了，让我不要就那么来去自如走掉……这话……”顾飞说，“还算数吗？”

“算数。”蒋丞说。

36

蒋丞觉得出门不带行李挺好的，因为没有东西可收拾，也就不会在这个过程中提前感受到分别的气氛。

顾飞去前台要了个袋子，把烧瓶装好放进了包里，就没什么可收拾的了。

“我内裤呢？”蒋丞进厕所看了看，昨天洗了晾着的内裤不见了。

“我包里，”顾飞说，“已经干了。”

“跟烧瓶放一块儿吧，”蒋丞说，“一会儿别忘了拿。”

“一条破内裤。”顾飞看着他。

蒋丞也看着顾飞："没破。"

顾飞没说话，就啧了一声。

"想说什么就说。"蒋丞也啧了一声，"话说，你是不是就剩一条内裤了？"

"嗯。"顾飞点点头。

"以后一千块别随便给人充卡买大五花，"蒋丞一脸忧伤地说，"好歹先把内裤买了。"

"你怎么还记着那一千块啊。"顾飞笑了。

"一千块啊，"蒋丞用食指和拇指比了一下，"得有这么厚了。"

顾飞叹了口气，把他俩手指头往一块儿捏了捏："这么厚，你那个得有一万了，我以前真没发现你目测能力是这样的。"

"说明我视钱财如粑粑，"蒋丞说，"走吧，没落东西了吧？"

送顾飞去车站，这是第二次。

大概是因为这次顾飞出现得太突然，蒋丞一直都没回过神来。

在地铁上站着了，他才猛地反应过来，顾飞要走了。

昨天下午才到的今天上午就要走了。

"五一我来看你吧，"顾飞说，"说不定到时能把二淼带出来了。"

"好啊，"蒋丞转头看着他，这句话还是让人心定，"不过二淼能那么快就有那么大进步吗？"

"也许吧，许行之说我给了二淼很多负面的暗示，"顾飞笑笑，"也许我不再……那样了的话，她也能感觉到。"

"嗯。"蒋丞点点头，有种隐隐的兴奋、期待、期盼，有希望是最舒心的事，特别是两个人都能盯着希望。

下了地铁，往车站里走的时候，身边拖着行李来来往往的人很多，蒋丞轻轻地叹了口气。

"你一会儿出去的时候知道怎么走吗？"顾飞问。

"知道，"蒋丞说，"还能总分不清吗？"

"那你知道来接站的话在哪儿接吗？"顾飞看了他一眼。

"不知道，"蒋丞笑了笑，"我可以找个地儿待着，你过来找我就行。"

"也对。"顾飞点头。

越是接近进站口，蒋丞就越有些说不清的慌乱，指尖一直无意识地在手心里抠着，发现自己的动作之后他就会停下来，但过不了几秒钟，就又开始抠了。

到了进站口，两个人都没再说话，不像以前，进站的时候，他们多少会找几句废话出来说说，但今天，两个人都很沉默。

明明觉得想说的挺多的，但是又什么都不想说了。

就这么愣着吧。

照例是等到广播里提醒乘客快上车了，顾飞才说了一句：“我进去了。”

“嗯。”蒋丞点点头。

顾飞把肩上的包拿下来，从里面拿出了那个小烧瓶：“这个你宿舍的人不会笑话吧？”

“没事儿，”蒋丞拿过装着烧瓶的袋子，“没人会说什么的，我又没裸奔，你进去吧。”

“嗯，”顾飞往前过来搂住他，用力地收了收胳膊，“那我进去了。”

蒋丞点了点头。

顾飞松开胳膊，转身大步往进站口走进去。

蒋丞想起来忘了交代他一句别回头，但想想又觉得或者应该交代一句回头。

正琢磨着自己到底是想要顾飞回头还是不回头的时候，顾飞回过头看了他一眼。

他冲顾飞挥了挥胳膊。

顾飞转身继续往前走，走了两步又回过了头。

蒋丞再次挥胳膊。

继续往前走，再第三次回过了头。

“你大爷，”蒋丞继续挥胳膊，“玩我呢？”

这次顾飞没再转身继续往前走，而是一直退着走，走到拐角了才冲他笑着摆了摆手。

蒋丞挥胳膊：“快滚。”

顾飞从拐角消失之后，蒋丞转身离开了进站口。

这次他很顺利地就顺着路走了出去。

回学校的路上他收到了顾飞的消息。

——开车了。

——嗯，我快到学校了。

——那我睡会儿，你回学校也补补瞌睡吧。

——好的。

回学校是补不了瞌睡的，蒋丞拎着烧瓶回到宿舍的时候，宿舍里三个人居然全在，他推门进去，三个坐在电脑前的人同时转过了头。

“钱。”赵柯把椅子往后一蹬，回头向鲁实和张齐齐伸出了手。

鲁实和张齐齐一人掏出二十块钱放到了他手里。

“怎么个意思？”蒋丞看着他们。

“我说你中午之前会回来，”赵柯说，“他俩说你得明天下午才回。”

“你们很有乐趣啊。”蒋丞笑了。

“给，”赵柯拿了二十放到了他桌上，“一人一半。”

“……谢了啊。”蒋丞说。

“柯啊，”鲁实看着赵柯，“你是怎么判断的？”

“因为他没有换洗衣服啊，”赵柯说，“他平时多讲究，两晚上不换内裤他肯定受不了。”

“你真……”蒋丞看着他，“了解我啊。”

“还行吧。”赵柯说。

“那我不能去买一条吗？”蒋丞说。

“你上月刚买了四条，”赵柯说，“按你平时抠门儿的程度来看，应该不会又花十几块买一条，直接回来拿比较划算。”

“滚蛋，”蒋丞笑了半天，“我有这么抠吗？”

“有啊。”赵柯点头。

“走，我也有不抠的时候，”蒋丞拿过手机看了一眼时间，“我请你们吃烤肉吧。”

虽然有点儿舍不得，但他还是打算按顾飞的安排，请同学去吃烤肉，毕竟在一个宿舍这么长时间，大家处得一点儿矛盾都没有，相互之间也很照顾，挺难得的。

“你不是回来拿内裤的吗？”张齐齐问。

“吃不吃烤肉？”蒋丞看着他。

“吃。”张齐齐马上站了起来。

两个车站，每次都能形成鲜明对比。

从繁华到落寞，连温度都猛地降了下去，顾飞走出车站的时候拉了拉衣领，转头看了看车站。

其实他来车站的次数并不多，在蒋丞出现之前的十几年里，他没有需要接送的人，也没可以去的地方。

几次短途的旅行他也都选择的是大巴，这还是他第一次这么仔细地看着这个车站。

从本地的新闻里能知道，车站这么几十年里就翻修过两次，一次是加盖候车区，另一次是扩宽站前广场。

除此之外，车站就一直是这样了。

他站在广场中间，盯着这座一眼看过去都不用全部余光就能看完整的火车站。

心里有些情绪在翻涌，从来没有过的情绪。

“哥们儿要车吗？”旁边停着的一辆车里探出一个脑袋问了一句。

顾飞摇了摇头。

“我们这儿去哪儿坐公交可不方便，打个车多好，”脑袋说，“不绕你道，放心吧。”

“公交车到我家那条街停。”顾飞说。

“本地人啊？”脑袋一听他说话就愣了愣，然后啧了一声，“看着不像……你是多少年没回来了吗？这破车站盯着看半天。”

“啊。”顾飞应了一声，没再说别的，转身走了。

公交车的确是能到他家店邻着的那条大街，中途都不用倒车。

顾飞从车上跳下来的时候，看到了正踩着滑板站在路边的顾淼，估计是李炎过来了，看得出顾淼的头发被剪短了。

不过今天顾淼的情况和平时不同，今天她不是一个人，她跟前儿站着个小姑娘，正跟她说着什么。

顾飞走过去，俩小姑娘都没看到他。

“可大了，”那个小姑娘挺兴奋地说着，“你见过吗？最大的热气球，可以上去一百个人，站在一个大筐里！”

顾淼一脸的面无表情并没有影响她的热情，她似乎也不需要顾淼有回应，自顾自地说着：“然后一点火……就跟点炮仗一样，嘭！热气球就点着了，烧着就往上飞走了，飞得可快了！”

“这么厉害啊。”顾飞在旁边说了一句。

“是啊！”小姑娘转头看着他，“你没见过吧！”

“没有。”顾飞说。

顾淼转过头，看到他的时候一踩滑板就冲了过来，然后拉着他就往回走。

“跟这个妹妹说再见，我们回家了。”顾飞说。

顾淼应该是见到他有点儿兴奋，拽着他往前蹬着滑板，对他的要求没有反应。

“二淼，”顾飞拉过她，扳着她的肩，“跟这个妹妹说再见才能走。”

顾淼看着他，过了一会儿才转过头看着那个小姑娘，冲她挥了挥手。

“再见！”小姑娘也挥了挥手，转身蹦着走了。

“她是谁家的孩子啊？”顾飞跟着顾淼往回走，问了一句。

顾淼往对面街指了指。

“对面店里的吗？”顾飞回头看了一眼，对街是一排小店，这些店里无论是猫狗还是孩子，都是放养的。

“糖。”顾淼说。

“糖？”顾飞往兜里掏了一把，“哥哥今天没带糖，一会儿回店里吃吧。”

“糖！”顾淼看着他，似乎有些不耐烦。

“什么糖？”顾飞马上反应过来了，顾淼是在说那个小姑娘，大概是姓唐，但他没有马上回答，而是继续问，顾淼需要不断地加强表示的能力。

“糖！”顾淼很大声地说。

这个音量让顾飞有些惊喜，但他还是又问了一句：“哪个糖？”

顾淼憋得脸都有些发红了，最后指着刚跟小姑娘说话的地方：“糖！”

“她的名字吗？”顾飞给了她回应。

顾淼点了点头。

“哥哥知道了，”顾飞也点了点头，“下次也这样说，这样别人就都能懂了。”

顾淼没理他，踩上滑板往前冲了出去。

李炎在店里，虽然这店现在的老板是刘立，但李炎每次来的时候都还是往收银台后边儿一坐，跟以前一个样。

“你去看蒋丞了？”看到他进来，李炎马上盯着他问了一句。

“嗯。”顾飞点头，拿了张椅子坐到了他旁边。

“昨天去，今天就回了？”李炎又问。

“嗯，”顾飞应了一声，“我下午有活儿。”

“活儿可以推后吧，”李炎低声说，“好容易去一趟，就待一晚上？”

“不推后。”顾飞说。

“为什么啊？”李炎愣了愣，“我去，不会是又吵了吧？”

“没，”顾飞看了他一眼，“你是不是有什么别的想说的？”

“没啊，”李炎说，“我还有什么别的可说啊，你俩的事儿自己处理，我就问一嘴。”

“就算跟他吵了，许行之也还会继续给二淼治疗的。”顾飞说。

“……你这话说的，”李炎在椅子上蹦了一下，“我发现你这人真挺烦人的啊，我有那个意思吗？”

“我上哪儿知道你有没有。”顾飞说。

“我没想过，”李炎啧了一声，想想又往他身边靠了靠小声说，“不是一路人，谈别的太玄幻。”

顾飞看了他一眼。

“真话。”李炎说。

蒋丞的消息发过来的时候，顾飞和李炎正打算带顾淼去王旭家吃馅饼。

——书单发到你邮箱了，你收一下看看能不能借到，英语的资料我都去复印了，今天发给你，没有的我也都写在书单里了，你去借借看。

——嗯好的。

蒋丞做事永远都是这么积极，说了什么就会马上行动，多一秒都不会拖。

“你知道市图书馆在哪儿吗？”顾飞转头问李炎。

“什么馆？”李炎看着他。

“市图书馆。”顾飞又说了一遍。

“图？书？馆？”李炎重复了一遍，“图书馆？你问我？我差点儿没反应过来图书馆是什么。”

“你能不能争点儿气，好歹也是上过学的人，”顾飞说，“成绩还比我好呢。”

“我想想，”李炎叹了口气，“说起来了我就觉得我还是有印象的，在市政府那边吧，就新城区。”

“这么远。”顾飞说。

“干吗？”李炎问。

“我……要借书，不知道能不能找得到，”顾飞说，“先看看吧，借不着就买。”

“什么书？摄影书吗？”李炎问，脸上的表情还是有些吃惊。

“不是，”顾飞突然有些不好意思，憋了半天才又开口，“是蒋丞给列了个书单，师大中文系的朋友那儿要来的，跟专业相关的书，还有……他的英语资料，他让我这学期把四级过了。”

李炎半张着嘴看着他，没有说出话来。

“你这样我有点儿尴尬。”顾飞伸手抬了抬他下巴，帮他把嘴合上了。

李炎瞪着前面，没有再说话。

一直到快走到王二馅饼了，李炎才转过头看着顾飞：“大飞。”

“嗯？”顾飞看了他一眼。

李炎脸上有一种很奇妙的表情，他从来没见过的，说不清是因为什么样的情绪而产生的表情。

“我有点儿激动，”李炎说，“我说不清……”

“啊。”顾飞应了一声，李炎很少这么说话，他有点儿不知道该怎么接下去了。

“就……挺好的，”李炎点点头，“非常好。”

顾飞没说话，拍了拍他的肩。

“你知道这种感觉吗，”李炎低头叹了口气，“我一直觉得，我们这帮人，就这么在这儿长大，不管小时候有没有什么理想……我小学的时候写我的理想是开飞机，反正不管是什么吧，就我们这帮人，长大了全都没理想了，就这么混一辈子，随便在哪儿打个工、开个店，谁谁谁展翅高飞了也不是没有，就是离咱们特别远。”

顾飞看着他。

“你懂我意思吗？”李炎看着他。

“我还没高飞呢。”顾飞说。

“就那个意思，起飞之前不都要助个跑拍拍翅膀什么的吗，”李炎说，“我跟你认识这么久了，都多少年了啊，我没见过你这样，真的，我就突然有点儿激动。”

“嗯。”顾飞应着。

“你这名字，总算是没白叫。”李炎说。

李炎跟他认识的时间很长，虽然他几乎不会跟李炎谈心，但他的事儿，他家里的情况，李炎都能看到。

顾飞本来没有多大感觉，他只是单纯地想要跟上蒋丞，学别白上，书看了一定会有用，不一定非要有什么具体的改变，人往前走的时候未必会一直数着一二三，但无论多少步，都是从一二三累积起来的。

但现在经李炎这么一说，他突然有些感慨。

晚上回到家之后，顾飞把蒋丞给他列的书单，还有中文系都学的课程，都整理出来记在了手机里，明天想去图书馆看看能不能借到书。

他把手机放下，拿了相机准备把下午拍的图导出来处理一下。

坐到电脑前面之后，他看了看旁边的一个小镜框，里面是一张破字条，字条上是蒋丞同学奇丑无比的那行字。

破字条下面还有一张整齐的小字条，上面是跟蒋丞同学的字一比宛如书法大家作品的顾飞同学的字。

这行字是把上面的丑字给翻译了一下，以便每次励志的时候能一眼就看清。

希望我们都像对方一样勇敢。

“哥哥要去图书馆，”顾飞说，“图书馆很远，你没有去过的地方。”

顾淼抱着猫，仰头看着他，很认真地听着他说。

“你想去的话，我就带你去，”顾飞说，“但是那里比医院还要远，远很多，知道了吗？”

顾淼盯着他，过了一会儿才点了点头。

“你想去吗？”顾飞问，想了想又补充着，“那里有喷水池，就是你在电视里看到过的喷水池，还有塑像，知道什么是塑像吗？就是……”

顾飞顺手拿过旁边的一本摄影杂志翻了翻，指着一张铜塑：“这个就是。”

顾淼低头看着照片。

“你想去看吗？”顾飞又问。

顾淼没有见过的东西实在太多，许行之告诉他用这样的方法对于顾淼来说的确很管用，利用顾淼的好奇心。

顾淼又过了好半天，最后点了点头。

“好的，”顾飞说，“如果过去了，你不高兴，不可以叫，你要告诉哥哥。”

顾淼点头。

“去把睡衣换了吧。”顾飞说。

顾淼抱着猫跑进了卧室。

“能行吗？”老妈从自己屋里走了出来，有些担心的样子，“市政府那边真挺远的了，我都没去过。”

“试试吧，”顾飞说，“现在也不强迫她，只是要她不高兴的时候不尖叫，得告诉我。”

因为路程有点远，顾飞怕顾淼在路上会控制不住还是尖叫，所以没有带她打车或者坐公交，而是开了小馒头。

许行之说过，在这种过程要多跟顾淼说话，分散她的注意力，让她不那么紧张，而多说话，也是一种让顾淼能更好地跟人沟通的方式。

“二淼啊，”顾飞以前跟顾淼说话并不多，顾淼似乎对别人的话也并没有什么兴趣，所以他俩之前的交流多数都是最基本的，现在慢慢要找话跟顾淼说，对于他来说还有点儿费劲，“你想丞哥了吗？”

这话说出来之后，顾飞愣了愣，想想又有点儿好笑。

“你跟哥哥一起加油好不好，”顾飞说，“我们努力追上丞哥！”

“哈！”顾淼在后面喊了一声。

37

顾霸天的觉醒。

顾飞在朋友圈发了一排小红心，忘了分组，三分钟内回复大概超过一百条，蒋丞也加入了排队活动。

“去超市吗？”赵柯在蒋丞床沿儿上拍了拍。

“哪个超市？”蒋丞关上手机记事本问了一句。

“豪华大超市，”赵柯说，“我要买个保温杯。”

“嗯，”蒋丞点点头下了床，“你保温杯不是好的吗，又买？”

“买给张丹彤的。”赵柯说。

“这都4月了，还买保温杯？”蒋丞觉得有点儿茫然。

“你好歹也有经验，”张齐齐叹了口气，“不知道杯子杯子一辈子吗？”

“那直接你买床被子多好，”蒋丞说，“音还一样。”

“别逼我吐槽你。”赵柯看着他。

“走，”蒋丞拿了外套，“我正好去买两条毛巾。”

周末没事的时候，如果说要去超市，一般他们都会去学校外面的豪华大超市，享受一下买东西十分钟排队结账一小时的慢节奏生活。

陪着赵柯给张丹彤挑保温杯的时候，蒋丞顺手也拿了几个看着。

“你要给你那个朋友买一个吗？”赵柯问。

“不知道，”蒋丞想了想，“我都不知道他用什么喝水……”

“一般人都用杯子喝水。”赵柯提醒他。

蒋丞看了他一眼。

“送礼物就是个心意，”赵柯说，“他平时可能就是用个玻璃杯，但是你送了，他就用你送的了，这有什么可考虑的。”

“嗯，”蒋丞点点头，“有道理。”

送个保温壶让顾飞用来喝水他估计都会同意。

最后蒋丞挑了两个运动水壶，一个红的，一个蓝的。

正好五一顾飞过来，他俩出去玩就可以用了。

顾飞最近非常忙，上课下课、看书、复习英语、拍照片，别的时间里全都在配合许行之治疗顾淼，他俩的联系差不多跟以前一样，晚上聊一聊白天发生的事情，别的时间里有空就发个消息。

蒋丞觉得这样的节奏很好，像稳重而舒缓的钢琴曲的音律……当然，这种状态是在努力不去想“假期”这种东西时才能保持的。

一想到五一的假期，蒋丞就变成了活泼的小提琴。

在超市排队等结账的时候，他看到超市五一活动的宣传单，顿时一阵激动，一巴掌拍在了赵柯胳膊上：“柯啊！就还剩半个月了！”

“嗯，”赵柯搓了搓胳膊，“我问你，前天齐齐说的组团去玩，你想好了没啊？”

“我是没问题，”蒋丞说，“我不是还想叫上潘智嘛，他还没确定要不要带个姑娘一块儿去，今天晚上给我回话。”

“好，”赵柯说，“潘智……有很多姑娘备选吗？”

“也没有很多，他一次就处一个，时间长短就不一定了。”蒋丞说。

“我是不是应该跟他取取经？”赵柯说，“怎么追姑娘讨好姑娘的？”

“别，”蒋丞马上说，“你就这样挺好，别跟他学，他那就是玩呢，等着哪天被人收拾了你再看，肯定就不是这样了，别跟他学花花大少的那套。”

赵柯笑了笑。

这个组团去玩，张齐齐期待了半个学期了，一直在宿舍里宣传游说，最后几个人决定五一都不回家，打算去旁边的草原上玩两天，虽然时间有点儿紧，但大家对这次出行积极性都很高。

蒋丞跟顾飞说了这事，顾飞也挺想去，于是提前半个月就开始跟顾淼沟通，给她看马的照片、草原的照片，还有些别人拍的滑草视频，顾淼的反应还不错，很兴奋，也很好奇。

虽然带上顾淼，对于蒋丞和顾飞来说，可能会玩得没那么尽兴，但蒋丞无所谓，如果顾淼这次能出来玩，对她的病会有很大的帮助。

“我觉得问题不是很大，”从超市出来的时候顾飞打了电话过来，“但是……”

“但是什么？”蒋丞赶紧问。

“她应该会要带着她的枕头和小被子，”顾飞说，“没有这俩，她肯定会闹的，这俩她多少年都不让换，外面盖什么无所谓，贴身的一定要那个被子。”

“那就让她带着吧，”蒋丞想了想，“就两天，咱俩带内裤就行了，箱子里塞她的枕头和被子也没什么大不了的。”

“丞哥，”顾飞说，“要是她闹起来了……”

“没事儿，”蒋丞说，“你就看她比去年这个时候有多大进步了，我觉得就是真闹了，也不会像以前那么夸张。”

“嗯。”顾飞应了一声。

“你自己都想去，她一个小孩子，肯定也想去的，”蒋丞说，“多好玩啊。”

“我是真挺想去，”顾飞笑了笑，“我都……没去过那么远。”

这话让蒋丞顿时就觉得有点儿心酸：“你带相机吧？拍点儿照片，这儿还有一大帮人等着摄影师给他们拍照片呢。”

“嗯，没问题。”顾飞笑着说。

潘智最后决定不带人，自己一个人参加活动。

“跟我吊着玩暧昧呢，陪不起了，我又不是追不着别的姑娘了，”潘智说，“没准儿这次出去就能碰上。”

“那你跟赵柯睡一个屋吧？”蒋丞问。

“行，”潘智顿了顿，“你跟顾飞还有顾淼一个屋吗？”

“去这么远，顾淼肯定得跟着顾飞，不比在家里。”蒋丞说。

“我带着她也行。”潘智想了想，低声说，“你俩抓紧时间好好玩一玩吧。”

“去草原玩，要坐车，坐很久，”顾飞跟顾淼面对面地坐着，语速很慢地跟她说着，“睡在别的床上，你可以带着枕头和小被子，听懂了吗？”

顾淼跟他眼神对上没有几秒钟就转开了，落到了旁边路过的猫身上，不能带猫她倒是已经理解了，也同意。

“二淼，”顾飞把她的脸扳回来对着自己，“哥哥说的话，听见了没有？”

顾淼点了点头。

“哥哥说了什么？”顾飞问。

顾淼看着他。

顾飞把之前的话又重复了一遍，然后再问："听清了没有？"

顾淼这回视线没有移开，点头的时候看得出她是听到了顾飞的话。

"哥哥说了什么？"顾飞继续问。

"玩，车。"顾淼小声说着，然后又站起来跑进了自己屋里，抱起了枕头看着顾飞。

"嗯，带着枕头和小被子。"顾飞说。

顾淼看起来状态是不错的，对于出门也没有什么抵触，但为了保险起见，顾飞还是提前订的软卧，车厢里相对来说人少一些，不会让顾淼紧张。

出发之前又给许行之打了好几个电话，详细地问了如果顾淼出现情况时的各种应对方法，反反复复地问得许行之都笑了。

"不用那么紧张，记着我的话，你的紧张情绪会影响她的，你放松点儿，让她觉得这些都没什么大不了的，她才会放松，"许行之说，"月初我过去的时候她状态挺不错，她进步算是很快的，情绪也挺稳定，目前这样的状态能保持住，就算是很好了。"

"嗯，"顾飞看了看日历，"到时我过去了，出来吃个饭吧。"

"我时间没问题，看你们的安排，先玩了再说吧，"许行之说，"你们有半年没有好好聚过了。"

"……是啊。"顾飞笑了笑。

他一直没太注意时间，现在想想，半年时间就这么过去了。

以前会觉得日子很长，一路重复着的灰色，让他已经习惯不去注意具体的时间，现在回头看看，也就是一晃眼的工夫。

时间或长或短，其实都是跟着心走的吧。

这次出门，是顾淼第一次离开这个城市，生命里的头一次真正的旅行。

虽然还有些迷茫，不是太明白旅行是什么意思，出发前三天她都很兴奋，顾飞知道她兴奋的原因，丞哥、马、滑草。

顾飞没有带着小孩儿出门两三天的经验，收拾行李的时候感觉头很大。

"她的洗漱用品，喝水的杯子，感冒药和消炎药都带点儿备着，"这种时候顾飞第一次感觉到了老妈作为一个妈妈的作用，她一直在旁边提醒着，"帽子和厚外套要带，那边风大。"

"嗯。"顾飞按她说的一样样收拾着。

"刘立给她买的新衣服也带着吧，拍照片好看。"老妈说。

“嗯。”顾飞应着。

“你看这个夹子好看吗？”老妈拿过来一个小盒子打开了，里面是个很漂亮的银色蝴蝶结。

“挺好看，”顾飞看了老妈一眼，“给二淼的？”

“嗯，”老妈说，“其实是我买来自己用的，但是好像太幼稚了，就想给二淼。”

“你跟她说，”顾飞说，“她应该喜欢的。”

“我怕她不喜欢，”老妈小声说，“从小跟着你混得跟个小子似的，会喜欢小夹子吗？”

“试试。”顾飞说。

老妈拿着夹子去给顾淼看，顾淼挺有兴趣，这几天她对什么都会表现出兴趣，大概是因为情绪一直处于兴奋状态里。

老妈的夹子她挺喜欢的，老妈把夹子夹在她头发上的时候她也没有不高兴，就是过了几分钟之后再看的时候，夹子已经被她自己换了地方，夹在了脑门儿的头发上。

“你这个审美……随的谁啊？”顾飞看着她。

蒋丞和潘智一块儿站在出站口等着接站，顾飞那趟车已经在出站，这会儿旁边的人很多，蒋丞都感觉自己是不是该举个牌子了。

“真不开个房住？”潘智问。

“不开了，”蒋丞说，“他坐软卧过来的，已经把开房的钱用没了。”

看到顾飞从人群里出现的时候，他已经走到他们跟前儿了：“挺聪明，还知道挥点儿标志物。”

“……我这挥的是白旗。”潘智说。

“哦，”顾飞看了他一眼，转头又看着蒋丞，半天都没出声，过了好一会儿才叫了一声，“丞哥。”

蒋丞想先拥抱一下顾飞，但顾飞身边还站着个正紧张地往四周看的顾淼，他必须先跟顾淼打招呼。

在顾飞胳膊上轻轻拍了一下之后他弯下腰：“二淼。”

顾淼转过头。

他打了个响指，竖起拇指。

顾淼又往四周看了一圈才也打了个响指竖起了拇指。

不过大概是因为紧张，她脸上没有笑容。

“先出去吧，”顾飞说，“人太多了。”

“我背她出去？能走得快点儿，”蒋丞问，“能背吗？”

“可以背……不过她现在挺沉的，”顾飞说，“她从开春到现在胖了好多。”

蒋丞没说话，弯腰把顾森背了起来。

“哎哟，”站起来之后他才愣了愣，“现在这么沉了？”

“走，”潘智把顾飞肩膀上的一个包接了过去，“赶紧的。”

“二森，二森，”蒋丞偏过头在顾森耳边叫着她，“你现在胖了好多，丞哥差点儿背不动你了，胖妞。”

顾森搂着他脖子。

“胖妞，”蒋丞说，“你这样不行啊，不长个儿光长肉……”

“哈！”顾森喊了一声，声音不大，但是挺清楚的。

“哈！”蒋丞跟着她也喊了一声。

拿着行李背着顾森，几个人一通忙乱地往外冲，为了避开人群，他们又往外走出了一段，才打了个车。

潘智坐到了副驾位置上，顾森还是坐在后座蒋丞和顾飞的中间，靠着顾飞没几分钟就睡着了。

一直到这会儿，蒋丞才静了下来，心里的激动开始一点点苏醒过来。

他转过头，轻声问顾飞：“她一路都没怎么睡吧？”

“也睡了，”顾飞笑了笑，“她就是有点儿兴奋过头了。”

蒋丞没说话，往后靠了靠。

因为明天一早就出发，今天晚上顾飞和顾森就都住在潘智自己租的那套一居室里。

出租车停在了楼下，潘智一下车就指着旁边一条小路说：“二森，看到没，这条路可平了，前面还有几个坡，想不想去玩滑板。”

顾飞看了潘智一眼。

顾森站在路边，抱着滑板看着潘智，没什么反应。

“滑板，”潘智继续说，“咱俩去玩滑板？”

蒋丞和顾飞把行李拿下来，付完车费，车都开走了，潘智还在努力地游说着顾森：“玩滑板去？”

“二森，是去还是不去，”顾飞说，“告诉潘智哥哥。”

顾森抱着滑板看着潘智好半天，最后摇了摇头。

“我……”潘智偏开头，“我这么没魅力？”

“她应该是有点儿累了，”蒋丞笑着说，“先休息吧。”

潘智是个好铁子，想爷爷之想，急爷爷之急，爷爷没想的，没急的，他也一根筋地操心着。

进屋之后让顾淼在床上躺好睡着了之后，他就拿了钱包往外走：“我去旁边超市买点儿菜，晚上不出去了，就在这儿涮锅吧。”

“好。”蒋丞应了一声。

38

为了节省时间，他俩就跟在宿舍澡堂似的一块儿洗的澡，洗完之后他俩才发现，既没拿毛巾，也没拿换洗的衣服，之前穿的外裤倒是在，但是已经都湿透了。

“我去拿。”顾飞拧了拧门锁。

“我没有行李。”蒋丞说。

“穿我的，”顾飞说着把门打开了一条缝，往外探了探头，“我带了两条运动裤。”

“要不我去吧，”蒋丞小声说，“万一二淼起来了……看到她哥这样，不太好吧？”

顾飞回头看着他：“我妹看到你……还不如看到我吧，我至少是亲哥。”

“啊，”蒋丞想想又乐了，跟着也往外探了探头，“那你快点儿，拿出你钢厂小霸王的敏捷身手来。”

“嗯。”顾飞拉开门跑了出去，飞快地冲进了客厅。

也就两三秒钟，他拎着包又飞快地跑了回来。

“二淼还睡着呢吧？”蒋丞问。

“没听到动静，估计这么一会儿也睡不醒，”顾飞在包里翻了翻，拿了裤子出来，“你穿这条吧。”

“我要带杠的。”蒋丞说。

“这会儿了还挑款呢？”顾飞看着他。

蒋丞点点头：“带杠的，显我腿长。”

“带杠的带杠的，”顾飞又拿了另一条给他，“以后我运动裤都买带杠的，不带杠的不要。”

蒋丞笑着把裤子穿上了。

顾飞把浴室收拾好，又检查了一遍才出来了。

“给潘智打个电话吧，”顾飞说，走到卧室门口推开门往里看了看，又关好门坐到了蒋丞旁边，“他买好东西肯定不会直接回来。”

“再过一会儿。”蒋丞拿出手机看了一眼时间。

顾飞看着他没说话，过了一会儿往后靠在沙发上笑了起来。

“笑什么，”蒋丞啧了一声，“有照我说的做吗？”

“当然有啊，”顾飞说，“我每天晚上都在出租屋那儿看书。”

“在那儿看书挺不错的，那套桌椅有学霸的加成。”蒋丞说。

“对了，说到这个，”顾飞拿过自己的包，从里面拿出了一个本子，“这个英语作文……学霸你帮我看看吧。”

蒋丞看着他，半天都没说话。

“我也不知道找谁看了，”顾飞说，“找老鲁我感觉还不如找你。”

蒋丞拿过本子，胳膊往他脖子上一钩。

“不知道6月能不能过四级，”顾飞叹了口气，“试试吧……你不会再让我跟着你一块儿过六级吧？”

“这个不强求，”蒋丞笑着翻开了本子，“我是打算下学期过六级。”

顾飞的字的确是比他的强，这作文还没看内容，光看着倾斜角度都那么整齐排着的字母，就让人觉得很舒服。

啧啧。

蒋丞感受到了英语考试判卷老师看着他的卷子时的感受有多强烈的对比。

顾飞应该是做了不少卷子，作文都写了很多篇。

蒋丞其实这会儿也看不进去到底写得怎么样，但还是一页页慢慢翻着，这是个挺享受的过程。

这一行行整齐的英文，是顾飞认真地一步步往前留下的脚印。

把所有的作文都翻了一遍之后，蒋丞才拿出手机给潘智打了个电话：“在哪儿呢？买完菜了没？要不要去接你？”

“不用接，就在小区的门球场。”潘智说。

“……东西多吗？”蒋丞问。

“四个人涮锅能有多少东西，”潘智说，“我现在回去了。”

“嗯。”蒋丞应了一声。

“他在哪儿呢？”顾飞问。

“就我们刚打车进来的时候看到的那个门球场，”蒋丞想想乐了，“真是……我去接他吧，帮他拿东西。”

“嗯，”顾飞站了起来，“那我先把饭煮上吧。”

“行。”蒋丞也站了起来，穿上外套出了门。

出了门没走多远，就看到潘智拎着两大兜菜晃晃悠悠地正往这边走，他赶紧迎了过去：“怎么买这么多？”

“消磨，时间，”潘智叹了口气，“超市里转时间长了总会超预算的。”

蒋丞接过一兜菜看了看：“小肥羊？”

“嗯，”潘智点点头，“还有五花，都是肉，青菜没买多少，你不是馋肉吗？”

“谢了。”蒋丞拍拍他肩膀。

饭煮好的时候顾淼起了床，潘智给她找了个动画片看着。

“把水烧上吧，”顾飞拿起桌上潘智刚买回来的芝麻酱，“这个……”

“你俩来，”潘智马上一指他俩，“我这辈子，最烦的就是泄麻酱，让我泄麻酱我宁可不吃了。”

“我来吧，”顾飞笑着说，“我跟二淼来弄。”

“她会吗？”潘智很有兴趣地问。

“会，”顾飞说，“而且她……很热爱泄麻酱这项活动。”

顾淼站在桌子旁边，等着顾飞把酱舀到个大碗里，加上了水之后她就很急切地接了过去，拿了个勺就开始一脸专注地转圈搅动。

“二淼，”蒋丞在旁边看着有点儿想笑，顾淼搅得特别用力，配上她的表情，就好像是在干一番伟大的事业，“你慢点儿，轻点儿，你这样一会儿就会累了啊。”

顾淼一边搅着酱一边偏头看了他一眼，然后又低头盯着碗，唰唰唰一通搅，搅了一会儿又偏头挑衅似的又看了他一眼。

“哎，”蒋丞笑了起来，“随便你，加油。”

不过让人意外的是顾淼还挺厉害，就这么全身投入地搅着酱，居然一直搅到他们几个把桌子支好，菜和碗筷都摆好了，水也烧开了，都还没有停下。

“我发现她真是个永动机啊，”潘智感叹着，“玩滑板不也是这样吗，一玩就停不下来，别看不长个儿，身体素质是真不错。”

“二淼，”顾飞到她旁边叫了她一声，“可以了。”

顾淼一边看他一边也没停手地还是搅着，顾飞拿筷子蘸了点放到嘴里尝了尝：“可以了，很好。”

顾淼这才停了手，有些小得意地回头看了看蒋丞。

“太牛了，”蒋丞竖起拇指，“比我厉害。”

潘智买的两大兜菜差不多全是肉，也不知道是因为今天心情好，还是干饿了，或者是几个人这么在小屋里涮着吃特别有意思……总之今天蒋丞吃的是前所未有的多。

四个人里除了顾飞，都是一副甩开了膀子狂吃的架势，以蒋丞为首。

“真没想到，”潘智捂着肚子，“我还想着可能买多了，吃不完就留着等玩一会儿回来了再吃……这差点儿不够啊！”

“撑死我了，”蒋丞靠在椅子上，“顾飞要放开了吃肯定就不够了。”

“我害羞，一直放不开。”顾飞说。

“顾淼这小个儿这么能吃我还挺意外的，”潘智看着顾淼，“不过为什么不长个儿？我去年去的时候她就这么点儿，现在还这么点儿，你妈不是挺高的吗？”

“跟小时候受伤也有点儿关系，还有就是……”顾飞说到这叹了口气，“许行之说，情绪会影响发育。”

“哎，”潘智也叹了口气，给顾淼倒了杯饮料，“来，淼淼，喝完这杯就不吃了，撑坏了一会儿。”

顾淼接过杯子一仰脖子都喝了下去，然后抹了抹嘴。

吃完饭在屋里歇着聊了一会儿明天怎么玩的事儿，他们几个就带着顾淼出去玩了一会儿滑板。

滑板是顾淼的一种宣泄方式，也是她唯一的爱好，许行之的建议是在不影响正常生活的情况下随她喜欢。

玩够了滑板之后他们才又一块儿回到了屋里。

接下去就是蒋丞不太喜欢的环节了，他得回学校。

潘智这儿就两个房间，顾淼睡卧室的床，顾飞睡卧室的小沙发，潘智睡客厅的沙发，他就没地儿可睡了。

睡地板也不是不可以，但是太麻烦，潘智一个人住，铺盖也不是太全。

“明天一早我们打车过去集合，”潘智说，“是分头吃早点还是一块儿吃？”

“分头吃吧，人多，凑一块儿吃太费时间了。”蒋丞说。

“行。”潘智点点头。

“那我先回学校了。”蒋丞说。

“我陪你过去坐车吧。”顾飞站了起来准备拿外套。

“不用了，就三步路，走过去都不用五分钟。”蒋丞说。

“哦。”顾飞应了一声。

回宿舍躺下之后，顾飞打了个电话过来，他俩聊了差不多一个小时才挂了。

大概是之前他俩光顾着办事儿了，很多事情都还没有来得及交代。

挂了电话后，蒋丞才终于踏实了，闭上眼直接连梦都没做就睡到了天亮。

“起床起床起床！”张齐齐和鲁实昨天是在学校旁边的酒店陪着女朋友，但是一早回了宿舍，在蒋丞和赵柯床沿儿上来回敲了一遍，“车子一小时之后到，起来收拾吃早点了！给你俩带了早点了。”

“你们起了吗？”蒋丞一边下床去洗漱一边给顾飞打了个电话。

“早起了，”顾飞说，“早上顾淼闹了一会儿。”

“怎么了？严重吗？”蒋丞问。

“就是回过神来了，发现不在家里，”顾飞说，“还行吧，折腾了半个小时，现在还有点儿不高兴，但是已经不闹了。”

“那就好，”蒋丞松了口气，“一会儿看到草原心情就会好了。”

“嗯，一会儿看到丞哥，心情就好了。”顾飞说。

蒋丞啧了一声。

在宿舍里把张齐齐他们带的早点吃完之后，几个人就拎着东西下了楼，两位女朋友在楼下等着他们。

蒋丞见到这俩姑娘本人之后才知道为什么鲁实和张齐齐成天要聊女朋友，这俩姑娘居然长得有那么一点儿像。

“跟姐俩似的。”赵柯说。

“真是挺像。”蒋丞笑了笑。

“你是蒋丞吧？”鲁实的女朋友笑着问。

“嗯。”蒋丞点点头。

“你……朋友和妹妹过来了没啊？”她又问，因为要带顾淼，所以蒋丞事先就跟鲁实和张齐齐说了顾淼的情况，大家都表示没意见，俩姑娘还挺热情的，“我们给妹妹买了小零食，不知道她会不会喜欢。”

“会喜欢的，”蒋丞说，“谢谢啊。”

俩姑娘给顾淼买的零食不少，巧克力、果冻、薯片什么的一兜子，不得不说零食真是讨好小孩儿最好的东西。

顾淼过来的时候明显心情不太好，一脸酷毙了的表情，看到零食之后才缓了下来。

“谢谢。”顾飞说。

“别客气啊，”张齐齐的女朋友拿手机跟顾淼一块儿自拍了两张，“好帅的小妹妹啊。”

等着车过来的时候，顾淼已经好多了，踩着滑板在空地上来回转着。

大家都看着顾淼的时候，顾飞靠到蒋丞身边，悄悄捏了捏蒋丞的胳膊：“早安，丞哥。”

“早。”蒋丞也捏了捏他的胳膊。

车到得还是挺准时的，张齐齐包的是辆12座的车，东西都放上车之后，大家还能坐得比较舒服。

“淼淼，你要挑个座位吗？”赵柯问顾淼，“你可以挑个喜欢的位置坐。”

顾淼看着他，似乎没明白。

“你想坐在哪里？”赵柯不愧是去蹭心理学课的人，马上换了个说法。

顾淼指了指副驾驶的位置。

“果然很酷，”赵柯说，“但是那个位置小朋友不能坐，大人才可以，换一个。”

顾淼抱着滑板思考了很久，又指了指第一排的单人位置。

“这里可以。”赵柯点头。

她很迅速地过去坐下了，然后很严肃地看了看他们。

大家都上了车，成双成对儿地坐下了，蒋丞和顾飞坐第一排，离顾淼近一些好照顾，潘智和赵柯坐他俩后边儿。

“顾飞，”鲁实在后面叫了一声，“给拍张出发照吧？这双双对对的多……”

“抗议，”赵柯举了一下手，“并不是全都双双对对，换个说法。”

“附议。”潘智也举了一下手。

顾飞笑着拿出相机，往后给大家拍了一张，转身坐回座位的时候，看到顾淼正转过头看着他，于是对着顾淼举起了相机。

“二淼笑一个。”蒋丞笑着冲顾淼一歪头。

顾淼看着他，过了几秒钟也一歪头，笑了起来。

这个笑容很短暂，但这是顾飞第一次看到顾淼这样的笑容，他迅速地按下了快门，抓拍了下来。

再抬头看的时候，顾淼已经一脸严肃地转回身坐好了。

“丞哥，”顾飞和蒋丞凑在一起看了一会儿顾淼的笑容的相片，顾飞把相机举起来，镜头对着后面，“笑一个。”

蒋丞把头靠到他头边，看着镜头笑了笑。

“后面的人笑一个！”顾飞喊了一声。

“茄子——啊——”后面顿时一阵又笑又喊的。

照片拍得很好，画面最前是顾飞和蒋丞两个人头靠头地笑着，后面是一帮人挥着胳膊大笑，窗边还有个一脸严肃吃着果冻的小姑娘。

蒋丞拿着相机盯着照片看了很长时间。

这照片让他想起了四中的散伙饭那天，他和顾飞踢开门抓拍的那张照片，他现在都还存在手机里，八班的群头像用的也是这张照片。

现在这张照片里的，是他20岁这年里看到的笑容和不一样的回忆。

车开了之后，一帮人先是开启了讨论模式，一边吃一边讨论各种娱乐项目的安排问题，虽然这些早就在半个月之前就已经拉群讨论了无数次，但现在一帮人还是兴奋地说个不停，算是集体旅行的一种乐趣。

车开到郊区，车窗外开始看不到高楼、全是绿色的时候，讨论模式结束，又开始了你唱我唱大家唱模式。

蒋丞听着一帮人扯着嗓子愉快地唱歌，笑得停不下来。

“齐齐唱歌比赵劲还有杀伤力啊。”他边说边乐，看到顾淼转过头的时候，他马上冲着顾淼打了个响指。

顾淼也回了他一个响指，然后转身趴回车窗边往外看着风景。

“开心吗？”顾飞在他耳边小声问。

“开心，”蒋丞说，“你简直问了一句超级废话啊，你开心吗？”

“我不只是开心，”顾飞说，“我简直是兴奋得不行。”

“是吗？”蒋丞往后靠了靠，上上下下地看着他，“看不出来啊，看上去还挺平静的。”

“我的内心在翻涌。”顾飞拉过他的手，按在了自己胸口上。

蒋丞用了点力，让掌心紧紧贴着顾飞的胸口。

“感觉到了吗？”顾飞问。

“嗯。”蒋丞笑了笑，手还是按在他胸口上，不知道是心理作用还是真的，在这种环境不静心也不静的情况下，他还是能感觉到顾飞的心跳，甚至能感觉到心跳得挺快的。

“我第一次这样出门玩，”顾飞看着他，“就是……这么多人，还带着顾淼，我从来没想过会有这么一天。”

蒋丞笑着没说话。

“我不知道该怎么说，”顾飞也笑了笑，“就是很兴奋。”

“嗯。”蒋丞笑着应了一声。

“丞哥，”顾飞往他这边凑了凑，低声说，“我以前想过，去旅行，跟朋友，开着车，一直往前，一直往前，不用考虑要去哪里。”

“你没跟我说过呢。”蒋丞说。

“就随便想想，”顾飞说，“后来也就没再想了。”

“现在实现了。”蒋丞说。

“嗯，”顾飞点点头，“所以……丞哥。”

“啊。”蒋丞看着他。

“谢谢你没有放弃我。”顾飞轻声说。

“突然这么煽情，”蒋丞说，“你有什么阴谋，人这么多，我是不会感动得哭出来的。”

顾飞笑了起来，靠回自己座位里：“你就这种样子特别可爱。”

“其实吧，”蒋丞清了清嗓子，从座位中间往后瞄了一眼，确定后面的人都还沉浸在各种神奇的歌声里才小声说了一句，“你愿意……睁开眼睛，我真的很……虽然这是因为我太有魅力了……”

顾飞本来一脸深沉地看着他，听到这儿没忍住笑出了声。

“我说错了吗？”蒋丞瞪着他。

“没有。”顾飞咬牙忍着笑。

“不是，”蒋丞还是瞪着他，“有你这么不给人面子的吗？你再笑一个信不信我抽你。”

“快抽我，”顾飞偏过头看着他，边乐边说，“我实在忍不住，你快打死我吧。”

蒋丞憋了没到一秒，就跟着他一块儿笑了起来。

两人靠在座位上一通狂笑。

39

蒋丞挺佩服这帮人的，车开出去两个多小时了，这么长时间里硬是没停嘴，唱是没办法一直唱的，把司机大哥都拉上唱了几嗓子之后大家就开始吃和聊。

这次张齐齐订的房间就是司机大哥家的，所以这大哥非常热情，给他们一路介绍着。

顾淼不怕坐车，但是没多大一会儿就困了，顾飞把她弄到最后一排躺下了。

再坐回来的时候蒋丞往他身上一靠，脑袋一歪："我也困了。"

"昨天没睡好吧？"顾飞问。

"不知道啊，我感觉睡得挺踏实的，"蒋丞说，"不过我一坐长途车就困，以前学校有什么活动要坐车，我肯定是睡一路。"

"那你睡会儿，一会儿到了地方直接就开始玩了，也没时间再睡觉。"顾飞说。

"嗯，"蒋丞闭上了眼睛，"你要不也睡会儿？"

"好。"顾飞也闭上了眼睛。

睡是睡不着的，蒋丞一直也没真的睡着，就是迷糊着。

这种睡眠在眼下的场景里是种享受，迷迷糊糊地听着后面的人时不时说几句话，有时候笑几声，车要是颠一颠，脑袋还能结结实实往顾飞肩上磕几下。

很美妙。

安心，每一秒都体会得到。

顾飞虽然说也睡一会儿，但蒋丞能感觉到他并没有睡，一直偏着头往车窗外面看着。

顾飞没有出过远门，之前送他来报到，那应该就是他最远的旅程，现在又是一个新的距离。

窗外的景色开始变得很美，蒋丞闭着眼睛不用看也能知道，因为后面一帮人时不时发出各种惊呼。

司机中途在一个加油站让他们活动一下上上厕所什么的，顾飞推了推蒋丞："丞哥。"

"嗯。"蒋丞睁开眼睛，伸了个懒腰。

"去上厕所，"顾飞站了起来，往车后面喊了一声，"二淼！去厕所吗？"

顾淼的脑袋从后座探了出来，点了点头。

“我们带她进去，”张齐齐的女朋友说，“淼淼来，我们一起去。”

顾淼抱着她的滑板下了车，跟着俩姑娘一块儿去了厕所。

这个加油站的厕所不大，一帮人全挤进去的时候差点儿不够位置。

“真是集体活动了，连上个厕所人都是齐的，”潘智说，“要不大家都站好，我叫预备尿，大家一块儿尿得了。”

“幼稚，”赵柯叹了口气，“你怎么不提议大家一块儿拼刺刀啊。”

“那多不好，毕竟也是公共场合。”潘智说。

一帮人乐了半天。

走出厕所之后蒋丞看到顾淼正在旁边一块空地上玩滑板，那个地方有个修车店，边儿上有两个检修底盘的水泥台子，正好一边一个，顾淼从一个顶上冲下来，滑上对面的台子，在空中高高跃起再落地。

几个修车的工人正围着看，每次她跃起时，他们都会给她鼓掌叫好。

顾淼玩得很开心，每次腾空而起的时候都会吹一声响亮的口哨。

蒋丞视线跟着她第三次跃起时，才猛地注意到，加油站矮墙的后面，已经是连绵到天边的草坡。

“快看！”他一巴掌拍在顾飞胳膊上，指着那边。

他这才知道顾淼为什么会兴奋地一次次跃起，还要吹口哨，她个子太小，必须跃起之后才能看到那边的大片草坡。

一帮人这时也都看到了那边的景色，鲁实喊了一声：“去拍几张照吧！”

“走走走走走。”一帮人立马都响应了。

司机大哥面带微笑，用一种“果然没见过世面”的眼神看着他们往墙后面跑过去。

顾飞因为回车上去拿了相机，所以跟蒋丞带着顾淼走在最后面，看上去是最镇定的三个人。

但也只是看上去。

顾飞很小声地一直在说：“路上都这么漂亮了啊，这会儿光线很合适啊，丞哥你看到了没有，天真蓝啊……”

蒋丞看着他没说话，顾飞就算是现在改变了很多，性格原因也让他很少有这样的状态，非常难得地能看到他像个二傻子一样念念叨叨。

“丞哥你去前面，”顾飞举起了相机，“叫大家一起跑起来。”

“嗯，好，”两人搭档这么久练出来的默契让蒋丞迅速领会了顾飞想拍的画面的样子，他飞快地往前冲了出去，冲着前面喊了一嗓子，“啊——”

“啊——”处于兴奋状态的一帮人都没问问这是怎么了，就立马跟着一块儿吼了起来，然后往前又跑又蹦的。

顾飞看着镜头里一连串定格的画面，有人跳起来，有人正迈开步子，有人张开了胳膊，还有夹着滑板冷静地看着这帮人的一个小姑娘，后面是连绵的草坡，这个季节，没有什么花，草也还不盛，但就是这样带着一些泥土颜色的青草地，配上蓝天、白云、阳光，格外有春天的气息。

拍完照片，顾飞往回翻照片的时候才发现连拍的最后一张里，蒋丞跳起的时候向后转过了身，胳膊扬起跳得很高。

他笑了笑。

一帮人蹦了一会儿，被司机大哥催着回了车上，拿着相机一通传阅。

“蒋丞真会抢镜头啊！”鲁实说，“居然转身了！我们都是后脑勺！”

“我后脑勺也能抢镜头，不一定用脸才能抢。”蒋丞笑着小声说。

“我听到了。”赵柯的声音从椅子缝里传了过来。

蒋丞顿时乐得不行，笑得停不下来。

车开了之后，大家慢慢平静了下来，开始感觉到了冷。

顾飞起身到后面给继续睡觉的顾淼裹了件厚些的外套，又从行李里顺手扯了件蒋丞的厚外套出来，备着一会儿下了车穿。

“这么仔细。”蒋丞把衣服盖到腿上。

“一会儿下车乱槽槽的懒得翻，”顾飞把他盖在腿上的外套往自己腿上拉了拉，一人盖了一半，然后把手伸到了衣服下面，“我发现……这样……挺好的。”

蒋丞转过头看着他。

顾飞看着蒋丞，没再说话。

蒋丞平时离远点儿看着挺嚣张的，但是近了就会觉得他长得挺可爱，略微下垂的嚣张眼角也会变成可爱的狗眼……

后半段的行程，大家终于因为聊天过度而开始疲惫，基本上都进入了半昏睡状态。

蒋丞跟顾飞挤着也没再迷糊，感觉到顾飞睡着了之后，他跟着也睡着了。

一直到听到了车窗外面传来人声和喇叭声，一帮人才又醒了过来。

“到了？”蒋丞一脸茫然地看着突然出现在道路两边的商店和来来往往

的人。

“到县城了，”司机大哥在前面说了一句，“再有四十分钟就到了！”

这句话让睡了一路的一帮人再次兴奋了起来，重新开启吃东西聊天模式。

因为知道了没多远了，时间就仿佛突然变得很快，边聊边看着外面，没什么感觉就看到了大片的草原。

“哈！”蒋丞听到了后面顾淼兴奋的声音。

“去把二淼带到前头来吧，”蒋丞说，“跟她聊会儿。”

“嗯。”顾飞去后面把顾淼带到了他俩的座位上，挤着坐在了窗户边儿上。

“二淼，这就是草原，”蒋丞指着外面，“你看，是不是很多小草？”

顾淼兴奋地盯着外面，完全没听到他说的话。

“太不给面子了。”蒋丞啧了一声。

顾飞笑着没说话。

蒋丞也没再说话，跟顾淼一块儿看着窗外。

这里的景色已经不是之前加油站看到的那些草坡的景色能比得了的，湛蓝的天空上大朵的云，跟着无尽的草场一起往远方绵延着。

视线的最远方，天空仿佛压在了草场之上，满眼明媚的震撼。

顾飞跟着也往外看过去：“真美。”

“嗯。”蒋丞看了他一眼，顾飞迎着阳光眯缝着眼睛，看上去非常帅气，这一瞬间他突然想唱歌，脑子里的一段旋律已经跳跃了很长时间。

“我想，抬头暖阳春草……”顾飞在他耳边轻声唱了一句。

“你给我简单拥抱，”蒋丞想也没想就接了下去，“我想踩碎了迷茫走过时光，睁开眼你就会听到……”

顾飞没有再跟着唱歌词，看了他一眼之后，改成了哼唱，第一句就让蒋丞有些吃惊，顾飞不知道是临时创作还是以前就写过，这段伴奏一样的哼唱非常好听。

“我想，左肩有你，右肩微笑，”蒋丞接着唱，“我想，在你眼里，撒野奔跑……”

“我想，一个眼神，”顾飞和了进来，“就到老……”

蒋丞在满目的阳光里跟顾飞对视着，很长时间都没有说话。

“很好听啊，”赵柯突然出现在椅子缝中间，“什么歌？”

“哎！”蒋丞被他吓了一跳，差点儿把旁边的顾淼给抡出去。

"赵柯同学，你真的是我见过的在这方面情商最堪忧的人。"坐在他旁边的潘智一边吃着薯片一边叹了口气。

顾飞笑了笑。

"薯片还有吗？"蒋丞笑着从椅子缝里问了一句。

"给。"潘智把一桶薯片递了过来。

"二淼，"蒋丞把薯片递到顾淼手边，"吃吗？薯片。"

顾淼飞快地抓了一把薯片，重新趴回了窗边。

"丞哥，"顾飞伸手过来也拿了点儿薯片，"你……吓了我一跳。"

"嗯？"蒋丞转头看着他。

"你唱歌真好听啊。"顾飞说。

"你吓我一跳，"蒋丞笑了，"我以为我怎么着了呢还能吓着你。"

很快他们就到了目的地，车放慢了速度，从一个个的农家院旁边经过，有房子，有蒙古包，最后开进了一个农家院里。

"到了。"司机大哥停车喊了一声，"一会儿给你们安排好蒙古包，你们收拾收拾，半小时以后吃饭，简单吃点儿，下午还要去骑车，去好几个景点，晚上咱们吃烤全羊！"

大家站起来欢呼了一通，拎着东西下了车。

张齐齐订的全是小蒙古包，都在一块儿，大家很快地分配好了之后拿着东西进去了。

"还不错啊，"蒋丞进了他们的蒙古包，不大，但是收拾得很干净，还有电视机，不过看到床的时候他愣了愣之后就笑了，"大通铺啊。"

一个半圆的台子占掉了半个蒙古包的空间，看上去倒是非常舒服。

"挺好，"顾飞看了看，"二淼睡那半边，咱俩睡这边，比三人间强……三人间咱俩想聊天的话，爬到一张床上挤着还费事……"

"丞儿！"外面传了来潘智的声音。

"进吧，收拾呢。"蒋丞说。

"二淼，"潘智探了脑袋进来，"去看马吗？"

"哈！"顾淼正站在旁边研究一张椅子，听到这话，立马转过了身。

"哪儿有马？"蒋丞问，他们进来的时候是看到不少马，但这家农家院的马在哪儿他没看到。

"找找就有了，"潘智说，"走，二淼。"

从蒙古包里出来的时候，正好碰上鲁实和他女朋友搂着出来，再往外走的时候张齐齐那俩也跟出来了。

几个人一块儿走到蒙古包后面，就看到了这家的马，还挺不少，都正悠闲地在草地上甩着尾巴。

赵柯站在前面，潘智叼着烟蹲在他旁边，两人这百无聊赖的状态一看就跟其他人格格不入。

特别是后边儿那四个，两两相拥跟长一块儿了似的。

“潘智！”顾飞喊了一声，“顾淼呢？”

潘智回过头看了一眼，伸手往前方指了指。

顺着他指的方向看过去的时候，蒋丞愣了愣：“她倒是不怕马啊，这么大的动物呢。”

前面有一匹挺大的马，顾淼站在它跟前儿感觉只有人家腿那么高，一个穿着蒙古族衣服的大叔正拉着缰绳，马低下了头，顾淼在它头上一下下地摸着。

“想骑呢，”潘智说，“人说一会儿给她找匹小马。”

“这小丫头比我强啊，”蒋丞看着那边，顾淼已经抱住了马脑袋，把脸贴到马脑门儿上了，“让我这会儿去摸一下我都有点儿怵。”

“她在家就这么蹭猫呢。”顾飞笑了笑。

见着了马，顾淼对吃饭就没什么兴趣了，不肯进屋去吃饭，就非得抱着她的滑板站在马群里。

“随她吧。”顾飞问老板要了个大碗，盛上饭，又夹了点儿菜，拿过去给了她。

蒋丞在屋里一边吃饭一边时不时往外看一眼，顾淼盘腿儿坐在滑板上一口饭一眼马地看上去心情很愉快。

“跟动物接触还真是……”他有些感慨，“小孩儿天生就应该跟动物在一块儿。”

“嗯，所以她跟丞哥在一块儿就特别高兴。”顾飞笑着说。

“丞……”蒋丞看了他一眼，“行吧，丞哥，丞哥，猫丞。”

“猫丞丞。”顾飞说。

“兔飞飞。”蒋丞啧了一声。

中午吃的是简餐，没多大一会儿大家就都吃完了，打算歇一会儿就去骑马。

顾飞一转头就没了影子，蒋丞找了他半天，才看到他从农家院的小楼那边走了过来，手里拿着一个大纸袋。

“什么？”蒋丞问。

“牛肉干，一会儿玩的时候带着吃，”顾飞说，“尝尝，看比我们那边的怎么样？”

蒋丞捏了一块儿放到嘴里：“嗯，还不错。”

顾飞拿了几个小袋子，把牛肉干分给了一帮人。

“挺贵的吧？”蒋丞小声问。

“这袋好几百了，”顾飞也小声说，“没事儿，出来玩一次，开心就行。”

蒋丞笑了笑。

之前带着顾淼看马的大叔过来招呼大家过去挑马。

“女的就挑小点儿的马，男的可以挑大点的马，”大叔说，“这几匹都行，脾气好。”

顾淼不肯跟顾飞骑一匹马，要自己骑。

因为要去景点，不能找太小的马，大哥最后给她牵来一匹个子稍小些的马：“这个小红马，是我最宝贝的马了，看看，多漂亮！”

挑好马，最混乱的时刻就到来了，学习上马、下马和控制马。

男生还行，就张齐齐上马的时候看着有点儿像蜘蛛侠，别的几个差不多都没问题，蒋丞试着上马、下马几次之后就熟练了。

要说上下马这种事儿，就是大长腿的天下。

两个女朋友上马相对就要慢得多，都有点儿害怕。

让所有人都吃惊的是顾淼。

连顾飞都被她震惊了，在学东西这方面一向无比困难，学写个字都需要很多天时间的顾淼，在大叔示范了两次怎么上马之后，居然一踩脚蹬，跟着一翻就骑了上去，下马的时候连脚蹬都没踩，直接一翻就跳了下来。

“我的天哪！”张齐齐的女朋友吃惊地喊了一声，“这也太厉害了吧！”

“有点儿像我们这里长大的孩子了。”大叔笑着说。

不过草原的孩子顾淼对于滑板的执着依旧不变，骑马的时候也不肯放下，顾飞最后不得不找了根绳子拴在滑板上让顾淼背在了背上。

“好了，”大叔上了马，“出发，慢慢地跟着我，不要急，有什么事就马上喊我。”

蒋丞骑着马慢慢往前走了出去。

顾飞举起相机，看着在金色阳光下骑在马背上的蒋丞，骑着马往前跟了两步之后，镜头里只剩下了蒋丞。

“丞哥。”他叫了蒋丞一声。

蒋丞回过头，阳光从他脸侧洒下来，拉出长长的光柱。

顾飞按下了快门。

“当心别摔了。”蒋丞笑着说。

顾飞再次按下快门，蒋丞的笑容定格在一片灿烂里。

“丞哥。”顾飞看着镜头里的蒋丞。

“嗯？”蒋丞应了一声。

顾飞放下相机，看着他：“谢谢你。”

“什……”蒋丞愣了愣。

“我说，”顾飞提高声音，“丞哥谢谢你，你对我而言真的很重要。”

“啊？”蒋丞抓着缰绳的手顿时猛地抖一下。

马接到指令，往前几步急走，蒋丞没防备，身体往后一仰，接着往旁边一滑。

干脆利落地从马背上摔到了地上。

40

蒋丞一个摇晃往后倾过去再一个打滑脚没夹住马肚子最后从马背上仰面朝天翻下去的整个过程中，目光都没有从顾飞脸上移开。

他看着顾飞把相机一扔翻身跳下马的时候一阵着急，好几万的相机啊，好几万的镜头啊！

对于两个穷学生来说，再摔碎一次就别活了啊！

好在下一秒他发现相机是挂在顾飞脖子上的。

他舒出一口气，摊平了躺在了草地上，看着满目的金色光芒，和那个在一片金色中跑过来的……大长腿帅哥。

带杠的运动裤应该让他穿的，那腿。

啧。

顾飞跳下马背的时候感觉自己腿都有些发软。

让他稍微松了口气的是蒋丞的马在他摔下来之后就停下了步子，站在了一边没再继续动。

蒋丞运动机能也不错，这样的姿势摔到地上的时候还能让身体侧了一下，后脑勺也没有直接砸地。

但是……

“蒋丞！”顾飞吼了一声，往前冲了两步，离着蒋丞还有几步远的距离就直接跪了下去，滑到了蒋丞身边。

蒋丞躺在地上没动，顾飞的心一下提了起来，撑着地紧张地看着蒋丞：“丞哥？你怎么样？”

千万不要有事，一句“谢谢你”把朋友吓得摔失忆了/瘫痪了/植物了这种事他无论如何都不能接受。

“嗯？”蒋丞应了一声，眼睛一直看着他，倒是非常清亮。

“摔哪儿了？有什么地方疼吗？有什么地方麻了吗？身上有感觉吗？”顾飞一连串地问，“手指能动吗？”

“顾飞你……”蒋丞看着他，“再说一遍？”

“什……”顾飞愣了愣，虽然觉得莫名其妙，但还是迅速开始重复，“摔哪儿了？有什么地方疼吗？有什么地……”

“不是，”蒋丞说，“前面那句。”

“前面？”顾飞只觉得自己脑子里全是乱的。

“谢谢你，”蒋丞勾了勾嘴角，眼睛眯缝着迎着阳光，看上去还真是挺像猫的，“顾飞，也谢谢你。”

“怎么摔下来了！”在最前头的大叔骑着马返了回来，跳下马就吼了一声，“先不要动！”

“蒋丞！蒋丞！”其他的人都喊上了，因为没有掌握灵活掉转马头的技能，他们只能一边喊一边纷纷以各种奇形怪状的动作下了马。

“哎！”蒋丞应了一声，想要坐起来，“我没事儿！”

“别动！”顾飞赶紧按住他，“先别动！”

“我真没事儿！”蒋丞仰着脑袋往前看了看，又喊了一声，“二淼你慢点儿！”

顾飞抬头看过去的时候，发现顾淼居然掉转了马头骑了过来，中间也没踩马蹬直接跳了下来，赵柯还伸手想接一下，结果接了个空。

“慢！”顾飞指着背着滑板跑过来的顾淼，“二淼慢！”

顾淼放慢了脚步，慢慢地跟着大家一块儿围到了蒋丞身边，低头皱着眉一脸焦急地看着他。

“我没事儿，”蒋丞躺在草地上，非常诚恳地向围着他的一圈脑袋解释着，“你们踩踩这地就知道，很软啊，我真没事儿。”

“你动动手指，还有脚。”大叔很专业地蹲在他身边指挥着。

蒋丞马上一只手圆一只手方块地在空中划了几圈：“看到没，你们能行吗？我还能换手，方块、三角随便挑。”

“你还有这技能呢？”赵柯有些吃惊。

“他没给你们显摆过吗？还有左手八右手四来回换的，成天跟人显摆，”潘智蹲在他腿边，手在他腿上轻轻按了按，“有感觉吗？”

“滚，我什么时候成天显摆了。”蒋丞晃了晃脚，又看着一圈脑袋，“求你们了，让我起来吧，地上是湿的，我后背都透了！”

“起来吧，”大叔说，“慢点儿。”

顾飞伸手扶了他一把，蒋丞感觉自己像一个风烛残年的老头儿，用能让所有人都安心的缓慢速度先是慢慢坐起来，再挂在顾飞胳膊上慢慢站了起来。

“这土软，”他原地蹦了蹦，“我摔下来的时候脚也没挂着蹬子，哪儿都好好的。”

“哎！”鲁实长长地舒出一口气，“吓死我了！”

“不好意思啊，”蒋丞笑了笑，又弯腰看着顾淼，“二淼，我没事儿，就摔了一下，跟你平时从滑板上摔下来一样。”

“她很久没摔过了。”顾飞在后面说。

“会聊天儿吗？”蒋丞转头看着他。

顾飞笑了笑，没再说话。

“就像你以前从滑板上摔下来一样，没事儿，”蒋丞打了个响指，“别担心。”

顾淼围着他转了一圈看了看，确定他没事儿之后也打了响指，跑到自己的小马旁边，利索地上了马。

“好，继续走吧，”大叔说，“大家记着，不要猛拉缰绳，动作要慢！东西掉地上了叫我，不要自己就往下跳，马没停下不能下马！”

大家纷纷点头，准备各自上马，潘智走了两步又回过头：“别人摔也就算了，怎么你还能摔得了？”

“我……”蒋丞清了清嗓子，“晚点儿再跟你说吧。”

“哦，行吧，”潘智嘿嘿乐了两声，“爷爷，骑马的时候还是专心点儿。”

“滚。”蒋丞压着嗓子。

骑上马之后，蒋丞回头看了顾飞一眼，等顾飞过来了才一块儿跟着大家往前走了。

“你，”蒋丞目视前方好半天才说了一句，“这煽情也太突然了吧。”

顾飞笑了笑。

“别拍照了，”蒋丞看了一眼他的相机，“别一会儿你也摔下去一次，那咱俩就真精彩了。”

“我不会的。”顾飞说。

蒋丞啧了一声。

大叔要带他们去的第一个景点是一片白桦林。

“密度很大，很漂亮，一年四季都有不一样的美！”大叔给他们介绍着，“很多人去，拍照、写生，我们农家院里，经常有搞摄影的、画画的，一住就是半年。”

“我们就是来拍照的，”赵柯说，又指了指顾飞，“摄影师。”

“看出来了，”大叔点点头，“他那个相机，还有他那个包，一看就是摄影师，你们……也是？”

除了顾飞的那套相机，其余这些人唯一的摄影装备就是手机，蒋丞忍着笑看赵柯要怎么继续把这个逼装下去。

“我们是模特。”赵柯说。

“哦？”大叔愣了愣，转圈儿把他们都看了一眼，“模特啊？”

“嗯。”赵柯一本正经地点点头。

大家也都纷纷点头。

“说起来了就觉得是挺像的，”大叔又看了看他们几个，“你们比一般的游客是长得好看，摄影师长得也像模特。”

“他就是从模特成长起来的摄影师。”赵柯继续一本正经地编。

“这人比我能扯啊，”潘智小声说，“看着挺正经一个人，扯起来跟放风筝一样。”

白桦林的确很美，远远就能看到了，望不到边的草坡上有一大片浓密的绿色，下半截儿是白色的，衬得分明和醒目。

“好漂亮啊！”张齐齐的女朋友喊了一声，“是不是说白桦树上有眼睛啊？”

“是的，”大叔说，“其实就是树枝掉了以后留的疤，但是别的树就不会像眼睛，就白桦树是这样的。”

“叔，”潘智说，“您这么解说太不浪漫了，怎么也得编个传说吧。”

大叔笑了起来：“现在讲究科普嘛，不过的确很像眼睛，你们一会儿可以找找看。”

“一会儿我们带二森找找眼睛……会不会吓着她？”蒋丞说。

“不会，”顾飞说，“她胆儿挺大的，大概是有些事儿她理解不了。”

大家在林子边儿上下了马，大叔还在介绍着的时候，一帮人就已经冲进林子里去了。

“找到了！这里这里！这里也有！”两个女朋友兴奋地在林子里来回跑，“淼淼你来看，这里有花！”

顾淼很少跟着女孩子玩，特别是成年女性，这会儿也格外兴奋地跟着跑。

“你说，”顾飞拿着相机，一边看着取景器一边说，“如果我是个姐姐，顾淼是不是能比现在强点儿？我觉得男的带小姑娘，还是不如女的带得好。”

“也许吧，”蒋丞看着那边，想了想又笑了，“别，你还是哥哥吧，你要是姐姐，我适应不了。”

“我要是女的，肯定特别漂亮。”顾飞说。

“……是。”蒋丞点头。

“说不定潘智会追我，”顾飞把相机对准了前面的潘智，“我发现潘智也挺上镜的。”

“你要是女的，”蒋丞说，“你根本不可能有见到潘智的机会，我跟你肯定没交集。”

“嗯，”顾飞按下快门，转过头盯着蒋丞，“好险啊。”

“什么好险？”蒋丞愣了愣。

“还好我是男的。”顾飞说。

“什么鬼，”蒋丞乐了，“神经病。”

这会儿过来林子里玩的游客不是太多，他们在林子里走着的时候，偶尔能碰上几个，潘智有些失望：“怎么都是阿姨大姐啊？小姑娘们都不上这儿来玩吗？”

“人赵柯也是一个人，”蒋丞一边吃牛肉干一边说，“怎么就你这么饥渴。”

“他有女朋友好吗，只是没一块儿来而已，我，”潘智指了指自己，“一条单身狗，还不让我撒点儿尿做个记号啊？”

“你这形容，”蒋丞笑了起来，回手从包的侧兜里抽出自己的杯子喝了两口水，“太贴切了。”

“你俩这杯子，”潘智看了看顾飞包侧面插着的那个杯子，“是那次你一起买的吗？”

“你要喝吗？”蒋丞把杯子递给潘智，“西洋参泡的水，提神。”

“嗯，”潘智接过去喝了几口，“顾飞，给我拍几张大片儿。”

“泡妞用的吗？”顾飞看了看四周，“去那边吧，这边林子太密了，不好找光。”

“是展示自我用的，”潘智纠正他，“不要老把我想得那么没品位。”

“哦。”顾飞点头。

蒋丞感觉顾飞都快没时间看风景了，相机一直举着，挨个儿给众模特拍照，一个个都千姿百态的各种风骚。

“我给他们拍几张吧，”蒋丞说，“你都没怎么看风景吧？”

“看了啊，”顾飞笑笑，“取景器里看着更安静，特别美。”

“多可怜啊，来一趟还得从取景器里看。”蒋丞说。

“这你就不懂了，”顾飞说，“其实风景不光是用眼睛看，你在风景里，你就是风景的一部分，你更多的是感受，你看到的，肯定没有你感受到的多。”

蒋丞看着他。

“你还是比较适合去读理科。”顾飞举起相机看着他，“不过说真的，我们应该来张合照。”

“嗯，”蒋丞一下来了劲头，“还有二淼，我还没怎么跟她合过影呢。”

顾淼这会儿没在林子里了，她正坚定地想在草坡上玩滑板，跟她说明天可以去滑草，她也不太明白，最后大叔给她找了个草少的土坡，让她滑着玩。

“我们先拍，”顾飞拿了三脚架打开了，看了看四周，找了个合适的角度放好了，把相机固定了上去，“丞哥你过去站着，我看看。”

蒋丞走到顾飞指定的地方站着，这种突然熟悉的感觉又回来了，他无数次就这么站着，看着离他几步远的，相机之后的顾飞。

他突然有些感慨。

对着镜头发呆的时候，顾飞按了快门。

他啧了一声：“偷拍啊。”

“来，”顾飞拿着遥控器跑了过来，站到他身后搂住了他，“就这样就行。”

拍照这件事对于他俩来说算是非常有默契的事儿了，随便一个动作，对方就能立刻明白应该怎样配合。

站着、坐着、搂着、随意经过，无论哪种场景，他俩都配合默契。

拍完之后蒋丞又把顾淼拉过来，这小丫头拍照永远高冷，没有笑容，酷人一脸，最后拍了一组一人真酷两人装酷的照片。

大叔叫他们准备换地方的时候，一帮人要求来个合影，折腾了半天，拍了至少能有二三十张，才终于让每一个人都满意了。

拍完照大叔拉着他们去看花。

“忘忧草，”大叔说，“现在有花了，一大片，黄色的，非常漂亮，今天太阳好，你们肯定会喜欢！”

“忘忧草？”潘智看着大叔。

“就是黄花菜，”顾飞说，“打卤面的必备材料。”

潘智看着他，过了一会儿才叹了口气：“我不应该问的。”

一帮人笑得停不下来。

“别小看黄花菜啊，”大叔马上跟着介绍，“黄花菜可是很好的东西，吃了还能美容呢。”

不知道是因为心情，还是环境，抑或是第一次看到连片的黄花菜，蒋丞第一次发现原来黄花菜是这么漂亮的东西。

“天哪，”张齐齐说，“新鲜黄花菜居然这么惊艳！”

“丞哥，”顾飞一边拍照一边说，“我发现我真是挺土的。”

“嗯？”蒋丞看着他。

“这些我都没见过，”顾飞说，“今天我才感觉我真是……第一次真正走出钢厂看到世界。”

“我也没见过啊。”蒋丞说。

“是吗，”顾飞看了他一眼，“那大概是因为跟你在一起，什么都不一样了。”

两个地方玩过之后，天色就开始有些暗了，大叔一挥手：“走，现在回去，你们可以去玩玩射箭，等着吃晚饭了。”

“射箭？”鲁实立马很有兴趣。

“射箭不错，有意思。”潘智说。

顾飞看着蒋丞，小声问：“射箭你也能嘚瑟一把吧？毕竟是弹弓小能手蒋丞啊。”

“不知道，”蒋丞笑了起来，“好久没玩了。”

“蒋丞选手选择了一个新的挑战项目，所有人对他都满怀期待，”顾飞学着他的语气，“叉指导您觉得他为什么会选择这样的挑战项目？”

蒋丞看着他没说话，一个劲儿乐着。

“蒋丞选手一直是一个勇于挑战自我的人，他有着超一流的专业素质，”顾飞继续小声说着，“这次挑战他的朋友也会来看，还跟他一起参加了挑战，相信他会拿到很好的成绩。”

蒋丞啧了一声。

“叉指导，您觉得如果这次挑战失败了的话，会不会很失落？”顾飞也看着他，“不会的，蒋丞选手的最大优点就是坚强，面对任何打击和失败都不会低头，他是个永远会让人吃惊的强大选手。”

“这马屁拍的。”蒋丞说。

“我乐意。”顾飞说。

回到农家院之后，顾淼不愿意去别的地方，想要跟马在一块儿。

顾飞劝了半天说去射箭，她也不肯，最后顾飞只得同意她留在马群旁边坐着。

“她不会到时不跟我们走了吧，”蒋丞看着专注地盯着马看的顾淼，“她怎么这么喜欢这些马啊。”

“没事儿，第一次见嘛，”顾飞看着那些马，“我也是第一次看到真的马呢，我要像她那么大，可能也想一直跟马在一块儿了。”

“还好你现在长大了。”蒋丞说。

“嗯，现在就想跟丞哥在一块儿。”顾飞说。

“去射箭吗？”赵柯走了过来，“那边正比赛呢，三箭一局，第一名有奖品。”

“什么奖品？”蒋丞马上问。

“好像是什么酒，大叔说特别烈的酒。”赵柯说。

“走，”顾飞说，“看看去。”

“我要去比赛，”蒋丞小步蹦着，“我要赢那壶酒。”

“干吗啊？”顾飞笑了，“想喝的话可以买啊，我看他们小商店里好多酒呢。”

“不，不一样，”蒋丞还是小步蹦着，“我要赢那壶酒。”

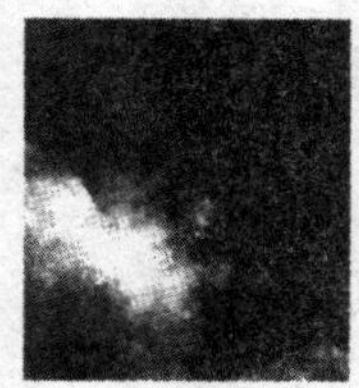

P325 – P360 五 我要赢那壶酒

41

顾飞看着一路甩开膀子往前迈着大步的蒋丞，忍不住追过去在他背上掐了一把。

“哎靠！”蒋丞吓了一跳，往前蹦了一步回头瞪着他。

这个动作有些太大，虽然旁边没有别的游客，但自己人还是有的，身后有个对着马群沉思的顾森，旁边还有个赵柯。

顾森倒是没反应，赵柯往他俩这边看了一眼，清了清嗓子：“我该怎么办？”

“往前走。”顾飞笑了笑。

“先去练习一把，他们都在练习场玩着，”赵柯说，“老板说半小时以后有比赛，之前比赛第一的那个射中三个九环呢，不知道下轮的人水平怎么样。”

“下轮有我，”蒋丞说，“水平很高。”

顾飞对蒋丞玩弹弓的准头是一点儿都不怀疑，不光不怀疑，简直可以说是五六七八体投地，基本是指哪儿打哪儿了。

但是射箭……他反正是连怎么拿弓都不知道，看蒋丞的意思估计是也没玩过。

练习的地方有不少人在玩，其中一个靶位被他们的人占领了，几个人轮流对着靶子一通瞎射，指导他们的一个大哥在一边叼着烟，脸上挂着“你们开心就好”的笑容。

他们到的时候，潘智正好刚射了一箭，箭飞出去扎在了箭靶下边儿的棍子上，他立马一挥手，非常潇洒地喊了一声：“上靶了！”

“靶子都得让你气哭了。”蒋丞说。

“丞儿你来，”潘智把弓递了过来，“你试试，我感觉你应该行。”

“我也没玩过，”蒋丞接过弓，“还挺沉。”

“你那边带腕托的弹弓也不轻了，还不是单手，”潘智说，“试试。”

“叫叉指导过来指点一下。”顾飞说。

蒋丞一下就听乐了，看了他一眼：“你找抽呢吧？”

不过蒋丞的确在这方面有天赋，叉指导过来教了他几分钟，怎么站，怎么拿弓，怎么瞄准，他拿着弓站到靶子前面一拉弓开始瞄准的时候，感觉马上就出来了。

顾飞举起相机，咔咔咔地按了好几下。

蒋丞射箭跟他玩弹弓一样，不会瞄很长时间，基本举起来，瞄准，没等旁边看的人回过神，就已经松了手。

这次也一样，几个人还在向他传授刚才自己射箭的三分钟经验，他已经手一松，箭“嗖”的一声飞了出去。

“好！”旁边的叉指导喊了一声。

箭应声扎在了前面的箭靶上，在八环和九环之间。

“怎么样，”潘智很愉快地往旁边的木头柱子上一靠，看着叉指导，仿佛这一箭是他射的，“这一看就不是一般人吧？”

“小伙子，以前玩过吧？”叉指导问。

“没有，”蒋丞笑笑，“不过玩过弹弓。”

“你还玩弹弓？”赵柯有些意外，“看不出来啊。”

“看不出来的多了，”蒋丞又搭了一支箭，弓一拉，瞄准着，“我就是这么深藏不露。”

没等赵柯说话，他第二箭射了出去，扎在了上一支箭的上方，靠近十环。

“厉害啊！”几个人都有些吃惊。

顾飞看着蒋丞，总有些忍不住想要微笑，也不知道是怎么了。

深藏不露，蒋丞的确有很多东西都是深藏不露，他的优秀并不需要特别展现出来，这种无意显露的惊艳才符合蒋丞的性格。

顾飞看了看旁边的靶位，不少人都很有兴趣地在玩着，他看了两三分钟之后发现隔一个位置有个姑娘居然射得不错，就两箭出去全都在靶心上扎着。

这样的一会儿肯定也会比赛……

他往那边挪了两步，盯着又看了一会儿，确定刚才那两箭不是靠运气。

正想走开的时候，这姑娘回过了头，他来不及偏开头，只好跟这姑娘对视了一眼。

姑娘看了看他，又看了看他手里的相机，笑了笑。

他只好尴尬地点了点头。

姑娘头一歪，笑着比了个“V”，然后看着他。

“好吧。”顾飞只得举起相机，对着姑娘按下了快门，然后赶紧转身走开了。

他没有再去看蒋丞射箭，先快步去了农家院的小商店，找老板问了问。

“一会儿比赛的奖品是哪种酒啊？”他看着墙上挂着的各种很有特色的酒壶。

“这种，”老板拿下一个酒袋，“特别烈，不常喝酒的人一口就倒，但是香。”

“嗯，”顾飞看了看，“给我拿一壶吧。”

买了酒之后，他先回蒙古包里把酒放了，才又回到了靶场。

“去哪儿了？”蒋丞没在射箭了，靠在一边看着张齐齐搂着他女朋友指点着。

然后射了个脱靶。

“厕所。”顾飞说。

“你玩玩吗？”蒋丞问他。

“我……”顾飞犹豫了一下，“行吧。”

“相机给我，”蒋丞说，“我拍几张玩玩，你帮我调个自动吧？”

“不用自动，”顾飞打开相机看了看，“就用我之前设置的吧，我给你拍的时候用的就是这样的。”

“嗯。”蒋丞点点头，把相机举到眼前。

以前他玩相机，都从液晶屏里看，但顾飞一直都直接看取景器，他也就跟着这么看了。

除去有时候因为光线太强液晶屏会看不清之外，蒋丞觉得取景器里的世界，跟屏幕上的是完全不一样的。

特别静。

这是顾飞说的。

蒋丞对于这个说法一直没能特别清楚地理解，今天才算知道了什么叫特别静。

你的眼前，只有你想看到的。

没有干扰，没有余光里的种种。

只有这方寸之间的广阔。

他静静地看着眼前的顾飞。

淡定的侧脸，修长的身材，拿弓，搭箭，拉弓。

蒋丞按下了快门。

咔嚓。

咔咔咔嚓嚓嚓。

顾飞的动作一个一个定格在他眼前，天地间就剩了这一个身影。

真帅啊。

耳朵里听到了一帮人的称赞声，他才放下了相机，往箭靶那边看了一眼，八环。

不错嘛，对于一个从来没玩过需要瞄准的东西的人来说，这还真是挺牛了。

“运气。”顾飞说。

“再来一箭运气。”潘智说。

“试试看。”顾飞说着却放下了弓。

“嗯？”潘智看着他。

“等等，我上装备。”顾飞一边说一边把手伸进了外套里掏着。

大家一块儿看着他，蒋丞一时也没反应过来他要干吗，一直到他从外套里摸出了眼镜的时候，蒋丞才一下乐了。

一帮人都挺吃惊的。

“你近视？”潘智愣了。

“嗯，度数不深。”顾飞戴上眼镜，重新拿起了弓。

“你别跟我说你刚才是盲射啊。”潘智说。

“哪有那么夸张，”顾飞说，“我不戴眼镜也看得到靶，就是不够清楚。”

蒋丞挺喜欢看顾飞戴眼镜的，虽然很难得能看见一次。

他举起相机，继续对着顾飞。

顾飞就是这么一个神奇的人，一副眼镜架上，就能把他整个人的气质都改变了。

现在的顾飞看上去立刻从淡定的钢厂小霸王变成了个斯文败类。

蒋丞想想又笑了，这个评价不能让顾飞听见。

戴上眼镜的这一箭，证明了顾飞的话，他戴不戴眼镜都能看得到，这一箭还是八环。

“你装备没打石头吧。”潘智说。

“丞哥给加个buff。”顾飞偏头看着蒋丞说了一句。

“啊。”蒋丞愣了愣。

加buff，加什么buff，怎么加？

对于顾飞突然提出的要求，他愣了半天，最后一咬牙，冲顾飞做了个表情。

几个人顿时喊了起来，笑成一团。

顾飞没说话，笑了笑拿起弓，搭箭再次瞄准。

九环。

“还真有用啊。”赵柯笑着说。

大家都练习了一会儿之后，那边就开始准备比赛了，鲁实准备过去给大家报名。

“潘智、蒋丞、顾飞、我，还有谁？”他问。

“就你们几个吧，”他女朋友说，“我们这些靶都上不了的就在旁边加油好了。”

“我就……不参加了。”顾飞说。

“嗯？”鲁实愣了，“你这么厉害不参加？”

几个人都挺意外地看着他。

“我就随便玩玩，比赛就算了，”顾飞说，“一紧张再射中人。”

“不至于吧。”张齐齐笑了起来。

“那就不参加吧，”潘智说，“他家派出蒋丞，你们一家派一个……”

“你是跟赵柯一家吗？”张齐齐的女朋友笑着说。

“他这种伪单身狗，”潘智说，“我跟他是划清界限了的，鸿沟。”

“我正视频呢，”赵柯晃了晃手里的手机，“跟赵劲。”

“姐！”潘智马上转了头喊了一声。

“真没想到你是这种人，”赵柯叹了口气，“逗你的。”

“……赵柯你也就是长得像个正经人。”潘智指了指他。

报完名，几个人就站在围栏旁边边看前面的人比赛边聊着天儿。

“真不去比一把啊？”蒋丞小声问顾飞。

“不了，”顾飞笑笑，“不习惯。”

“那你给我拍照吧。”蒋丞一边看着相机里的照片一边说。

“嗯。”顾飞点头。

顾飞不愿意去参加比赛，蒋丞并不奇怪，顾飞性格里有些东西是不会改变的，比如站在这么多人的目光里，他会不适应。

不过也并不需要改变，这些无法改变的习惯，是他气质里相当吸引人的一部分，从开始到现在。

只要他往前走，用什么样的姿态都不重要。

对于蒋丞来说……他往前翻照片的手指停了停。

欸？

一个漂亮的姑娘。

一只手拎着弓一边冲着镜头比“V”还笑得很灿烂的漂亮姑娘。

“顾飞？”蒋丞转头看着顾飞。

“嗯？”顾飞看着他。

“嗨！”一个女声在他俩身后响起。

蒋丞和顾飞同时回过头，看到了身后站着的一个姑娘。

哦哟？

哦哟！

蒋丞虽然在记人方面堪称废柴，但是就这么前后一秒的时间里看完照片再看人，他还是能记得住的。

这就是照片里的那个漂亮姑娘。

“你也比赛吗？”这姑娘笑着问顾飞。

“不。”顾飞说。

“啊，我参加了，马上就到我了，”这姑娘说，“我还以为你也参加呢，能比一把了。”

蒋丞看着她。

顾飞这一整天都跟他在一起，怎么就突然认识了这么个姑娘，居然相机里都有人家照片了？

“你好，”姑娘又看着蒋丞，“你们也是跟朋友一块儿来的吧，我看你们人挺多的。”

“啊。”蒋丞应了一声。

“那你参加吗？”姑娘笑着问。

“嗯，参加了。”蒋丞说。

“那一会儿比试比试啊，”姑娘说着冲比赛区那边挥了挥手，“我朋友叫我呢，到我了，我先过去了。”

“加油。”顾飞说。

“帮我再拍几张照片吧，”姑娘一边往那边走一边回过头，“一会儿我找你要照片哦。”

“嗯。”顾飞应了一声。

蒋丞看着那姑娘过去了，转头看着顾飞：“去啊，跟拍去。”

“一会儿再解释吧，”蒋丞啧了一声，往那边看了一眼，“你先等着看我秒杀他们。”

赵柯冲这边招了招手。

“走，过去，”蒋丞说，“给我拍大特写。”

“好。”顾飞点头。

他们这帮人参加了的这会儿除了蒋丞，都已经比完了，成绩虐人，基本上得两两相加才能跟别人一个人的成绩抗衡。

“我们应该组团报名。”潘智说。

“然后团体对人家个人吗？”顾飞说。

潘智看着他，过了一会儿叹了口气，拍了拍蒋丞的肩膀，“丞儿，就看你的了。”

蒋丞没说话，往比赛场地看了看比分，虽然都是游客，但成绩居然都还可以，一个个一脸严肃的还挺有比赛气氛。

两眼看过去之后，蒋丞就看到了刚才那个姑娘正在比赛。

已经射出去的一箭扎在靶心上。

啧。

“她挺厉害的，丞哥你上点儿心。”顾飞给那姑娘拍了几张照片之后，在他耳边小声说。

“激我呢？”蒋丞也小声说，“我这种时候心都静得很，激不激都一样。”

那姑娘射完之后蒋丞看了看成绩，两个十环，一个九点七。

蒋丞对于一个草原农家院的射箭比赛成绩还要精确到小数点后一位表示服气。

“丞儿，到你了！”潘智叫了他一声。

“顾飞，”蒋丞看着顾飞，“看你丞哥给你露一手。”

顾飞一脸严肃地看着他：“好的。”

蒋丞过去在几把弓里挑了把顺眼的站到了位置上。

其实他无论是考试还是比赛，很少有什么确定的目标，要赢过谁，要比谁成绩好，他一般不会有这样的想法。

他的目标永远都是对于自己来说的，我想拿第一，我想达到多少分，至于达到这个目标需要超越的对手，他从来都不会去关心，是谁都一样。

那个漂亮姑娘嘛，成绩还不错，目前是最高的分数了。

但他现在心态还跟以前一样。

他想要那壶酒。

搭箭举弓，瞄准。

蒋丞发现虽然这些是所谓的射箭的比赛，靶子都挺大挺近的，大概是为了让游客们都能找到神射手的感觉。

但这个比赛的靶子居然比练习场地那边的远。

啧啧。

不过对于视力一流的蒋丞选手来说，这种瞄准几乎是一种身体的条件反射，视力和距离并不占主要因素。

他拉紧弓，射出第一箭。

就像他玩弹弓的时候一样，箭一飞出去的时候，他差不多就已经能判断出落点了。

九点九环。

蒋丞觉得这种人工过去看一眼报个数的计分方式简直太随意了，他都不知道这个九点九的分数，看分的大叔是凭什么判断出来的。

身后传来一阵欢呼和掌声，他的啦啦队倒是很强大，毕竟人多。

他回头看了一眼，想看顾飞来着，但却突然发现顾淼不知道什么时候站在了顾飞腿边，正瞪圆了眼睛看着他。

顾飞举着相机冲他笑了笑，他勾了勾嘴角。

顾淼很快地冲他打了个响指竖起拇指，蒋丞给她回了一个。

顾淼应该不理解比赛是什么意思，大概就是来看丞哥耍帅吧。

那就再耍一个。

他再次拉弓。

第二节，扩胸运动。

嘿哈！

箭飞出去的“嗖”的声音特别好听，蒋丞在心里给自己提前鼓了个掌。

围观的游客都鼓起了掌。

不过蒋丞感觉正中靶心的这一箭成绩并不理想，看分的大叔过去看了一眼，给的还是九点九。

简直是随心所欲。

如果这看分的是个大妈，他可能就是十环了。

为了那壶酒，他决定拼了。

顾飞在蒋丞射最后一箭的时候放下相机，拿出了手机，对着他拍了一段视频。

看分的大叔喊出十环的时候，蒋丞转过了头。

顾飞笑着冲他比了个“V”。

一直到蒋丞走到他面前了，他都还举着手机拍着。

“我去拿酒了，”蒋丞对着镜头说。

“嗯。”顾飞点点头。

他又弯腰拉起顾淼的手跟她击了个掌：“二淼，这叫击掌，庆祝胜利的时候就这样，记住了吗？”

“你起码得教个十次八次的。”顾飞说。

“我刚说的话还记得吗，”蒋丞直起身看着他，“这壶酒……”

说到一半他往两边看了看，游客开始散了，但他们的人围了过来，蒋丞只得看着他，“你懂的。”

“懂的。”顾飞笑着说。

“关了吧，拿酒去。”蒋丞说。

拿到酒之后，那个漂亮姑娘过来了：“你真厉害啊帅哥。”

“运气好。”蒋丞说。

“明天还玩吗？”她问。

“明天我们有别的安排了。”蒋丞说。

“哦这样啊，”她看着顾飞，“咱们加个好友？你把照片传给我？”

“嗯。”顾飞应了一声，拿出了手机。

加上好友后，这姑娘笑了半天：“你名字太逗了……那晚上篝火晚会见吧。”

顾飞没出声。

顾淼跟着他俩一块儿回了蒙古包，估计是有点儿累了，她一进去就直接趴到了床上，抱着她的小被子闭上了眼睛像是要睡觉。

“蒋丞！”赵柯在外面喊了一声，“收拾好直接去那边院子啊，篝火晚会。”

“好！”蒋丞应了一声。”

“刚那壶酒带上吧，大家尝尝什么味儿！”赵柯又说。

“……哦，”蒋丞又应了一声。

“意不意外，惊不惊喜？”顾飞笑了起来。

“不行，”蒋丞拎着酒转了转，“我再去买一壶一样的吧。”

“不用，有，”顾飞拉住他，从旁边柜子里拿出了一壶一样的酒递给了他，“晚上喝这个吧。”

“哪来的？”蒋丞愣了愣。

“我刚才买的。”顾飞说。

“你买这个干吗啊？”蒋丞问。

“那个女孩儿练习的时候我就看她挺厉害的了……我看她的时候她大概以为我偷拍她吧，所以我才又拍了她一张照片的。”顾飞说。

“哦，”蒋丞笑了笑，其实他根本也没想着问顾飞是怎么回事儿，“然后呢？”

“然后我就想着，万一……你比赛的时候碰上她，又万一没赢的话……”顾飞说。

“怕我失望？”蒋丞看着他，“怎么可能啊，就是玩啊。”

“不是，”顾飞笑了笑，“我是想万一没赢到这壶酒怎么办，我就去买了一壶。”

蒋丞压着声音笑了好半天：“你还真有想法。”

“我是不是考虑得很周全？”顾飞问。

“是。”蒋丞点了点头。

42

顾淼不太能适应人多的地方，像面对晚上农家院的人都聚在一起的篝火晚会，她就会有些紧张，不愿意过去。

但偏偏又很想吃肉。

最后她自己挑了个地方，在距离最远的草地上坐着，顾飞一趟趟地给她送肉过去。

这边的篝火和热闹，对她来说没有吸引力，有肉，能看到马，就行了。

虽然马都休息了。

“挺另类的，”张齐齐的女朋友托着下巴看着离他们十多米远盘腿儿坐在草地上夜色中啃着肉的顾淼，“我觉得她肯定有很多自己的想法，只是大人都理解不了她。”

“慢慢来吧，现在进步还挺大的，去年我都没想过能带她出来玩呢，”蒋丞撕着肉边啃边说，“也许再有几个月，她就能说丞哥好帅了。”

顾飞看了他一眼，嘴角带着笑。

“不帅吗？”蒋丞看着他。

“一嘴油。”顾飞说。

“吃肉就得这么一嘴油，”蒋丞啧了一声，“你快别羞涩了，放开了吃吧，难得……”

他差点儿呛着，赶紧转开头。

旁边的潘智很警惕地看了他一眼：“干吗？”

“嘛也不干。”蒋丞说。

“敢往我身上蹭油我肯定把尊老爱幼的原则扔到一边儿跟你拼命我跟你说。”潘智说。

“你……”蒋丞话还没说完，就感觉旁边有人走了过来。

没等他转头，就听到了一个姑娘的声音：“晚上好呀。”

蒋丞觉得自己脸上的表情一定变化得挺明显的，潘智作为一个完美的铁子，瞬间就明白了，而且还迅速地跟他交换了眼神。

“晚上好。”顾飞跟她打了招呼。

“这是我做的牛轧糖，”姑娘拿出一个小铁盒放到了他们桌上，“这次带了点儿出来，你们尝尝看。”

“谢谢。”蒋丞本来脸上没什么表情，这会儿也不得不挤出了笑容，人一个姑娘，专门过来送小零食，老爷们儿再板个脸实在没风度。

“别客气，”姑娘笑了笑，摆摆手一边往自己那桌走一边说，“你们先吃着，一会儿我过来找你们喝酒啊！”

蒋丞感觉自己的眼睛顿时放大了一小圈儿，还要过来喝酒？

他转头看着顾飞。

“嗯？”顾飞也看着他。

“这都约上酒了啊？”蒋丞说。

“人说的是你们。”顾飞说。

“包括我吗？”潘智问。

“应该包括了咱们这一桌。”顾飞说。

“那行，”潘智点了点头，一拍蒋丞肩膀，拿起了自己的酒杯，“爷爷，这事儿交给我了。”

“你干吗？”蒋丞愣了愣。

“找人喝酒。”潘智端着杯子慢悠悠地往姑娘那桌晃了过去。

蒋丞跟顾飞一块儿转头看着他。

潘智在这方面算是有……天赋，过去跟那姑娘打了个招呼之后，没说几句，几个姑娘就往一块儿挤了挤，给他让出了一个位置。

而他就那么愉快舒适地坐了下去。

“丞哥，”顾飞看着蒋丞一脸凝重地说，“你千万，别跟他学。”

“啊，”蒋丞乐了，“学不来，我跟他认识这么些年，要能学早学会了。”

蒋丞喝了口酒，这酒的确像老板宣传的那样，很香，但是一口下去能从嗓子眼儿烧到胃里再返到天灵盖，他啧了一声，“这酒，劲也忒大了点儿吧。”

“我喝着还成，老板说不常喝酒的一口就倒，”顾飞眯缝了一下眼睛，“我等着看你倒不倒呢。”

“怎么，盼着我倒啊？”蒋丞笑了起来，“我倒了就倒了，比不了你们北——方人。”

“那可不一定。”顾飞笑眯眯地看着他。

“顾飞，”蒋丞指了指他，“你这个阴险的笑容，是在表达什么？”

“表达兴奋。”顾飞凑到他耳边小声说。

“兴奋个屁啊你！”蒋丞说，也许是因为他这会儿喝了有差不多二两这个号称一杯倒的酒了，声音有些没控制住，喊得挺大声。

“兴奋啊！怎么不兴奋！”鲁实一拍桌子，“看看！这里哪有不兴奋的人！”

一桌人纷纷点头表示赞同，举杯当啷磕了一圈。

这一桌人，就算没喝一杯倒，也喝了不少特色酒，什么羊奶酒、马奶酒、果子酒的，这会儿都处于还保留部分神智，但绝对开始神经的阶段。

蒋丞看着他们一通乐。

大家都吃得差不多的时候，几个农家院的员工走了过来，同时音乐响起，他们围着中间的篝火开始跳舞。

一圈吃喝得都兴奋了的游客顿时都喊了起来，一边拍手一边跟着喊节奏。

接着跳舞的人就跑到靠近的桌边开始拉人了，蒋丞他们坐得稍微远点儿，但没等人过来拉，他们这桌的一帮人就站了起来：“跳舞去！”

“我就不去了，”赵柯说，“我再吃会儿。”

“柯儿！”潘智不知道什么时候走了过来，往他肩上一拍，“走，蹦会儿去！”

“我不会……”赵柯话还没说完就被潘智一把拉了起来，拽着往篝火那边过去了。

“丞哥，”顾飞一搂蒋丞肩膀，指了指潘智，“你看。”

蒋丞喝了口茶，顺着看过去的时候有些吃惊地发现，潘智居然是拉着刚才那姑娘的手过去的。

前后大概不到一小时，蒋丞对于潘智的效率相当佩服。

“我的艳遇，”顾飞笑着说，“就这么被截胡了。”

“怎么，是不是很失落。”蒋丞非常愉快地笑着，这会儿四周的人都一片欢声笑语的，他也跟着笑得很大声。

“走。”顾飞站了起来，拉了拉他胳膊。

“我不去，”蒋丞笑着缩了缩，“我是真不会蹦，而且也不想过去蹦。”

“没让你去蹦，”顾飞说，“陪我出去。”

“去哪儿？”蒋丞问。

“去了就知道了。”顾飞笑笑。

顾飞先去旁边把顾淼叫上回了蒙古包，小丫头平时这会儿已经睡觉了，去叫她的时候她正盘腿儿坐着打盹儿，跟个小老太太似的，看得蒋丞想笑。

“回去睡觉吧，二淼，”顾飞把她拉了起来，“还想吃什么吗？”

顾淼迷迷瞪瞪地摇了摇头。

“那走，哥哥带你回去睡觉。”顾飞说。

蒋丞一直扶着旁边的栏杆听着顾飞说话，这酒的确挺大劲儿的，喝的时候还没感觉这么强烈，现在站起来一动，就发现自己脚底下打飘儿，连转个头都会控制不住，45度能转成直角。

跟着往蒙古包那边走的时候，顾淼回头好几次看蒋丞，顾飞说：“丞哥喝醉了。”

顾淼又看了他一眼。

“你是不是在鄙视我，”蒋丞笑了，“不是谁都跟你哥似的那么能喝的。”

顾淼应该是没听懂，扭头继续往前走了。

回了屋让顾淼洗漱完了之后，顾飞把她的小被子铺好，枕头放好，又把带来的她的衣服都搁在枕头旁边。

顾淼爬到床上，经过亲自检查，确定没有问题，这才躺下了。

顾飞把她的专用手机放到旁边：“你的手机在这里，晚上找不到哥哥就发消息，懂了吗？”

顾淼点了点头，大概是困了，她把顾飞推开，拉过小被子盖上就闭上了眼睛。

“晚上找不到哥哥？”蒋丞这时才问了一句。

“嗯。”顾飞点了点头，从旁边的地上拎起一个大包背上，又拿起了他的相机包挂到了蒋丞脖子上。

“她哥哥晚上要去哪儿？”蒋丞问。

“她哥哥晚上要跟她丞哥去浪。”顾飞搂了搂他。

蒋丞脑子里有点儿嗡嗡，每次喝高了他都这感觉，听不清东西，看什么都是旋转的，腿跟瘸了似的一会儿长一会儿短的，走个路都颠得很。

蒋丞跟顾飞一块儿走出蒙古包的时候，还能看到大院子里篝火晚会里热闹的人群，每个人都带着笑容，跳着的，蹦着的，坐在一边儿喝着酒聊着的。

顾飞搂过他的肩，带着他从旁边走了出去。

这感觉很奇妙。

黑色的夜里，明亮的火光，喧闹的人群，都慢慢隐在了身后。

他们吹着微寒的夜风，往前走，耳边渐渐静了下去，笑闹声消失之后，耳边开始能听到风吹过草地时沙沙的细响，能听到奇异的交错着的虫鸣，还能听到两人的脚步声。

“会迷路吗？”蒋丞问，他觉得自己声音很低，但在安静的草原上却听得很清楚，甚至能听出自己声音里的醉意。

“不会，”顾飞说，“咱也不去特别远的地方，这里今天骑马经过的时候我看到的，就前面，那个草坡过去，有片草长得特别好，很厚。”

“哦。”蒋丞应了一声。

“躺上头肯定特别舒服。”顾飞又说。

蒋丞刚想说话，顾飞在他腿上钩了一下，他顿时感觉脚底下一空，整个人往后仰着倒了下去。

不过顾飞胳膊带了他一下，他倒地的时候除了眩晕，就觉得这地上还真是挺软的。

但紧接着顾飞蹲下来又推了他一把。

他这时才发现自己躺的地方是个草坡，顾飞这一推，他就跟坐滑梯似的一路往下出溜了下去。

“我……”他胳膊扬了扬，想控制一下身体，但没成功，“哎。”

就这么一路飞驰着最后头下脚上地在坡底停下了。

他大头冲下地看着站在坡顶的顾飞，晕得半天不知道要说什么，就觉得披着一身月光的顾飞很帅。

“醒着吗？”顾飞把背着的包往坡上一扔，包滑了下来。

“你的……相机包。”蒋丞看到了坡中间的相机包，估计是刚才掉那儿的。

“没事儿，包有缓震，”顾飞跳了一下，顺着坡也往下滑着冲了下来，“丞哥——”

“你……”蒋丞吓了一跳，顾飞这轨迹一看就是对着他来的，他赶紧撑着胳膊努力地往后蹭，怕顾飞滑下来的时候控制不住一脚踹他裤裆上。

但是顾飞滑到一半就停下了，没能一滑到底，大概是因为这一溜的土都被他之前蹭起来了，摩擦太大。

蒋丞刚松了口气想说话，顾飞居然站起来就往下冲。

蒋丞感觉自己就像个恐怖片里对着冲过来的怪物怎么也站不起来的𡳞货，只能一直蹭着地傻退。

蒋丞眼睁睁地看着顾飞遮天蔽日地往他身上一扑，胳膊撑住了地，然后很潇洒地又跳了起来，站起来拎了大包走到了一边。

“你……”蒋丞叹了口气，在地上摊开懒得动了，晕得厉害。

顾飞把包打开，从里面扯出了一团东西，放在地上整理了一下之后，拎起来抖了几下，那团东西唰地撑开了。

“这是？”蒋丞愣了愣，“帐篷啊？”

“嗯，还不错，”顾飞说，“居然是自动的。”

“啊。”蒋丞还是愣着。

“今天晚上，”顾飞把防潮垫铺好，再把睡袋扔了进去，“就在这儿浪了。”

“啊，”蒋丞努力地撑着地坐了起来，“睡帐篷？”

帐篷里空间的确是有点儿小，他俩折腾半天才算是把东西收拾好了，蒋丞躺了下去，还挺舒服。

“你还要拍星空吗？”蒋丞半眯着眼睛躺着。

“嗯，”顾飞坐在旁边，拿着镜头往相机上装着，“你没看到吗，这边星空特别漂亮，有银河。”

“没注意，”蒋丞说，“我喝晕了，都没敢抬头，一抬头肯定摔。”

顾飞过去把帐篷的门拉开了，再回头拽着蒋丞的胳膊原地转了半圈。

“哎……”蒋丞就觉得一阵晕，闭上了眼睛。

顾飞把他往帐篷外面拽了拽，塞了个充气枕头到他脑袋下边：“丞哥，你看。”

“嗯。”蒋丞睁开了眼睛。

一眼过去就没了声音。

说实话，蒋丞一直觉得自己没什么浪漫细胞，特别是跟顾飞比起来，既不浪漫，也不文艺，对很多东西，美与不美，他感触并不是特别深。

但睁开眼，第一次看到在夜空里横穿而过的壮观星河时，他还是感觉到了震撼。

黑而明亮的天空，银色和暗红色交织的大片光芒，让他的呼吸都暂停了。

顾飞在他身边挤着躺下，轻声说：“美吗？”

“嗯。”蒋丞轻声应着。

“小时候，”顾飞说，“我不敢回家的时候，会去山上，从下午一直到第二天，都在山上。”

“嗯。”蒋丞看了眼顾飞。

“有时间我带你去爬那座山吧，离钢厂有点儿远，在市郊了，”顾飞说，“我第一次看到这样的星星，就是在那里。”

“我从来没看过。”蒋丞说。

“后来长大点儿我就没去过了，”顾飞说，“我爸在家的时候，二淼……我不放心。”

蒋丞没说话，用力抓紧他的手。

“我一直觉得天空很好看，”顾飞笑了笑，“白天、晚上、晴天、阴天，都很好看。”

“你以前，”蒋丞看着大片的星星，“有没有拍过星空？”

“没有，”顾飞笑笑，“没有合适的时间，而且也……可能是后来不怎么看天了吧，就也没想着要去拍了，太阳光倒是拍过很多。”

“现在拍吗？”蒋丞偏过头。

“你先睡一会儿，”顾飞说，“我想你陪着我拍，你睡会儿再拍。”

“我不困，”蒋丞说，“让你说清醒了。”

顾飞冲着天笑了半天：“我这么大能耐呢？”

“嗯，”蒋丞慢慢坐了起来，把外套拉链拉好，“要去哪儿拍？”

“坡上头，”顾飞拿了三脚架和相机，指了指刚才他们滑下来的地方，“我刚站那儿看了一下，还不错。”

蒋丞跟着顾飞爬到了坡顶，坐在草地上看着他。

顾飞把相机架好，弯腰调了半天，试着拍了一张："丞哥你看吗？"

"看，"蒋丞马上凑了过去，往取景器里看着，"真漂亮，不知道为什么，拍出来的跟眼睛直接看到的感觉不一样。"

"更安静些。"顾飞说。

"嗯。"蒋丞看了他一眼。

顾飞又拍了几张，这时有云过来，他停下了，把三脚架往后移到了蒋丞身后。

蒋丞回过头的时候发现镜头对着自己，他笑了笑："怎么拍一半又拍我了？"

"你现在这种样子，"顾飞一边调着相机一边说，"很性感。"

"是吗，"蒋丞说，"我还以为我哪种样子都性感呢？"

"你幸福吗？"顾飞在相机后头问。

"你丞哥姓蒋，"蒋丞说，顾飞笑了笑，蒋丞看着他，过了一会儿才又开口，"幸福啊。"

43

这大概是蒋丞长这么大第一次完整的，一整夜连一秒钟眼都没合。

陪着顾飞拍星空，拍各种黑夜里带着光的剪影，然后一起躺在草坡顶上看星星，半夜太冷扛不住，他俩又回了帐篷里套上睡袋，从帐篷里探出脑袋来躺着。

看星星，看月亮。

一直到天边开始出现亮光。

顾飞扛着机器又爬上草坡架好。

"能拍到吗！"蒋丞跟在后头。

"能，"顾飞弯腰看着取景器，"拍个大蛋黄给你看。"

"一会儿拍几张我吧。"蒋丞说。

"嗯，"顾飞说，"一会儿你去对面那个坡上蹦着拍吧，正好能以太阳为背景。"

"怎么蹦。"蒋丞问。

"双脚离地蹦，越高越好。"顾飞笑笑。

"行。"蒋丞搓搓手，把外套上的帽子扣上了。

虽然已经5月了，但日出前这一会儿还是冻得让人没法忍，还好带了厚外套。

日出是最能让人心潮澎湃的景象之一了。

蒋丞盯着天边的亮光，看到一抹并不耀眼的金色露出来的时候，他忍不住吼了一声："出来了！太阳公公！"

"猫丞丞要开花了啊。"顾飞乐了。

"真的很像鸡蛋黄，"蒋丞盯着一点点从地平线上升起来的太阳，"现在还能盯着看呢，一会儿就要瞎眼了。"

"嗯，"顾飞一边按着快门一边说，"一会儿我让你过去你就跑过去，要快，就那么两分钟，过了就没法再拍了。"

"好。"蒋丞开始原地蹦着，抡胳膊蹬腿儿地活动着有些冻僵了的身体。

太阳即将整个跃出地平线的时候，顾飞喊了一声："去！"

蒋丞冲下草坡，一路飞奔着跑上了对面的坡顶，然后也不管三七二十一就开始蹦，蹦起来挥胳膊，蹦起来劈个大叉，蹦起来蹬腿儿。

一通折腾之后他后背汗都冒出来了。

太阳开始发白的时候，顾飞直起腰冲他挥了挥胳膊。

他又跑下草坡，一路边蹦边跑回到了顾飞身边，"早安顾飞。"

"早安丞哥。"顾飞笑笑。

收拾了东西往回走的时候，还真碰到不少看完日出回来的人，大致扫一眼，都不止几十个，按这密度，都得有上百人了。

不知道是早上才出去的，还是跟他们一样，昨天一夜都在外头浪着。

"人还真是多啊。"蒋丞感叹了一句。

"所以让你别喊太大声。"顾飞说。

蒋丞看了他一眼没说话。

"你就说我是不是说得很有道理。"顾飞说。

"啊，是是是是是。"蒋丞点头。

回到蒙古包的时候，顾淼正站在门口，跟张齐齐的女朋友一块儿刷着牙。

"你们去看日出了？"她问。

"嗯，"蒋丞点点头，"你们没去？"

"定了个闹钟，结果没起来，"她叼着牙刷叹了口气，"一帮人都去了，就我俩没起来，赵柯还喊我们来着，也没听见。"

"明天中午才走，明早上还有机会。"顾飞说。

"感觉可能还是起不来，我都放弃了。"她一脸伤感。

顾淼洗漱完，他们几个一块儿去吃早点，坐下了，才看到潘智他们几个带着一脸没睡醒的表情走了进来，旁边还跟着那个漂亮姑娘。

“怎么没见着你们？”蒋丞问潘智。

“爷爷，”潘智坐到他身边，低声说，“这么虚伪的话就别说了，谁知道你俩这一夜躲哪个草窝里呢？能见着才怪了。”

“什么鬼。”蒋丞笑了起来。

张齐齐给大家安排的游乐节目还挺丰富的，今天这一天基本没闲着，几个景点看过之后就是今天的重点项目，滑草。

虽然昨天晚上一帮人都没怎么睡，但难得这么一块儿出来玩，居然都没人喊累，滑草的时候依旧兴致高涨。

顾淼对玩什么都无所谓，只要有马就行，不过到了滑草场之后她眼睛都亮了。

滑草玩的人不少，不过一般游客玩的内容就是坐个板子往下滑，别的滑道有难有易，但都是穿得跟滑雪一样了。

顾淼对坐着滑没有兴趣，滑了两趟就不肯再上去了，执着地指着那边穿着鞋拿着杖的滑道。

“二淼，那个哥哥没法陪你玩，哥哥不会。”顾飞说。

顾淼转头看着蒋丞。

“我……”蒋丞犹豫了一下，他倒是会玩滑板，但是要这么滑草，他还真没谱。

顾淼就像被点了穴似的指着那边不动，他俩只得带着她过去打听了一下。

居然有儿童滑道。

“那让她滑吧，”顾飞松了口气，“出来玩一次不容易，让她玩个够好了。”

教练把顾淼带到最短最矮的那条滑道边，教她基本姿势的时候，顾淼就抱着胳膊面无表情地看着他。

“小朋友你听懂了吗？”教练只得问了一句，“来你学着我的样子……”

顾淼有些不耐烦地站在滑道顶摆了一个准备出发的姿势。

“哎，很好，非常标准，”教练说，“然后啊……”

没等他说完，顾淼身体往前一倾，滑了出去。

教练张着嘴都没来得及出声喊，她已经滑到了下面停了下来，转回头很得意地看着他们。

“不好意思，”顾飞赶紧跟教练道歉，“我妹妹她比较急。”

“她会滑啊？”教练看着顾淼。

“没滑过，就总玩滑板，”顾飞说，“她平衡什么的都没问题的。”

“我还以为她背的那块滑板是装饰呢，”教练笑了，“那看来是个滑板高手了？”

“还行吧。”顾飞笑了笑。

顾淼滑了几趟之后，就换到了旁边角度稍大些的滑道上。

在大家都玩累了坐在休息区准备吃点儿东西的时候，顾淼还在不知疲倦地玩着，负责这条滑道的教练都扛不住了：“小朋友，该休息了！”

“我去弄她回来吧。”顾飞叹了口气。

从滑草场回来的时候，天都有些黑了，几个小时玩下来，一帮人回到农家院的时候才终于换上了累得半死的样子。

这帮人连晚上的篝火晚会都没参加，吃完了东西就各自回房休息了。

顾淼依旧是上床倒头就睡，蒋丞躺在另一边闭着眼睛：“哎，我是真的腿都酸了，顾淼是怎么做到玩那么长时间的。”

顾飞笑了笑：“我去小卖部看看。”

“嗯？看什么？”蒋丞问。

“买点儿纪念品啊特产什么的，”顾飞说，“带回去送人。”

“这儿卖得多贵啊。”蒋丞说。

“也不买多，主要是……我第一次这么出来玩，”顾飞笑了笑，“自己也想纪念一下，就不管价格了吧。”

“我也去，”蒋丞坐了起来，“我买个什么小玩意儿送你。”

全中国的旅游纪念品的进货渠道大概都差不多，蒋丞和顾飞在小超市里挑了半天，才算是找了些有特色的小东西。

他买了一对儿不知道是真是假反正号称是骨头磨出来的小戒指，简单的两个圈，平时估计也没法戴，就这两天应个景。

五一假期感觉上就是一眨眼工夫就过去了，毕竟也就比个双休日长不了多少，玩得精疲力竭的一帮人在回程的车上连说话的劲儿都没有了，统一状态都是睡觉。

蒋丞倒是没睡，一直看着车窗外飞快掠过的风景。

今天晚上约了许行之见面，明天上午许行之替他们约了导师见见顾淼，看看这段时间的治疗效果，再定好下次带顾淼过来的时间。

明天下午他就要回去了。

想想时间过得有些太快，但这三天的感觉却跟以往的见面都不一样。

也许是因为第一次这样一起旅行。

蒋丞这次想到顾飞马上就要离开时，没有了之前那种伤感。

暑假没有多远了，很快就要到了，这种稳当的感觉让人不容易伤别离，因为根本没有离别。

不过晚上见过许行之之后，他俩会坐在潘智家的桌子旁边争分夺秒地讲题，这是蒋丞怎么也没想到的。

“你俩是不是有毛病？”潘智坐在沙发上一脸无语。

“下月就要考试了，”蒋丞一边看着顾飞的英语作文一边说，“最好就这次过了，要不老扯着个四级的事多烦啊。”

“我就不怕烦，”潘智在手机上扒拉着，然后举起屏幕对着他俩，“你俩帮我看看，这张照片怎么样？”

“很帅。”顾飞说。

“那就这张吧，说真的，顾飞你拍照片是真不错，”潘智说，“就你给我拍的这些而言，感觉我又帅出了新高度。”

“照片是要发给那个女孩儿吗？”蒋丞问。

“嗯，”潘智点头，“然后下周约个饭什么的。”

蒋丞啧了一声。

也算是缘分吧，那个漂亮姑娘的学校离潘智他们学校就一站地。

第二天蒋丞没有跟着顾飞去见许行之的导师，回学校收拾了一下，然后躺床上等着顾飞去车站的时候通知他。

他都没想过自己会如此镇定安心地躺在宿舍的床上等电话。

啧。

他翻了个身，拿起顾飞做的那个小烧瓶，倒过来倒过去地看了半天。

啧。

他又翻身平躺着，把烧瓶放在眼前，看着里面缓缓转动着的花瓣。

大概是玩了一大通手上没劲了，要不就是玩得太爽，他有些兴奋，手里的烧瓶没拿住，很稳当地砸在了他鼻尖上。

他捂着鼻子，咬牙缓了能有一分钟才小声骂了一句脏话。

接了顾飞的电话跑到学校门口的时候，许行之的车已经停在那儿等着了。

“你还送我们？”蒋丞上了车，“多不好意思啊。”

“行李挺沉的，坐地铁过去还得拖着。”许行之笑笑，“送你们过去我就走了，我一会儿还赶着回学校。”

“说好下次什么时候过来了吗？”蒋丞问。

“暑假，”顾飞说，“可能时间长一些，让二森再系统地训练一下。”

“哦。”蒋丞没忍住嘴角往上扬了扬。

“到时提前找个短租房吧，”许行之说，“要找不到我可以帮你们问问。”

“应该能找到，”蒋丞还是控制不住地扬着嘴角，“潘智他们那个小区好像有，我先让他问问。”

顾飞点了点头没说话，看着他。

蒋丞扫了他一眼：“干吗？”

“没。”顾飞勾了勾嘴角。

许行之把他俩扔车站就走了，他俩还是按之前的办法，顾飞拿行李，蒋丞背着顾淼进去。

顾淼虽然没有尖叫，但车站这两天正是客流高峰期，几乎满眼的人让她非常紧张。

蒋丞把她背起来的时候，她一胳膊勒到蒋丞脖子上，蒋丞差点儿上不来气儿。

“一个小姑娘，”他跟顾飞大步往进站口里走着，完全没有了每次送顾飞时那种能走多慢就多慢的状态，就快起飞了，“劲儿这么大，再长大点儿打架都打不过她了。”

“可别打架，她打架一点儿数都没有，”顾飞叹了口气，“还好一直也没有暴力倾向。”

蒋丞想起来当初顾淼一滑板往人脑袋上抡过去的样子，还真是让人一阵后怕。

到了进站口，他俩也没多停留。

“进吧，”蒋丞说，“坐定了给我发个消息。”

“嗯，”顾飞应了一声，“你一会儿记得去吃点儿东西。”

“忘不了。”蒋丞摸摸肚子。

“二森我们进去了，”顾飞弯腰跟顾淼说了一句，“跟丞哥再见。”

顾淼还是紧张，紧紧抓着顾飞的手没有反应。

“进吧，别再什么见了。”蒋丞有些担心地推了推他。

顾飞拉着二森快步走进了进站通道。

蒋丞往旁边站了站，看着他俩的背影，顾淼很紧张地贴在顾飞腿边，低头往前走着。

看着挺让人心疼，又有点儿好笑。

蒋丞叹了口气。

顾飞边走边回过了头，蒋丞赶紧抬手挥了挥："快走吧！"

顾飞这才又拉着顾森转头进去了。

蒋丞看了看时间，给赵柯发了个消息让他帮占个座，下午他也有课，这会儿就得赶紧回去，吃点儿东西就该去教室了。

下地铁的时候顾飞的消息也没发过来，他拿出手机，准备打个电话过去问问，按说这会儿车都已经开了。

刚要拨号，手机响了起来，是顾飞发过来的视频请求。

他愣了愣，点了接通。

画面卡了两秒之后才显示出来，但没等他看清上面的人脸，就先听到了顾森的尖叫声。

"怎么了？二森！"他赶紧把摄像头对准自己的脸，"二森！"

画面上是皱眉尖叫着的顾森，旁边是顾飞，背景看着不像是车厢里，他看到了后面还有一个列车员。

"这是在哪儿呢？"蒋丞问，"怎么了？"

"值班室，"顾飞说，"一开车突然就……二森，你看丞哥，看到丞哥了没有？"

顾森一直有些飘忽不定的视线在听到了顾飞这句话的时候落到了手机屏幕上，尖叫声却还是没有停。

"二森，"蒋丞赶紧换上笑脸，"我是丞哥啊，你看到我了没？能听到我说话吗？"

顾森对着屏幕尖叫了一会儿之后，声音慢慢低了下去。

"二森？"蒋丞挥了挥手。

顾森瞪着眼睛看着他，正在蒋丞想要再开口说点儿什么的时候，她发出了很轻地一声："丞哥。"

顾森这一声丞哥叫得非常小声，仿佛一只蚊子，还是特别斯文的那种，但蒋丞还是听到了，而且听得清清楚楚。

他愣住了。

这不比一个"哈"，蒋丞从来没有听到过顾森叫出谁的名字，连她的声音都是几个月前才听到的，现在猛地听到这么一声，他整个人都愣在了原地。

跟他同样愣住了的还有顾飞，顾飞看着顾淼，半张着嘴一动不动。

最后还是蒋丞先回过神，几乎是半喊着：“哎！哎哎哎！丞哥在呢！二淼！二淼，丞哥在呢！”

顾淼没再出声，定定地看着他。

“二淼，”顾飞终于出了声，“你看，丞哥在呢，你想他的时候，用手机就能找到他了，对不对？”

顾淼拧着眉，似乎是在思考这个用手机看丞哥的过程，思考了能有两分钟，才点了点头。

“下次想丞哥的时候，你要告诉哥哥，”顾飞说，“不可以这样喊，哥哥跟你说过的，不可以喊，记住了吗？”

顾淼点了点头。

“跟这个阿姨道歉，你刚才吓到人家了。”顾飞指了指身后的列车员。

顾淼又往屏幕上看了一眼，转过身对着列车员鞠了个躬。

“哎，没事儿，”列车员说，“真乖，阿姨没事儿。”

顾淼又视频了一会儿，她没有再开口说话，但情绪慢慢平稳了。

“我先把她带回车厢，”顾飞说，“一会儿给你电话。”

“好。”蒋丞点点头。

视频挂断之后，他站在路边愣了一会儿才继续往学校那边走过去。

刚走进校门，顾飞的电话打了过来。

“喂！”蒋丞迅速接起。

“丞哥！”顾飞声音里带着兴奋。

“怎么样？好了没？”蒋丞也忍不住开始兴奋。

“睡了，这两天本来就累，喊完一通更累了，”顾飞笑着说，“现在睡了。”

“她叫我了！听到没！”蒋丞蹦了一下，“她叫我丞哥了！”

“听到了听到了听到了！”顾飞压着声音小声喊着，“听得特别清楚。”

“她是叫我吧！”蒋丞想起来又赶紧问，“她不是叫猫吧！”

“不是不是不是，”顾飞一连串地说，“是叫你！你你你你！”

“你唱吧。”蒋丞笑了起来。

“我还真有点儿想唱呢，”顾飞说，“她不会在有第三个人的情况下说话，长这么大，第一次，后面还有个列车员呢，她就叫你了！你你你你你！”

蒋丞笑得停不下来：“我我我我我！”

“她主要是上车了才回过神来，丞哥没在一起，”顾飞说，“车一开她就急了，到处转，要找你。”

“哎，”蒋丞顿时又有点儿心疼，但想想，又想笑，“哎！她声音挺好听的，比说哈的时候好听！”

“是吗，”顾飞笑着，“哈！”

“哈！”蒋丞应了一声。

“哈！”顾飞小声又喊。

“哈！”蒋丞继续回应。

“哈哈！”顾飞跟着。

“哈哈！”蒋丞在路边的石凳上坐下，“你是不是疯了。”

“我一会儿还得跟许行之说一下，”顾飞说，“哦，他好像有事儿，晚点儿吧，晚点我跟他汇报一下。”

“这算大进步吧？”蒋丞问。

“不知道，”顾飞说，“但是对于我来说，是巨大的进步了。”

“你记得回去以后没事儿还是要多跟她说话，许行之不是说过吗，”蒋丞说，“刺激她语言这一部分，还能让她经常思考什么的。”

“嗯，”顾飞想了想，“丞哥，把你之前看的那些心理学的书给我列个书单吧。”

“你要看？”蒋丞说，“你哪有时间，上课、复习、拍照、陪顾淼，拿什么时间看书？”

“你拿什么时间看的？”顾飞笑了笑。

“我不用照顾顾淼啊。”蒋丞说。

“顾淼八点就睡了。”顾飞说。

“顾飞，别太辛苦了，”蒋丞皱了皱眉，“这么真挺……”

“挺累的，是吧，”顾飞接过他的话，“你最清楚了。”

蒋丞没说话。

44

顾飞一走，蒋丞就觉得自己像个灌满水的大气球突然被倒空了水，三天马不停蹄的兴奋旅行结束之后，整个人猛地就瘫在那儿回不过神来了。

宿舍里几个人似乎都有点儿这个意思，开始上课的头两三天一直都在各种整理照片，顾飞那边每天会把处理好的照片发一部分过来，他们连续三天都没去图书馆，待在宿舍里看照片。

“这么多照片，”蒋丞趴在床上小声打着电话，“耽误你不少时间吧？”

“还行，天气好，阳光也好，基本也没什么需要花时间处理的，”顾飞说，“就有时候习惯性要处理一下人。”

“怎么处理？”蒋丞问。

“就是P瘦点儿什么的啊，”顾飞说，“像鲁实和张齐齐的女朋友，小姑娘肯定要P一下的。”

“你还负责这个呢？”蒋丞笑了起来，“又不是收费拍模特，服务这么周到啊？不过我看着不像P过的啊。”

“废话，能让你们看出来吗，”顾飞笑了笑，“你的我都P过，你有两张脸都笑成盆儿了，我给弄瘦了。”

“……我走形了？”蒋丞愣了愣，迅速抓过自己的笔记本打开，把照片点出来一张张看着，“真的假的，哪张？”

“吃肉的时候，”顾飞说，“看不出来的，我就是P回你本来的样子了。”

“我变形了？”蒋丞看了看几张吃肉的时候拍的照片，没看出来有什么不对，依然那么英俊潇洒。

“变形了，”顾飞说，“但是我让你现了帅哥原形。”

“哦，”蒋丞笑了起来，“还说我自拍全靠脸撑着，你这单反拍得我脸都撑不住啊。”

“有一句老话，你听过没？”顾飞问。

“什么老话？”蒋丞问。

“开心到变形。”顾飞说。

蒋丞愣了愣，习惯性地在脑子里转了一大圈搜索这句“老话”相关的内容，过了好几秒才反应过来：“滚蛋！”

跟顾飞扯了几句之后，赵柯提议去图书馆。

“那你们去吧，”顾飞说，“今天照片弄完了，我晚上看看书。”

“你背英语的时候要出声，”蒋丞说，“声音对加强记忆是很有效果的。”

“嗯，”顾飞笑了笑，“我现在做题也出声。”

“别太晚了，”蒋丞说，“我一会儿图书馆出来的时候给你发消息。”

“好。”顾飞应了一声。

蒋丞挂了电话，跟赵柯他们一块儿去了图书馆。

其实也就几天没来图书馆，他却有种过了很长时间的感觉，坐在椅子上安静看书的状态居然感觉有些陌生。

所以说人就是能紧不能松，一旦松下去了再想收紧，需要更多的时间。

看着身边的人，蒋丞顿时有了一种紧迫感，闭上眼睛定了一会儿神之后翻开了书。

想到顾飞这会儿也正趴桌上各种埋头苦读，他又觉得舒服了不少。

顾飞觉得自己进步挺大了，对着一串串的英语，自己居然能坚持学习半小时才站起来去抽烟，简直是神迹。

以前对着一堆书，让他能安静一直坐着的唯一原因就是，看书的人是蒋丞。

现在，他像蒋丞一样，坐在蒋丞的书桌前，被蒋丞曾经用的各种资料包围着，看着蒋丞最拿手的科目。

挺奇妙的感觉。

但也做不到像蒋丞那样，一坐下就跟入定了似的一两个小时不带动弹的。

他一开始十分钟就想要起来，会给自己找各种理由，坐久了屁股会松的要起来活动一下，坐久了腿部血液不畅对身体不好要起来活动一下……

是不是有人碰了门？

好像有些口渴了？

刚才喝了水好像想上厕所了？

他叼着烟趴在窗台上，看着外面昏暗的街景，随手拿过旁边的一张纸，上面有他每晚的计划，做图和复习，还有看书的时间和目标。

每次他坐不住想到处转悠的时候，就拿过来看看，多少能感觉到些压力。

紧追着蒋丞跑不是一件轻松的事，蒋丞一直以来都是个一路奔跑着的人，他得咬牙。

学着像蒋丞那样，眼睛先盯着距离最近的目标，最先需要解决的问题。

蒋丞说是四级裸考，其实也没有真的就裸了，他还是会抽时间看书，提前了半个月像以前突击复习那样拼了一轮。

比起自己的四级，让他一直惦着放不下的是顾飞的四级。

他希望顾飞能一次过，并不是像他跟潘智说的那样省得以后麻烦，而是如果这次直接过了，对于顾飞来说，会是个很大的鼓舞，意义绝对大于“四级过了”这四个字。

“今天晚上不要看书了，”蒋丞说，“早点儿睡，闭眼睛大致把重点过一下就行了。”

“嗯，”顾飞笑笑，“是不是对我有点儿不放心？”

“不是，”蒋丞说，“就是想更保险一些。”

“明天考完了我给你打电话。”顾飞说。

“嗯。”蒋丞应着。

第二天蒋丞一起床就拿了手机准备给顾飞打电话。

还没等拨号，手机响了，顾飞的电话打了过来。

“我正要给你打呢。”蒋丞接起电话。

“我知道，”顾飞笑了，“我掐着点儿呢，是不是刚起？”

“嗯，”蒋丞打了个哈欠，“你掐得挺准啊。”

“那肯定啊，”顾飞说，“你几点睡几点醒，我差不多都能知道，毕竟叫你起床叫了那么长时间。”

“也是。”蒋丞笑了笑，无数次睁开眼就看到顾飞的场景从脑子里闪过，这种回忆还真是让人感慨。

“我准备出门吃早点了，”顾飞说，“你赶紧收拾吧。”

“现在出门有点儿早吧？还有时间呢。”蒋丞看了看对床鲁实挂在墙上的一个巨大的圆盘钟。

“我约了同学一会儿慢慢走过去，”顾飞说，“清醒一下顺便再回忆一下这段时间的内容。”

“哦，”蒋丞想了想，“什么同学啊？”

“要考四级的同学。”顾飞说。

蒋丞没说话。

“我们那个特别操心的老头儿班长。”顾飞补充说。

蒋丞笑了起来：“我猜就是。”

自从高考之后，蒋丞很久没有体会到“考试”的感觉了，虽然学校各种考试压力也很大，但他都没有太大感觉，一直拼着就行。

但这次是跟顾飞一块儿进考场，他像是再次被拉回了四中的那段日子。

走进考场坐下，他深吸了一口气，让自己静下来，排除各种杂念，包括老在脑子里闪过的顾飞同学的影像。

然后拿过耳机听了一下，调好频率，没什么问题。

从这个动作开始，他就进入了考试状态。

作文。

作文的时间对于他来说一点儿问题没有，但脑子里还是有一瞬间闪过了一句，顾飞应该也没什么问题。

他看过顾飞之前写的作文，有些生硬，还有些小的错误，但是大毛病没有，这段时间要是复习好了，今天肯定没问题。

作文写完没一会儿，监考老师提醒了一下时间，准备要听力了。

听力听力，这个顾飞也应该可以，平时没事儿就会塞着耳机来回听。

蒋丞涂答题卡的时候笑了笑，虽然已经是考试状态，还是会每一个阶段都闪过顾飞的影像，跟片头似的。

听力过后他就松弛了不少，阅读理解和翻译这些对他来说就跟以前的考试一样没有太大区别。

走出考场的时候他第一件事就是拿手机，还没和宿舍几个碰头，就先拨通了顾飞的电话。

顾飞应该也是拿着手机的，振铃连一声都没振完，那边就接了起来。

“怎么样？”蒋丞劈头就问。

“还可以吧，听力扣的分可能多点儿，”顾飞说，“别的……应该还成吧，我出来就不记得我写的是什么了。”

“总体感觉呢？”蒋丞问。

“没有靠蒙答的题。”顾飞回答。

“这个总结很别致啊。”蒋丞松了口气，顾飞一直以来的习惯就是随便蒙，现在没有蒙，那就是每一道题他都思考过，而思考的原因是会做。

经过他学霸的逻辑分析过后，他觉得顾飞这次没什么问题。

毕竟顾飞记忆力很好，人又很聪明。

“你呢？”顾飞问他。

“我当然是没问题的，”蒋丞在答题的时候就对自己的分有个差不多的判断了，“我之前就说了裸考，我还突击复习了呢。”

“这口气。”顾飞笑了，“下学期六级也裸吗？”

“那还是要复习的，”蒋丞伸了个懒腰，“我对自己的水平还是很了解的。”

跟顾飞电话打了一半的时候，手机提示潘智的电话在等待中，他看了看：“潘智给我打电话呢，估计是租房子的事儿有消息了。”

“那你先跟他说。”顾飞挂掉了电话。

“爷爷，”潘智的电话接了进来，“考得怎么样？”

“这还用问吗？”蒋丞说。

“就是假装问一下，”潘智说，“现在问正式的，顾飞过来的时间定了吗？待多久？我问的那个房东说是一个月起租，住一天也算一个月，行吗？”

“行，”蒋丞说，“现在短租房条件好点儿的都不好找吧，就这样吧。”

“这个还成，我混熟了，正好我爸妈要过来玩，就都在他家租了，能给优惠些。”潘智说。

“你爸妈？”蒋丞愣了愣，“你爸妈来了住你那儿不就行了吗，你睡客厅。”

“丞儿，”潘智叹了口气，“你觉得我可能跟他们挤一个屋里吗，我妈看我从头顶到脚心哪儿哪儿都不争气，还不得天天从早数落到晚，我好容易清净了。”

蒋丞啧了一声：“真是身在福中不知福。”

“也不是非得有父母才算是福的，”潘智说，“我觉得吧，你现在就挺好的，对吧。”

“嗯。”蒋丞笑了笑。

“我可能要孤单一辈子了。”潘智说。

“你离一辈子还有点儿远，”蒋丞说，“怎么了，上回草原美女又没戏了？”

“就没想着能有戏，”潘智说，“我可能对感情这事儿的态度就不对吧，跟谁也长不了……算了，不说我了，下周我给你电话，你过来看一下房子。”

“好。”蒋丞说。

以前没经历这么多的时候还没感觉，现在慢慢是能感觉到潘智跟自己在感情这方面的想法的确是不一样的。

潘智非常理智，而且始终看得透，或者说他从一开始就没有跟谁能长久的想法，这跟蒋丞完全不同。

不过……蒋丞并不觉得潘智会孤单一辈子，只是还没碰到能收拾他的人而已，等到那天来了的时候，他一定得买最大号的炮仗对着潘智家门口放一通。

不知道那天会是哪天，但那时也许顾淼已经是个正常的只是不爱说话的小姑娘了，也许他已经毕业了，也许……

总之很多也许，他不去多想，只是觉得一定会是这样。

潘智帮找的房子很合适，一居室，卧室和客厅都有床，带一个小厨房，生活设施也都有，卧室外面还有一个小小的没有封闭的阳台，视野还不错，从楼中间能一直看到很远的灯光。

他提前两天过去收拾了一下，把床单什么都换好了，里里外外都擦了一遍，又去买了几个柠檬，榨了汁儿在屋里喷了一遍。

他甚至去了趟超市，买了一堆菜，还有牛奶、酸奶、零食，塞了一冰箱。

不知道为什么，同样是租来的小小的屋子，这里会让他有种比钢厂出租房更强烈的温馨的感觉。

也许是两个人的心态，都已经跟一年前不一样了。

钢厂的房子顾飞还没有退，蒋丞也不想退，房租挺便宜的，一直租着也没什么太大压力，他回去的话，那里就是另一个小窝，挺好的。

安全感是他永远需要的，带来安全感的方式很多，某一个人，某一件事，一个回忆，某个地点。

他都想留着。

顾飞他们学校放假的时间居然晚三天，蒋丞在小屋里住了三天，第一天先去车站把顾飞托运过来的猫接上了，一人一猫又等了两天才终于又出门去了车站接人。

离上次顾淼过来只隔了两个月，处于车站这样的环境里时，她依旧会紧张，许行之说这样的状态很难改变，也不是首要需要改变的，在不影响正常生活的情况下，可以有针对性地先解决别的问题。

这次蒋丞没有再背顾淼出去，而是拉着她的手一起往外小跑着，到外面广场上人少的地方才停了下来。

“二淼，”蒋丞这时才弯了腰，“你还没跟我打招呼呢。”

顾淼还是老习惯，响指加拇指。

“你吃巧克力吗？”蒋丞拿了一块巧克力出来，“这种我特别喜欢，不知道你爱不爱吃。”

顾淼看着他，过了一会儿点了点头。

蒋丞把巧克力剥好了递给她，顾淼一口就把一块儿塞进了嘴里，咔咔嚼着。

“你怎么这么野蛮。”蒋丞看着她笑了，直起身，盯着顾飞看了一会儿，“你是不是瘦了？”

“没有。”顾飞说。

“真没有？”蒋丞又退开两步上上下下打量着他，“我怎么觉得你瘦了。”

“你就说你是不是没话找话说呢。”顾飞一脸严肃。

“这都被你看出来了，”蒋丞笑着过去搂了搂他，“真没瘦吗？”

“真没瘦，”顾飞在他背上轻轻拍了拍，“我昨天才去称了体重，一斤都没轻。”

“这不科学啊，”蒋丞说，“之前我瘦那么多呢，你是不是根本就没好好复习啊看书啊？”

“只能说我抗压能力比你强。”顾飞笑着说。

这次顾飞带的行李超级多，因为住的时间长，顾淼虽然勉强能接受离开熟悉的大环境，但对小环境的依赖还是很强，这么长的时间，她不光是枕头和小被子，所有她平时能看到能摸到的她自己的东西，都得带着。

蒋丞甚至在收拾行李的时候看到了半只顾淼的破凉鞋。

“这什么鬼？”他愣了愣。

“这个是她穿坏了又被丞哥咬成这样的……”顾飞跟他解释。

“我咬……”蒋丞很震惊地说了一半才反应过来，“哦是猫。”

“是，”顾飞笑着点头，指了指在沙发上坐着的猫，“是它，这只凉鞋一直就在顾淼屋里，问她要带什么的时候她说要这个，就带着了。”

“行吧，她要怎么样就怎么样，”蒋丞点头，“对了，晚上叫外卖吧，这会儿再做来不及了，你也累了。”

顾飞往沙发上一倒，笑了半天：“为什么我累了就不做饭了，你只管吃吗？”

“别难为我了，我做的饭就算你吃，顾淼也不会给我面子的，”蒋丞拿了手机扒拉着，“猪肚鸡怎么样？”

“好。”顾飞点头。

吃完饭歇了一会儿，顾淼很听话地去洗澡，但洗完澡之后就一点儿也不听话了，不让顾飞给她吹头发，顶着一脑袋湿头发抱着猫去了阳台看风景。

“随便她吧，天儿这么热，也不会感冒。”顾飞看着她的背影。

“嗯，”蒋丞走到他身后，“我们要诉说一下生活吗？”

“天天都诉说，”顾飞说，“现在一时半会儿还真不知道要诉点儿什么了。”

“强行聊会儿吧，”蒋丞说，“这次过来的费用，是不是挺高的，就是许行之说的什么认知啊行为校正的那些系统训练。”

“还行吧，”顾飞说，“之前他帮着省了不少钱，算过来现在这费用也不算什么了。”

“你给他带牛肉干了吗？这人不要钱也不用请客吃饭的，”蒋丞说，“就牛肉干他特别喜欢了。”

“带了，一大包，”顾飞说，“李炎帮买来的，说这种比以前买的那种好吃……对了，我还没跟你说。”

“嗯？”蒋丞看着阳台上像是凝固了似的一动不动的顾淼，要不是猫一直在她脚边来回走动着，都能让人以为是个小雕像了。

“李炎和刘帆过几天可能会过来，”顾飞说，“到时帮他俩订个房间吧，会玩个三五天的。”

“行啊，”蒋丞走到茶几旁边拿了手机，“就他俩吗？”

“嗯，别人都没空，”顾飞点点头，“他们都没来过这边，五一的时候就想过来了。”

“好，”蒋丞倒到沙发上，腿架到墙上，看着顾飞，“兔飞啊。”

“……啊。”顾飞看着他。

“就是，”蒋丞想了想，“你有没有想过，毕业以后要去哪儿？”

“想过啊。”顾飞说。

“啊。”蒋丞看着他，心里突然有些紧张。

这种感觉就像他很久以前，问顾飞有没有想过以后的时候，那样的紧张。

“你在哪儿，我就去哪儿。”顾飞的回答几乎没有停顿。

45

顾淼的训练治疗还有几天才开始，开始之后顾飞就得天天陪着她，所以对于顾飞来说，假期就是开始这几天了。

“我觉得要不把咱们的生日也过了，”蒋丞看着日历，“等二淼开始治疗什么的了就没时间了吧？”

“你想怎么过？”顾飞问。

“不知道，今天咱俩就先过个三人的，等李炎他们过来，叫上潘智，一块儿去吃一顿？”蒋丞问，“我没什么过生日的经验啊。”

“我也没有，”顾飞笑笑，“就按你的想法吧，到时他们来了再一块儿去吃一顿，是不是得先订个包厢啊，这边儿不比钢厂，我看生意都好得不行。”

“嗯，找个能用包厢的团购看看，”蒋丞在手机上找了一会儿，抬起头看着顾飞，“你给我准备礼物了没？”

“没有，”顾飞说，“这段时间忙，一直也没琢磨这事儿。”

“真的？”蒋丞看着他。

“……真的，”顾飞到他旁边坐下，“你没生气吧？”

“没有，这有什么可生气的啊。”蒋丞语气很夸张地叹了口气。

“什么鬼。”顾飞听乐了，往沙发扶手上一靠，笑了半天。

“反正我，”蒋丞坚持说着，“也值不了一个生日礼物了。”

“你烦不烦。”顾飞笑着用脚在他腿上踢了一下。

“不烦，这有什么可烦的啊，”蒋丞往他脚上拍了一巴掌，“反正我也没给你准备礼物。”

他边乐边反手捞过从沙发靠背上跑过的猫放到腿上揉着，又看了一眼趴桌上画画的顾淼：“二淼！”

顾淼转过头看着他，蒋丞指了指窗外：“我们出去玩？”

顾淼跟着看了一眼窗外，又转回头看着他，过了一会儿才点了点头。

“去哪儿？”顾飞问。

“不知道，游乐园什么的人太多，暑假了人更多了没法去，”蒋丞说，“只能找人少的地方，我想想。”

“估计这种日子里没有人少的地方，”顾飞说，“要不就小区的那个小花园？”

“她要玩滑板的，小花园里都是老头儿老太太加走不稳的小孩儿，她过去一冲，咱不得被人骂死啊，”蒋丞拿手机扒拉着，“我查查看……好歹是生日呢。”

“丞哥，”顾飞想了一会儿，坐了起来，“要不……你陪我去拍照片吧，老街老胡同什么的，人也不多，我们慢慢溜达？”

“行。”蒋丞站了起来。

其实蒋丞来上学已经一年了，但说实话，除了学校周边，他就去过三个地方，B大、家教俩孩子家的小区，以及火车站。

最远就是火车站了，每次去都还各种滋味。

顾飞想去拍照，他当然很愿意，就是该去哪儿，怎么去，去了怎么安排路线，全都不知道。

“等我再查一下。”蒋丞拿过笔记本又重新坐下了。

“丞哥，”顾飞在他脑袋上拍了一下，“你真是让人心疼。”

“嗯？”蒋丞一边敲键盘一边应了一声，“怎么就又心疼了？”

顾飞没说话。

“我吧，其实本来也不是多爱玩的人，”蒋丞说，“我以前放假啊休息啊，也没什么地方去，一般也就是跟潘智找个地儿待着，聊聊天儿什么的。”

“你这一年，想找个地儿待着聊天儿也没时间吧。”顾飞说。

“毕竟跟一帮学霸在一块儿，”蒋丞笑笑，“看到人家成天泡图书馆，我就有点儿紧张，我考进去的时候成绩那么靠前，总不能上着上着课就到后边儿去了，那不是我的风格啊。”

“嗯，”顾飞低头笑了笑，“你这一整颗头吧……也就这一个旋儿，还是个正旋儿，怎么这么犟呢？”

“一整颗头，”蒋丞啧了一声，“能不能用个听起来不那么像恐怖片儿的词啊。”

“整个脑袋。”顾飞笑了笑。

查好路线之后，他俩带着顾淼和她的滑板出了门。

出门之前顾飞跟顾淼用了二十分钟约法三章，不许喊、不许滑得太快、不许从人缝中间穿过去，要靠边儿上滑……

顾淼一直都点着头。

蒋丞感觉这大半年的努力，效果还是挺明显的，顾淼现在对这种非单一内容的复杂沟通的理解基本已经没有大的问题了。

今天的天气挺好，虽然太阳挺烈的，但风也挺大，不算热。

按蒋丞的计划，他们直接打了个车，地铁其实也能到，还便宜得多，但站台上车厢里人都太多，怕顾淼会紧张。

顾淼今天心情不错，背着她的滑板下楼的时候都是蹦着下的。

自打在草原玩的时候顾飞帮她把滑板拴到背上，她就每次出门都要求背着，最后顾飞就给她做了一根小背带，两头往滑板轮子上一钩，就能背上了，装卸简单、携带方便，还能腾出手来。

虽然顾淼的手腾出来了也没什么事儿可干，连吃点儿东西，食物拿手上的时间都不会超过十秒，基本一拿过去塞几下就都进嘴里了。

“中午在哪儿吃？”顾飞坐在出租车后座上问了一句。

还没等坐在副驾的蒋丞回答，司机大哥就把话接了过去：“中午啊，中午你俩要是在那片儿的话……”

司机大哥非常热情，就一个午饭，他给推荐了档次从低到高能有二十家馆子，顺便把他们该怎么玩也给指点了一下，一直说到他们下车。

“谢谢大哥。”蒋丞下车的时候说。

“这我名片，”大哥又递了一张名片过来，“你们要去哪儿玩弄不明白的，可以给我打电话。”

“好的。”蒋丞接过名片收好了，这还真有可能会用得上，李炎和刘帆要是过来了，他都还不知道怎么玩。

带着顾森顺着一条老街走进去的时候，蒋丞看了看顾飞："哎顾飞。"

"嗯？"顾飞应着。

"你是不是应该弄个名片啊？"蒋丞说，"你看人司机大哥这名片多方便。"

"我拿了名片给谁发去啊，"顾飞笑着，"都是熟人了，谁要找我，一个电话打过来就行了。"

"也是，"蒋丞想了想，"其实我大概就是觉得你弄个名片挺好玩的。"

"那我回去就印，"顾飞说着比画了一下，"顾飞，下面英文名GoodFly……"

"什么鬼，"蒋丞一听就乐了，"你好歹是考完了四级感觉还不错的人，能不能用点儿心啊。"

"听我说，"顾飞笑着，"然后下边儿是电话啊邮箱什么的，中间不是要写个职务职业什么的嘛，就写，兔飞。怎么样，猫丞？"

"嗯，行。"蒋丞点了点头。

讨论完名片的款式之后，他们就走进了一条小胡同里，没什么人，阳光下半明半暗的胡同看着非常安静闲散。

顾森取下滑板踩了上去，在他俩前边儿慢慢地划着，因为顾飞不让她滑得太快，所以她一直很听话地慢慢蛇行前进着。

几个坐在边儿上聊天儿的老头儿还给她叫了个好。

顾飞把相机拿了出来，一边慢慢走着，一边拍了几张。

满是涂鸦的旧墙，贴着小广告的灯柱，在铺着青石板的路上蛇行前进的顾森，路边只开着一扇窗卖东西的小杂货铺，树荫下聊天儿的人，放在墙边的破旧藤椅和团在上面晒太阳的猫……

胡同里的猫挺多的，顾森现在管所有的猫都叫"丞哥"。

"丞哥。"她仰着头看着院墙上像块小垫子一样铺着的白猫说。

声音很小，要不是蒋丞看到了她的口型，根本听不到她说了话。

但就算是这样，还是让人兴奋，一条胡同走过去，碰到四只猫，她说了两回"丞哥"。

"我待遇是不是比你好？"蒋丞问，"她都没这么公开叫过你吧？"

"嗯，"顾飞举着相机，对着一面老墙的墙缝里长出来的小草，"她其实连哥哥都不怎么叫。"

"她是我妹妹了。"蒋丞说。

"嗯，"顾飞笑笑，"行。"

走过两条胡同之后，在一条石板小路的尽头他们看到了一条小河。

有几个老头儿坐在河沿儿上钓鱼，顾淼踩着滑板停下了，站在他们身后很专注地看着。

蒋丞过去在旁边的石凳上坐下了。

顾飞拿着相机靠在栏杆边儿上慢慢拍着。

这河非常小，水其实也不是特别干净，但是这种安静的环境里，水里偶尔飘过落叶，水面上倒映出树影，风吹过时水面微微泛起涟漪，还有不知道是水下的鱼还是虾轻轻一顶水面荡开圈圈波纹……

一切都让人觉得闲散而安心。

顾飞拿着相机退开了几步，蒋丞知道他是要拍自己，几声快门响之后，他回过了头，给了顾飞一个侧脸。

顾飞按了快门之后又轻声说："站起来。"

蒋丞站了起来，迎着阳光，然后侧身，再转身逆光，最后偏过头看着一边的顾淼。

这一套配合非常完美，他跟顾飞在拍照上的默契简直完美……

他坐到了石凳上。

"怎么，"顾飞坐到了他旁边，低头一边看相机一边笑着问，"拍个照就累了？"

"这事儿您最有发言权啊，"蒋丞说，"您拍个照中途还得去趟厕所呢。"

顾飞啧了一声："丞哥你现在报复心好强哦。"

"是的呢，"蒋丞斜眼儿瞅着他，"因为有个人现在逮着机会就损人呢。"

"叔，"顾飞笑着跟一个站起来的大叔打了个招呼，"起鱼了没？"

"没呢，"大叔活动了一下胳膊，"今儿风太大了。"

"平时能钓不少吧？"顾飞问。

"也没多少，都小鱼，钓起来就放了。"大叔笑笑。

一本正经地跟大叔聊了一会儿之后，顾飞站了起来："上别地儿转转？能站起来了吗？"

蒋丞啧了一声，站了起来。

沿着河边走了没多远，就又拐回了胡同里。

这边人稍微多了一点儿，两边还偶尔会出现一两家很有特点的小店，卖点儿奇怪的东西，他俩进了一家卖手工杯子茶盘什么的小店转了转。

顾淼看中了一朵黑色的小陶花，蒋丞给她买了下来，店主给配了条细皮绳，但她不肯戴在脖子上，一定要系在脚踝上。

“小妹妹真有个性，”店主又笑着给她换了条短些的绳子，帮她系在了脚踝上，“你真酷啊。”

顾淼鞠了个躬，一脸严肃地转身走了出去。

踩上滑板的时候顾飞跟在后头给她拍了几张照片。

“二淼纯天然酷妞。”蒋丞说。

顾飞笑了笑：“希望以后能稍微不那么酷。”

两个人跟在顾淼身后继续溜达，顾淼踩着滑板在前面的拐角拐了个弯，他俩跟着也拐了过去。

这是一条窄得车都过不去的小胡同，但中间却有一家很小的店面。

顾淼一脚踩着滑板，站在店门口往里看着。

“大概是渴了，”顾飞说，“去看看有没有水什么的。”

走到店门外的时候才看到这大概是一家咖啡店，能闻到咖啡香，门口显得低调的小牌子上是手写的店名，意外。

“进去坐坐？”顾飞小声问。

“好。”蒋丞点了点头。

这个店名让人突然有些感慨。

店里面积不大，没有刻意的装修，简单的白墙水泥砖，桌椅也是最简单的，黑色线条组成的方框，顶着一块水泥桌面。

店里只有一桌客人，两个女孩子靠窗坐着，轻声说着话。

似乎没有店员，就一个大概是老板的年轻女孩儿走了过来，手往桌上一撑：“三位喝点儿什么？”

顾飞和蒋丞要了咖啡，给顾淼要了一杯橙汁和一杯白开水。

顾淼一直盯着旁边花台上放着的一个小摆件出神，是个用铁条焊接起来的多边形小球。

蒋丞顺着看过去，想起了18岁生日的时候顾飞送他的那个迷宫：“这东西挺有钢厂特色啊。”

“嗯。”顾飞笑了笑。

老板端着咖啡过来的时候，他问了一句：“那个是你做的吗？”

“嗯，”她点点头，用脚尖轻轻踢了一下黑铁的脚腿儿，“这些都自己做的。”

“厉害。”蒋丞说。

老板笑了笑，又看了顾淼一眼，走过去把那个铁条小球拿过来放到了顾淼面前："送给你了。"

顾淼抬头看着她。

"谢谢姐姐。"顾飞赶紧说。

顾淼站起来冲她鞠了个躬。

老板愣了愣然后说了一句："不客气，缘分。"

"缘分，"顾飞靠在椅背上看着蒋丞，"丞哥，咱们得算是非常有缘分了吧？"

"嗯，"蒋丞喝了口咖啡，"我不远……千里，跑钢厂去，就为了碰到你，这必须是非常有缘分。"

"好险啊。"顾飞趴到桌上。

"怎么？"蒋丞也趴到了桌上。

"早一秒，晚一秒，"顾飞说，"你就碰不到二淼了。"

"你一开始对我还算客气是不是就因为二淼呢。"蒋丞笑笑。

"嗯，她喜欢你啊，"顾飞勾勾嘴角，"不过吧，也得是你长得好看。"

蒋丞啧了一声。

"你真帅啊，丞哥。"顾飞说。

"这么熟了就不用老虚伪地拍马屁了。"蒋丞说。

"我帅吗？"顾飞问。

"帅炸苍穹。"蒋丞说。

顾飞笑了起来，好半天才靠回椅背上，闭着眼轻轻呼出一口气："现在这样……真好啊。"

"嗯。"蒋丞趴在桌上点了点头。

两人又小声聊了一会儿之后，顾飞的目光落到了他身后："丞哥，你看。"

"嗯？"蒋丞转过头。

身后吧台旁边的角落里，放着一架电钢琴，旁边椅子上还靠着一把吉他。

"怎么？"蒋丞回过头看着他。

"你有什么想法吗？"顾飞小声问。

蒋丞盯着他看了一会儿就笑了："你是不是有什么想法？"

"有一点点。"顾飞说。

"我也有一点点。"蒋丞说。

"不过不知道人家让不让用？"顾飞说。

"问问？"蒋丞说。

“我去问问。”顾飞往吧台那边看了一眼，站了起来。

蒋丞最后一次弹琴，就是在四中的那次表演，一想起那次，他心里就有种说不上来的感慨，当时有种慌乱无措、气愤之后的心疼，最后清楚地感受到了顾飞的绝望。

现在想起来心里都还会轻轻一颤。

他那时就希望能跟顾飞一起合奏，但最终没有实现。

顾飞刚才让他看，他回头看到那架钢琴和那把吉他的时候，顿时就觉得汗毛悄悄地竖了起来。

“可以，”顾飞走了回来，轻声说，“老板说可以用。”

蒋丞回头，老板胳膊撑在吧台上，冲他做了个请的手势。

他笑了笑，站起来跟顾飞一块儿走了过去。

电钢琴以前蒋丞在潘智家玩过，他妈参加了一个什么中老年艺术团，买了架电钢琴一次也没动过，蒋丞大概是唯一让它发出过声音的人。

眼前这架电钢琴比潘智家的要高级，蒋丞坐下之后活动了一下手指，然后“爬”了一段音阶，感觉还可以。

那边坐着聊天的两个女孩儿听到了音乐声，一块往这边看了过来。

“怎么样？”顾飞拿着吉他站到了他旁边，手指在琴弦上滑过，“这吉他应该是经常有人弹，音还是准的。”

“挺好，”蒋丞双手在琴键上随意弹了一段，看着顾飞，“那……开始？”

“嗯。”顾飞点点头。

他俩没有商量要弹什么曲子，但都知道要弹什么。

顾飞的手在琴箱上轻轻拍出节奏时，蒋丞笑了笑，听着几个小节的前奏的乐音轻轻从顾飞指尖滑出，他的手指落到了琴键上。

那首曲子，两个人都已经烂熟于心，从任何一个小节开始，大概都能顺畅地继续演奏下去。

一开始蒋丞的手略微有些紧，毕竟太久没碰，又不是熟悉的琴。

但第一遍弹完的时候，他已经慢慢放松了下来。

间奏的时候他看着顾飞，顾飞微微垂下的睫毛在阳光里拉出很长的影子，轻轻颤着。

到钢琴进的地方，他抬眼看了看蒋丞。

蒋丞笑了笑，手落下，音符从指间跳了出来。

“我想，一个眼神就到老……”顾飞低声唱了一句。

蒋丞跟着轻轻哼着。

我想，抬头暖阳春草，你给我简单拥抱
我想踩碎了迷茫走过时光，睁开眼你就会听到
我想，左肩有你，右肩微笑
我想，在你眼里撒野奔跑
我想，一个眼神就到老

安静的阳光里，琴声、歌声，都低而轻缓。

有时候蒋丞会觉得，“永远”是个挺不真实的词，永远无法确定，也没有办法抓得住，但会在你完全不经意的某个瞬间里出现。

就在现在，在眼前。

两人指尖的音符里，两人交汇的眼神里，还有身边从窗户透进来的这一小方阳光里。

顾飞在钢琴声里慢慢退后了两步，接过了老板从吧台里递出来的一束花，走回蒋丞身边：“丞哥，生日快乐。”

“生日快乐。”蒋丞弹完最后一个音符，接过了花。

番 外

番外1

三年后。

“顾老师，”教研组长看着顾飞，“不是说系个领带吗？我看你今天带了领带过来的？”

“那儿呢，”顾飞指了指桌上扔着的一条领带，“我上课之前再系吧，喘不上气儿了都。”

“一会儿别忘了，”组长说，“让别的学校的人看看我们年轻老师的风采。”

“……哦。”顾飞很认真地点了点头。

顾飞拿了领带卷了个卷儿放到外套兜里，然后拿着东西去了教室。

今天他这节公开课是市里的研究课，学校很重视，他自己也挺重视，之前备课除了跟老教师请教，甚至跑了两趟老徐家，虽然初高中的教学内容不同，但经验还是能学习一些。

进教室的时候班里的学生都跟平时差不多，一个个看上去都跟下一秒就要瘫痪了似的，不是趴在桌上就是靠在桌边。

他走到讲台上，把手里的东西往讲台上一扔，声儿挺大的，“嘭”的一声。

下面即将瘫痪的众人挣扎着把头往讲台这边转了转。

“要不排队出去吹吹风吧，”顾飞看了看他们，“教室里太暖和了？”

瘫痪的人群里传来或高或低的拉长了的叹气声，然后他们慢慢地坐好了。

“一会儿上课都放松点儿，就跟平时那样，别跟上回学校公开课那样，站起来我都能听到你们骨头咔咔响。”顾飞说完看了看时间，差不多了，他从口袋里拿出了领带。

说实话他没系过领带，这次他是头一回上市级研究课，让他系个领带他也就去买了一条，早上出门的时候才想起来问了蒋丞怎么系，这会儿拿出来的瞬间他就忘了。

大概是有些紧张吧。

从小到大都刻意避开各种公开场合、各种集体活动，不愿意面对目光的习惯在很多年前就已经写在了他的性格里。

但是从快毕业的时候开始，他就不得不硬着头皮去面对了，从试教开始，到站在讲台上面对四五十个学生，再到公开课。

要说不适应，真是不适应，但也不可能再像以前那样避开了。

只是这种紧张的不适感，不是半年时间就能完全消除的，这毕竟只是他第二次公开课，还是市级的。

拿着领带看了半天，最后他不得不撑着讲台叹了口气道："谁会系领带？"

"我！"

"我啊——"

"我会！我！"

下面一片喊声，顾飞扫了一眼，指了指他的语文课代表："你来教我一下吧。"

课代表是个小男生，刚站起来，就听旁边一片叹息，顾飞看他有一瞬间犹豫，赶紧敲了敲讲台："赶紧的。"

小男生上来，拿过领带很麻利地往自己脖子上一绕，三下两下就系好了，再拉松摘下来递给了顾飞。

"厉害啊——"下面又喊了起来。

顾飞也挺意外，问了一句："跟谁学的啊？"

"看电视啊，"小男生说，转身走了下去，"男人的必备技能。"

"哦，"顾飞没忍住笑了，把领带拉好了之后又敲了敲讲台，"该交代的我昨天已经跟你们说过了，都记得吧。"

"记得——"

"好，谢谢了。"顾飞点点头。

蒋丞感觉自己最近睡得有点儿要升仙的意思，早上顾飞去上班以后他重新躺回床上，意识里大概也就是闭眼再睁开的样子，居然过去了一个小时。

大概是因为卧室的窗帘被顾飞换成了厚麻的遮光窗帘，一拉上就晨昏不分。

他看了看手机上的时间，这会儿顾飞的公开课应该正在上着了。

他打了个哈欠，走到窗边把窗帘拉开了一半，看着外面。

钢厂真是万年不变，从他上高二的时候过来到现在大四快毕业，树叶长了落了，草绿了枯了，人来了走了，那些老旧的房子，那些灰色的街道，始终都是老样子。

每次蒋丞回来，都像是走进了回忆里。

也挺好的，留在这里的那些记忆无论好坏，他都不想忘记。

他伸了个懒腰，转身躺回床上，顺手又点开了App，准备看看中午叫点儿什么外卖过来吃。

顾飞现在上课的学校，离四中不远，在顾淼曾经的小学母校后面，中午他都会回家吃饭。

蒋丞没有本事做午饭，但午饭叫外卖的本事还是有的。

茄子煲，酱鸭子，再来个汤，再……

外面的门被人踢了两脚。

“来了！”蒋丞应了一声，跳下床，趿拉着鞋过去开了门。

顾淼拖着她的滑板走了进来，往沙发上一坐，然后把裤腿捞高，露出了膝盖。

“我的天，”蒋丞看了一眼就愣了，顾淼左腿膝盖上一大片擦伤，已经渗出了血，“摔的吗？”

顾淼点了点头。

“我给你拿药，”蒋丞打开旁边的柜门，拿了药箱出来，“怎么摔的啊？”

顾淼看着他，过了好半天，大概是不知道怎么说，揪了点儿棉花开始处理伤口，也没再理他。

“我点外卖呢，”蒋丞拿着手机坐到她旁边，“你看还想吃什么？”

顾淼往手机屏幕上看了过来，蒋丞帮她来回翻着，顾淼不太认识字，主要就是看图，最后她往梅菜扣肉和花甲上戳了戳。

“好嘞。”蒋丞点头，把几个菜都下了单。

顾淼以前摔伤都是顾飞帮她处理伤口，理由是顾淼怕血，尽量不让她见到血。

但许行之很“无情”地指出，顾淼并没有害怕血的根源事件，依旧只是因为顾飞自己的恐惧。

从那以后，顾飞就没再帮她处理伤口了，一点点教会了她怎么清洗伤口怎么上药，现在她不太容易受伤，伤了也能自己处理了，动作也很熟练。

看着很酷。

“你这一天天跟个女杀手似的，”蒋丞逗她，“你们滑板俱乐部的人是不是都怕你？”

顾淼看了他一眼，笑了笑没说话。

“你哥说你长个儿了，说你三个月长了五公分，是真的吗？”蒋丞又问，“你现在有一米五了？”

顾淼点了点头。

“看不出来。”蒋丞说。

顾淼啧了一声，把手里的棉花团一扔，站了起来，然后伸手拽着蒋丞的胳膊把他一把扯了起来，然后跟他比了比身高。

“有一米五了，”蒋丞低头看着她脑袋顶，笑着说，“到胸口了。”

顾淼把伤清理完消了毒之后就从随身带着的背包里抽出一本书开始看。

这是顾飞给她买的绘本，字很少，都是图，顾淼认识的字少，但挺喜欢看画，所以顾飞每隔一段时间就会给她买些绘本。

蒋丞靠在沙发里看着她，这两年顾淼进步挺大的，不会再尖叫，能理解别人的意思，情绪表达也慢慢变得丰富起来，会哭、会笑、会生气，虽然认字学习什么的还是很慢，说话也没有多大改变，但对于她来说，已经很好了。

顾飞去年去找了以前在广场上碰到过的那个滑板俱乐部，对方很痛快地同意了顾淼的加入。

相比以前她漫无目的茫然地在街上飞驰，现在每一次跃起时都算一个小目标，顾淼自己的小目标。

顾飞对她没有什么要求，能慢慢融入身边的生活，能交到朋友，就可以了，至于别的，都不去强求。

外卖很快送过来了，蒋丞下楼拎了好几兜，还挺沉的。

刚往楼上走了没两步，手机响了，以为是顾飞打过来的，结果费了半天劲把东西都腾到一只手上，再掏出手机后一看，是潘智。

“唉，”蒋丞叹气，“你打得真是时候。”

“爷爷，我要逃难了，”潘智劈头就是一串，“你准备好接收我。”

“怎么了？”蒋丞愣了愣，“你不是说被关起来了吗？”

“我那是给他们点儿面子，我还真能被关得住吗，想走随时就走了，”潘智说，“我实在是受不了了，我明天就去找你。”

“等等，”蒋丞说，“你就这么跑了，你妈不弄死你？”

潘智当初上大学也没怎么考虑专业的问题，学了个图书管理，现在他家里想让他考编制去图书馆，这对于平时不旷课都算是表现优异了的潘智来说，简直是要了命了。

“弄死就弄死吧，”潘智说，“她不弄死我，看那些书用不了俩月我也就死了，我去个书店都行，等他们气儿消了，我再回去求点儿钱开个书店……这些我去了再跟你细说吧。”

“哦，”蒋丞应了一声，“那我给你订个房间吧？”

“你不用管，我自己订了，”潘智说，“你就这几天抽时间陪我聊会儿就行。”

“嗯，”蒋丞想了想，“要不……我给你妈打个电话谈谈？”

“算了，她本来就老拿你保研的事儿说我呢，你再这么懂事，她得受多大刺激啊，”潘智叹了口气，“你等我吧，请我吃烤肉。”

“好。”蒋丞笑了笑。

蒋丞把吃的都拿盘子装了出来，摆了一桌子，碗筷都放好之后，一直坐在沙发上看书的顾淼偏了偏头。

“回。”她说，声音比起三四年前稍带了些沙哑，顾飞说是变声期了，还表示很怀念以前她又细又软叫“丞哥”的时候。

“嗯，我听到摩托车的声音了，”蒋丞走到窗户边往下看，楼下顾飞开着摩托刚停下车，他冲下面吹了声口哨，“今天你哥打领带了呢，你一会儿看看，看着特别不像个正经人。”

顾飞摘下头盔仰头往上看了看，冲他挥了挥手，锁好车跑进了楼道。

顾淼对于她哥打不打领带像不像正经人没什么兴趣，顾飞打开门进来的时候，她马上坐在了桌子旁边，等着开饭。

“这一看就是叫的外卖吧。”顾飞把外套脱掉，笑着说。

“二淼你看，”蒋丞指着顾飞，“西服，见过没……你领带呢？”

“扯了，系着难受。”顾飞一边说一边准备脱掉西服上衣。

“等会儿，”蒋丞拿出了手机，“我拍一张，这种打扮有点儿太难得了，平时都穿得跟个体育老师似的。”

“这也不是什么正经西服，”顾飞看着他，“我们学校的制服，人手一套。”

“比你的运动服正经多了。”蒋丞笑笑。

这的确是顾飞他们学校的制服，深蓝色，料子还行，但款式也就那样，平时也没哪个老师穿，有点儿什么正式场合，要求“着正装”的时候才翻出来。

但就算是这样的一身衣服，套在顾飞身上，也非常帅气。

蒋丞心想，今年生日的时候必须要送顾飞一套超牛的正装，太合适了。

“行了吗？”顾飞问。

“嗯，换衣服吃饭吧。”蒋丞看着他。

顾飞脱了西服外套，一边解衬衣扣子一边往卧室走，蒋丞跟了进去，靠在墙边继续看着他。

顾飞解衬衣扣子时跟他脱T恤时是完全不同的两种感觉。

一种是前钢厂大霸王。

一种是人模狗样。

“今天公开课怎么样？”蒋丞在他腰上抓了抓。

“要命，”顾飞脱了衬衣，刚要说话，外面顾淼敲了敲碗，他转过头，“说了不许敲碗！不礼貌！”

顾淼拿好筷子看着他。

“你饿了就先吃吧，”顾飞说，“我跟丞哥说话。”

顾淼点点头，给自己盛了饭低头开始吃。

“紧张？”蒋丞问。

“嗯，”顾飞穿上一件T恤，“挺不自在的，我们组长说是看不出来紧张，但我自己知道我不自在。”

“课堂效果呢？”蒋丞问。

“还行吧，今天这帮小孩儿比上回公开课强多了，”顾飞说，“本来还担心他们比我紧张的，结果还可以。”

“我挺想去看看你上课的。”蒋丞说。

“我明天给你直播一个吧。”顾飞笑了。

“我说真的。”蒋丞说。

“我也说真的，”顾飞说，“你想看的话，就给你直播。”

“好，”蒋丞笑了起来，“欸，怎么有点儿兴奋？”

“因为你幼稚。”顾飞过去敲了敲他脑门儿。

两人回到客厅坐下开始吃饭的时候，顾淼已经吃完了一碗饭，正在盛第二碗。

“还好平时消耗大，”蒋丞看着她，“比我还能吃，搁别的小姑娘身上早胖变形了吧，这一顿顿的就认肉。”

“你最近没事儿就跑跑步吧，”顾飞边吃边说，“你现在吃得也不少，一天天的就在家里睡觉，保研猪真是一点儿也没说错。”

“我其实也就是回来以后才猪的，之前在学校我状态还是很狗的，”蒋丞喝了口汤，“我现在想狗也能马上狗起来。”

“先猪一阵儿吧，”顾飞说，“想想你开学以后就觉得很累。”

“还行吧，我习惯了，”蒋丞说，“我一想到我们宿舍那几个学习狂，我就充满了力量……对了跟你说个事儿。”

“嗯？”顾飞应了一声。

“潘智明天过来。”蒋丞说。

“他不是让家里用钛合金大链子拴厕所里了吗？”顾飞说，“越狱了？”

蒋丞笑了半天：“嗯，逃出来了，说明天到。”

“要住这儿吗？”顾飞问，“我可以回家住。”

“他订房间了，”蒋丞说，“他想开个书店，靠谱吗？你说。”

“看怎么干了，有特点的话还是靠谱的吧，”顾飞说，“潘智虽然念书不行，别的事儿还是挺稳的。”

“嗯，我觉得吧，要是能在‘意外’那片儿弄个有点儿个性的书吧什么的，可能还真行，”蒋丞说，“明天跟他说说，他反正也去过好几次了。”

“比我去的次数还多呢。”顾飞啧了一声。

那个叫“意外”的咖啡店，他们每年都会找假期一块儿去一次，作为储存回忆的地方。

“暑假带顾淼过去的时候你干脆就天天泡店里得了，”蒋丞说，想了想突然也啧了一声，“我跟你说个事儿。”

“嗯？”顾飞看着他。

“潘智没事儿自己一个人也老去，”蒋丞说，“我觉得……”

“那不是很正常吗，老板漂亮、咖啡好喝，他不去不是他风格啊。”顾飞笑了。

“不，关键是他完全没跟我说过，要是以前那些姑娘，他会说，朋友圈还撩呢，”蒋丞低声说，“我觉得……你懂我意思吧？”

“懂，”顾飞点点头，也低声说，“潘智可能要被拿下了？”

“很期待啊。”蒋丞一脸严肃。

“相当期待啊。”顾飞也很严肃。

“要真被拿下了，”蒋丞继续严肃地绷着脸，“要备个大礼。”

“敲锣打鼓地给他送过去。”顾飞点头。

“送什么呢？”蒋丞琢磨着。

“敲锣打鼓一般送的都是锦旗。”顾飞说。

“锦旗的话只能送给人姑娘了，”蒋丞说，“写四个字，为民除害。”

顾飞没绷住笑了起来，蒋丞还绷着脸坚持了好半天才跟着一块儿笑了起来。

番外2　还是三年后

潘智说来还就真的来了，蒋丞在车站接到他的时候仔细检查了一下他的脸，完好无损，看来在家这段时间没被他妈抽大耳刮子。

“你不是说你妈天天盯着你吗？”蒋丞接过他递过来的一个袋子。

“憋不住要去打牌，”潘智说，“我其实挺心疼我妈的，天天就为守着我，牌都没得打了，也不能天天让人上家来打。”

“她现在应该发现了吧？”蒋丞问。

“嗯，不过我把她电话拉黑名单了，暂时打不进来，”潘智把胳膊往他肩上一搭，“走，顾飞下班了没，叫他一块儿，中午烤肉去。”

“中午？”蒋丞愣了愣。

“晚上涮羊肉，”潘智说，“我都计划好了。”

“你行李要放……”蒋丞一边拿手机一边往潘智身上看了一眼，发现他只背着一个小包，“你没带东西？”

“带东西了我怎么跑？也不是什么都没带，”潘智指了指他手里的袋子，“带那个了，送淼淼的。”

“你还给二淼买东西了？”蒋丞愣了愣，“你怎么如此这般的客气呢？买的什么啊？”

“大耳机和MP3，”潘智说，“你想啊，她踩个滑板嗖嗖的，然后戴个耳机刷街，多拉风。”

“听不见声音多危险。”蒋丞说。

“谁戴耳朵上啊，”潘智说，“这玩意儿是挂脖子上的。”

“……哦，”蒋丞点了点头，“那你买个耳机不就行了，还配个MP3干吗？”

“爷爷，我不想跟你说话了你觉得可以吗？”潘智看着他，“她不玩的时候可以听音乐啊，平时顾飞在家不也给她放音乐吗，这个音效好。”

“你刚才是不是说不想跟我说话了？”蒋丞问。

潘智转开头，大步往前走了出去。

中午顾淼在俱乐部的场地上玩，不回来吃饭，顾飞开了小馒头拉着潘智和蒋丞一块儿去吃烤肉。

“这车保养得不错，”潘智跟蒋丞挤在后座上举着胳膊，放下来他俩就挤不下了，“是要当传家宝吗？”

“没家可传。”蒋丞说。

“不一定，”顾飞笑了笑，“我妈琢磨着再生一个。”

“跟刘立？”潘智问。

“不然跟谁。”顾飞说。

“他俩证都不打，还想生孩子呢？”潘智说，“而且四十大几的了会不会有危险啊。”

“说是过年去打证，不过生孩子刘立不同意，怕她身体不行，让他俩自己折腾去吧，”顾飞说，“都是成年人了。”

“可别生了，”潘智叹了口气，“不是我说，你就看她带你们兄妹俩，我感觉你妈不太适合当妈，当当媳妇儿就得了。”

顾飞笑着点点头：“我也这么觉得。”

到了烤肉店，还是老习惯，顾飞负责烤，蒋丞负责拿。

潘智也是个爱吃肉的，拿个盘子跟着蒋丞一块儿夹着：“还是这边实惠，种类不算多吧，但我们也就吃这几样。”

“是。”蒋丞笑着点头。

“暑假是不是还要带顾淼过去那边？”潘智问。

“嗯。”蒋丞夹了点儿鸡翅。

“你俩什么时候相聚啊，”潘智说，“这都四年了。”

“等他带完这届吧，明年初三了，”蒋丞说，“原来不是说马上过去吗，但是我这块儿还没定下来，他就先上着班吧，他们领导还挺器重他的。”

“他们那个学校不是也挺差的吗，总觉得他哪天压不住他钢厂一哥之魂把学生给揍了，”潘智说，“他还是混个自由摄影师什么的比较好，之前不是有个什么摄影编辑的挺看好他的吗？”

“嗯，一直联系着，那人一直跟他约稿的，”蒋丞夹了一摞大五花码在盘子里，“顾飞比我稳当，考虑得也多，他这一走，估计除了逢年过节的也就不会再回来了，稳点儿也是应该的，再说我俩带着顾淼过去，都得考虑好。”

“也是，”潘智感慨地叹了口气，“这一转眼，就都不是少年了啊。”

“你还保持着少年之心呢，”蒋丞说，“你刚离家出走了。”

“滚蛋，”潘智笑了起来，“我真的，在这儿待几天我就回学校去，然后找份书店什么之类的工作。”

“真决定了开个书吧吗？”蒋丞问。

“决定了，”潘智说，“我吧，不爱看书，但是我喜欢用书凸显格调，我觉得像我这样的人挺多的。”

蒋丞看了他一眼。

“真的，”潘智笑着说，“地点我都想好了，等回学校我就去找找看有没有合适的门脸。”

“‘意外’旁边吗？”蒋丞眯缝了一下眼睛。

潘智没出声，看着他，过了好半天才说了一句：“可以啊爷爷，对我还挺上心？”

“废话，”蒋丞说，“我可是看着你长大的。”

“哎哟！”潘智乐了，“你怎么不说你一把屎一把尿把我喂养大的！”

“吃饭时间，”蒋丞啧了一声，“文明点儿。”

蒋丞觉得中午吃自助烤肉其实挺亏的，因为时间限制，他不能敞开了吃，不能向吃回本儿而努力。

“晚上啊，”走出烤肉店的时候潘智摸着肚子说，“晚上你俩请我涮羊肉，别开车，喝点儿酒。”

“行，”顾飞说，“你俩在这儿等我一下，我去把车开过来。”

“这话说的，跟真的一样。”潘智说。

顾飞看着他没说话，停顿了一会儿之后，三个人全笑了起来。

“看不起我们小电瓶车啊，你还开过呢。”顾飞边笑边说。

“我这辈子都不会再碰它了，我跟它缘分还是浅点儿。”潘智说。

“等着，我去……”顾飞转身，顿了顿还是把话又坚强地说了一遍，“把车开过来。”

“我们能到旁边去等吗？”潘智说，“一个不太明显的角落。”

“你们可以到那边路口……”顾飞抬手往路口那边指着，话说到一半却停下了，看着对街。

“怎么了？”蒋丞问，顺着他的视线看过去的时候，看到了对街几个勾肩搭背挤来挤去走着的男孩儿，看上去年纪都不大，“你学生？”

“这会儿也没到上课时间啊，顾老师你是不是管得稍微有点儿多？”潘智说。

顾飞没出声，伸手从外套内兜里摸出眼镜戴上了，又往那边看了两眼：“我过去一下。”

毕竟都曾经是打架小能手，在顾飞往对街走过去的时候，蒋丞和潘智也都看出来了，看上去很亲热的几个男生里，有一个是被夹在中间拽着往前走的。

他俩立马也跟着往那边走了过去。

“是他学生吗？”潘智问。

蒋丞看着那几个人：“起码中间那个肯定是，要不顾飞怎么会管这种事儿。”

“他又不是班主任。”潘智说。

“副班主任，”蒋丞说，“班主任……就他师父，对他挺好的，他肯定上心。”

“那行。”潘智捞了捞袖子。

“干吗你？”蒋丞看着他，“准备干仗啊？”

“谁知道呢，”潘智搓了搓手，“万一控制不住就得……”

“张晓飞！”顾飞在前面喊了一声。

“哎哟，”潘智愣了愣，“这名字起的。”

几个男生停下了，一块儿回过了头。

中间那个叫张晓飞的看到顾飞时，整个表情都变了，眼神里顿时充满了期待，他一边挣扎着想把胳膊从旁边的人手里抽出来，一边应了一声：“顾老师！”

旁边的几个男生明显怔了一下。

“要去哪儿。”顾飞走过去，在他们几个人跟前儿站下了。

“管得着吗？”一个高个儿男生扯着嘴角说了一句，又看着张晓飞，很不屑地问，“这是你们老师？”

“……是。”张晓飞点了点头，看得出他有点儿害怕，这话说完他又马上转过头看着顾飞了。

“过来。”顾飞看着他。

张晓飞动了一下，但两边的人没松手，他看了看那个高个儿，想说什么没说出来，于是又转回头，看着顾飞。

蒋丞和潘智离着几米远看着这场面，潘智小声骂了一句：“真尿。”

“小孩儿。”蒋丞说。

比起潘智关注的，他更想看看顾飞要怎么处理眼下的情况。

说实话，自打跨栏之后，顾飞就没再跟谁真动过手了，过着非常普通的学生生活，上班这大半年，对着全校最烂的班，他也始终保持着普通副班主任的状态。

蒋丞不希望他再像以前那样，一想到他拿着钢管的样子，蒋丞就有些发怵，那是看上去很有安全感却一点也不安全的生活。

但是，当听到顾飞平静地说出那句“过来”时，他却又隐隐有些激动。

那个霸气的，一个眼神就能让人闭嘴的，气质里沉稳和狠劲儿交错着的顾飞，他好久没看到过了。

啧。

蒋丞觉得自己简直矛盾。

其实也不是矛盾，这时看到这样的顾飞，跟当年看到那样的顾飞，感受已经截然不同。

哪怕是现在顾飞跟人打起来，他也不会觉得不安全。

很多东西都已经改变了。

顾飞也早不是当年的顾飞。

“过来。”顾飞重复了一遍，这一次他的声音沉了下去。

“我……”张晓飞咽了咽口水，艰难地开口，“我们老师……叫我过去……我……”

“过什么过，”高个儿打断了他的话，“有事儿呢！走！”

几个人拽着张晓飞就要往前走。

“我，”张晓飞顿时慌了，挣扎了两下，祈求地转头看着顾飞，“顾老师，顾……”

“走！”高个儿大概是看顾飞一直没有动静，气势很足。

“我看谁敢走。”顾飞说。

蒋丞觉得自己身上的汗毛竖了起来，唰唰的一片来回晃动着，像是舞台下挥动着的胳膊。

简单的五个字，被顾飞说得空气都快凝固了。

他说完之后摘下眼镜，慢条斯理地在衣服上蹭了蹭镜片才把眼镜放回内兜。

这眼镜是他给顾飞买的，很贵，虽然这会儿他有点儿想说你这样是会把镜片擦花的！但不得不承认顾飞这个动作还挺有气场。

“我最后说一遍，”顾飞垂下胳膊，看着张晓飞，“过来。”

张晓飞僵在那里没动，高个儿嘴角带着一丝轻蔑的笑容，斜眼儿看着他。

顾飞等了几秒钟，然后转过了身，跟蒋丞和潘智说了一句："走了。"

他俩正准备一块儿转身走的时候，张晓飞突然吼了一声："放开我！"

顾飞停了步子。

张晓飞这一嗓子把高个儿几个都吼愣了，他涨红了脸，狠狠地甩了两下胳膊，挣脱了抓着他的几只手，大步往顾飞这边走了过来。

身后的高个儿立马也跟了过来。

顾飞转身一把抓住张晓飞的胳膊把他扯过来然后一脚蹬在了高个儿已经对着张晓飞后腰踹过来的腿上，那人的脚落了地，踉跄了一步。

顾飞把张晓飞甩到了蒋丞他俩跟前儿，迎着再次冲过来的高个儿，揪住了他的衣领往上一提，对着后面冲上来要帮忙的那人狠狠一推，高个儿的脑袋往后一仰，撞在了后面那人的鼻子上。

"给你十秒。"顾飞指着高个儿。

高个儿往他身后看了一眼，潘智的手往兜里一揣就往那边走了过去。

"撒手。"高个儿看着顾飞。

顾飞松了手，高个儿扫了他们一眼，转身一招手："走。"

看着几个人头也没回地走了之后，顾飞看了看蒋丞："我带这小子回学校，你俩……自己打车？"

"嗯，"蒋丞点点头，想想又有点儿想笑，"你用小馒头带他吗？"

"啊，"顾飞笑了笑，"别跟潘智学得这么嫌贫爱富的。"

潘智在旁边一串啧啧。

顾飞把小馒头开了过来，张晓飞跟着他上了车，顾飞看了蒋丞一眼："那我先走了。"

"嗯，"蒋丞应着，"下午下班了打电话吧，去涮肉。"

"好。"顾飞发动了车子，往前开了出去。

后座上的张晓飞一直沉默着，开过两条街之后，他才说了一句："飞哥。"

"嗯？"顾飞应了一声。

"谢谢。"他说。

这学生是他们班的班霸，比王旭当年那个伪班霸要货真价实得多，但毕竟只是个初二的学生，跟那几个一看就是新闻里经常出现的"社会青年"相比，就非常废物了。

"谢我就不用了，"顾飞说，"你想想自己对不对得住于老师吧。"

于老师是顾飞的师父，班主任，对学生很负责，但脾气挺急，像老徐和老鲁的结合体。

“别跟他说。”张晓飞说。

“我要是没撞见我就不会说，”顾飞说，“撞见了我肯定得说。”

“不够意思。”张晓飞有些不高兴。

“够意思你领情吗？于老师对你够意思了吧，”顾飞说，“你领他情了吗？我今儿帮了你，你转头再惹别的麻烦，你对我够意思吗？”

“……我说不过你。”张晓飞说。

“嘴不行手脚也不行，”顾飞偏了偏头，“听我一句，这种资质就别学人当老大了。”

张晓飞愣了一会儿爆了句粗口。

“嘴干净点儿。”顾飞说。

“你没骂过脏话？”张晓飞说。

“你举个例，一次就行。”顾飞说。

张晓飞卡了半天：“背地里肯定说，都知道你以前是钢厂老大呢，你会不说脏话？”

“我没当你面儿说过，你在我跟前儿就干净点儿。”顾飞说。

“知道了！”张晓飞叹了口气。

蒋丞和潘智打了个车去酒店，把房间开好了，然后溜达着打算去出租屋那边儿待一会儿。

离着还有一两百米的时候，就看到了顾淼。

但顾淼不是一个人，她身边带有一个男的，离得远也看不清年纪和长相。

“潘！”蒋丞突然就急了，指着那边说，“你看那是不是个男的！”

“是啊，”潘智看了看，“怎么了？”

“男的啊！”蒋丞瞪着他，提高了声音，“一个男的！”

“啊！”潘智也提高声音应了一声，然后继续问，“怎么了？”

“肯定不是什么好东西！”蒋丞加快了步子，半跑着往那边赶。

“不是，丞儿，”潘智紧跟着他，“顾淼算起来是初中生了，那么漂亮又那么酷，有个追求者有什么大不了的啊？”

“她不一样啊！”蒋丞说，“她……”

“许行之说了，不要老让她感觉自己跟别人不一样，”潘智说，“她就是个普通的、话少的初中小姑娘，许行之说……”

“我当她面儿当然不会让她觉得自己特殊！但是谁要想骗她怎么办！”蒋丞说。

“我觉得这个你不用担心，”潘智叹了口气，“我觉得你不如担心一下对方，她那个武力值，惹毛了一滑板过去，来几个倒几个。”

蒋丞让他说得有点儿想笑，但焦急的心情也稍微平静了一些，他放慢了步子，觉得自己比顾飞还能操心。

慢慢走到只隔了一条小马路了，蒋丞看清了那是个看着也就十七八岁的男生，正边说边笑地看着顾淼。

顾淼靠着灯柱，一脚踩着滑板，双手插兜面无表情地看着这个男生。

蒋丞和潘智在马路这边停下了，想等他们聊完了再过去，但顾淼一抬眼看到了他们，脚尖立马一钩，夹起滑板，伸手一巴掌把还在说话的男生推开，往这边走了过来。

男生直接被她推了个踉跄。

“看到没！”潘智说，“这一掌，剑气逼人。”

蒋丞看着他：“一掌打出了剑气？”

“就那个意思，”潘智冲顾淼笑了笑，“嗨！淼淼！”

“顾淼！”那个男生突然在对面喊了一声。

顾淼跟没听见似的脚步都没顿一顿地走着。

“我很喜欢你！我爱你！”那男生又喊了一声。

“爱你个大鸡蛋！”蒋丞简直要炸，指着那男生，“你再给我爱一个试试！”

番外3　哦哟还是三年后

顾飞下午只有一节课，但作为一个副班主任，他还是挺忙的，今天下午班主任去局里了，他拎了两个学生过来谈心，还接待了一位学生家长。

最后一节自习他还得去教室里看看，就像以前老徐那样，悄悄地出现在教室后门的缝隙里。

有时候他站在门口时都有点儿想笑。

看着里面一帮初中小屁孩儿吹牛的、睡觉的、看小说的，想想自己似乎没多久之前的高中生活，觉得跟做梦似的。

他推开后门，门发出短促的“吱”的一声，教室里的嗡嗡声瞬间以后门为中点向四周辐射唰地就静了下去。

初中孩子还是年纪小，在大多数学生眼里，老师的权威还是有的，换了高中就不一样了，每次老徐从门缝里现身的时候，都仿佛自带隐身效果。

当然，也有可能因为这个副班主任是传说中的钢厂老大。

顾飞也不知道自己这名声怎么就会在学生里传开了的，自己听着都觉得杀气满满。

从教室后排往前走的时候他看到一个学生趴在桌上闭着眼睛，鼻子里塞着一团纸。

他敲了敲桌子，这学生睁开了眼睛，看到是他，立马坐直了。

“是流鼻涕了还是流鼻血？”顾飞问。

“鼻血。”学生说。

“止住了没？”顾飞看了看他。

“不知道，”学生说着把鼻子里的纸团揪了出来，还是鲜红的，他一低头跟着就有一滴血从鼻子里滑了出来，“还没止住。”

“去洗个脸，”顾飞拍拍他的肩，“止不住就去医务室。”

“哦。”学生起身走了出去。

顾飞走到讲台上坐下了。

“飞哥，”前排一个男生看着他，“要上课啊？”

“不上。”顾飞说。

“那你坐这儿？”男生说。

“羡慕啊？那要不你上来坐这儿？”顾飞说。

“我才不坐，”男生说，“我就问问。”

“是不是我坐这儿，你想聊个天儿干点儿什么特别不方便啊？”顾飞问。

“是啊。”男生笑了起来。

“那你憋着吧。”顾飞说。

男生的笑凝固了一秒，叹了口气。

“你要不还是，”顾飞冲他桌上装样子放着的书指了指，“忍辱负重地写会儿作业得了。”

四周一片低低的笑声。

顾飞没理他们，靠在椅背上看着他们。

兜里的手机振了一下，估计是蒋丞，他没有把手机拿出来看，学校不让学生带手机进教室，他也不会在教室里拿出手机。

一直到教室里一片安静，无论有没有看书写作业，大家都安静了下去之后，他才站了起来，扫了一眼下面，发呆的发呆，睡觉的睡觉，几个开始写作业的简直感动钢厂。

他走到了走廊上，站到了学生看不到的地方，拿出手机看了一眼。

果然是蒋丞发来的消息。

——你什么时候回来！下班了马上就走！不要耽误时间！

他笑了笑，回过去一条。

——你饿了吗，先跟潘吃点东西去啊。

——吃屁！

——不用这么省钱。

蒋丞没马上回复，过了一会儿直接发了一张照片过来。

他看到照片的时候就愣住了。

照片不是蒋丞的自拍，而是两个人的合照，一个是潘智，旁边那个看上去是被潘智亲热地搂着肩膀实际是被勒着并且笑得很艰难以及尴尬的小男孩儿他没有见过。

——潘智撑了这么多年，性取向终于暴露了？

蒋丞直接发了条语音过来："这是尾随顾淼回来的追求者！俱乐部的小屁玩意儿！当街就喊上了，什么我喜欢你我爱你的！我肺都气炸三个了！"

顾飞有点儿不知道说什么好。

顾淼现在一天天长大了，虽然心智跟普通的小姑娘不完全一样，但毕竟漂亮，喜欢她的小男生这也不是第一个了……

当然，被当场逮住的倒的确是第一个。

顾飞一般只是让顾淼不要理那些说喜欢她的小男生，也没对那些男生真怎么着，他完全没想到蒋丞和潘智会抓着一个还拍了个照。

想想老有点儿忍不住想乐。

他回教室又转了两圈之后出来了，到楼下给蒋丞打了个电话。

"下班了？"蒋丞问。

"还有几分钟，我回办公室收拾一下就回去。"顾飞说。

"不用急了，"蒋丞叹了口气，"一没留神让那小子跑了，跑得跟快进似的。"

顾飞听到了潘智的笑声："你俩没把人吓死啊。"

“吓死活该，”蒋丞说，“差点儿没把我气死！当我面儿就敢喊，我也就现在，换了以前早抽他了。”

“二淼呢？什么反应？”顾飞问。

“非常冷漠，”蒋丞说，“非常冷漠，这小子也够惨的，从表白前中后到被逮再逃跑，一通热烈的苦情戏演下来，二淼跟没看到似的。”

顾飞笑了起来：“我回去跟她聊聊吧，你们在哪儿？我过去找你们，去涮肉。”

“就楼下小街那排新弄的健身器旁边。”蒋丞说。

“好。”顾飞笑着挂了电话。

开着小馒头回到楼下的时候，顾飞老远就看到了蒋丞和潘智。

他俩在人行道上一人一个石墩子地坐着，顾淼踩着滑板在他俩面前滑过去滑回来，估计是在休息了，蒋丞和潘智大概也是百无聊赖了，脑袋跟着顾淼来回转着，像俩盯着逗猫棒的猫。

顾飞把车开过去吹了声口哨。

顾淼头都没回地先回了一声响亮的口哨。

“走走走！”潘智转头看到他马上就蹦了起来，“吃饭去吃饭去！”

“中午没少吃啊，”顾飞笑了笑，“饿成这样了？等我把车掉个头。”

“……你每次车车车车说的时候不会不好意思吗？”潘智看着他。

“不会，”顾飞掉转车头转了半圈开回来停在路边，“你不乐意就打车过去！”

“我本来就得打车！”潘智喊，“您那辆！车！后边儿能坐下三个人？”

说是打车，但潘智蹲路边拿着手机盯了快二十分钟也没司机接单。

“不是我说，”他感叹着，“你们这儿是太落后了还是太繁华了！”

“下班放学的时间，本来就不好打车啊，”蒋丞跟顾淼一块儿挤在后座上，从窗户探出头来，“你上来吧，在我们腿前边儿撅会儿就到了，这边儿没交警。”

潘智抬头看着他，半天才说了一句：“挺先进啊，这窗户还能打开啊？我一直以为是打不开的呢。”

“还能往两边儿拉呢，”蒋丞把着窗户玻璃来回推了几下，“要不你上来玩？”

“……我真是服了，”潘智起身，挤上了小馒头，猫腰站在蒋丞和顾淼腿前面，胳膊撑着后座的靠背，屁股往后顶着顾飞的背，“走吧！”

“没多远，坚持一下，”顾飞发动小馒头，小馒头很艰难地往前开了出去，“也就十分钟就到，今天超载了开得慢，大概十五分钟吧。”

“不用安慰我。”潘智说。

这家涮肉店，蒋丞回来的时候都会过来吃几次，大概是因为地段偏，所以价格很合适，肉也给得很实惠，蘸料种类还特别丰富。

车一停，潘智就飞快地打开门跳了下去，刚一下去，又马上一转身探回了车里。

“哎！”蒋丞正准备下车，差点儿撞他下巴上，“干吗？”

“那个是王旭吗？”潘智说，“旁边的是你们班长？比照片漂亮啊！”

“嗯？”蒋丞愣了愣，跟顾飞一块儿转头看了过去。

真是王旭和易静。

毕业之后，王旭跟他们倒是成天聚，但易静大学离得远，假期一直做兼职，挺拼的，除了寒假都不太回来，一般都是王旭过去陪她。

这好几年了，这也就是蒋丞第二次碰上她。

变化还挺大的，漂亮了，也比以前洋气了不少。

见到他们，王旭一下眼睛都笑没了，过来抓着蒋丞就是一通乐：“让你定个时间吃饭，说过几天！结果今天跑这儿吃大餐来不叫我！”

“是想去你家吃馅饼的。”蒋丞笑着说。

“去啊，”王旭说，“不挑时间了，就明天，去新店吃，城中广场美食城的那家你还没去过吧？大飞去过了，是不是挺好的！”

“是，装修得一点儿也不像个馅饼店。”顾飞点头。

“也不光卖馅饼了啊，”王旭笑着，转头看了看易静，“你们挺长时间没见着易静了吧？”

易静有些不好意思地慢慢走过来的时候，他又撞了潘智肩膀一下，压低声音：“我说过她漂亮吧！你还不信！”

“……我没不信。”潘智叹了口气。

“嗨。”易静笑着跟他们打了个招呼。

“好久不见啊班长。”蒋丞说。

“上次见面到现在都一年了吧？”易静拢了拢头发。

“嗯。”蒋丞点点头。

“真是……很久了啊，”易静说，“你都保研了。”

蒋丞笑了笑。

“一块儿吃得了，”王旭提议，又冲一直靠在车边的顾淼招了招手，“淼淼女王，一块儿吃饭？”

顾淼看了他一眼没有反应，低头扯着自己背带裤的带子。

“好，答应了，”王旭点点头，“走！”

“二淼，”蒋丞看顾淼还在扯着，估计是两根背带长短不一样了，他走了过去，“我帮……”

话还没说完，顾淼揪着背带猛地一扯，生生把前襟撕了一个洞，铜扣子给拽了下来。

“你……”蒋丞瞪着她，这虽然是条穿了两年多的旧裤子，顾淼穿衣服也挺费的，扣子那儿已经磨起毛了，但就这么被生扯了下来，他还是很震惊，“你练什么滑板啊，你去参加大力士比赛多好。”

顾淼听不懂他说什么，抓着背带抖了抖，把挂在上面的扣子抖到了地上，然后也不再管挂了一半在胸口的前襟了，夹着滑板一扬头就跟在王旭身后走进了饭店里。

“这力气，”潘智从地上捡起扣子看了看，“我觉得今天那孩子被她推了一掌应该有内伤了。”

“这裤子挺旧的了，蒋丞给买的，逮着机会就穿，就那个扣子，每次都死命拽，”顾飞叹了口气，“今天才被撕下来都算是很顽强了。”

“撕就撕了吧，”潘智说，“一会儿潘智哥哥给她指点一下，就这么穿也挺时尚的。”

易静跟王旭的关系这几年都有些说不清，她对王旭的好感是实打实的，但她不打算再回钢厂的想法也是实打实的，王旭家的生意现在做得挺大，分店开了好几家，都挺火的，王旭一直在帮家里打理，要跟着她走也不容易。

两人也就一直都没挑明，似乎是要等到最后关头再做决定。

辛苦啊，蒋丞看了顾飞一眼，谁都会碰到坎，怎么过去，怎么坚持，要不要坚持，要不要继续，每个人的态度都不一样。

他其实觉得自己和顾飞是幸运的，他选择了坚持，顾飞选择了前进。

他俩有任何一个人的选择变了，就不会有今天。

顾飞也看了他一眼，虽然不知道他在想什么，但顾飞还是勾了勾嘴角。

每次都是这样，无论他什么时候看着顾飞，顾飞都会给他一个小小的笑容。

“小潘，”吃到一半的时候，大家的情绪都到位了，尤其是王旭，往潘智肩上一搂，“你别开书吧了，没有烟火气，等我过去开个分店，你来管理吧！”

“我升仙了，”潘智无奈地看着他，“我已经不需要烟火气了，我踩着云朵，飘在半空中。”

王旭一通乐：“神经病，你反正学管理的啊！”

“人家学的是图书管理。”易静在旁边说。

“……那也是管理啊。”王旭说。

“你还是找个学馅饼管理的吧。”易静说。

一帮人愣了愣之后全乐了，笑了半天。

蒋丞看着易静，突然很感慨，易静这几年也变了很多，居然都会说这样的话逗乐了。

希望有一天，顾淼也能有这么大的改变。

蒋丞看了看顾淼，为了吃东西方便，顾淼把自己刚过耳朵长度的头发胡乱抓了一把扎了个小揪揪，这是她唯一会打理的发型。

李炎几年来一直努力想让她把头发留长，也努力地想教她梳丸子头，但一直没有成功，顾淼学不会，在这方面她有的耐心也远不如对学滑板的新技巧。

不过蒋丞倒是觉得她就这发型也挺好的，看上去随意而嚣张，跟顾淼的性格挺配的。

小姑娘是真的一天天的越来越漂亮，也难怪小男生那么激动……

“对了，”蒋丞转过脸看着顾飞，“你记得跟她谈，那个小屁玩意儿长得还可以，我怕二淼万一是个颜狗……那就麻烦了。”

“说得好像你不是颜狗。”顾飞夹了一筷子肉放到他碗里。

“这是重点吗？”蒋丞瞪着他。

“丞儿，丞儿，”潘智扒着桌子凑过来，“别这么紧张，不知道的以为你是她爸呢。”

蒋丞转头又看着他。

“就算是颜狗，也是那种特别高端的颜狗，”潘智指了指他俩，然后又指了指自己，“她从小看到的颜，都是顶级的，一般的小帅哥入不了她的眼。”

“你下回要夸自己的时候直接夸行吗。”蒋丞乐了。

“我就是阐述一个客观事实。”潘智说。

“知道了。”蒋丞点点头。

吃完饭回家的时候，王旭开了车，说送潘智回酒店。

王旭开的是真的车，四个轮子带方向盘的那种车。

目送他们离去之后顾飞拉开了小馒头的车门，想想手撑着车顶笑了：“哎，刚才是怎么塞进去的啊。”

“想塞的话还能再进一个，”蒋丞跟在顾淼身后上了车，“就怕车跑不动了。”

“轮子会爆吧，”顾飞坐进了车里，发动了小馒头，“丞哥，你想买车吗？”

“买车？什么车？”蒋丞问。

“四个轮子的啊。”顾飞笑笑。

“我买车干吗，我又用不着，”蒋丞说，“你想买啊？”

“你想买的话……”顾飞话没说完就被蒋丞打断了。

“我不想，”蒋丞靠在后座，“我用不着，你也用不着，等我毕业了再说吧，现在顾淼每年治疗训练什么的花费也不是小数目。”

“其实我也没想买个多好的车，”顾飞笑了笑，“刘帆现在不是在二手车行吗，如果买二手的可以找他，他能帮着挑好的。”

“你就开小馒头吧，”蒋丞说，“这种反差特别显帅，小馒头往路边一停，门一打开，下来个长腿大帅哥，唰唰唰，这视觉效果。”

“嗯。”顾飞笑了半天。

把顾淼送回家之后，他俩又开着小馒头慢悠悠地路上转着。

自打顾飞妈妈跟刘立的关系稳定了之后，刘立就把自己的房子卖了，又开了个小超市。

顾飞就从家里搬了出来，让刘立住到了家里，他住出租屋这边，在客厅里加了张小床，顾淼可以两头住。

小出租房就一间卧室，如果算上顾淼，蒋丞回来的时候就会不怎么住得开，但他俩也一直没有换个地方租房的想法。

这间房对于他俩来说，还是有着不一样的意义的，几年的回忆，大多都在这间屋子里。

“以后你要是走了，这房子就得退了吧，”蒋丞躺在阳台的小摇椅上一下下晃着，看着玻璃外面星星点点的黄色灯光，“过年过节回来的时候，就住酒店。”

“你要是舍不得，也可以一直留着，房租也不贵，没什么压力。”顾飞靠着豆袋说。

“浪费钱，”蒋丞说，“我更舍不得钱啊。”

顾飞闭着眼睛笑了半天：“我暑假过去你们那边，顾淼训练的时候，老胡想去拍点儿东西让我跟着，到时也能赚点儿了，不差房租这几个钱吧？”

“到时再看吧，”蒋丞想想伸了个懒腰，“不过……你还记得以前我给带过家教的，就那姑娘特别拽，鼻孔长脑门儿上的那家吗？”

“是不是她爸爸在一家特别顶尖的外资公司，想让你毕业了去的那家？”顾飞问。

“嗯，”蒋丞点了点头，“也许我到时就特别有钱了，这点房租算什么。”

“李炎还一直说蒋大律师什么时候登场他要请一帮人全体出去玩呢，”顾飞笑了，“你要是进公司做了法务，他会不会就要赖了啊？”

“我本来也不是做律师的料，”蒋丞说，“我一开始就想好了……你对我有什么特别的期待没？”

“没有，你干什么都会是大写的牛，”顾飞睁开眼睛看着他，“你什么样的选择我都特别放心，在这方面你特别有谱。”

“你现在拍马屁一伸手就能拍出一套八卦连环掌来啊。”蒋丞笑了。

“爱听吗？”顾飞问。

“嗯。”蒋丞点点头。

“等着吧，以后慢慢拍，给你凑出一本武林拍马秘籍。”顾飞说。

蒋丞点头：“好。”

番外4　毕业

“你到了吗？”蒋丞一边打电话，一边从赵柯手里一把抢过折扇，对着自己的脸一通扇，“我们现在要去拍照了，这身儿衣服裹着难受死了。”

“还有五分钟进校门，”顾飞笑着说，“我刚看你发的自拍还行啊，看着也不难受。”

“看是看不出来的，”蒋丞扯了扯身上的硕士服，“裹腿，刚赵柯下楼的时候还摔一跤。”

“是差点儿摔一跤。”赵柯纠正他。

“差点儿。”蒋丞补充说明。

“你们就在楼下等我吧，我马上到了。”顾飞说。

“好。”蒋丞应着。

“饿吗？”顾飞又问了一句，“我带点儿吃的给你？”

“不饿，一会儿拍完了再出去找东西吃吧。”蒋丞说。

“行。”顾飞说。

今天这算是彻底毕业了啊，蒋丞看着身边一个个跟他穿得一样的同学，还有不少同学的父母家人都来了，脸上笑得都带着花。

赵柯家没有人过来，只有张丹彤过来了，连赵劲都没来，他家一家子学霸，对于赵柯这个硕士大概是完全没有感觉。

蒋丞其实对毕业这种事儿也没什么强烈的感觉，只觉得终于熬完了一个阶段，学生生涯彻底结束了。

可以全力以赴地投入赚钱的事业里了。

相对来说，这件事才让他更兴奋。

“是顾飞吗？”赵柯看着校门那边的路上问了一句。

“嗯。”蒋丞在转头看过去的同时就先应了一声，他感觉自己捕捉顾飞的信息现在差不多可以完全靠感应了。

顾飞背着个摄影包，戴了顶棒球帽，大半张脸都隐在帽檐的阴影里，普通的运动裤和T恤，看上去没有什么摄影师的感觉。

就是帅。

蒋丞一直觉得顾飞走路的姿势很好看，那种放松随意却又不会让人觉得垮的样子。

顾飞走过来的时候冲他笑了笑：“挺好看。”

“他们打算在校园的角角落落都留下痕迹，”蒋丞说，“具体想怎么留我也不知道，你就看着拍吧。”

“嗯，”顾飞笑着看了看他身后的一帮人，“祝贺你们毕业。”

“跟我们这么客气干吗，”张齐齐说，“一会儿都不好意思支使你拍照了。”

“随便支使，”顾飞说，“毕竟你们一个宿舍几个人从本科到研究生都一块儿读下来不容易。”

学校里有不少拍照的人，标志性的地方全都是人，有特点的地方人也不少，他们一帮人来回在学校里溜达着。

首先是图书馆，这里差不多是蒋丞几年校园生活里最重要的地方了，无论刮风下雨，只要有座，他基本都会在这里。

“你们，”顾飞拿着相机看着一字排开站在图书馆门口的一帮人，“是来开研讨会的吗？站得这么整齐也就算了，表情也这么整齐……”

几个人你看我我看你地来回瞅了瞅旁边的人，顿时乐成一片，也许是图书馆这地方太严肃，他们居然全是一脸庄重，仿佛是考前要进去拼命的人。

顾飞趁着他们笑的时候抓拍了几张。

给他们又来了一轮单人的之后，蒋丞站了过去。

“你确定？”顾飞看着他。

“嗯，”蒋丞回头冲他点了点头，“就这个姿势特别能表达我的情绪了。”

“行吧。”顾飞拿着相机单腿跪到了地上，再把相机放低，看着屏幕上背对着镜头、叉腰仰头看着“图书馆”三个大字的蒋丞。

这姿势怎么拍都会透着一股二傻气息，就算是蒋丞气质这么好连后脑勺都透着帅劲的帅哥，也难以提升改变。

就想拍个大长腿，都因为硕士服而无法实现。

他只能尽可能地把场面拍得压迫感强一些，让蒋丞看上去仿佛站在天地之间，走进图书馆就会所向披靡。

“我的天，”拍完之后蒋丞看了看，“这图你给后期处理一下，我感觉我下一秒就能跨个龙起飞了。”

“好，我回去给你弄，”顾飞看了他一眼，“说实话，丞哥。”

“嗯？”蒋丞应了一声。

“你戴这个帽子，”顾飞说，“真难看啊。”

“滚蛋！”蒋丞瞪着他，想想又乐了，“真的吗？那不能怪我。”

“是的，怪帽子，你的颜值都拯救不了的东西我还是第一次见到，”顾飞举起相机退了几步，“得来个特写。”

“你俩，”鲁实在一边叹了口气，“是我见过的，最磨叽的人。”

“来了，”蒋丞笑笑，鲁实失恋已经半年了，一直不太能缓得过来，蒋丞过去拍拍他的肩，“走，下一站去哪儿？”

“食堂？”赵柯问。

大家纷纷表示同意，迅速换场。

“我们挺没创意的，”张齐齐一边走一边说，“一会儿是不是要回宿舍再拍一圈，然后是教室，就这些年，我们都看腻了的这几个地方。”

“说是看腻了，”赵柯说，“以后别说还有没有机会回来，就算是回来了，所有的感觉也都不一样了啊。”

是啊，蒋丞张开胳膊伸了个懒腰。

本科毕业的时候，这种感觉不强烈，毕竟还是在这个环境里，上课、吃饭、学习、睡觉，身边还有熟悉的人。

无论是高中毕业，还是本科毕业，下一个环境虽然是新的，但也还是校园里，或大或小的校园。

而现在，他们结束了校园生活，要去面对的是全新的一段人生，经历各种不同变化，一点点改变着，适应着。

有一天再回头时，那些“看腻了”的所有，都会变成感慨里的事物。

顾飞拿着相机跟在一帮人的最后面，时不时抓拍几张，他们这种自然的状态拍出来很好看。

灿烂的阳光，清新干净的校园，边聊边笑边走着的一帮学霸。

顾飞不知道蒋丞心里现在想的是什么，但他心里的想法很多，一时半会儿甚至都没办法理顺。

他当年会陪着蒋丞走进这个学校，是他没有想到的，更没有想到有一天他会拿着相机，拍下蒋丞在这个学校毕业时的点点滴滴。

在第一次看到蒋丞的时候，他怎么也想不到，他的人生，会因为这个看上去有些暴躁的、天真的少年而发生如此之大的改变。

他上了个大学，他去当了几年老师，他带着顾森扛着他的相机来到了蒋丞身边，在这个他根本从来没去期待和向往过的城市里拥有属于自己的一份希望。

拍照用了三个多小时，算是挺快的了，毕竟人多。

最后拍完换了衣服收拾好往学校外面走的时候，蒋丞感叹了一句：“还好我们这一帮都是男的，这要是女生，是不是能接着拍夜景了。”

“也不至于吧？”顾飞说。

“你看那几个女孩儿，”蒋丞用眼神示意了一下，“我们去图书馆的时候我就看她们在石头那儿拍了。”

“啊。”顾飞看过去，几个女生正在拍照，就看过去的这一会儿时间里她们举着自拍杆换了三个组合方式和好几种表情，算得上配合相当默契了。

“三个小时了啊，”蒋丞说，“还在这儿。”

“也许是拍了一圈儿又回来了呢。”顾飞说。

“也是，”蒋丞看了看旁边的楼，停下了脚步，“我也再拍两张吧，这些教室，看着真是……我的青春。”

这回蒋丞没有选择任何姿势，就是很随意地往楼前一站。

顾飞拍完之后还是举着相机看着他。

“怎么了？”蒋丞走到他面前。

“你知道吗，”顾飞过了一会儿才放下相机，低头一张张翻着照片，“我这人有看照片的习惯，就是……你，或者顾淼的，我一路这么多年拍的照片，我经常会看。”

“嗯我知道啊，”蒋丞笑笑，“有时候一看一个晚上不挪窝。”

“有时候面对面的时候感觉不明显，”顾飞关掉相机，一边往包里放，一边抬眼看了看他，“看照片就能看出来，一个人的变化，从第一张，到最后一张，每一天，每一个阶段，都会有变化，眼神是最明显的。”

“啊，”蒋丞眨了眨眼睛，换了个老头儿语调，“我的，眼神……是不是，慢慢地变得……混沌……”

“是啊。”顾飞顺手往他脑门儿上弹了一下。

蒋丞捂着脑门儿：“我跟你说，忍你多少年了，就这么一抬手就弹的，到底能不能改了！”

“不改你能把我怎么着。”顾飞转身往校门口走。

蒋丞跟过来，搓着脑门儿：“倒是也不能拿你怎么样……”

“那改什么改。”顾飞说。

“……你的变化，其实我不看照片也能感觉得到，”蒋丞说，“嚣张，一天天的，越来越嚣张。”

“跟你学的，”顾飞一边笑着一边掏出了手机，手机在响，“刘帆……可能是把客户送走了让明天聚呢。”

“叫他上家涮锅吧，”蒋丞说，“买了那么多肉，没人帮着吃我怕放得不新鲜了。”

“嗯，”顾飞接起了电话，“喂。”

顾飞的那几个朋友中，刘帆大概是离顾飞最近的了，跑业务每个月起码要过来一趟，来了就得吃一顿再走。

最近还想拉了李炎跟他自立门户，但李炎一直没什么兴趣。

“又跟我抱怨李炎不跟他一块儿呢。”顾飞挂了电话。

“为什么非得拉着李炎，”蒋丞笑了，“李炎就喜欢给人……哦，现在是给小动物做做发型，做生意他好像不愿意吧。”

“嗯，”顾飞点头，“现在带着丞哥过来了，都没人给丞哥打理毛了。”

“……顾飞我最后警告你一次，”蒋丞看着他，“你妹说了，那只大胖猫，现在叫肉肉。”

“叫惯了，”顾飞点点头，非常诚恳地说，“我一定改过来。”

“叫什么叫惯了，”蒋丞说，“叫肉肉都叫了一年了，你现在演技也是一天天提高，都快没有表演痕迹了。”

顾飞凑到他耳边轻声说了一句话。

蒋丞顿了顿，转头看了顾飞一眼。

“你看，”顾飞说，“这个有表演痕迹吗？”

“滚蛋。”蒋丞笑着说。

“发自内心，”顾飞说，“不需要演技。”

“多大了？”蒋丞说，“顾淼都比你成熟。”

“我就是熟太早了，”顾飞笑着把胳膊搭到他肩上，“我现在在返老还童。”

“有本事你返给别人看看，”蒋丞说，“你在外面多像个成熟稳重的靠谱青年啊，我要不是看着你长大的我都信了。”

顾飞笑了半天。

这两天学校已经没什么事儿了，不过别的事儿还挺多的。

吃完饭他俩就坐到了沙发上，蒋丞自打写过“顾霸天觉醒”之后，就一直有每天记事的习惯。

“二淼的那个培训，是周二开始，对吧？”他盘腿儿坐着打开了笔记本。

“嗯，我上午给秦老师打电话了，明天我再去一趟。”顾飞也抱着笔记本传照片，一边传一边看着，“你该理发了，头发挡眉毛了。”

“我还想等李炎过来的时候理呢。”蒋丞往他笔记本上看了看，头发是有点儿长了。

“咱俩和顾淼，大概是他现在‘唯三’还剪的人头了，”顾飞说，“不过他得月底才有空过来，潘智那儿开业他说过来玩玩。”

“不是，你能不能别总把话说得跟恐怖片儿一样啊，”蒋丞笑了，“听得我都觉得脖子发凉。”

“肥羊要剪毛吗？”顾飞笑着说，“许行之不是说李炎给肥羊剪毛剪得特别好吗？剪完了肥羊照镜子的时候都不会发脾气。”

“问问，”蒋丞说，“哎说起这个，许行之不还说李炎要是愿意过来做宠物美容，他能帮忙吗，他认识一堆狗主子猫主子的奴才呢。”

“不知道，李炎说想想，你别看他成天羡慕我们出来了，真让他走，”顾飞仰头靠着，“他又不那么干脆了。”

“他跟我们情况不一样，”蒋丞说，“他在那儿长大，家里也挺好的，出来会舍不得，刘帆天天往外跑，不也没想过离开钢厂吗。”

“嗯，”顾飞偏过头看着他，“如果没有你，我也差不多就那样吧，也去不了学校了，大概就想着能把我家那个店做好了就行了。”

蒋丞笑了笑。

“你是下周一去汪总他们公司办入职吗？”顾飞问。

“嗯，”蒋丞点头，在笔记本上戳了戳，“我发现我这阵儿很忙啊，得熟悉工作，还要交接，要看很多资料，之前翻译的活儿接了一堆还没做完呢。”

“上班了的话就不接翻译的活儿了吧，”顾飞说，“太累了，忙不过来。”

“看情况吧，我一直拿这个提高英文水平，”蒋丞想想又啧了一声，“钱还挺多的呢，我有点儿舍不得放。”

“哎！”顾飞抱着笔记本倒在沙发上，“我卡都给你了，你能不能稍微不那么财迷啊。”

一直盘腿坐地上看电视的顾淼回过头：“财迷。”

“对，说得很好，”顾飞马上竖起拇指，现在顾淼开始能慢慢跟着人学说一些没有接触过的词汇，许行之让顾飞只要碰上了就要给她肯定，鼓励她重复，“二淼，说得很好，再说一次怎么样？财迷。”

“财迷。”顾淼看着蒋丞。

蒋丞跟她对视了几秒钟乐了：“我都夸不出口。”

“赶紧的。”顾飞踢了他一下。

“真棒，二淼说得真好。”蒋丞说。

“财迷。”顾淼说。

“是，我是财迷。”蒋丞点头。

顾飞过来了一年不到，跟着之前的那个摄影编辑在他的工作室里学习，也一边在独立拍照，现在的收入说不上有多好，但蒋丞每次查他卡的时候，里面的数字倒是总有变化的。

日子比以前好过多了，至少顾淼已经不需要再大笔地花钱，顾飞有固定的收入，蒋丞的兼职也不只是家教那点钱了．现在又马上要正式开始工作……

“丞哥，”顾飞打了个哈欠，“你那个八百块的粉二百块的肉，什么时候请我吃啊？”

“今年生日的时候吧，”蒋丞说，“我已经找好地方了。”

“哪儿？”顾飞问，“还真有这么不要脸的馆子？”

“就小区对面的那个羊肉粉的店。”蒋丞说。

“……对面？”顾飞愣了愣，“他家羊肉粉大碗的才23块一碗，还送小菜呢，加肉也就8块。”

“是啊。”蒋丞点点头。

“我记得你以前说的是八百，八百块的粉，二百，丞哥，二百块的肉。”顾飞提醒他。

“我上回，”蒋丞偏过头看着他，“去吃粉的时候办了一张卡，充了一千块，八百块买粉，二百加肉……”

“哦，”顾飞瞪着他，过了能有十秒钟才乐了，“我服了你了。”

“那怎么办，就他家粉特别好吃，”蒋丞说，“对了老板说我是第一个不怕他倒闭了卷款逃跑充这么多钱的，他还给加送了每碗粉一杯豆浆，怎么样？”

“丞哥最棒了。”顾飞一边乐一边给他鼓掌。

“知道就好，”蒋丞满意地点头，继续看着笔记本，“哎，你有空想想潘智开业送点儿什么好啊，你是送礼物小能手。”

“我想想吧，”顾飞说，“肖老板是不是真的要送个潘智的铜塑啊？那天她说的时候不太像开玩笑。”

肖老板是“意外”的老板，副业开咖啡店，主业做铜塑，潘智正式追了一年半，人都瘦了一圈半，也还没成功。

“感觉是真的，”蒋丞说，“我觉得她是要答应潘智了。”

“那我们是不是要先准备好横幅啊，”顾飞很严肃地坐了起来，“感谢肖美女为民除害。”

“嗯，是该准备了，这一天终于快要到来了！”蒋丞也一脸严肃，说完想了想又啧了一声，“想别人的东西这么起劲，我的生日礼物能不能上点儿心啊，去年生日蛋糕用大五花片儿盘花我看在它是肉的分儿上没跟你计较……”

“生日的时候跟我回趟钢厂吧。”顾飞说。

“嗯？”蒋丞愣了，“回去过吗？”

“行吗？”顾飞问。

“行啊，”蒋丞说，“挑个周末回去就行了……礼物在钢厂吗？”

“是啊。”顾飞笑了笑。

番外5 跟着光

潘智的书吧基本已经弄得差不多了，现在就是打扫卫生，往里头搬各种书架和桌椅，还有些装饰品。

书架都没按常规的方式摆放，横七竖八地放着，书架跟前儿都扔着软垫和豆袋，每一个角落都争取做到互不干扰，有相对独立的空间，又没有完全遮挡，毕竟真装逼的时候没有观众是会失落的。

蒋丞和顾飞跟潘智一块儿站在书吧门口，看着工人从车厢里搬出一个个书架，然后又开始搬装饰品。

很多抽象的铜塑作品，这风格一看就是肖老板的作品。

“给钱了没？”蒋丞问潘智，“上回我去看她的工作室，里边儿放着的，随便拿起来一个巴掌大的玩意儿就得几千。”

“那你还问，这都几十个巴掌的东西，”潘智说，“我给得起钱吗？”

“赊的啊？”蒋丞说。

“我说的代售，”潘智说，“有人要就卖，没人要就搁这儿。”

“真要脸啊……”蒋丞说。

“相当要脸了，还有更要脸的，”潘智看了看顾飞，“记得给我带几斤牛肉干，要李炎推荐的那种贵的。”

“十斤够吗？”顾飞看着他。

“这我就不好说了，具体多少斤就看咱俩的交情了，你看着办吧。”潘智说。

“绝交吧。”顾飞说。

“看看，我们的友谊就这么被牛肉干打败了，”潘智叹了口气，“什么时候回去啊？生日还回去过，咱几个一块儿吃一顿多好。”

“回来再吃啊，天天吃都行。”顾飞说。

“咱俩不是绝交了吗。”潘智马上说。

“哦对。”顾飞啧了一声，走开离潘智三步远站着。

蒋丞正想说话，潘智的眼神突然看着他身后定住了，他不用回头都能知道后面是肖老板。

肖老板有个非常霸气的名字，叫肖磐，不过从认识那时起他们就叫着肖老板，一直也没改过来，就连潘智追了人家一年多了，叫的也还是肖老板。

“肖老板起床了？”潘智打了个招呼。

“嗯，”肖磐跟他们几个点了点头，透过窗户往店里看了看，“这品位。”

“是不是还可以？”潘智说。

“这种问题别总问了，容易让自己下不来台，”肖磐说，“弄完了没？去我那儿坐坐？”

“我们今天回钢厂，”蒋丞说，“一会儿得回去收拾。”

“哦对，你们说过，真就开那个二手破车啊？”肖磐说，“我的车这几天不用，你们开我车回去吧？”

“不用，也没多远，”蒋丞笑着说，“跑个来回没问题。”

“行吧，反正你们要用车就跟我说，”肖磐说，“反正你们不用，潘智也得用，他脸可相当大。”

“我用你车是有原因的，”潘智说，“见车如见人嘛。”

“我长得有那么丑吗。”肖磐说。

“说实话，”潘智说，“我追过的女孩儿里，你长得真的最难看。”

“真是辛苦你了。”肖磐冷笑了一声。

“不辛苦，”潘智说，“痛并快乐着。”

“一会儿来喝咖啡吧，”肖磐说，又跟蒋丞和顾飞挥了挥手，“回来了再聚。”

“好。”蒋丞笑笑。

在潘智那儿待了没多久，蒋丞和顾飞就走了，因为肖磐邀请了潘智过去聊天儿，潘智简直一秒钟也不能再等。

“咱这个车吧，”顾飞发动了他们的“二手小破车”，一边倒车一边笑着说，“其实听发动机的声音还是不错的。”

“嗯，”蒋丞点点头，“要不是你蹭了车也不修，看外壳也是挺不错的。”

“小刮小蹭就懒得弄了，”顾飞说，“反正到时你要买好车的。”

“我？”蒋丞看着他。

“是啊，”顾飞说，“外企金领，你……”

“你觉得，”蒋丞笑了起来，“我会在有车的情况下再去买辆车吗？”

“不会，”顾飞叹了口气，“我觉得你自行车都不想买。”

“嗯，这车反正就这么跑着先吧，什么时候轮子掉了装不回去了再说，”蒋丞把副驾椅背往后调了调靠着，“其实以前我就特别喜欢这种感觉。”

“开小馒头送你的感觉吗？”顾飞问。

“嗯，”蒋丞偏过头，“那时我就挺享受的，小小一个空间里，外面刮风下雨是冷是热，都不影响。”

“我也挺喜欢的，”顾飞说，“但跟换个好车不冲突吧？”

“跟咱俩的钱冲突，”蒋丞想想又乐了，“你说的好车，是相对现在这车来说的吧？”

“嗯。”顾飞也乐了。

他们现在开的这辆车，是让专业人士刘帆帮着挑来的，不到八万，同等价位里综合条件还算很不错的那种。

“你说的好车，是不是也没超过二十万啊？”蒋丞边乐边问。

“不然呢，”顾飞笑着，“其实我也挺抠门儿的。”

“那可以，我们可以考虑明年换辆不超过二十万的车。”蒋丞很严肃地点点头。

“好车。”顾飞补充。

这几年他俩的生日，都统一按蒋丞的日子来过，因为离得太近，一个月过两回生日，有点儿太复杂了。

以往就是吃喝，礼物有时候送，有时候没有。

大概因为今年是蒋丞毕业，所以顾飞想过得正式点儿。

“要带什么东西吗？”蒋丞问，“给你妈和刘立的。”

“不用，给打个红包就行了，”顾飞说，“买东西也摸不透他俩的想法，上回我给我妈买那个胸针，拿回去就一直放床头没用过，问她为什么不用，她说没衣服配。”

“披肩呢子外套什么的不都能用吗？”蒋丞说。

“所以不知道她想什么，”顾飞说，“给刘立买个刮胡刀，他说他胡子硬，电动的刮不动，给红包省事儿。”

“那行吧，”蒋丞笑着点点头，看了看顾淼，“二淼，你的行李自己收拾吗？”

顾淼点点头。

“那……”蒋丞刚想说你去收拾吧，顾淼已经转身从她自己屋里拎出来了一个大包，“哐”的一声往他脚边一扔。

“好。”顾淼说。

“就待……两天。”蒋丞看着这个包，比他和顾飞两人的加一块儿都大一圈了。

顾淼没说话，把包又往他腿边踢了踢。

“行吧，反正有车。”蒋丞起身拎了拎那个包，死沉，不知道里边儿都塞了什么。

顾淼现在是个大姑娘了，他俩也不可能翻顾淼的东西，反正她自己愿意带着的东西一大堆，就平时出门的时候背的包，拎一下都能吓人一跳，跟背了一兜砖似的。

早上吃完早点，他们就拎着行李往车上一扔出发了。

后座是顾淼的地盘，她抱着肉肉，耳机一扣，看着窗外，跟入定了似的能一看一小时不带动的。

现在肉肉是个成年大胖猫，比小时候稳重了很多，加上胖了也不愿意多动，所以一人一猫在后座上安静得跟没人一样。

“听广播吗？”顾飞问。

“听吧，”蒋丞按开了收音机，“我干点儿活。”

“一会儿晕车了。”顾飞说。

“坐你的车从来不晕，”蒋丞从包里抽出笔记本打开了，把腿架到了仪表台上，“潘智的车我就晕，他开车那样子总感觉警察要来查酒驾。”

“你没坐过我的长途车呢。”顾飞说。

“……那我是不是应该好好体会一下。”蒋丞说。

“是啊，把你的活儿收起来吧。”顾飞说。

“下周要交，”蒋丞笑着说，“我还是一边干活儿一边体会吧。”

顾飞把广播声音稍微调低了一些，看了一眼后座“入定”的顾淼。

这车的音响很差，听音乐都有年代感，听广播的时候音质就更不用说了，不过这种声音在此时此地，却更能给人“在路上”的感觉。

开着二手旧车，带着朋友和妹妹还有一只猫，飞驰在路上。

听着刺啦刺啦的广播，感受着车子仿佛不存在的避震……不完美甚至会让人觉得有些辛苦的旅程总会让人有种相依为命浪迹天涯的故事感。

当然，虽然觉得这辆车也很不错，他还是想要买一辆不超过二十万的好车。

车上了高速之后没多久，大概也就一小时不到，副驾上赶活儿的蒋丞就没了动静，顾飞往那边看了一眼，发现他已经抱着笔记本睡着了。

顾飞轻轻叹了口气，这应该是昨天就没睡好，昨天晚上蒋丞一直弄到凌晨两点过了才上床，今天又起得有点儿早。

其实他知道蒋丞自己不觉得自己有多辛苦，从高考一直到本科再到研究生毕业，差不多都是这样拼着的节奏，学习和兼职从来都没放松过。

按说这样的生活都是常态了，但他还是担心。

他自己也很忙，工作室助理的各种工作不少，他还要跟着学东西，还要自己拍照片，也是各种接活儿，但他也不会怎么心疼自己。

就只是担心蒋丞的身体。

路过休息区顾飞停车的时候，蒋丞哼哼唧唧地醒了："到了？"

"真乐观。"顾飞说。

蒋丞往车窗外看了一眼，看到了休息区的牌子，笑了起来："我以为我睡了很久呢。"

"二淼去厕所吗？"顾飞回头问顾淼。

顾淼把肉肉塞回猫包里，下了车。

"丞哥，"顾飞胳膊架在椅背上看着往厕所走过去的顾淼说，"你看。"

"大姑娘了，"蒋丞转头也看着顾淼，感叹着，过了一会儿又啧了几声，"你看那几个男的。"

"漂亮大姑娘，有人盯着看也很正常啊，"顾飞说，"丞哥，再有人追她，你可不能再追着人打了。"

"我没打人，"蒋丞笑了，"我就是……骂几句。"

"咱俩得适应，就这种情况，"顾飞说，"她现在也还行，能分得清别人的好感和……什么情况？"

那边车旁边一直盯着顾淼的几个年轻男人冲顾淼吹了几声口哨。

顾飞和蒋丞都没说话，直接一转头都下了车。

顾飞绕过车头的时候蒋丞已经跨着大步往那边冲了过去，他赶紧跑了两步拉了蒋丞一把："别急。"

"我抽他们。"蒋丞一脸不爽。

"先……我想看看顾淼怎么处理。"顾飞说。

蒋丞看了他一眼，没出声，转身又过去拉开车门，把一个卸车轮的十字扳手拿出来放到了副驾旁边，靠在车门边瞪着那边。

顾淼个子还是挺小的，但实打实已经是个漂亮的大姑娘了，每次蒋丞看到她都会有些担心，她心智跟不上外表会被人欺负。

顾飞说要看看她怎么处理，他也想看看，毕竟平时他们不可能总跟着顾森，她会碰上各种各样的事。

比如现在这样的情况，一般女孩儿不会理，有更过分的举动时可能就会走开或者骂人，但对于顾森来说，口哨在大多数情况下，并不代表恶意，她自己没事就喜欢吹口哨。

不过那几个人吹过口哨之后，她没有什么反应，目不斜视地甩着手大步往前，走进了厕所。

“没事儿。”顾飞退回来跟蒋丞一块儿靠在门边。

“我看那几个不是什么好东西，”蒋丞说，“就是小流氓，连钢厂级别都够不上。”

顾飞笑着啧了两声。

“你别啧，”蒋丞笑了笑，“当初你们那几个看着就不是什么好人。”

“看走眼了吧。”顾飞说。

“只能说一开始没有通过表象看到本质，”蒋丞回手拿了杯子出来喝了口水，“你的本质还是很英俊的。”

顾森从厕所出来的时候大概还洗了个脸，她洗脸一向野蛮，这会儿也差不多，泼了一脸水，头发都湿成一绺一绺的了。

“直接洗了个头。”蒋丞叹了口气。

“去厕所吗？”顾飞问。

“嗯。”蒋丞看顾森那边也没什么事，关上车门。

正要往厕所那边过去的时候，那帮人冲着顾森说了几句话，听不清是什么，顾森停下了脚步，转头看着他们。

几个男的笑着又说着什么，往她旁边走了过来，还往这边看了看，不过蒋丞和顾飞这会儿站在树和垃圾桶后边儿，他们估计是没看到。

“这不行了吧，得过去。”蒋丞说，在休息站碰上这种事儿的概率实在是太小，人们一个个都累得很，忙着吃东西上厕所的，居然还有人有心情调戏小姑娘，简直神奇。

“嗯。”顾飞点点头。

他俩刚要迈步，就看到顾森一挥胳膊。

“哎！”顾飞喊了一声，往那边跑了过去。

顾森一拳抡在了一个男人的下巴上，砸得那人往后猛地一仰。

“怎么还动手了！”蒋丞也吓了一跳，赶紧跟上。

那人明显非常震惊以及恼火，抬手就一个巴掌往顾淼脸上甩了过去。

蒋丞和顾飞离着还有几米远的距离，无论如何都不可能赶在这巴掌打中之前到达了，他就觉得自己的火冲到了头顶。

但顾淼的反应速度却有些惊人，她居然一抬胳膊挡掉了这一巴掌，同时又身体一倾，对着这人一拳砸了过去。

又是下巴。

“二淼！”顾飞过去一把把顾淼拉到了自己身后，盯着那几个人，沉着声音，“怎么回事？”

“怎么回事？问我们？”那人一脸怒气，“我还想问她呢！”

“二淼，”蒋丞搂过顾淼的肩把她拉到一边，“为什么打人？”

“傻。”顾淼冷着脸。

“他们傻？”蒋丞问。

“我傻。”顾淼皱了皱眉。

“他们说你傻？”蒋丞又问。

顾淼点了点头。

“打个招呼要个联系方式，”那人扯了扯嘴角，“她瞪着我们也不说话，就问了一句她是不是傻的，她就动手了！”

“你电话多少？”蒋丞看着他。

那人愣了愣没出声。

“你傻吗？”顾飞紧跟着问了一句。

那人一瞪眼睛就要往前冲。

“来。”顾飞偏了偏头，脖子“咔”地响了一声。

蒋丞忍不住看了他一眼，这人什么时候拾取了这个技能？

不过这“咔”的一声，和顾飞大概这辈子都磨灭不掉的那种匪气，加上又是在休息站这种地方几层原因，令那几个人拉住了要往前冲的这位。

“算了，我看那女的有毛病。”一个人说。

“你说什么？”顾飞冷着声音。

几个人没出声，转身往自己的车走了过去，顾飞突然吼了一声：“我问你说什么！”

那几个人先是一愣，接着动作跟开了三倍速似的突然唰唰地拉开门都上了车，没等顾飞再开口，车“嗖”的一声开走了。

顾飞转过头看着顾淼的时候，她突然笑了起来，笑了好半天才停下。

“你先回车上，”顾飞说，“一会儿哥哥要跟你谈谈。”

“谈什么？”蒋丞问。

“你教过她打人吗？”顾飞看着他，“那么标准的右勾拳？还知道用腰背力量？”

这个问题，比顾淼在外面被人吹口哨要电话的事更让人担心。

他俩急急忙忙地上完厕所就跑回了车上。

“谁教你的？”顾飞问。

“小五。”顾淼说。

“小五？”顾飞愣了，看了蒋丞一眼，又转头看着顾淼，“哪个小五？”

“我朋友。”顾淼说。

“我怎么不知道你有个朋友叫小五？”顾飞问。

顾淼打了个哈欠，从猫包里掏出肉肉抱着，闭上了眼睛。

顾飞只得拿出手机，给顾淼现在待的那个滑板俱乐部的朋友打了个电话：“你们那儿有个小五？没有？顾淼说的，小五……那她最近跟谁一块儿玩啊？有没有会打拳的？伍？他电话给我一下，我有事儿找他。”

“什么人？”蒋丞问。

“姓伍，”顾飞一边拨号一边说，“他们旁边搏击俱乐部的。”

“搏击？”蒋丞有些震惊。

“他们俱乐部那楼里不是有好几个什么拳馆之类的吗，”顾飞说，“就他们隔壁的。”

“免提。”蒋丞说。

顾飞按下了免提。

那边振了几声铃之后，有人接起了电话：“喂您好。”

声音非常温和有礼貌，让人把这人完全跟搏击联系不到一块儿，顾飞跟蒋丞对视了一眼：“是小伍吗？”

“我是伍一，”那边回答，“您是？”

“五一？”顾飞愣了愣。

蒋丞也愣了一下，这名字起得很简便，不知道小名儿是不是叫劳动。

“是。”伍一说。

“我叫顾飞，是顾淼的哥哥。”顾飞说。

“顾淼的哥哥？”这回轮到伍一愣了，顿了顿才说了一句，“您好。”

“你……”顾飞感觉这个电话自己打得有点儿着急了，这一下他都不知道该说什么了。

“刚才顾淼跟人打架了，”蒋丞拿过了电话，“不，确切说她打人了。”

“啊？”伍一再次愣住，又过了一会儿才问，“您是……丞哥吧？”

“免贵……”蒋丞清了清嗓子，“是。”

还在琢磨这人居然还知道丞哥的时候，伍一又补了一句：“顾淼一天能说八十次丞哥。”

“哦。”蒋丞突然觉得非常骄傲和满足，看了一眼顾飞，顾飞嘴角有没憋住的一丝笑容。

“她打人了？”伍一问。

“是的，”蒋丞说，“两拳，快准狠，还能格挡。”

“那实战效果还不错啊。”伍一说。

蒋丞差点儿跟着他说出一句“是啊效果很好”来，及时想起了打这个电话的原因才咬住了：“不是效果的问题，小伍，她现在打人了，而且杀伤力不小，我们的意思是，你是不是教了她？”

“嗯，每天一小时，她学得很快，运动天赋一流，”伍一说完顿了顿，“你们的意思……是让我不要教她了？”

“是的。”顾飞说。

伍一那边没有说话，过了一会儿才又开了口：“哥，我是这么觉得的，练搏击是健身，她也有兴趣，所以没有必要从这里改变什么，告诉她正确使用训练成果才是应该做的，她跟一般小姑娘不同，理解这一点需要时间，我一直都在提醒她的，给她一些时间和引导就行。”

伍一这通话说完，蒋丞和顾飞都愣了愣，这语速和语气，让他们几乎同时想起了一个人。

“你是做什么的？”蒋丞问。

“我是大三的学生。”伍一说。

“哪个学校？”蒋丞追问。

“B大。”伍一回答。

“哪个专业？”蒋丞继续问。

“心理学。”伍一说。

挂了电话之后，蒋丞跟顾飞脸对脸地相互瞪了很长时间。

“居然碰上个心理学系的学生？”顾飞说。

“心理学的学生居然跑去练搏击？”蒋丞说。

“二淼，”顾飞转头看着顾淼，“这个小伍……”

顾淼睁开眼睛看着他，顾飞突然又不知道要说什么了。

“帅吗？”蒋丞补充。

“我不是想问这个。”顾飞小声说。

“我想问。”蒋丞也小声说。

顾淼看着他俩没说话，顾淼一直没有讨论过谁帅谁好看的问题，颜值在她那里排在很多东西之后，估计这个问题她不太知道怎么回答。

“是他好看，还是丞哥好看？”顾飞问。

“丞哥。”顾淼这次回答得很快。

蒋丞不知道自己为什么会有松了一口气的感觉。

“幼稚。”顾飞笑着说。

“就这么幼稚，”蒋丞拉过安全带系上，“开车吧，这人估计……还行吧，回去了约出来聊聊。”

“丞哥，”顾飞发动了车子，“你……应该是打不过他的。”

“我面对打不过的人，一般就不动手了，用脑子。”蒋丞说。

顾飞笑了半天。

“别笑，”蒋丞说，“你是想说我刚才脑子差点儿不够用吗？”

“没，”顾飞笑着说，“我还没说话脑子就已经不够用了。”

“主要是吧，”蒋丞啧了一声，“太突然了。”

车继续往前开，大概是之前的事儿挺提神的，蒋丞也不瞌睡了，抱着笔记本继续赶活儿。

路边的风景一点点变得熟悉起来，那种陌生里透出来有些遥远的熟悉。

下了高速，看着路上的一块块车牌照，这种熟悉一点点地在身边漫了开来。

蒋丞合上笔记本，伸了个懒腰：“到喽。”

顾淼虽然已经适应了新的生活和生活方式，但回到她从小长大的地方时，她还是会非常兴奋，趴在窗户上，手指一直在玻璃上轻轻敲着。

顾飞先开车去了店里，现在顾飞妈妈管这里叫老店，管刘立新开的那个小超市叫新店。

“二淼！”老远就看到老妈站在店门口挥手蹦着了。

顾飞按了一下喇叭回应。

“妈妈。”顾淼拍了拍车窗。

顾飞放下了后车窗，她伸胳膊出去挥了挥。

车停下，顾淼抱着猫跳下车，老妈跑过来搂住了她：“哎哟，也就几个月没见吧，我闺女又变漂亮了啊！连肉肉都变美了！”

“刘立呢？”顾飞问了一句。

“新店那边呢，下午上货，他过去了，一会儿就过来，”老妈说，“你们先收拾一下，晚上就在这儿吃吧？”

“嗯。”顾飞点点头。

“阿姨瘦了啊。”蒋丞说。

“看出来了？”老妈有些惊喜，“我正减肥呢，看来还是有点儿效果哈？”

“效果挺明显的。”蒋丞笑笑。

“二淼就在这儿吧，”顾飞说，“我们放行李，洗个澡，一会儿过来。”

“好，二淼走，”老妈搂住顾淼，“去看看我给你买的新衣服，我拿店里来了……”

回到一直租着没有退的小出租屋，蒋丞往沙发上一倒，闭着眼睛舒出一口气。

“有灰吗？”顾飞问，过来趴到他身边。

“没有，”蒋丞说，“李炎真挺够哥们儿的，他月底过去，我真的得好好陪他玩够了。”

“先洗个澡，”顾飞说，“你睡一会儿，黑眼圈儿都出来了，我一会儿出去一趟，李炎拿牛肉干去店里。”

“嗯，”蒋丞点点头，“你洗了澡再去吧。”

“有汗味儿吗？”顾飞笑了笑。

“我闻着没有，”蒋丞说，“别人就不一定了。”

“那我先洗。”顾飞拍拍他的脸。

蒋丞躺在沙发上，顾飞洗完澡出来的时候，他都感觉自己已经开始做梦了。

强撑着起来去洗了个澡，就回屋睡觉去了。

卧室里这张床很久没有睡过人了，蒋丞躺上去的时候有种穿进了记忆里的感觉。

天花板上有两片熟悉的水渍，形状都还是以前的样子，旁边还有一小截旧的电线，线头上缠着黑色的胶布。

蒋丞闭上眼睛，这些都是他以前每天睡前会看到的东西，从来没在意过，却会记得。

很多细节就是这样存在而没有被觉察，有一天会突然跳出来，勾起回忆。

这一觉他一直睡到了晚饭前顾飞过来叫他。

“这么晚了，”蒋丞跳下了床，跑进浴室洗了个脸，“你怎么不早点儿叫我？多不好啊，饭做好了才起床。”

“又不是第一天认识的人，哪还讲究这些，”顾飞说，“我妈都知道你肯定是熬夜了。”

“红包给了吗？”蒋丞一边提裤子一边问。

“给了。”顾飞说。

“嗯，”蒋丞拿了手机，“走吧，我突然发现我饿了。”

其实就像顾飞说的，虽然蒋丞实实在在跟顾飞妈妈和刘立相处的时间并不多，但这么多年过来，的确也是很熟悉了。

他进店里打个招呼就去后院洗手然后端菜拿碗坐到桌子边，自然得很。

有时候，蒋丞会觉得有些恍惚，顾飞和顾淼是他的家人，这两个一直沉浸在爱河里的人，也应该算是家人了。

不熟悉，相处时却是放松的，有时还会觉得亲切。

“又长大1岁了，”刘立说，“就快中年了啊。”

“会不会说话啊你！”顾飞妈妈喊了一声，“我儿子中什么年啊，我儿子中年了我怎么办啊！”

“你一直青年啊。”刘立说。

“现在60岁才是中年你知道吗？！”顾飞妈妈说。

“……60岁吗？”刘立愣了愣，看着她。

“是啊60岁，明年就是80岁！”她说。

“你说了算。”刘立点点头。

“懒得理你，”顾飞妈妈转过头，“你俩过年是在那边过，还是回来这边啊？”

“没想好呢，看情况吧。”顾飞说。

“你们要是不回来，我们就过去，正好想带你妈妈旅个游，再去周边玩两天。”刘立说。

“也行啊，”顾飞说，“你们也是该出去玩玩。”

“蒋丞啊，”顾飞妈妈看着蒋丞，“你……要不要……就是，要不要回去那边，就是你原来家，看看？”

蒋丞愣了愣，过了一会儿才摇了摇头：“不了。”

“一直没再回去过吧？”顾飞妈妈问。

“嗯。”蒋丞笑笑。

“他们要看到你这么出息，”她叹了口气，“就应该让他们看到！”

“看到也没什么意义，”蒋丞一边啃着排骨一边说，“我过得好不好，我自己知道就行，别人怎么看怎么想，我都无所谓。”

“这就叫霸气，大气……是这么说吧。”刘立说。

“您懂得真多。”顾飞妈妈斜了他一眼。

吃完饭又聊了一会儿，天已经黑透了，顾飞站了起来，踢了踢蒋丞的鞋：“散步去，丞哥。”

“嗯。”蒋丞跟着站了起来。

两人一块儿走出了店门。

钢厂的夏夜挺凉爽的，太阳一落山，风吹到身上就挺舒服了。

“去哪儿？”他问了一句。

顾飞叫他回钢厂过生日，肯定不会就只跟家里人一块儿吃个饭聊聊天这么简单。

这会儿叫他出来散步，肯定也不只是散步了。

“跟着我走吧。”顾飞笑了笑。

已经很多年了，他没有跟顾飞这样散过步了，两个人都挺忙的，顾飞还经常要往外跑，一出去有时候一星期都见不着人。

晚上一般也就是聊会儿就开始各自忙活了。

现在走在夏夜凉爽的风里，顺着很多年前散步时会经过的那些小路走，会让人觉得是种享受。

顾飞带着他转了几圈之后拐上了一条小土路。

蒋丞一看就笑了：“是要去幼儿园那边吗？”

“嗯，”顾飞看了他一眼，“你居然不迷路了？理论上你不是应该对这条路没有记忆了才对吗？”

“生日那天之前是记不住，之后就不会忘了，”蒋丞伸了个懒腰，“你是不是把礼物放在那儿了？”

“嗯，”顾飞叹了口气，“你猜到了也不用说出来的，你到底能不能不要这么单细胞啊？”

“没有啊，”蒋丞拍了拍手，“我都知道这是个特别的生日了，也没准备礼物……实在是不知道送什么了。”

“你送我的礼物这辈子都用不完。”顾飞笑着凑过去说。

往前又走了一段之后，顾飞绕到了他身后，手捂在了他眼睛上：“我带你往前走。”

“前面有什么？”顾飞的手盖上他眼睛时，蒋丞突然开始有些紧张和兴奋。

“你一会儿就能看到了，”顾飞带着他慢慢往前走，在他耳边轻声叫了一声，“丞哥。”

“嗯？”蒋丞应着。

“生日快乐，丞哥，”顾飞说，“希望你永远都这么快乐。”

“嗯。”蒋丞笑笑。

“生日快乐，丞哥，”顾飞继续轻声说，“希望你永远都笑得像一束阳光。”

蒋丞笑着没有说话。

“生日快乐，丞哥，”顾飞说，“我以前，希望你想起在钢厂的那段日子时没有遗憾，现在我希望，等有一天，你老了，回头看看，这一辈子，都没有遗憾。”

“生日快乐，顾飞，”蒋丞笑着轻声说，“跟着光。”

顾飞停下了步子，拿开了遮在他眼睛上的手。

蒋丞睁开了眼睛。

地上一片彩色的光斑，从他们脚下，往前延伸着的无穷的符号。

蒋丞盯着这些熟悉的荧光色的砖块，视线里慢慢出现了些许重影。

他眨了眨眼睛，但重影更重了。

他不得不抬手把眼角的泪擦掉。

“哪儿来的砖？”他带着鼻音问了一句。

“就是以前的那些，”顾飞说，“第二天我去收回去了，一直放在我家柜子里，不过颜色是重新上过的，以前的颜色褪了好多。”

“你神经病吗？”蒋丞的吃惊都压不住眼泪，只能伸手又抹了一把。

顾飞笑了笑没说话，过去蹲下，轻轻推倒了第一块砖。

彩色的光斑从点到线，就像当年一样，跳动着往前延伸着，在夜里亮起了一幅彩色的画。

图书在版编目（CIP）数据

撒野. 完结篇 / 巫哲著. -- 南京 : 江苏凤凰文艺出
版社, 2020.4
ISBN 978-7-5594-3948-2

Ⅰ. ①撒… Ⅱ. ①巫… Ⅲ. ①长篇小说 – 中国 – 当代
Ⅳ. ① I247.5

中国版本图书馆 CIP 数据核字 (2020) 第 045531 号

撒野. 完结篇

巫哲 著

责任编辑	张 倩 王 青
特约编辑	李 彤
装帧设计	苏艾设计
出版发行	江苏凤凰文艺出版社
	南京市中央路 165 号，邮编：210009
网 址	http://www.jswenyi.com
印 刷	北京盛通印刷股份有限公司
开 本	700mm × 980mm 1/16
印 张	26.5
字 数	470 千字
版 次	2020 年 4 月第 1 版 2020 年 4 月第 1 次印刷
书 号	ISBN 978-7-5594-3948-2
定 价	49.80 元